经典传家

经典回到生活　阅读从心开始

经典传家

『经典传家』丛书遴选了清代《四库全书》的精华，而且每一种书在注释、译文、解读等方面做了大量的、扎实的工作。

——傅璇琮

国学就是中国人的学问。『经典传家』是一套非常适合大众阅读的国学经典丛书。国学的传承和发展迫切需要好的大众读本。

——毛佩琦

《四库全书》浩如烟海，真正的必读经典就这百余部。

——任德山

国学是相互通融的，切忌断章或是割裂。今人只有从《周易》等原始经典入手，才能真正找到进入国学的门径。

——刘君祖

经典传家系列丛书

图解楚辞

刘向 编

崇贤书院 释译

黄山书社

《楚辞》阅读指南

引领读者解读先秦文学的高峰

题解、原文、注释、译文帮助读者欣赏先秦浪漫主义文学。

切实为读者扫清阅读障碍

生僻字标示，注音随文添加，便于连贯阅读。

题解

- 介绍题意、内容和艺术成就。
- 帮助读者准确迅速地了解该篇目的要素与其在文学史上的地位。

注音

- 生僻字随文注音。
- 解决读者在诵读方面的困难。

楚辞

七谏

《七谏》为西汉东方朔为屈原代言所作，由七篇短诗组成，表现了忠心为国的屈原却被诽谤、惨遭放逐、最终投水自尽的悲剧一生，同时，东方朔本人怀才不得遇、愤世嫉俗的心境在此也显露无遗。

初放

《初放》为《七谏》组诗的第一篇，表达了初遭流放的屈原的悲愤心情，还有他“宁为玉碎，不为瓦全”的高尚节操，为《七谏》全篇定下了基调。

平生于国兮[1]，长于原壄(yě)[2]。
言语讷涩兮[3]，又无强辅[4]。
浅智褊能兮[5]，闻见又寡。
数言便事兮[6]，见怨门下[7]。
王不察其长利兮[8]，卒见弃乎原壄[9]。
伏念思过兮[10]，无可改者。
群众成朋兮[11]，上浸以惑[12]。
巧佞在前兮[13]，贤者灭息[14]。
尧舜圣已没兮[15]，孰为忠直？
高山崔巍兮[16]，水流(shāng)汤汤[17]。
死日将至兮，与麋鹿同坑[18]。
块兮鞠[19]，当道宿[20]。
举世皆然兮，余将谁告？
斥逐鸿鹄[21]兮，近习鸱枭[22]。
斩伐橘柚兮[23]，列树苦桃[24]。

《楚辞》阅读指南

知识积累

对原文中涉及的历史文化常识详加解释，使读者系统获得多方面的知识。

珍贵版画丰富阅读线索

书中选取百余幅珍贵版画，大师精彩手笔丰富阅读内容。

pián

便娟之修竹兮[25]，寄生乎江潭[26]。

ruí

上葳蕤而防露兮[27]，下泠泠而来风[28]。

孰知其不合兮，若竹柏之异心[29]。

往者不可及兮[30]，来者不可待[31]。

悠悠苍天兮，莫我振理[32]。

窃怨君之不寤兮[33]，吾独死而后已。

［注释］

①平：屈原自称，屈原的名为平。国：指国都，即楚都郢。②原壄：原野，壄，通“野”。③讷涩：说话不流畅。④强辅：有势力的、帮助自己的人。⑤浅智：智力平平。褊能：能力一般。⑥数言：几次。便事：“便宜之事”，指有利的事，这里指对国家发展有好处的事情。⑦见怨：被怨恨。门下：指得君主宠信的人。⑧长利：长远的利益。⑨弃：抛弃，这里指屈原被放逐。⑩伏念：伏，自谦之辞。伏念指自省。⑪群众：众多的人，这里指那些奸佞小人。朋：朋党。⑫浸：渐渐地。⑬巧佞：这里指对君王阿谀奉承、进谗言陷害忠良的人。⑭灭息：这里指被疏远、放逐。⑮尧舜：上古传说中两位贤明的君主。⑯崔巍：山峰高大的样子。⑰汤汤：水势浩大的样子。⑱坑：同“坑”。⑲块：孤独。鞠：匍匐，趴在地上。⑳当道宿：在路上休息、住宿。㉑鸿鹄：鸟名，指天鹅，这里指代贤良的君子。㉒鸱枭：恶鸟名，这里指代奸佞的小人。㉓橘柚：柚，一种乔木，果实即柚子。橘柚指美好的树木。㉔苦桃：不好的树木。㉕便娟：秀美。㉖江潭：江边。㉗葳蕤：蕤，即“蕤”。葳蕤即草木繁茂的样子。防露：这里指的是竹子可以遮挡露水。㉘泠泠：凉风习习的样子。㉙竹柏之异心：竹子和柏树的观念意见不合。这是比喻的说法，作者自比竹子，以柏喻君主。㉚往者：这里指古代那些圣明的、能辨识忠奸的君主。㉛来者：这里指将来那些圣明的君主。㉜振理：拯救、甄别。㉝窃怨：自己私下里埋怨。寤：醒悟。

［译文］

屈原我生在国都，后来被放逐到原野去了。我言语木讷啊，又没有势力强大的

楚辞

一七五

版画插图

- 配以古代著名画家的代表作品。
- 具有较高的学术意义和文献价值。
- 绘刻精美，取材广泛，弥足珍贵。

注释

- 准确、严谨、以简明易懂为宗旨。
- 力求博采众说，时出己见。

译文

- 用简明的白话文进行翻译。
- 以诗译诗，忠实于原作。
- 力求反映原作的情调、节奏和韵律。

总序

国学是什么？简单说，就是中国人之所以成为中国人的学问。因此，国学不仅包括数千年积累流传下来的经典，比如“四书五经”、《老子》《庄子》《孙子》《史记》《汉书》、唐诗、宋词，也包含研究中国人思维方式、生活方式、行为方式乃至娱乐方式的各种学问。广言之，国学研究的对象不仅包括文献，也包括实物；不仅包括物质文化遗产，也包括非物质文化遗产，如我国各民族的建筑、服饰、饮食、音乐、绘画、医药、戏曲等等。

国学是不断丰富、不断发展的学问。上面说的从“四书五经”到唐诗、宋词就是一个不断丰富发展的过程。近代以来，国学的研究范围还在不断地扩大，比如敦煌学、甲骨学，是随着有关文物的出土而兴起的；比如红学，是随着文学理论和学术风气的发展变化而兴起和发展的。随着时间的推移和学术的进步，必将有更多的学问被纳入国学研究的范围。

数千年来，中国人做学问形成了自己独特的理论和方法，比如思想理论、史学理论、文学理论，以及训诂学、考据学、音韵学等等。但这些理论和方法并不是一成不变的。比如，在史学研究领域，由于地下文物的出土，王国维等人提出了以地下文物与传世文献相补充互证的“二重证据法”。近代以来，西风劲吹。国人主动借鉴西方学术研究的理论和方法，研究中国学问。王国维借鉴尼采的哲学理论研究中国的文学戏剧，胡适以杜威的实验主义研究中国的“国故”。国学从来没有拒绝外国学问的融合，佛教传入中国后，经过改造，形成了中国独特的佛学、因明学；自明朝末年西学传入中国后，中国的天文学、数学等就已经融入了西学的因素。马克思主义传入中国后，不少人用马克思主义理论研究中国历史文化，它们自然也成为了国学的一部分。因此，国学又是开放的、随时代而进步的。那么，当今我们研究、振兴国学，不允许也不应该倒退，不允许也不应该僵化。

然而，国学又是与西学明显区分的。国学是西学的对应物，是与西学完全不同的学术体系。在近代，西学挟坚船利炮强势进入中国之后，中国人还视自我，对于中国固有之学问的称呼出现了中学、国故学、国粹、国学这样的名称。面对“帝国主义”的强大，中国人自愧不如，一方面拼命地学习、引进西学，另一方面拼命地贬低、抛弃国学。虽然也有一些人，如张之洞为保护中华文化之根本，提出“中学为体，西学为用”，如胡适，提出“整理国故”，以“再造文明”“建立民族自信心”，但其声音终被时代所淹没。国学一再被严重曲解和轻视，造成了中国历史文化的大断裂。也许，这一历史过程是必然的。但回顾过去，中国在走向独立富强的过程中，国学所付出的代价实在太大、太惨重了。

新中国成立后，饱受屈辱的中国人从此站立了起来，民族自信心大大加强，但没有能够及时认识到国学在新时代的重要性，甚至仅存的一点点国学遗产也进一步成为被抛弃的对象。改革开放三十年之后，走向富强的国人终于幡然醒悟，保护和振兴国学逐渐成为全民的共识。一个强大的自立于世界民族之林的国家，必然要有与之相匹配的伟大的民族文化。中国人，从领导者、学术界到普通百姓，都在重新发现国学的现代价值。同时，在走向全球化的进程中，东西方各国也把目光投向了中国。中国学问，中国的一切都在被重新评价。中国不仅为了自身的建设和发展需要从传统文化中汲取智慧，而且也面临着以优秀的中华文化向全人类贡献智慧的责任和挑战。

那么，这套经典传家丛书的编纂就是可喜的，编纂者的初衷和努力就是可敬的。希望这套丛书能发挥点滴作用，如同涓涓细水与千百万有志者的努力一道汇成大潮，去迎接中华民族的伟大复兴！

是为序。

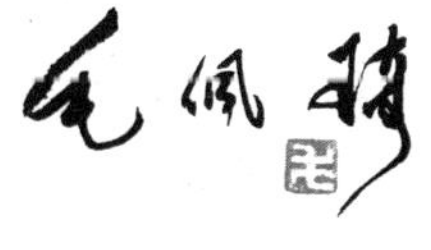

二〇一五年五月

前言

“楚辞”又称“楚词”，是战国时代的伟大诗人屈原创造的一种诗体。“楚辞”运用楚地（今两湖一带）的文学样式、方言声韵，叙写楚地的山川人物、历史风情，具有浓厚的地方特色。西汉的刘向把屈原的作品及宋玉等人“承袭屈赋”的作品编辑成集，即为《楚辞》。它作为我国积极浪漫主义诗歌创作的源头，对后世文学影响深远。

屈原是中国古代浪漫文学之父，其著名的诗篇《离骚》不但是《楚辞》的代表作，而且是中国诗歌史上第一篇宏伟壮丽的抒情长诗。《离骚》开辟了中国诗歌的浪漫主义先河，其风格表现在斑斓的色彩、丰富的想象、奇幻的意境和绚丽的文采上。而西汉的刘向以屈原的作品为主，辑入宋玉、淮南小山、东方朔等人的作品，合为《楚辞》。

《楚辞》的语言形式打破了四言体的格局，吸收了楚歌的形式，创造了句法不一而参差灵活、结构富于变化的诗体，为以后五言诗、七言诗、辞赋的出现打下了基础。《楚辞》使用瑰丽的文辞以容纳复杂的内涵，进而表现丰富的思想情感和飞腾驰骋的想象力，这使得《楚辞》瑰丽多彩而又感情激扬。国学大师梁启超说过：“吾以为凡为中国人者，须获有欣赏楚辞之能力，乃为不虚生此国。”《楚辞》这部经典对今人的熏陶，甚至比我们想象的更为贴近。如果现代人想解读中国文化中的浪漫精神，那么他所追逐的源头必定是《楚辞》。

楚辞源远流长、深厚博大，引起历代文人的高度重视，以至《楚辞》出现了众多的注本和篇目不同的文本。本书以朱熹的《楚辞集注》为底本，选取了《楚辞》的完整版本。每篇诗文前都作有一个简单题解，介绍本篇诗文的题意、内容和艺术成就，以期帮助读者准确迅速地了解该篇目的要素与其在文学史上的地位。

一直以来，《楚辞》给读者的印象都是艰深晦涩的，其原因在于《楚辞》是极具楚国地方特点的诗歌，诗句中大量使用了楚地方言，诗行中大量使用现代文中已经消失的“兮”字，而先秦时期的语言、风俗本身也与后世存在着极大的差异，所以造成了这样难读难懂的情况。为此，我们对原文的字词进行了详尽的注释，力求博采众说，时出己见，务必以简明易懂为宗旨。生僻字的注音也很好地解决了读者诵读方面的困难，让读者更加通顺地阅读。译文力求“以诗译诗”，即在忠实于原作的基础上，尽量既使翻译通俗易懂，又反映原作的情调、节奏和韵律。

为了便于读者更好地理解诗文以及让读书不再枯燥，我们还选取了明清之际著名画家萧云从的代表作《离骚图》、清乾隆时期门应兆临摹补绘的《离骚全图》以及其他一些与文意相关的版画图随文编排。萧云从的作品初刻于顺治年间，由当时名工汤复持刀。其绘刻之精，向为学者称道，是清初版画精品。因其取材广泛、制图全面，具有《楚辞》研究与绘画欣赏的双重价值，特为后世所看重。《离骚全图》一书以 1935 年上海商务印书馆《影印文渊阁四库全书四种》本为底本，经过了认真校改，增收了自宋以来的其他《楚辞》绘图，具有较高的学术意义和文献价值。本书所配的插图与诗文相配，图文结合，以图释文，使读者的阅读变得生动有趣。

经典的魅力是无穷的。繁忙的生活之余，捧起这本《楚辞》，让我们从先人的言语中汲取智慧，让浮躁的心在经典中慢慢平静下来。

崇賢書院

目录

离骚

《离骚》是屈原的代表作，是一首自叙政治遭遇和心灵求索的长篇抒情诗。

关于《离骚》的诗题，历来众说纷纷，较有代表性的为两种：一种将“离骚”解为离别的忧愁，如司马迁、王逸等；一种将“离骚”解为遭遇忧愁，如班固。

《离骚》集中表现了屈原的政治观点和理想，叙述了他为了追求自己的政治理想所受到的排挤和打击，表达了他对昏君统治下的腐朽政治的批判和控诉。《离骚》给我们展示出一位光辉的主人翁形象——忠君爱国至死不悔的伟大诗人屈原。诗篇体现了诗人强烈的忧患意识、斗争意识和人格完善意识。这种思想和精神震撼着读者的心灵。此外，诗人这种忠君与怨君、失志与随俗、恋国与去国的矛盾冲突……这些种种的爱憎情仇、又使得诗篇幽怨悱恻，动人心扉。

全诗结构宏伟，布局严密，想象夸张，光怪陆离；情感的抒发，激情而不失理性；运用比兴手法，开创了香草美人传统，为我国诗歌史上的“诗骚传统”奠定了基础。

帝高阳之苗裔(yì)兮①，朕皇考曰伯庸②。

摄提贞于孟陬(zōu)兮③，惟庚寅吾以降④。

[注释]

①高阳：古代帝王颛顼的别号。颛顼是楚国的远祖，他的后人有熊绎，被周成王封于楚国。所以说自己是古帝王高阳氏的后代。苗裔：后代。②朕：我。秦以前是贵贱通用的第一人称代词，秦以后则成为封建帝王自称的专用词。皇：光明。考：对已故父亲的美称。伯庸：楚句亶王熊伯庸，其封地为“屈”。熊伯庸是屈氏从王族分出的第一代，他的下一代便开始以封地为氏，所以熊伯庸被看作是屈氏的受姓始祖。③摄提：摄提格的简称。古人把天官由东向西划为子、丑、寅、卯、辰、巳、午、未、申、酉、戌、亥十二个等份，叫作十二宫。依照岁星（木星）在空中运转所指向的方位来纪年，岁星指向寅宫，则此年为寅年，摄提格，就是寅年的别名。

贞：当，指向。孟：开端，始也。陬：夏历正月的别名，又称寅月。④惟：语助词，先秦时期习惯用法。庚寅：指庚寅这一天。古人以天干地支相配来纪日，庚寅是其中的一天。按：此处是指屈原吉祥的生日。据研究，楚人以寅日为吉利的日子。降：降生，出生。

皇览揆(kuí)余初度兮①，肇(zhào)锡余以嘉名②。
名余曰正则兮③，字余曰灵均④。

[注释]

①皇：上文皇考的省称，指他已死的父亲。览：观察。揆：测度，衡量。余：我，此处是屈原自指。初度：指初降生时的器度。②肇：开始，指初降生时。锡：古同“赐”，送给，给予。以：用，把。嘉名：美好的名字。③名：动词，命名的意思。正则：正，意为平。则，意为法，言其平正而有法则，解释为屈原名平的意思。④字：表字，这里用为动词，起个表字。灵均：灵，意为善。均，意为平地。灵均，很好的平地，就是“原”字的含义。

纷吾既有此内美兮①，又重(chóng)之以修能②。
扈(hù)江离与辟芷(zhǐ)兮③，纫(rèn)秋兰以为佩④。
汩(yù)余若将不及兮⑤，恐年岁之不吾与⑥。
朝搴(qiān)阰(pí)之木兰兮⑦，夕揽洲之宿莽⑧。
日月忽其不淹兮⑨，春与秋其代序⑩。
惟⑪草木之零落兮，恐美人⑫之迟暮。
不抚⑬壮而弃秽(huì)兮，何不改此度⑭？

[注释]

①纷：多，繁盛。形容后面的内美二字。吾：屈原自指。既：已经。内美：内在的美好品质。②重：加上。修能：修，意为美好。能，通“态”，容貌。修能，指下文佩戴香草等，实际上是讲自己的德能。③扈：披在身上。辟芷：辟，通“僻”，偏僻的地方。芷，白芷，香草名，因生于幽僻之处所以叫辟芷。④纫：本义是绳索，此用作动词，穿结、连缀。秋兰：香草名，秋天开花且香。以为：以之为。佩：佩戴，装饰，象征自己的德行。⑤汩：水疾流的样子，此处用以形容时光飞逝。余：我，屈原自指。若将不及：好像跟不上时光的流逝了。⑥恐：担心。不吾与：“不与吾”的倒文，意谓不等待我。⑦朝：早晨。搴：同“攓”，拔取。阰：平顶小山或山坡，楚地方言。木兰：香木的一种，花状像莲，又称辛夷，

今天通称紫玉兰。⑧揽：采摘。宿莽：草名。经冬不死，又名紫苏，楚语称作莽。所以有象征年华、生命的意味。木兰去皮不死，宿莽拔心不死，两者都有贞固的性格，故诗人用来作修身之物。⑨忽：迅疾的样子。淹：停留。⑩代序：代，意为更。序，意为次。代序即次第相代，指不断更迭。⑪惟：思虑。零落：凋零。⑫美人：楚辞是美人芳草皆有托。诗人有时用来比喻国君，有时用来比喻美好的人，有时用以自比。这里是指楚怀王，规劝怀王不要错过大好时机。迟暮：衰老。⑬抚：持，犹如现在所说的趁。壮：指壮盛年华。秽：草荒曰秽，这里用以比喻楚国的秽政。⑭此度：指现行的政治法度。

乘骐骥(qí jì)以驰骋兮①，来吾道夫先路②！

［注释］

①骐骥：骏马。此句比喻应任用有才能的人治理国家。②道：通“导”，引导。夫，语气词。先路：走在路之先，即为王前驱的意思。

昔三后之纯粹兮①，固众芳之所在②。
杂申椒与菌桂兮③，岂维纫夫蕙茝(zhǐ)④！
彼尧舜之耿介兮⑤，既遵道而得路⑥。
何桀纣(jié zhòu)之昌被兮⑦，夫唯捷径以窘步⑧。
惟夫党人之偷乐兮⑨，路幽昧以险隘(ài)⑩。
岂余身之惮(dàn)殃兮⑪，恐皇舆(yú)之败绩⑫！
忽奔走以先后兮⑬，及前王之踵武⑭。
荃(quán)不察(kuí)余之中情兮⑮，反信谗而齌(jì)怒⑯。
余固知謇(jiǎn)謇之为患兮⑰，忍而不能舍也⑱。
指九天以为正兮⑲，夫唯灵修之故也⑳。

曰黄昏以为期兮，羌中道而改路㉑。

初既与余成言兮㉒，后悔遁而有他㉓。

余既不难夫离别兮㉔，伤灵修之数（shuò）化㉕。

［注释］

①昔：从前。三后：后，君主。旧说不一，一说指楚国三位开国的先王，即熊绎、若敖、蚡冒；一说即三皇，指黄帝、颛顼、帝喾。纯粹："色不杂曰纯，米不杂曰粹，米至细曰精"，这里用来形容三后的德行粹美完善。②固：固然，本来。众芳：众多的香草，用以比喻众多贤能的人。在：汇集。③杂：兼有。椒：香木名，就是现在的花椒。菌桂：桂的一种，香木名，白花黄蕊。④岂：难道，表示反向的语助词。维：当作"唯"，意为独。纫：连缀。蕙：香草名，生长在湿地处，麻叶，方茎红花，黑实。茝：同"芷"，白芷，也是香草名。申椒、菌桂、蕙、茝，都是用来比喻有才能的贤人，即上文所说的"众芳"。此处说三君杂用众贤才，国家因此而富强，并非只独取蕙茝，只任用少数贤人。⑤彼：那。尧舜：传说中上古时代的两位贤君。耿介：耿，光明。介，正大。耿介即光明正大。⑥既：皆，尽。遵道：遵循正途。而：因而。路：大道。⑦何：何等，多么。桀纣：指夏桀和商纣王。是夏朝和商朝的末代之君，他们历来被作为暴君的代表。昌被：一作"猖披"。猖，狂妄。被，披的假借字，偏邪的意思。⑧夫：发语词。唯：只是。捷径：斜出的小路，比喻不走正途。窘步：困窘失足。⑨惟：思。党人：古代的党人指朝廷中为私利而结成帮派的人。偷乐：苟且享乐。⑩路：指政治道路，楚国的前途。幽昧：黑暗。以：而。险隘：危险而狭窄。⑪岂：哪里。余身：我自身。惮：畏惧、惧怕。殃：灾祸。⑫皇舆：本指帝王所乘的车子，这里比喻国家政权。败绩：古代使用战车作战，车辙大乱，是溃不成军的表现。这里喻指君国之倾危。⑬忽：急匆匆的样子，根据下文，这里形容奔跑速度很快。奔走：奔跑。先后：指在君王的身边。奔走先后就是效力左右的意思，乃是从"皇舆"一语生发而来的。⑭及：赶上，追及，这里有"继承"之意。踵武：踵，脚跟。武，足迹。"踵武"连文为义，指前王的业绩。⑮荃：或说即荪，石菖蒲一类的香草，叶形似剑，古人认为可以避邪。指称尊贵者，也以喻君，此为当时之俗。余：屈原自指。中情：忠心之情。⑯信谗：听信谗言。齌怒：盛怒、暴怒。⑰謇謇：謇，楚语，指发言之难，因口吃而说话艰难的样子。謇謇，此处形容忠贞直言的样子。为患：招致祸患。⑱舍：放弃的意思。⑲九天：九重天。正：证。⑳灵修：楚人称神灵

为灵修，此处代指楚君怀王。㉑“曰黄昏”二句是衍文，为《九章·抽思》语。期：约定。羌：楚语，表转折的意思，犹如今语的“却”。㉒初：当初，应指诗人受到楚怀王信任之时。成言：订约，成议。此指屈原受重用时，共同制定的治国大策。㉓悔遁：遁，逃跑。悔遁在此是背弃成言之意。他：其他，另有打算。㉔既：本来。离别：分别，此指诗人被楚怀王疏远、放逐。㉕伤：悲伤、哀伤。数化：屡次变化。

余既滋兰之九畹(wǎn)兮①，又树蕙之百亩②。
畦(qí)留夷与揭车兮③，杂杜衡与芳芷④。
冀枝叶之峻茂兮⑤，愿俟时乎吾将刈(yì)⑥。
虽萎绝其亦何伤兮⑦，哀众芳之芜秽⑧。
众皆竞进以贪婪兮⑨，凭不厌乎求索⑩。
羌内恕己以量人兮⑪，各兴心而嫉妒⑫。
忽驰骛(wù)以追逐兮⑬，非余心之所急⑭。
老冉冉其将至兮⑮，恐修名之不立⑯。

[注释]

①余：屈原自指。滋：栽培，培植。兰：香草名。畹：三十亩田为一畹，一说十二亩为一畹。②树蕙：树，种植。蕙，香草名。屈原曾为楚三闾大夫，负责贵族子弟的教育，树蕙指的是对贵族子弟的培育。③畦：四周有浅沟分隔的小块田地，这里用为动词。留夷、揭车：香草名，都是楚地所产。④杂：指间种。杜衡：状与葵相似的一种香草，又称马蹄香。⑤冀：期待。峻：长大，高大。峻茂：高大而茂盛的样子。⑥俟时：俟，等待。俟时即等到成熟的时候。刈：收割。这两句比喻把贤才培养好了，用他们治理国家。⑦虽：纵使。萎：枯萎。绝：凋落。何伤：何妨，有什么关系。⑧哀：痛惜。众芳：指前所培植的众香草——兰、蕙、留夷、揭车等，喻指“平日所栽培荐拔与己同志者”。芜秽：指众芳的变质。这两句用以比喻自己所培养的人才不但不为国家出力，反而改变节操，与“党人”同流合污。⑨众：指朋比为奸的贵族们。竞进：争逐权位，求进。贪婪：贪求财物。⑩凭：楚方言，满之意，此处用作状语，“满不在乎”之满，形容党人不厌求索。不厌：不满足。求索：索取。⑪羌：楚方言，发语词，义近“乃”。恕己：指宽恕自己。量人：意谓用自己的心去估量别人。⑫兴心：起心，打主意，即产生了嫉妒之心。此二句意谓“党人贪婪竞进，而又以为贤者亦复如此，故嫉妒之也”。⑬忽：急急忙忙，疾速。骛：形容马乱跑的样子。追逐：与“驰骛”同义连用，意谓钻营，追求自己的私利。⑭所急：急，指迫切需要。所急，指急于要做的事。⑮冉冉：渐渐，岁月流逝之意。⑯修名：美好的名声。立：树立。

朝饮木兰之坠露兮[1]，夕餐秋菊之落英[2]。

苟余情其信姱(kuā)以练要兮[3]，长顑颔(kǎn hàn)亦何伤[4]。

揽木根以结茝(zhǐ)兮[5]，贯薜荔之落蕊[6]。

矫菌桂以纫(rèn)蕙兮[7]，索胡绳之纚纚(xǐ)[8]。

謇(jiǎn)吾法夫前修兮[9]，非世俗之所服[10]。

虽不周于今之人兮[11]，愿依彭咸之遗则[12]。

长太息以掩涕兮[13]，哀民生之多艰[14]。

余虽好修姱以鞿(jī)羁兮[15]，謇朝谇(suì)而夕替[16]。

既替余以蕙纕(xiāng)兮[17]，又申之以揽茝[18]。

亦余心之所善兮[19]，虽九死其犹未悔[20]！

[注释]

①朝：早晨。坠露：坠落的露水，指从木兰花瓣上坠落下的露水。木兰花晚春开花，这句既指朝，又指春。②餐：吞食。落英：初开的花朵。木兰开于春，菊花发于秋。这句既指夕，又指秋。春与秋合起来说四时。此二句以“饮露餐英”喻自己长期服食美洁，修洁自身。③苟：只要，如果。余情：指内心。信姱：信，真实。姱，美好。信夸，诚然美好，言内美也。练要：精粹，犹言精练要约，指精炼于要道。④顑颔：因饥饿而面色憔悴。何伤：何妨。⑤揽：持取，拿着。木根：指木兰之根。结：意为编结。⑥贯：贯穿，串联起。薜荔：一种蔓生的香草名。蕊：花心。⑦矫：高举，举起。犹言“取用”。菌桂：一种香木，即前“杂申椒与菌桂”的菌桂。⑧索：本义是绳索，这里用做动词，搓绳。胡绳：香草，茎叶可做绳索。纚纚：串联起来，长而下垂，编织得整齐美好的样子。⑨謇：发语词，楚方言。此与前文“余固知謇謇之为患兮”之“謇”意义不同。法：取法，效法。夫：助词，彼。前修：前代的贤人。⑩世俗：指楚国政界庸俗之人。服：用。⑪虽：纵然。不周：不合，不能委曲周旋世故之意。⑫依：依照。彭咸：是屈原心目中所敬仰的人。殷商时期的贤人，据说他上谏国君不听，投水自杀而死。屈原此处言彭咸，表明自己将沉渊自杀。⑬太息：叹息。掩涕：擦眼泪。⑭民生：有多种解释，一说民生即人生，指诗人自己。艰：艰难。“民生多艰”，此处指屈子所见到、所体验到的楚人的遭遇，当然也包括自身在内。⑮好：喜好。修姱：修，修饰，含修养之意。姱，指美好的品德。修姱指修饰美好的品德。鞿：指马缰绳。羁：指马络头。鞿羁在此作动词，比喻自身约束自己。⑯谇：进谏。替：废除，撤职。⑰既：已经。以，助词，调整音节。蕙纕：装有蕙草的香带子。⑱申：重申，加上。揽：拧取。⑲亦：语助词，若是。善：用作动词，认为善。⑳虽：使。九死其

犹未悔：指不管遭受到多少次多么重大的打击也不会屈服。

怨灵修之浩荡兮①，终不察夫民心②。
众女嫉余之蛾眉兮③，谣诼(zhuó)谓余以善淫④。
固时俗之工巧兮⑤，偭(miǎn)规矩而改错⑥。
背绳墨以追曲兮⑦，竞周容以为度⑧。
忳(tún)郁邑余侘傺(chà chì)兮⑨，吾独穷困乎此时也⑩。
宁溘(kè)死以流亡兮⑪，余不忍为此态也⑫。

［注释］

①灵修：指楚怀王。浩荡：本义为大水横流的样子，此处喻指君王糊涂荒唐，恣意妄为而无定准。②终：始终。察：体察。民心：人的内心。③众女：喻指朝中围绕于楚怀王周围的谗佞、群小。嫉：嫉妒。余：诗人自指。蛾眉：蛾指蚕蛾（实指须），蚕蛾之眉，细长而曲，指眉毛像蚕蛾触须般齐整，所以常用来比喻女人眉毛长得很美。此处是屈原喻指自己美好的品质。④谣诼：造谣诽谤。淫：邪乱。⑤固：本来。工巧：善于取巧。⑥偭：违背。规矩：本是木工的工具，量圆用的为规，量方用的为矩，引申为规则法度。改错："错"通"措"，改错即改变措施。⑦绳墨：木工引绳弹墨，用以打直线，这里指法度。追曲：追，随。曲，邪曲。追曲比喻宠妃佞臣违背正直之道而追求邪曲之行。⑧竞：争相。周容：无原则地取容，指奉迎苟合，讨好别人。以为：作为。度：法则，常法。⑨忳：烦闷，副词，作"郁邑"的状语。郁邑：忧虑烦恼。三个形容词连用，是楚词的特有语法。侘傺：失意的样子，形容失志之人茫茫然无所适从。⑩穷困：指孤立无援的状况。⑪宁：宁愿。溘死：忽然死去。流亡：随水漂流而去。⑫余：我，屈原自指。此态：指"周容以为度"，即苟合取安之态。

鸷(zhì)鸟之不群兮①，自前世而固然②。
何方圆之能周兮③，夫孰异道而相安④？

［注释］

①鸷鸟：指鹰鹞一类品行刚烈、不肯与凡鸟同群的猛禽。不群：指不与众鸟同群。诗人以此表明自己不与凡庸为伍的品行。②前世：古代。固然：本来如此。③何方圆之能周：周，合。何方圆之能周指方和圆怎能相合。④异道：不同的道路，此处喻指不同的政治路线。

屈心而抑志兮①，忍尤而攘诟(rǎng gòu)②。
伏清白以死直兮③，固前圣之所厚④。
悔相道之不察兮⑤，延伫(zhù)乎吾将反⑥。
回朕车以复路兮⑦，及行迷之未远⑧。
步余马于兰皋兮⑨，驰椒丘且焉止息⑩。
进不入以离尤兮⑪，退将复修吾初服⑫。

［注释］

①屈心：屈，委屈。抑，抑制。屈心与“抑志”同义，均指按捺自己的心志。②忍尤：与“攘诟”同义，意思是能容忍外来的耻辱。攘，容忍。诟，耻辱。此为忍耻含辱之意。③伏：通“服”，保持，坚守。死直：死于正道、正义。④固：本来。前圣：指前代之圣贤，如尧、舜、禹、汤、文王。厚：赞许、嘉许。⑤悔：恨。相道：看，观看。察：看清楚。⑥延：引颈。延伫：意思是引颈怅望，低徊迟疑。反：同“返”。即指下文“退将复修吾初服。”⑦回：这里意指调转。复路：回归过去的道路。⑧及：趁着。行迷：指迷途。以上四句是屈原在政治上被排挤打击之后，产生了要退出政治舞台的消极想法。⑨步：解开驾车的马使之自在游走。兰皋：皋，河岸边。兰皋即长满兰草的河岸。⑩驰：指马的奔跑。椒丘：长满椒木的土丘。且：暂且。焉：于此、在此。止息：休息一下。⑪进：仕进，指进身于君前，即受重用。不入：指不被君王所采纳。离：同“罹”，遭受。尤：罪过。⑫退：退隐。复：再，重新。修吾初服：初服，当初的服装，实指当初的初衷、夙志，即篇首所云之“内美”“修能”。修吾初服指修身洁行。

制芰(jì)荷以为衣兮①，集芙蓉以为裳②。
不吾知其亦已兮③，苟余情其信芳④。
高余冠之岌(jí)岌兮⑤，长余佩之陆离⑥。
芳与泽其杂糅(róu)兮⑦，唯昭质其犹未亏⑧。

忽反顾以游目兮⑨，将往观乎四荒⑩。

佩缤纷其繁饰兮⑪，芳菲菲其弥章⑫。

民生各有所乐兮⑬，余独好修以为常⑭。

虽体解吾犹未变兮⑮，岂余心之可惩⑯！

[注释]

①制：裁制。芰：楚人称菱为芰。衣：上身所穿的叫衣。②集：合，积聚。芙蓉：荷花。裳：下身所穿的叫裳。③不吾知："不知吾"的倒装，意指不了解我。已：止，算了罢。④苟：如果。余情：指内心。信：诚然。芳：香洁。⑤高：高峻，此处用为动词，加高的意思。岌岌：本指高耸的样子，此处指帽高。⑥长：修长，这里用为动词。陆离：修长而美好的样子。⑦芳：指芬芳之物。泽：说法不一，指腐臭之物，或说为润泽的意思。杂糅：掺杂在一起。芳泽杂糅，比喻自己和群小共处一朝。⑧唯：只有。昭质：指清白纯洁的本质。亏：亏损。⑨反顾：回顾，回头看。游目：纵目瞭望之意。⑩往观：前去观望。四荒：指四方荒远之地。这里是指重新寻找道路以实现自己的理想。⑪佩：佩戴，具体可以指香囊、玉佩。缤纷：盛，极言多。繁饰：饰物繁多。⑫菲菲：勃勃，形容香气浓郁。弥章：更加明显。⑬民生：人生。乐：爱好。⑭好修：好为修饰，即自我修洁的意思。常：恒常之法。⑮体解：肢解，古代把人的四肢分割下来的一种酷刑。犹：尚且。未变：不改变，指决不改变初衷。⑯岂：怎能。惩：指恐惧，解为"惩艾"亦通。

第一层次回顾：回顾。此层的主要内容是回顾自己的志向、遭遇和决心，为下文幻想中的求索和思想上的矛盾作铺垫。

女媭(xū)之婵媛(chányuán)兮①，申申其詈(lì)予②。

曰鲧婞(gǔn xìng)直以亡身兮③，终然殀(yāo)乎羽之野④。

汝何博謇(jiǎn)而好修兮⑤，纷独有此姱节⑥？

薋菉葹(cí lù shī)以盈室兮⑦，判独离而不服⑧。

众不可户说兮[9]，孰云察余之中情[10]？

世并举而好朋兮[11]，夫何茕独而不予听[12]？

［注释］

①女媭：历来解说不一。一说是女神名，一说是女伴，一说是妾。当以侍妾说为是。婵媛：联绵词，眷恋。②申申：反反复复。詈：责骂，苦苦相劝。③鲧：神话传说中上古时期的治水人物，禹的父亲。婞直：倔强刚直。亡身：忘身，意谓忘记对自身的危害，不顾生命的意思。④终然：终于。夭：夭折，死于非命。羽之野：羽，羽山，传说在今山东蓬莱东南。羽之野，指羽山的郊野。⑤汝：你，指屈原。何：为何。博謇：意谓过于刚直。⑥纷：纷纷然，众多之意。独：唯独你。姱节：美好的节操。⑦薋、菉、葹：都是恶草名。此处用来比喻谗佞盈满于君王身边。盈室：满屋。⑧判：判然，区别。离：舍弃。服：使用，佩戴。⑨众：众人。户说：挨家挨户去解说。⑩孰：谁。云：助词，无词义。察：体察。余：这里指我们，实指屈原。中情：指内心。⑪世：当今，指世俗之人。并举：相互抬举。好朋：喜欢结为朋党。⑫夫：犹汝也。茕独：孤独。不予听："不听予"，不听我的劝告。予：我，女媭自称，以上写女媭诱劝他妥协。

依前圣以节中兮[1]，喟凭心而历兹[2]。

济沅（yuán）湘以南征兮[3]，就重华而陈词[4]。

［注释］

①依：循。前圣：前代圣贤。节中：节操，中正。②喟：叹息声。凭心：愤懑发于心。历兹：经历到如今。意谓经历到如今这样的打击。③济：渡过。沅、湘：水名，沅水与湘水都在今湖南省境内。南征：南行。④就：靠近。重华：舜的号。传说舜死在苍梧之野，苍梧山在今湖南宁远县境内。要向重华陈词，就必须渡沅、湘二水向南进发。以下为向舜陈词的内容。

启《九辩》与《九歌》兮[1]，夏康娱以自纵[2]。

不顾难以图后兮[3]，五子用失乎家巷（hòng）[4]。

［注释］

①启：夏启，禹的儿子，继禹之后做了国君。《九辩》《九歌》：古代乐曲名。传说《九辩》《九歌》是天帝的乐曲，被夏启从天上偷下来带到了人间。②夏康：太康，启的儿子。以：而。自纵：自我放纵。太康用《九辩》《九歌》娱乐自己，任情放纵。③不顾难：顾，环顾考虑。难，患难。不顾难，即不考虑祸难而为未来打算。图：谋，打算。④五子：五观，亦即武观，启的第五个儿子。用失乎："失"可能是"夫"的误

写。“乎”是“夫”误写后加上的。“用乎”之文，与用夫、用之同。用，因；用乎，因此的意思。家巷：家族内部斗争。巷，同“哄”。据记载五观作乱，启派兵讨平。

羿(yì)淫游以佚(yì)畋(tián)兮①，又好射夫封狐②。
固乱流其鲜终兮③，浞(zhuó)又贪夫厥家④。
浇身被服强圉(yǔ)兮⑤，纵欲而不忍⑥。
日康娱而自忘兮⑦，厥首用夫颠陨(yǔn)⑧。
夏桀(jié)之常违兮⑨，乃遂焉而逢殃⑩。
后辛之菹(zū)醢(hǎi)兮⑪，殷宗用而不长⑫。
汤禹俨而祗(zhī)敬兮⑬，周论道而莫差⑭。
举贤而授能兮⑮，循绳墨而不颇⑯。
皇天无私阿(ē)兮⑰，览民德焉错辅⑱。
夫维圣哲以茂行兮⑲，苟得用此下土⑳。
瞻前而顾后兮㉑，相观民之计极㉒。
夫孰非义而可用兮㉓，孰非善而可服㉔？
阽(diàn)余身而危死兮㉕，览余初其犹未悔㉖。
不量凿(záo)而正枘(ruì)兮㉗，固前修以菹醢㉘。
曾歔(xū)欷(xī)余郁邑兮㉙，哀朕时之不当㉚。
揽茹蕙以掩涕兮㉛，沾余襟之浪浪㉜。

[注释]

①羿：古代传说中的善射者。淫游：过度地游乐。佚畋：佚，放荡纵恣。佚畋指放纵而无节制的打猎。②封：大也。封狐，大狐狸。③固：本来。乱流：意谓逆行篡乱之流。鲜终：很少有好的结果。④浞：寒浞，羿的相。据《左传》记载，羿做国君后，佚乐无度，不理国政，寒浞令他的家臣逢蒙射杀了羿，抢夺了羿的妻子。贪：贪恋，此可作“霸占”解。厥：同“其”。家：指妻室。⑤浇：寒浞与羿妻生的儿子。被服：犹言“披服”，依仗。强圉：有极大的力量。传说他能在陆地行船。⑥纵欲：放纵自身的欲望。不忍：不止，不能加以克制。⑦日：天天。康娱：安于娱乐，指沉浸在娱乐中。自忘：指忘掉自身的安危。⑧厥首：他的脑

袋。用夫：因此。颠陨：坠落。⑨夏桀：夏朝末代的国君。常违：违，邪僻。常违，即“违常”，违背常道，行为邪僻。⑩乃：竟。遂：终究。焉：于是，指桀之违背常道之事。逢殃：遭到祸患，指为汤所放逐。⑪后辛：商纣王，名辛，又称帝辛，商朝末国君。菹醢：指把人剁成肉酱，古代的一种酷刑。⑫殷宗：宗，宗族统治，即指殷代的统治。殷宗指殷朝的祖祀。用而：因而。不长：指被周武王所灭。⑬汤、禹：商汤、夏禹，指古代贤君。俨：庄严，敬畏。⑭周：此指周文王、武王。论道：选择、讲求治国的道理。莫差：没有丝毫的差错。⑮举贤而授能：举，选用。授，任用。举贤而授能指选拔任用有德有才的人。⑯循：遵照，遵守。绳墨：木工画直线用的工具，喻指规矩、法度。不颇：颇，偏。不颇即无偏颇，与上文“莫差”义近。⑰皇天：上天。阿：偏袒、庇护。⑱览：察。民德：人之品德，实指君德。焉：于是。错：通“措”，安置。辅：辅助。⑲夫：发语词。维：同“惟”，独。圣哲：有高智慧的圣贤。茂行：美好的德行。⑳苟得：才能够。用：享有。下土：天下。用此下土，即享有天下。㉑瞻前而顾后：观察古往今来之成败。㉒相观：观察。此为动词连用，相、观，均为看、察之意。计极：极计，指最终的法则和标准。㉓夫：发语词。孰：哪。非义：不行仁义。用：服用。这句是说哪有不义的国君能长久统治国家？㉔非善：不行善事。㉕阽：临近险境。危死：危险几近于死。㉖览：反观。初：初心，本心。㉗量：度。凿：榫头的孔。枘：榫头。这句话的意思是说，枘要插进凿中，如不度量凿的方圆大小，就无法合榫。比喻臣子如不度量国君的贤愚就直言进谏，一定会招致灾祸。㉘固：应为“故”。前修：前贤，指被纣剁成肉酱的梅伯等贤臣。以：因此。向重华的陈词到此结束。㉙曾：屡次，不断地。歔欷：气咽而抽泣的声音。郁邑：忧伤的样子。㉚时之不当：生不逢时之意。㉛揽：取。茹：柔软。掩涕：涕，眼泪。掩涕即擦眼泪。㉜沾：浸湿。浪浪：泪流不止的样子。以上通过向重华陈词，明确人生真谛，决定直面现实，我行我素，虽死而不后悔。

跪敷衽(rèn)以陈辞兮①，耿吾既得此中正②。

驷玉虬(qiú)以乘鹥(yī)兮③，溘(kè)埃风余上征④。

朝发轫(rèn)于苍梧兮⑤，夕余至乎县圃⑥。

欲少留此灵琐兮⑦，日忽忽其将暮⑧。
吾令羲和弭（mǐ）节兮⑨，望崦嵫（yān zī）而勿迫⑩。
路曼曼其修远兮⑪，吾将上下而求索⑫。

［注释］

①敷衽：敷，铺开。衽，衣襟。敷衽即指铺开衣襟。陈辞：以上指向重华述说的话。②耿：光明。既：已经。中正：此处指治国之道。诗人在重华面前陈辞后，感觉他已经在神灵面前印记了中正的治国之道。③驷：本义是四匹马拉的车，这里是动词，指驾车。玉虬：白色无角的龙，玉在此表示颜色。鹥：凤鸟一类。④溘：忽然。埃风：卷有尘土的大风。上征：上天远行。⑤朝：清晨。发轫：轫，挡住车轮转动的横木。发轫，出发的意思。就是拿开挡车轮的横木，使车轮转动。苍梧：山名，据说舜葬此地。因刚刚向舜陈述完，所以从苍梧山出发。⑥至乎：到达。县圃：又称“玄圃”，神话中昆仑山上的仙山名，据说在昆仑山顶，为神灵所居。⑦少留：稍微停留一会。灵琐：神灵所居的门，实指县圃。琐，本指门上刻画的环形花纹，以此代门。⑧忽忽：匆匆，很快的样子。⑨令：命令。羲和：神话中的太阳神，给太阳驾车。弭节：弭，停止。节，马鞭。弭节指停车。⑩崦嵫：神话中山名，日所入处。迫：近。⑪曼曼：同“漫漫”，路遥远的样子。修远：长远。⑫上下：犹云登降。上到天国，下到人间到处寻求，象征追求同心同德者。上下求索，体现了诗人追求理想实现的一种韧性精神。

饮余马于咸池兮①，总余辔乎扶桑②。
折若木以拂日兮③，聊逍遥以相羊④。

［注释］

①咸池：神话中的池名，太阳出来洗澡的地方。②总：结，系。辔：马缰绳。扶桑：神话中的树名，太阳从它下面出来。③折：攀折。若木：神话中的树名，在昆仑山的极西，太阳所入之处。④聊：暂且。逍遥：自由自在的样子。相羊：徘徊，盘桓。

前望舒使先驱兮①，后飞廉使奔属②。
鸾皇为余先戒兮③，雷师告余以未具④。
吾令凤鸟飞腾兮⑤，继之以日夜⑥。
飘风屯其相离兮⑦，帅云霓而来御⑧。
纷总总其离合兮⑨，斑陆离其上下⑩。

［注释］

①前：在前面。望舒：月神的驭手。先驱：指在前面开路。②后：在后面。飞廉：风伯，风神。奔属：奔跑追随。③鸾：指凤鸟一类。皇：指雌凤一类。先戒：在前面警戒。④雷师：雷神丰隆。具：备，指车驾。⑤飞腾：腾，飞之速也。飞腾即腾空而飞。⑥日夜：指日夜兼程。⑦飘风：旋风。屯：聚集。离：同“丽”，依附。⑧帅：率领。云霓：彩云，云虹。御：同“迓”，迎接。⑨纷总总：形容很多东西聚集在一起。离合：忽散忽聚。⑩班：文采杂乱，五彩缤纷。陆离：形容光彩斑斓参差错综。此二句既可看作是想象中的境况，又可看作诗人的心境描写。

吾令帝阍(hūn)开关兮①，倚阊阖(chāng hé)而望予②。
时暧暧其将罢兮③，结幽兰而延伫④。
世溷(hùn)浊而不分兮⑤，好蔽美而嫉妒⑥。

［注释］

①帝阍：天帝的守门人。关：门。②倚：靠着。阊阖：天门。望：冷漠地看着，拒绝开门。上天求见象征着企求楚王的理解，帝阍不开门表示这一理想的破灭。③时：时光，此指日光。暧暧：昏暗的样子，光线渐渐微弱。④结：编结。延伫：徘徊迟缓。⑤溷浊：混乱污浊。不分：没有区别。⑥蔽：遮蔽，掩盖。蔽美：遮盖美好的东西。以上四句，承上言见帝之受阻，诗人感慨万千。

朝吾将济于白水兮①，登阆(làng)风而緤(xiè)马②。
忽反顾以流涕兮③，哀高丘之无女④。

［注释］

①朝：清晨。济：渡。白水：神话中水名，发源于昆仑山。②登：攀登上。阆风：神话中地名，即县圃，在昆仑山上。緤：拴，系。这两句写心里的想法。③忽：突然间。反顾：回头望。④哀：痛惜。高丘：高山，似即指阆风，借指楚国。女：神女。屈原表面上是哀阆风无神女，实际是哀楚王没有好的嫔妃。

溘吾游此春宫兮①，折琼枝以继佩②。
及荣华之未落兮③，相下女之可诒④。

［注释］

①溘：形容快。春宫：神话中东方青帝所住的仙宫。②琼枝：玉树的花枝。继：继续，补充。佩：佩戴。③及：趁着。荣华：荣，草本植物开的花。荣华指花朵。未落：尚未凋谢，指琼枝言。④相：察看。下女：下界（人间）的女子，指一

般贤臣。可诒：诒，一本作“贻”。可诒指可以赠送。

吾令丰隆乘云兮①，求宓(fú)妃之所在②。
解佩纕以结言兮③，吾令蹇修以为理④。
纷总总其离合兮⑤，忽纬繣其难迁⑥。
夕归次于穷石兮⑦，朝濯发乎洧盘⑧。
保厥美以骄傲兮⑨，日康娱以淫游⑩。
虽信美而无礼兮⑪，来违弃而改求⑫。

［注释］

①丰隆：雷神。②求：寻求。宓妃：神话中古帝伏羲氏的女儿。溺死在洛水，后成为洛水女神。③佩纕：佩带的香囊。结言：约好之言，以香囊为信物，此指定盟约。④蹇修：人名。旧说是伏羲的臣，不可信。理：提亲人。⑤纷总总：来去无定的样子，形容提亲人多次往返，费了不少口舌。离合：言辞未定。⑥纬繣：乖戾，不相投合。⑦次：住宿。穷石：神话中山名，传说是后羿居住的地方。⑧濯发：洗头发。洧盘：神话中的水名，出崦嵫山。这两句暗示宓妃与后羿有暧昧关系。⑨保：持，依仗。厥美：厥，其，此处指宓妃。厥美指她的美貌。骄傲：傲慢无礼。⑩日：成天。康娱：娱乐享受。淫游：过分的游乐。⑪虽：诚然。信美：确信美好。无礼：指生活放荡，不合理法。⑫来：乃，呼语。违弃：抛弃，放弃。改求：另外寻求。

览相观于四极兮①，周流乎天余乃下②。
望瑶台之偃蹇兮③，见有娀(sōng)之佚女④。
吾令鸩(zhèn)为媒兮⑤，鸩告余以不好⑥。
雄鸠之鸣逝兮⑦，余犹恶(wù)其佻巧⑧。

心犹豫而狐疑兮⑨，欲自适而不可⑩。
凤凰既受诒兮⑪，恐高辛之先我⑫。
欲远集而无所止兮⑬，聊浮游以逍遥⑭。
及少康之未家兮⑮，留有虞之二姚⑯。
理弱而媒拙兮⑰，恐导言之不固⑱。
世溷浊而嫉贤兮⑲，好蔽美而称恶⑳。
闺中既以邃远兮㉑，哲王又不寤㉒。
怀朕情而不发兮㉓，余焉能忍而与此终古㉔？

[注释]

①览相观：同义动词连用，都是“看”的意思，指细细观察。四极：东西南北极远的地方。②周流：周游，到处游览。③瑶台：用美玉砌成的台。偃蹇：高耸的样子。④有娀：有娀国，传说中的上古国名。此处即指简狄。⑤鸩：鸟名，传说把它的羽毛浸在酒中，喝其酒能毒死人。⑥不好：以不好告我。⑦雄鸠：雄性鸠鸟。鸣逝：边叫边飞，意思是嘴巧腿勤。⑧犹：尚。恶：嫌弃，厌恶。佻巧：行为轻佻巧诈，言语巧辩。⑨犹豫：拿不定主意。⑩自适：亲自去。不可：因为不合当时礼法，所以不可以亲自去。⑪凤凰：凤鸟，即传说中的“玄鸟”。受诒：“致诒”，指完成送聘礼之事。⑫高辛：五帝之一的帝喾称号。传说，帝喾曾令玄鸟给简狄送礼，成婚后生子契。⑬远集：远止。所止：停留的地方。⑭浮游：漫游，遍游。⑮及：趁着。少康：夏代的中兴之王，夏启的曾孙。未家：未成家。⑯有虞：传说中上古国名。姚姓。二姚：指有虞国的两个女儿。有虞国君把两个女儿嫁给了少康。后来少康消灭了浞和浇，恢复了夏朝的统治。⑰理弱：指媒人软弱。拙：笨拙。⑱导言：媒人撮合的言词。⑲嫉贤：嫉妒贤能。⑳称恶：称赞邪恶。称，举。此句意谓推举邪恶之人。以上二句点明人间求女的象征意义。㉑闺中：女子居住的内室，指以上所求诸女的居室。以：助词，没有意义。㉒哲王：明智的君王，指楚怀王。不寤：不醒悟。前文帝阍不肯开天门，表明楚怀王不醒悟。㉓怀：怀抱。情：指忠情。不发：

不能抒发。㉔焉能：安能，怎能。忍：忍受。此：这，指的上三句中所说的这种情况。终古：永久。

第二层次回顾：求索。回顾往昔，信而见疑，忠而被谤，屈子迷惑，于是求索。此层次可以分为三个小层次：“女媭詈余”“重华陈词”“上下求索”。在该层次中诗人借助瑰奇的想象和绚烂的神话，把内心世界表现得淋漓尽致。其中贯穿一条基本线索，即诗人的志向和理想无论在现实世界中遭受到多大的打击，那种“路曼曼其修远兮，吾将上下而求索”的坚持不懈的追求精神，丝毫没有减退。

索藑(qióng)茅以筳篿(tíng zhuān)兮①，命灵氛为余占之②。
曰：“两美其必合兮③，孰信修而慕之④？
思九州之博大兮⑤，岂惟是其有女⑥？”
曰：“勉远逝而无狐疑兮⑦，孰求美而释女⑧？
何所独无芳草兮⑨，尔何怀乎故宇⑩？”
世幽昧以眩曜兮⑪，孰云察余之善恶⑫？
民好恶(wù)其不同兮⑬，惟此党人其独异⑭！
户服艾以盈要兮⑮，谓幽兰其不可佩⑯。
览察草木其犹未得兮⑰，岂珵(chéng)美之能当⑱？
苏粪壤以充帏(wéi)兮⑲，谓申椒其不芳⑳。

［注释］

①索：取。藑茅：香茅之类，古代用茅草来占卜。以：与。筳篿：古代卜卦用的竹棍。②灵氛：传说中的上古神巫。巫是古代以接事鬼神为职业的人，或歌舞降神，或为人推断吉凶，或为人治病。③曰：此指神巫说。以下四句是灵氛的话。两美其必合：两个美人必定能够结合。④孰：谁。信修：诚然美好。慕：爱慕。之：代“信修”的人。⑤思：想。九州：古代将中国分为九个州，九州即指整个中国。⑥是：这，指楚国。女：美女。⑦曰：此亦为灵氛所说，灵氛见屈原沉默不语，接着又说了以下四句劝导的话。勉：努力。远逝：指勉力远去。⑧释：放开、舍弃。⑨何所：何处。芳草：比喻理想的美人。⑩尔：你，指屈原。怀：怀恋。乎：彼也。故宇：故国，指楚国。灵氛劝行的话到此结束。以下是诗人自己的考虑。⑪世：

当今之世。幽昧：幽深黑暗。以：而且。眩曜：惑乱溷浊。⑫云：语中助词，能。余：我，此为灵氛，代指屈原。察：明辨。⑬民：指天下众人。好恶：喜好和厌恶，或曰是非标准。其：借为“岂”，难道。⑭惟：通“唯”，只有。党人：朋党之人。独异：特别，与一般人不同。⑮户：指党人家家户户，言其多。服：佩用。艾：艾蒿。这种草有特殊气味，被作者看作恶草。盈：满，动词。要：同“腰”。⑯谓：说。此处指众人说。其：指代幽兰。⑰览察：察看，这里是通过察看加以辨别的意思。其：尚且。犹：还。未得：不能够。⑱岂：难道。珵美：“美珵”，美玉。当：恰当。⑲苏：取。粪壤：粪土。充：塞满，装满。帏：佩在身上的香囊。⑳申椒：申地之椒。

欲从灵氛之吉占兮，心犹豫而狐疑。
巫咸将夕降兮①，怀椒糈（xǔ）而要之②。
百神翳（yì）其备降兮③，九疑缤其并迎④。
皇剡（yǎn）剡其扬灵兮⑤，告余以吉故⑥。

［注释］

①巫咸：古代的神巫，名咸。巫咸也是作品里的假想人物。夕降：傍晚从天而降。古人把巫看成是人神之间的中介，巫请神下降，向神申述人的请求，并把神的指示传达给人。②怀：馈。椒糈：指椒浆和祭神用的精米。要：邀请，迎候。③百神：指天上的众神。翳其：翳然，遮蔽（天空），形容神遮天盖地而来。备降：全来。④九疑：九嶷山，指九嶷山上的神灵。缤其：纷纷，形容盛多的样子。并迎：一起来迎接。这里说到九嶷山的众神迎接天上百神。⑤皇：皇天。一说，皇是指百神。剡剡：光闪闪。灵：灵光。⑥吉故：明君遇贤臣的吉祥的故事。

曰：“勉升降以上下兮①，求榘矱（jù huò）之所同②。
汤、禹严而求合兮③，挚咎繇（gāo yáo）而能调④。
苟中情其好修兮⑤，又何必用夫行媒⑥？
说操筑于傅岩兮⑦，武丁用而不疑⑧。

［注释］

①曰：指巫咸传达天神的指示。勉：努力。升降以上下：意指俯仰浮沉到处求访。②求：寻求。榘矱：榘，通“矩”，是画方形的工具，矱是量长短的工具，此处指法度。③汤、禹：指商汤和夏禹。严：恭敬。合：志同道合的人。④挚：商汤贤相伊尹的名。咎繇：皋陶，夏禹的贤臣。调：协调。⑤苟：如果。中情：指内心。⑥用：凭借。夫：彼的意思。行媒：指往来传话的媒人。⑦说：指傅说，殷高宗的

贤相，他原来是在傅岩地方从事建筑的奴隶，后被殷高宗重用。操：持，拿。筑：杵，筑土墙用的木杆。⑧武丁：殷高宗名。用：重用。疑：嫌恶。这句话说武丁不因傅说是干贱活的奴隶而嫌恶他。

吕望之鼓刀兮[1]，遭周文而得举[2]。

宁戚之讴歌兮[3]，齐桓闻以该辅[4]。

［注释］

①吕望：吕尚。本姓姜，吕是他先人的封地，以封地为氏。相传他曾在殷都朝歌做过屠夫，后被周文王重用。鼓刀：屠宰牲畜时摆弄刀具，发出声响。②遭：遇。周文：周文王姬昌。举：选用，举用。③宁戚：春秋时卫国人，相传他曾经做过小商贩，在齐国都东门外，边喂牛边敲牛角唱歌，齐桓公听后，得知其为贤人，便起用他为客卿。④齐桓：齐桓公，齐国国君姜小白，春秋五霸之一。该：周详，完备。该辅，备为辅佐，用为大臣。

及年岁之未晏兮[1]，时亦犹其未央[2]。

恐鹈(tí)鴂(jué)之先鸣兮[3]，使夫百草为之不芳[4]。”

何琼佩之偃蹇兮[5]，众薆(ài)然而蔽之[6]。

惟此党人之不谅兮[7]，恐嫉妒而折之[8]。

时缤纷以变易兮[9]，又何可以淹留？

兰芷变而不芳兮，荃蕙化而为茅[10]。

何昔日之草兮，今直为此萧艾也[11]？

岂其有他故兮[12]，莫好修之害也[13]！

余以兰为可恃兮[14]，羌无实而容长[15]。

委厥美以从俗兮[16]，苟得列乎众芳[17]。

椒专佞以慢慆(tāo)兮[18]，榝(shā)又欲充夫佩帏[19]。

既干进而务入兮[20]，又何芳之能祗(zhī)[21]？

固时俗之流从兮，又孰能无变化？

览椒兰其若兹兮，又况揭车与江离[22]？

惟兹佩之可贵兮㉓，委厥美而历兹㉔。

芳菲菲而难亏兮㉕，芬至今犹未沫㉖。

［注释］

①及：趁着。晏：晚。②时：时光。犹其：尚且。未央：未尽。这句意思是说建功立业之时犹未过去，尚可有为。③鹈鴂：杜鹃，或曰子规、伯劳，初秋鸣叫，故有下文的百草不芳。④夫：助词。为之：因此。不芳：比喻错过时机而无所作为。巫咸劝行的话到此结束。下面是诗人自己的考虑。⑤何：何等。琼佩：用玉树花枝缀成的佩带。偃蹇：盛多美丽的样子，此乃形容琼佩之盛。⑥众：指楚国朝廷结党营私的一帮人，即下句中的“党人”。薆：遮蔽。⑦惟：思。不谅：意指险诈不可信。⑧折：摧毁。之：指代琼佩。⑨时：时世。缤纷：纷乱。变易：变化。⑩茅：茅草，比喻已经蜕化变质的谗佞之人。⑪直：竟然、居然。萧艾：萧，即蒿，贱草。⑫他故：别故，指的是其他的理由。⑬莫：不。害：弊端。⑭兰：兰草，即前文“余既滋兰之九畹兮”的“兰”，是屈原苦心培养的人才之一，此处可能是影射楚怀王幼子令尹子兰。⑮无实：不结果实。容长：以容貌美好见长，意思是指徒有美好外表。⑯委：丢弃、抛弃。厥：他的，指代兰。从俗：追随世俗。⑰苟：在此表疑问，如何之意。得：得以，能够。这句是说他们如何可以位列众芳。⑱椒：花椒，亦指变质之贤者。一说是影射大夫子椒。专佞：专横谗佞。慢慆：傲慢放肆。⑲榝：茱萸一类的植物，形状似椒而不香。椒本芳烈之物，茱萸似椒而非，比喻楚官场的一批小人。⑳干进：干，指求登高位。干进即求进。务入：指钻营。㉑芳：指椒和榝的香味。祗：散发。此句说芬芳没有办法散发。㉒揭车、江离：两种香草名，香味不如椒兰，比喻自己培育的一般人才。㉓惟：通“唯”，唯有。兹佩：这个佩饰，指上文“琼佩”，喻指屈原之内美与追求。㉔委，弃。这里是“被抛弃”的意思。厥美：它的美，指琼佩之美。历兹：到如今这一地步。㉕菲菲：香喷喷，指香气浓郁。亏：减，损。㉖沫：消失。

和调度以自娱兮①，聊浮游而求女②。

及余饰之方壮兮③，周流观乎上下④。

灵氛既告余以吉占兮⑤，历吉日乎吾将行⑥。

折琼枝以为羞兮⑦，精琼靡(mí)以为粻(zhāng)⑧。

［注释］

①和调度：三个字同意，为并列结构，指调节自己的心态，缓和自己的心情。人生各有所乐，屈原独以好修为常。自娱：自乐。②聊：姑且。浮游：飘游，漫游。求女：寻求志同道合之人。③方：正。壮：盛。本句“方壮”指“饰”，比喻年事尚不过高。④周流：周游。上下：上下四方，到处。⑤吉占：指两美必合而言。⑥历：选择。⑦琼枝：琼树的枝条。羞：美味。⑧精：动词，使精细。靡：细屑。粻：粮。

为余驾飞龙兮①，杂瑶象以为车②。

何离心之可同兮③，吾将远逝以自疏④。

邅(zhān)吾道夫昆仑兮⑤，路修远以周流⑥。

扬云霓之晻(yǎn)蔼(ǎi)兮⑦，鸣玉鸾之啾啾⑧。

朝发轫于天津兮⑨，夕余至乎西极⑩。

凤凰翼其承旂(qí)兮⑪，高翱翔之翼翼⑫。

忽吾行此流沙兮⑬，遵赤水而容与⑭。

麾(huī)蛟龙以梁津兮⑮，诏西皇使涉予⑯。

路修远以多艰兮，腾众车使径待⑰。

路不周以左转兮⑱，指西海以为期⑲。

［注释］

①为余：为我，替我。飞龙：长翅膀的龙，用来驾车。②杂：间杂配合。瑶：美玉。象：象牙。这句说杂用象牙、美玉来装饰车子。③离心：不同的去向。④远逝：远去。自疏：主动疏远他们。⑤邅：楚方言，转向。楚人名转为邅。道：用为动词，有取道之意。昆仑：神话中西部神山名。⑥周流：周游。⑦扬：飘扬。云霓：虹，此处指以云霓为旌旗。晻蔼：（旌旗蔽天）日光暗淡的样子。⑧鸣：响起。玉鸾：用玉雕刻成的鸾形的车铃。啾啾：象声词，玉铃发出的声音。⑨发轫：出发。天津：指天河的渡口。⑩西极：西方的尽头。⑪翼：敬，庄重。承：相接。旂：旗帜的通称。⑫翼翼：飞翔时的样子。⑬忽：匆匆。流沙：西方的沙漠，因沙流动而得名。⑭遵：循着，沿着。赤水：神话中水名，发源于昆仑山。容与：从容徘

徊而不前。⑮麾：指挥。蛟：龙的一种，能兴风作浪。梁：桥，此处用为动词，架桥的意思。津：渡口。⑯诏：告令。西皇：古帝少皞氏，西方的尊神。涉予：涉，渡。把我渡过河去。⑰艰：指路途艰险。腾：飞驰。径待：径，直。待，应作“侍”。径待即径相侍卫以免渡河发生危险。⑱路：路径。不周：不周山，神话中的山，在昆仑西北，因山有缺，故得此名。⑲指：直指，表示最终。西海：神话中西方之海，传说是西皇所居住的地方。期：期待。

屯余车其千乘(shèng)兮①，齐玉轪(dài)而并驰②。
驾八龙之蜿蜿兮③，载云旗之委蛇(yí)④。
抑志而弭节兮⑤，神高驰之邈邈⑥。
奏《九歌》而舞《韶》兮⑦，聊假日以媮(yú)乐⑧。

［注释］

①屯：聚集。千乘：指千辆车，极言其多。②齐：整齐，这里用为动词，排列整齐。玉轪：古称车轮为轪，玉轪即玉饰的车轮。并驰：并驾齐驱。③八龙：为余驾车的八条神龙。蜿蜿：在前进时蜿蜒曲折的样子。④委蛇：旗帜飘扬舒卷的样子。⑤志：通“帜”，抑志，即将旗帜下垂。弭节：放下赶车的马鞭，使车停止。⑥神：神思，指人的精神。邈邈：浩邈无际的样子。⑦舞《韶》：以《韶》乐伴奏的舞蹈。《韶》即《九韶》，夏启的舞乐。⑧媮：通“愉”，与乐同义。

陟升皇之赫戏兮①，忽临睨(nì)夫旧乡②。
仆夫悲余马怀兮③，蜷局顾而不行④。

［注释］

①陟升：两字同义，都是升高的意思。皇：天。赫戏：形容光明。②忽：突然之间。临：指由上而下观看。睨：斜着眼睛看。旧乡：我的故乡，指楚国。③仆夫：车御也，驾车的人。悲：悲痛。怀：思念。④蜷局：蜷曲不伸展。顾：回头看。

第三层次回顾：矛盾。屈子历经坎坷，前途无望，只好借助巫祝之语，抒胸中之情：不能不离，又不能离。在这种尖锐的矛盾冲突中，诗人的爱国主义思想升华到最高的境界。此层次又可以分为四个层次：灵氛劝离、巫咸劝留、初念去国、终觉不忍。

乱曰①：已矣哉②！

国无人莫我知兮③，又何怀乎故都④？

既莫足与为美政兮⑤，吾将从彭咸之所居⑥！

［注释］

①乱：古代音乐的最后一章为乱，后来辞赋最后总括全篇要旨的一段也叫作“乱”。 ②已矣哉：算了吧。为绝望时的哀叹。③国无人：人，指贤人。国无人即国家无人。莫我知：就是“莫知我”，即没有人了解我。④怀：念。⑤足：足以。与：跟、和。为：实行，实施。美政：诗人追求的美好理想的政治。⑥从：随从。居：住所，这里是指一生所选择的道路和归宿。

这是全篇的尾声，具有相对的独立性。它高度概括了全篇的主要内容，简洁而生动地说明了屈原打算以身殉国的原因。

［译文］

我原本是上古帝王高阳氏的后裔啊，我那已经死去的父亲就名叫伯庸。正当寅年又是寅月啊，就在庚寅之日我降生。父亲看了我初生的器宇啊，依卦兆赐予我佳名。给我取的大名就叫作正则，给我取的表字叫灵均。我本来就拥有那么多美好的禀赋啊，再加上不断增长的才能。披上芬芳的江离和幽香的白芷啊，穿上兰草编制的饰佩。时光如流，我总是追赶不上啊，惟恐年岁匆匆流逝不再将我等。清晨里我拔取了山南那去皮不死的木兰啊，傍晚时分我揽取沙洲上经冬不枯的宿莽。日月飞驰从未久留啊，春去秋来亘古不变。想到草木难免凋谢零落啊，担心美人终归也会迟暮。何不趁年壮抛弃污秽啊，何不改变如此陈旧的法度？乘上骏马迅速疾驰啊，来吧！我会在前面给你引路！

过往的先代三王君德皆纯美无瑕啊，本来就有群芳的环绕辅佐。不只是用花椒和菌桂啊，岂止是佩戴上白芷和蕙草。那唐尧虞舜的光明正直啊，遵循正道就步入坦途。夏桀商纣何等狂乱放纵啊，因贪图捷径而寸步难行。结党的小人苟且偷生、贪求安乐啊，国家的前途暗淡而就要倾覆了。我哪里是害怕自己遭到祸殃啊，我所担心的是君王的车乘就要倾覆。匆匆奔走在君王的前后啊，就是想使您跟上前代圣君的脚步。君王您不体察我的苦心啊，反而听信了那些谗言而对我暴怒相加。我诚然明白耿直进言会招来祸患

啊，纵使心中想忍却也一定要说。上指苍天来作证啊，那是为了君主的缘故。当初以黄昏作为约期啊，可是中途就改变了主意。那时候与我有过真诚的约定啊，到后来却反悔有了其他的企图。原本我并不怕与您离别啊，可是我痛惜君王您反复无常意志不坚。

我已经种植了兰花九畹啊，又培育了蕙草百亩。分垄栽种了留夷和揭车啊，还间杂种植着杜衡与芳芷。多么希望它们叶茂而枝盛，等到成熟的季节我就收割。纵然是枯萎凋零又何必悲伤啊，伤心的是众芬芳污秽变质。众人都竞相钻营贪求财物啊，贪得无厌的追逐从不满足。为什么总是用自己的卑鄙估量别人啊，各怀鬼胎相互嫉妒。匆匆奔走追名逐利啊，那不是我心中追求所急。衰老渐渐地就要来临啊，担心的是修洁的美名无法得到确立。清晨啜饮木兰花上欲坠的香露啊，傍晚采食秋菊初绽的花瓣。只要我的内心诚然美好专一啊，纵使吃不饱而肌瘦憔悴又有什么关系？采撷木兰根来编结白芷啊，再穿结上香草薜荔落下的花房。举起香木菌桂来缀上蕙草啊，胡绳编结的绳索美好又修长。我一心效法前代的修洁圣贤啊，这不是世俗之人认可的衣冠。虽与当今之人做人的口味不相符合，我愿顺从于彭咸留下的典范。

长叹息，擦干洒下的热泪啊，哀伤人生的道路是这样的艰险。我虽然洁身自好啊，早晨进谏晚上就遭贬斥。我虽把蕙草的香囊抛弃啊，又揽取芳芷当作我的佩帏。只要我的内心是美善的啊，就是为这死上九回也肯定不后悔。我责怨君王荒唐糊涂啊，终究不能省察我的善良心肠。众女嫉妒我蚕蛾之眉的美貌啊，造谣诋毁我过于邪乱。世俗本来就是善于投机取巧啊，违背规矩而改变举措。背叛规矩法度追随邪路啊，将竞相苟合奉迎取悦奉为做人的准则。我是那样忧愤而又心神不宁啊，只有我在这个时代困顿难行。就算猝然死去顺水漂流啊，我也不肯做出同样邪恶之态。雄鹰一类的猛鸟决不与凡鸟为伍啊，这样的事情从来就是如此。怎么可以让方圆吻合在一起啊，谁又能与人志趣不同而相安无事？可以委屈心意压抑志向啊，容忍强加的罪名。伏身于清白之志以死于直道啊，这都是前代圣贤所提倡和赞许的。

悔恨观察道路不够审慎啊，踌躇不前我要回返。掉转我的车乘折回原路啊，趁着迷路尚还不算太远。骑马漫步在长满兰草的水边啊，奔驰休息于长满花椒的小丘上。进身君前不被接纳反而招致罪名啊，退下来再修饰我当初的旧服。裁制菱叶、荷叶做成上衣啊，采集荷花做成下裳。不被了解也就算了吧，只要我的内心诚然芬芳。把我的切云冠高高上耸，把我的玉佩打造得长长。芬芳和污浊杂糅在一起啊，唯独那洁白的本质不会损伤。忽然回首放眼眺望啊，将去观览遥远的四方。我的佩带缤纷而修饰完美啊，芳香馥郁更加昭彰。人生的追求和志向各不相同啊，只有我喜好修洁习以为常。就算是把我的身体肢解也不会改变啊，怎能使我的心思受到挫伤。

我的侍妾女媭缠绵不舍啊，三番五次地把我斥责：“鲧刚直而总忘记自身的危险啊，最终惨死在羽山的郊野。你何必过于忠直又好修洁啊，偏偏富有如此的美好节操？恶草蒺菉葹堆满了屋子啊，为什么你偏要与众不同不肯用？众人那么多怎能一个个地说明啊，谁能体察我们心之衷情？世人喜好互相吹捧和结党啊，你为何坚守孤独，我相劝也不听？”依照前代圣贤的教诲坚持己理啊，长长叹息愤懑在胸直到如今。渡过沅湘之水再向南行啊，走近帝舜之灵表白我的情衷：“夏启从上天那

里偷来了乐章啊，过分地追求安逸自我放纵。不顾灾难也不做长远打算啊，武观叛乱最终失去家园。羿过分迷恋于田猎啊，又喜好射杀肥大的狐狸。本来淫逸没有好下场啊，寒浞霸占了羿的妻室做了天子。寒浞之子浇依仗力大无穷啊，放纵情欲不能克制。每天都沉浸在淫乐中忘乎所以啊，他的头颅被少康所砍。夏桀违背做君王的正道啊，最终遭到了灭国的祸殃。纣王无道乱用酷刑啊，殷代的宗祀因此断绝不能久长。汤、禹畏天而又尊重人才啊，周之文武讲论道义丝毫不错。推举而又授权给贤良啊，遵循法度走上坦途而没有偏颇。上天公正不讲偏爱私情啊，观察人的品德做出立君的裁决。只有那深具美德的圣贤啊，享有天下的权力应当获得。细察往昔环视至今的成败啊，审视人们对是非成败思考的准则。哪有不义做法而可以采取的啊，哪有不是善事却可以实行的？即使身处险境濒临死亡啊，回顾初衷我也毫不后悔。不量一下榫眼就要插进榫头啊，这是前代贤人遭难的原因。”不断抽泣，我抑郁又惆怅啊，痛哀自己没有遇到好时光。拿起柔软的蕙草揩拭热泪啊，泪水簌簌打湿了我的衣裳。

向大舜铺开前襟长跪陈词啊，我得此中正之道而心中光明。驾着玉龙乘上彩凤啊，忽然风起我向天上飞腾。清晨从苍梧山启程啊，傍晚就到达昆仑山上的县圃。本想在仙门前稍作停留啊，可惜时光匆匆天色将暮。我让羲和停车慢行啊，望着崦嵫山我担心日落。前途漫漫又遥远啊，我将上天入地去追寻求索。让我的马在咸池饮足了水啊，把缰绳拴在神树扶桑。折下若木一枝遮挡日光啊，姑且在这里徘徊徜徉。派月神驭者望舒为我引导啊，还有风神飞廉后续相随。凤鸟为我在前面戒备开道啊，雷师丰隆却告诉我还没有准备好。我又叫凤鸟展翅高飞啊，开辟前路日夜兼程。旋风突起忽聚忽离啊，率领虹霞前来相迎。纷纭飘忽时聚时散啊，色彩斑斓乍离乍合。我让帝宫的门卫打开天门啊，他却倚着天门冷漠地望着我。日光渐渐暗了，一天就要过去啊，编结着幽兰在这里久等。世道如此浑浊善恶不分啊，总是好压制贤能心生妒忌。清晨我将渡过神泉白水啊，登上阆风来拴马。猛然回头潸然泪下啊，哀叹高丘之上无有知己。忽然漫步到青帝的春宫啊，攀折玉树的花枝补续佩饰。趁着摘取的琼花尚未凋落啊，察看下界的女子可馈赠给谁。我让雷师丰隆乘云周行啊，寻找神女宓妃的住处。解下香佩作为信物馈赠啊，又令贤人蹇修前去说媒。宓妃态度暧昧忽即忽离啊，乖戾的脾气难以迁就。夜晚回到穷石止宿啊，清晨又沐浴在洧盘。自恃美貌又如此傲慢啊，成天寻欢作乐自恣戏游。诚然貌美但却骄傲无礼啊，决意放弃她另寻追求。纵目远眺遥远的四方啊，遍游上天，我又回到大地。远望美玉垒成高耸的瑶台啊，看见有娀氏美女简狄。我要鸩鸟为我做媒人啊，归来却欺骗我说她无意。雄鸠呱呱乱叫飞去替我说媒啊，我又厌恶它多言失于轻佻。心里犹豫疑惑无法决断啊，想亲自前往又与礼法不合。凤鸟已经带着聘礼准备前去啊，恐怕帝喾迎娶简狄比我领先。想远走高飞又不知去哪里啊，聊且逍遥等待观望。趁着少康还没有成家啊，还留下有虞氏两位阿娇。媒人们无能又笨拙啊，担心传达我的话很难奏效。世上如此浑浊又嫉妒贤才啊，偏好遮蔽美善而称赞邪恶。宫中之门很深远啊，本来明智的君王又不省悟。满怀忠情不得抒发啊，我如何才能隐忍了却此生？

索取灵草和竹片啊，请灵氛为我占卜推算。灵氛说："两美相遇必然结合啊，哪有诚然修美之人不被人思念？想天下如此宽阔广博啊，难道只有这里才有娇娥？"他又说："自勉远逝不要犹豫啊，求美的话谁会把你放弃？什么地方没有芬芳的香草啊，你何必如此怀恋故里？"当今之世黑暗混乱啊，谁能考察我是善是恶？世人的好恶各不相同啊，只有那群党人特别古怪。个个把臭艾挂满腰带啊，反说幽兰恶臭不可佩戴。识别草木的香臭尚且做不到啊，辨别美玉的重任怎能担当？取来粪土充满了香囊啊，硬说芬芳的申椒毫不芬芳。想要听从灵氛的吉祥占卜啊，可心中还是犹豫迟疑。巫咸傍晚将要降临下界啊，怀抱香椒精米把他迎接。众神飞临遮天蔽日一起下降啊，九嶷山的众神也纷纷光临。皇天扬灵光芒四射啊，把吉祥的缘故告诉我。说："俯仰沉浮以求自勉啊，追求法度相似才能志同道合。商汤和夏禹敬承天道求其匹合啊，因此能得到伊尹、皋陶的辅佐。如果内心确实追求修好啊，又何必再请媒人说合？傅说曾是傅岩的泥瓦匠啊，殷武丁重用他却毫不迟疑。姜尚本是朝歌的屠夫啊，遇到文王就得到推举。宁戚喂牛而叩角讴歌啊，齐桓一闻心中欢喜就准备召用。趁着年华尚未衰老啊，趁着时光尚且还未完尽。担心子规过早地啼鸣啊，使百草芬芳丧尽而凋零。这玉佩是何等的美盛非凡啊，众小人纷纷把它遮掩。想到那些党人险诈毫无诚信啊，恐怕出于嫉妒而要损毁它。时世纷乱变化无常啊，我又怎么可以留？兰和芷都变质而不再芬芳啊，荃与蕙也变成了茅草。为什么从前芳香的花草啊，如今简直成了艾草白蒿？难道说还有其他什么缘故吗？都因为不好修洁不要德行噢！我本以为兰是可以依靠的啊，可惜它却华而不实徒有外表。放弃它内在的美德顺从流俗啊，侥幸地挤进众芳来招摇过市。椒专横谗佞而又傲慢啊，却挤进香囊假似香草。一味追求私利钻营攀援啊，又如何知道敬重芬芳？世俗本来就是随波逐流啊，又有哪一个能够不变异？眼见花椒幽兰尚且如此啊，又何况那揭车和江离？唯有这一玉佩最为可贵啊，可它的美德被抛弃直到如今。香气勃勃毫不亏

损啊，散发着芬芳至今犹存。调节心态执守忠贞自我宽娱啊，暂且徐徐漫游寻找志同道合者。趁着我的佩饰还鲜艳，走遍四方上下去周游。

灵氛已把占卜结果告诉我啊，选定良辰吉日我将要远航。折下玉树枝作为我的佳肴啊，琼玉碾成的玉屑做干粮。飞龙为我把车驾啊，美玉象牙装点我的行车。离心离德的人怎能共处啊，我将远游自疏不再复合。我转道去往昆仑山啊，道路漫长四处游历。升起云旗遮蔽天日暗淡啊，鸾铃响起啾啾，大队车马都出发。清晨我从天河的渡口出发啊，傍晚我就到达西极之天涯。凤鸟纷飞举着龙虎大旗啊，高高翱翔在天空舒展着羽翼。我匆匆路过无尽的流沙之地啊，沿着昆仑东南的赤水徘徊犹豫。指挥蛟龙用它的身躯搭桥渡河啊，命令西皇少皞帝接我渡河。道路漫长遥远充满艰辛啊，飞腾的众车乘都来侍卫。路过不周山再向左转啊，约定在西海那里驻足。屯集车辆有一千乘啊，排列整齐将并驾向前行。乘上八龙驾的车逶迤行进啊，飘动在空中云旗随风卷起。按捺我的情绪缓缓徐行啊，神气却高飘远去莫能抑。奏起《九歌》跳起《韶》舞啊，暂借这闲暇时光消忧欢娱。朝阳升起灿烂辉煌啊，刹那间俯视人寰看见了我的故乡。车夫悲痛，我的马也思恋啊，卧身蜷曲再不能向前。

尾声：算了吧！国中没有贤人了解我啊，我又何必怀念那故国呢？既然无人能与我共行美政啊，我将追随彭咸精神而长存！

九 歌

《九歌》是屈原依据楚国南部民间长期流传的祭祀乐歌加工改写而成的一组祭祀诗篇。约作于楚怀王十一年前后，当时屈原已被楚怀王重用，创作目的是求神降福，战胜秦军。

《九歌》本是夏代乐歌的名称，“九”表示多数，所以《九歌》的篇数不是九，而是十一篇。《九歌》的第一首《东皇太一》是通祀之歌，即迎神曲；最后一首《礼魂》是送神曲。中间九首诗各祭祀一位神灵，共祀九位。作品通过赞美神祇，侯神娱乐以祈求神的庇佑，表达人们对美好生活的渴望，对子孙繁衍的要求，对丰收的企盼。我们似乎可以从中看出诗人的政治感受，委婉曲折地折射出心中的奥秘。

东皇太一

《九歌》是一组神话诗，《东皇太一》是其第一篇。

东皇太一，是楚人对天帝的尊称。称天帝为东皇可能是因为它的祠坛立在东边，也可能与天从东方破晓有关。本诗并没有具体描绘天帝神，只是叙写了迎接天神的隆重场面、祭祀陈设的精美、祭品丰盛芳洁和歌舞盛大，表达了人们对神的虔诚和美好的祝愿。

吉日兮辰良①，穆将愉兮上皇②。
抚长剑兮玉珥(ěr)③，璆(qiú)锵(qiāng)鸣兮琳琅④。
瑶席兮玉瑱⑤，盍将把兮琼芳⑥。
蕙肴蒸兮兰藉⑦，奠桂酒兮椒浆⑧。
扬枹(fú)兮拊(fǔ)鼓⑨，疏缓节兮安歌⑩，
陈竽瑟兮浩倡⑪。
灵偃蹇兮姣服⑫，芳菲菲兮满堂⑬。
五音纷兮繁会⑭，君欣欣兮乐康⑮。

［注释］

①吉日：吉利的日子。辰良：“良辰”的倒装。古代以甲乙等十干纪日，以子丑等十二支纪时辰，所以说“吉日良辰”。②穆：温和静敬之意。将：而且。愉：

喜悦。上皇：指东皇太一。③抚：持，按。长剑：主祭者之剑，即灵巫所持之剑。玉珥：珥：剑环，剑柄和剑身相接处两旁的突出部分，即剑鼻。玉珥，指用玉装饰而成的珥，实际指剑柄。④璆锵：璆，美玉名。璆锵指佩玉撞击发出的声响。琳琅：美玉名，谓佩玉也。⑤瑶席：瑶，指美玉。瑶席指华美如瑶的座席。瑱：读如“镇”。玉瑱，以玉压席。这里是指以玉制的器具来压住座席。⑥盍：集合之意，指将花扎在一起。将把：奉持。琼芳：色如美玉的芳草鲜花。⑦蕙肴蒸：蕙，香草。肴蒸，肴为切成块的肉，蒸是指把块肉放在祭器上。蕙肴蒸，即用香草蕙来包裹祭肉。兰：兰草。藉：用……衬垫。⑧奠：祭献。桂酒：玉桂泡的酒。椒：花椒。浆：淡酒。以上蕙、兰、桂、椒四者皆取其芬芳以飨神。⑨扬枹：举起鼓槌。拊：敲。⑩疏缓：舒缓。节：指音乐的节拍节奏。安歌：徐徐缓缓地轻歌。⑪陈：陈列，摆列。竽：簧管乐器，形似笙而较大，管数也较多。瑟：弹拨乐器，类似筝，二十五弦。陈竽瑟，意谓吹竽弹瑟。浩倡：高声歌唱，倡通“唱”。⑫灵：神灵，此指所祭之神东皇太一。一说指降神的巫师。偃蹇：踯躅徘徊不进的样子。姣服：华丽的服饰。⑬菲菲：香气馥郁。⑭五音：指古代五声上的五个音级，即宫、商、角、徵、羽，大体相当于现代乐谱上的1、2、3、5、6。纷：犹“纷纷”，众多的样子。繁会：错杂，指众乐一起演奏。⑮君：谓神，指东皇太一。欣欣：喜悦的样子。康：平和、安乐。

［译文］

吉利日子美好时光，将要恭敬地祭太一上皇。手握长剑玉饰剑柄，佩玉琳琅锵锵作响。华美洁白的铺席玉镇压，献上如玉鲜花郁郁芬芳。蕙草包裹祭肉兰草衬垫，进上桂花酒和椒浆。高举鼓槌击起鼓，节奏舒缓轻歌飞扬，吹竽弹瑟放声歌唱。神灵华服徘徊云端，香气浓郁飘满厅堂。五音纷纷相交响，上皇喜悦又安康。

云中君

《云中君》是楚人祭祀云神的乐歌。云中君指云神，云中是神所住之处。

诗中既写了云神出行光华四射，以及忽然而降、翩然离去的神秘莫测，也写了灵巫对云神功德的礼赞及对云神的虔诚和思恋。

浴兰汤兮沐芳①，华采衣兮若英②。

灵连蜷(quán)兮既留③，烂昭昭兮未央④。

謇将憺(dàn)兮寿宫⑤，与日月兮齐光⑥。

龙驾兮帝服⑦，聊翱游兮周章⑧。

灵皇皇兮既降⑨，猋(biāo)远举兮云中⑩。

览冀州兮有余⑪，横四海兮焉穷⑫。

思夫君兮太息⑬，极劳心兮忡忡⑭。

［注释］

①浴：洗澡。兰汤：汤，热水；兰汤，用兰草泡的热水。沐：洗头。芳：芳香，指兰汤。这里写的是古人在祭神前的斋戒沐浴等程序。②华采：华丽的色彩。若英：像花一样生动、美丽。指饰神女巫的穿着打扮。③灵：神灵，指所祭神云中君。连蜷：连绵婉曲，形容姿态柔美。既：其（表推测）。留：指留在天上，尚未降临。这句是说女巫降神时，神灵附体。模拟云神的姿态。④烂昭昭：烂，发光。昭昭，明亮的样子。烂昭昭即光明。未央：央，尽。未央即没有穷尽，不停地发光。⑤謇：楚方言，发语词。将：暂且。憺：安。寿宫：上寿之宫，指云中君天上所居的宫殿，一说为供神处。⑥齐光：齐，同。齐光指与日月同其光明。⑦龙驾：龙驾的车。帝：天帝。服：指王畿以外的地方。⑧聊：暂且。翱游：到处翱翔。周章：周游浏览。⑨灵：指云神。皇皇：同“煌煌”，光彩盛大的样子。既降：已下。⑩猋：指犬奔跑的样子，引申为迅速敏捷。远举：指高飞。这两句话叙写云神“一降而即去，不肯暂留”。⑪览：看。冀州：古有九州之说，冀、兖、青、徐、扬、荆、豫、梁、雍九州。冀州居九州之中，古代帝都多在冀州，所以有中土之称。有余：还要多。⑫横：横越。四海：古以中国四境有大海环绕，于是就以四海来代表中国以外的地域。焉：哪里，何。穷：尽。这里是说，云神广览四海，无不穷极。⑬夫君：夫，指示词，这、那。夫君指云中君。太息：太，通“大”。太息即大声地叹息。⑭极：非常、极度。劳心：苦苦思念。忡忡：忧愁不安的样子。

[译文]

沐浴着兰草做成的香汤，身着如鲜花般绚烂的衣裳。云神妖娆曼舞徘徊天上，神光灿烂啊永远辉煌。流连安详在云神宫殿，和日月一同焕发光芒。神龙驾车漫游王畿之野，姑且遨游在天地四方。灵光煌煌已从天降，又迅捷高飞向天上。遍览九州啊余光依然明亮，宽广的四海啊无边无疆。思念起云神啊我长声叹息，满怀幽思啊心神惶惶。

湘　君

湘君、湘夫人为楚人祭祀的湘水之神。

《湘君》描写的是湘夫人迎候湘君而未能见的惆怅，由饰湘夫人及其侍女的巫，以及饰湘君的觋演唱。同时，在诗人描述神话世界爱恋的痛苦中，也渗透着诗人自身在现实世界里遭排斥、遗弃的烦恼与苦痛，这也是不难体会的。

这两首诗，艺术上情景交融，融情入景，人物的心理描写细腻，悲剧氛围浓郁，读之十分感人！

君不行兮夷犹[1]，蹇谁留兮中洲[2]？
美要眇兮宜修[3]，沛吾乘兮桂舟[4]。
令沅湘兮无波[5]，使江水兮安流[6]。
望夫君兮未来[7]，吹参差(cēn cī)兮谁思[8]？
驾飞龙兮北征[9]，邅(zhān)吾道兮洞庭[10]。
薜(bì)荔柏兮蕙绸[11]，荪桡(ráo)兮兰旌[12]。
望涔阳兮极浦[13]，横大江兮扬灵[14]。
扬灵兮未极[15]，女婵媛兮为余太息[16]！
横流涕兮潺湲[17]，隐思君兮陫侧[18]。
桂棹(zhào)兮兰枻(yì)[19]，斫冰兮积雪[20]。
采薜荔兮水中，搴(qiān)芙蓉兮木末[21]。
心不同兮媒劳[22]，恩不甚兮轻绝[23]。
石濑(lài)兮浅浅[24]，飞龙兮翩翩[25]。

交不忠兮怨长㉖，期不信兮告余以不闲㉗。

朝骋骛兮江皋㉘，夕弭节兮北渚㉙。

鸟次兮屋上㉚，水周兮堂下㉛。

捐余玦(jué)兮江中㉜，遗余佩兮澧(lǐ)浦㉝。

采芳洲兮杜若，将以遗(wèi)兮下女㉞。

时不可兮再得㉟，聊逍遥兮容与㊱。

［注释］

①君：湘君，指湘水男神。不行：不来。夷犹：迟疑不前的样子。②蹇：通謇，楚方言，发语词。谁留：为谁停。中洲：洲中，水中的陆地。此句是说为谁留在洲中而不肯前行？③要眇：好貌，指美好的容貌。宜修：善修饰，恰到好处。④沛：本水急流的样子，这里是指桂舟顺流而下飞速的样子。吾：女神湘夫人自称。桂舟：用桂木做的船。⑤沅、湘：指沅水和湘水，都在今湖南境内，流入洞庭湖。溯湘江及其支流潇水而上，可到九嶷山。⑥江：指长江。流经湖南北部，与洞庭湖相接。安流：平稳地流淌。⑦夫：指示代词，那。⑧参差：古乐器，即“篸篸”，排箫名。谁思：何所思，想什么。⑨飞龙：龙舟，湘君所驾的快船。北征：向北航行。以下即湘水女神想象中湘君乘船而来，并与之相会。⑩邅：楚方言，转弯、转道。洞庭：洞庭湖，在今岳阳。会合沅、湘诸水，北入长江。⑪薜荔：一种常绿藤本蔓生植物。柏：通“箔”，帘子。蕙：香草名。绸：通“帱”，帐子之意。⑫荪：香草名。桡：船桨。一说是旗杆上的曲柄。旌：旗杆上的装饰。此二句写行船装饰得漂亮高洁。⑬涔阳：地名，在涔水的北岸，具体地点不详。古人称河水北岸为阳。极浦：浦，水滨。极浦指遥远的水岸。⑭横：横渡，指横渡大江。扬灵：灵，同“舲”，有屋的船。扬灵指飞速前行。⑮极：终止。以下叙写湘夫人不见湘君的到来而感到哀怨。⑯女：指湘夫人的侍女。婵媛：眷恋而关切的样子。余：指女神湘夫人。太息：大声叹息。⑰横流涕：横，横溢。横流涕形容眼泪纵横。潺湲：泪流不止的样子。⑱隐：将思念之情藏在心底，一说指痛。陫侧：“悱恻”，形容内心悲苦。⑲棹：长桨。枻：船舷。⑳斫冰兮积雪：船桨击水如砍冰，激起浪花如积雪。形容行进艰难，表示心情沉重。㉑搴：采摘拔取。木末：树梢。以上二

句中，薜荔，又名木莲，而要采之水中；芙蓉，荷花，而要求之于树上，比喻所求必不可得。㉒心不同：指男女间的感情相背，心意不同。劳：徒劳。㉓恩：恩爱。甚：深。轻绝：轻易弃绝。㉔石濑：山石间的急流。浅浅：水流疾速的样子。㉕飞龙：指上文“驾飞龙兮北征”之飞龙，指湘君所乘的船。翩翩：疾飞的样子，这里形容船行驶得很快。这两句是说，如果湘君守约前来的话，早该到了。㉖交不忠：交，友。忠，诚心。交不忠指相交而不真诚。怨长：怨深。㉗期：约会。不信：不守信用。不闲：不得空。骋骛：骋，直驰。骛，乱驰。骋骛指疾驰乱跑。㉘江皋：江边低湿之地，这里的江指湘江。㉙弭节：弭，指停止。节：马鞭。弭节在这里是停船的意思。北渚：洞庭湖北部水中的一个小洲。这里大概是湘君和湘夫人约定见面后一同去的地方，湘夫人等不到湘君，失望而归，在途中忽然想起，也许湘君已经去了北渚了，所以和侍女赶到这里。㉚次：停留，止宿。㉛周：环绕，指流水环绕堂下，哗哗地流淌着。“鸟次”“水周”两句表示，时已黄昏，寂静无人。㉜捐：舍弃。玦：玉器，环形有缺口。㉝遗：弃，丢掉。佩：玉佩。澧浦：澧，水名，在今湖南西部，流入洞庭湖。澧浦指澧水之滨。㉞遗：赠送。下女：侍女，一说指湘君侍女，以寄情对湘君的爱恋。一说即指上文“女婵媛兮为余太息”之女。㉟时：时光。再得：再回，表示对时光流逝无可奈何的悲痛之情。㊱聊：姑且。逍遥：优游自得貌，因无可奈何，只好自我宽慰。容与：徘徊等待之意。

[译文]

湘君你犹豫迟迟不动，为谁停留在水中沙洲？我容貌美好又善打扮，顺水疾行啊乘着桂舟。让沅水湘水不起波涛，叫滚滚长江平稳缓流。夫君不来我望穿秋水，吹起悠悠排箫把谁候？驾着快舟啊向北方行，改变了航向转道洞庭。薜荔为帘芳蕙做帐，香荪饰桨兰草饰旗旌。眺望涔水遥远的水岸，横渡大江啊扬帆前行。扬帆前行啊飞速不停，侍女惋惜为我叹息！涕泪俱下滚滚流淌，思念湘君悲伤又失意。桂木做桨兰做船舷，破水砍冰积浪如雪，水里采薜荔，树梢折芙蓉。情感相背媒人徒劳，恩爱不深轻易绝情。石滩上湍水疾流匆匆，龙船疾驰如飞前行。相交不诚怨恨萌生，相约失信却说没空。清晨驾车直驰江边，傍晚停船在北边沙渚。只见鸟儿栖息在屋檐上，还有流水环绕堂阶哗哗流淌。抛弃我玉玦向那江中，扔掉我玉佩澧水岸边。我采集杜若在那芳洲，还想寄情馈赠给你的侍女。相会的美好时光不可再得，姑且逍遥宽心等待徘徊。

湘夫人

本篇描写的是湘君苦等湘夫人的情景，由饰湘君的觋和饰湘夫人的巫演唱。

帝子降兮北渚[1]，目眇眇兮愁予[2]。

袅(niǎo)袅兮秋风③，洞庭波兮木叶下④。
登白薠(fán)兮骋望⑤，与佳期兮夕张⑥。
鸟何萃兮蘋(pín)中⑦？罾(zēng)何为兮木上⑧？
沅有芷兮澧有兰⑨，思公子兮未敢言⑩。
荒忽兮远望⑪，观流水兮潺湲⑫。
麋何食兮庭中⑬？蛟何为兮水裔⑭？
朝驰余马兮江皋⑮，夕济兮西澨(shì)⑯。
闻佳人兮召予⑰，将腾驾兮偕逝⑱。
筑室兮水中⑲，葺(qì)之兮荷盖⑳。
荪壁兮紫坛㉑，播芳椒兮成堂㉒。
桂栋兮兰橑(lǎo)㉓，辛夷楣(méi)兮药房㉔。
罔薜荔兮为帷㉕，擗(pǐ)蕙櫋(mián)兮既张㉖。
白玉兮为镇㉗，疏石兰兮为芳㉘。
芷葺兮荷屋㉙，缭之兮杜衡㉚。
合百草兮实庭㉛，建芳馨兮庑门㉜。
九嶷缤兮并迎㉝，灵之来兮如云㉞。
捐余袂(mèi)兮江中㉟，遗余褋(dié)兮澧浦㊱。
搴汀洲兮杜若㊲，将以遗兮远者㊳。
时不可兮骤得㊴，聊逍遥兮容与。

［注释］

①帝子：谓湘夫人，传说她是帝尧的女儿。女儿古代也可以称为“子”。降：下。北渚：《湘君》“夕弭节兮北渚”之“北渚”。②眇眇：眯着眼睛远视的样子。愁予：予，我，湘君自称。愁予即使我发愁。③袅袅：微风吹拂的样子。④波：用作动词，指泛起波浪。木：指洞庭湖畔的树木。下：指树叶脱落下来。⑤登：踏上。白薠：一种秋生草。薠草，有青白两种，青薠草似香附，生于楚北平地，白薠草似鹿草，生于楚南湖滨。骋望：纵目远望。⑥佳：指佳人，即指湘夫人。期：期

会。夕：傍晚。张：陈设，准备。⑦萃：聚集。蘋：水草，根茎匍匐泥中，常见于水田、池塘中。这两句和《湘君》“采薜荔兮水中，搴芙蓉兮木末”两句意思相同。⑧罾：渔网。⑨沅：沅水。芷：白芷，香草名。澧：澧水。兰：兰草。⑩公子：此处指湘夫人，古代人亦有称女子为公子。本篇“帝子”“公子”、“佳人”，均指湘夫人。未敢言：指不知道如何来表达自己的思念感情，表现出了思念之切。⑪荒忽：通“恍惚”，隐约而不清楚的样子。⑫潺湲：水流缓慢的样子。⑬麋：兽名，麋鹿。庭：庭院。⑭蛟：蛟龙，常潜于深渊。水裔：指水边。这两句是说麋鹿本来生活于深山中，现在却跑到庭院中来；本来生活在深水中的蛟龙，现在却出现在浅水之中，比喻等待湘夫人没有结果。⑮江皋：江边低湿之地。⑯济：渡。澨：水边。⑰佳人：指湘夫人。召予：召唤我。这又是湘君的幻觉。予：湘君自称。⑱腾驾：使马车飞驰，使船快航。偕逝：一同前往。⑲水中：指北渚之水。⑳葺：盖，指用茅草盖房屋。荷盖：荷叶。㉑荪：香草名。荪壁，指用香草荪来装饰墙壁。紫坛：以水中的宝物紫贝来铺修中庭的地面。㉒播：布，指涂抹。芳椒：芬芳的花椒。成：盈、满。堂：厅堂。㉓桂栋：用桂木做新屋的正梁。兰橑：以木兰做屋椽。㉔辛夷：香木。楣：门户上横木。药：白芷，香草。房：内室。㉕罔：同“网”，此作动词用，编结的意思。帷：指帷帐。㉖擗：通“擘”，剖开，分开。櫋：屋檐板。张：张开，陈设。㉗镇：压座席的东西。㉘疏：分布，散陈。石兰：此为香草。芳：芬芳的陈列品。㉙芷葺：用白芷把屋顶加厚，指在原有的荷叶屋顶上加盖一层白芷。荷屋：以荷为屋。㉚缭：缠绕。之：代词，指屋。杜衡：香草名，或称马蹄香，其叶似葵而有香味。㉛合：集合。百草：各式各样的花草，极言其多。实：动词，充满。庭：庭院。㉜建：树。芳馨：芳香。庑：堂外周围的廊屋。门：指大门。㉝九嶷：九嶷山，此处指九嶷山的众神。传说舜死于九嶷，葬于九嶷。该山在今湖南宁远南。缤兮：纷纷然，言其众多。并迎：一起来迎接。㉞灵：指众神。上文设想了湘夫人降临，建构出美好的环境都是空虚的幻想，所以才有了下文。㉟捐：弃。袂：衣袖。㊱褋：单衣。袂和褋大概都是湘夫人赠送给湘君的。㊲搴：拔取。汀：水中或水边平地。杜若：香草名。㊳远者：远方的人。㊴时：相会的时光。骤得：屡次得到。

[译文]

帝尧的女儿降临在北渚，眺望不见啊我心中忧伤。阵阵秋风轻轻吹，吹皱洞庭湖水黄叶飘飞。踏着白蘋极目远望，和佳人约会傍晚张设帷帐。鸟为何聚集在蘋草之上？渔网为何投在树梢上？沅水有白芷澧水有兰，暗恋着公主我不敢言。迷迷茫

茫远处眺望，只见长长流水缓缓淌。麋鹿为何觅食于庭院？蛟龙为何在浅水边？清晨我驾车驰骋在江畔，傍晚我渡河到西边水涯。听说佳人在将我召唤，将让你带路啊我飞腾的车驾。我要在北渚水中筑起宫殿，用芬芳荷叶覆盖住屋顶。用荪草做墙紫贝铺堂，以椒泥涂墙散发幽幽清香。桂木做栋木兰做椽，辛夷为梁白芷饰房。编结薜荔香草织成帷帐，分结蕙草做一张屋檐板。白玉作那席上镇压之物，石兰的幽香在屋中荡漾。香芷涂在墙上荷叶搭盖房屋，缭绕于屋子的是杜衡芳香。汇集的各种香草满庭芳，飘香远闻郁结门廊。九嶷山的众神纷纷来迎，诸神来临有如漫天的云。向那江水中抛弃我的衣袖，把我的单衣扔在澧水之滨。我采取沙洲里那杜若，寄情馈赠愈走愈远的人。相会的美好时光不会再有，姑且自我宽心等待徘徊。

大司命

《大司命》是楚俗祭祀主宰人类寿命的神的乐歌。该诗既表现了对这位掌握生杀大权之神的敬畏，祈求永年，又展示了人们对生命的清醒认识，以及积极乐观的人生态度。

广开兮天门①，纷吾乘兮玄云②。
令飘风兮先驱③，使涷(dōng)雨兮洒尘④。
君回翔兮以下⑤，逾空桑兮从女⑥。
纷总总兮九州⑦，何寿夭兮在予⑧！
高飞兮安翔⑨，乘清气兮御阴阳⑩。
吾与君兮齐速⑪，导帝之兮九坑⑫。
灵衣兮被被⑬，玉佩兮陆离⑭。
壹阴兮壹阳⑮，众莫知兮余所为⑯。
折疏麻兮瑶华⑰，将以遗(wèi)兮离居⑱。
老冉冉兮既极⑲，不寖(jìn)近兮愈疏⑳。
乘龙兮轔(lín)轔㉑，高驰兮冲天㉒。
结桂枝兮延伫㉓，羌愈思兮愁人㉔。
愁人兮奈何！愿若今兮无亏㉕。

固人命兮有当[26]，孰离合兮可为[27]？

［注释］

①广：大。天门：天帝所居宫殿之门。②纷：盛多的样子，形容“玄云”的浓密。吾：我，大司命自称。乘：犹驾。玄云：黑云。在古代文学作品中，“玄云”可跟“清露”“惠风”并举，属于自然界的奇丽之物。③飘风：暴风。先驱：指在前面开路。④涷雨：暴雨。洒尘：洗尘。以上四句是大司命自述。⑤君：指大司命。以下：来下。⑥逾：越过。空桑：神话中山名。从女：女，读“汝”。从女意谓跟随你。⑦总总：众多的样子。九州：指九州的人。⑧寿：长寿。夭：早死，短命。予：我，大司命自称。⑨安翔：指安稳地翱翔。⑩清气：冲和之气，即阴阳之气，自然之气。御：控制，驾驭。阴阳：阴阳二气。阴主杀，阳主生。⑪吾：主祭者自称。君：指大司命。齐速：整齐而快速。⑫导：引导。帝：天帝。之：往。九坑：九冈，指九州之山脊，即指九州。一说指九岗山，在楚国境内。⑬灵衣：当作“云衣”，云霓衣裳。被被：通“披披”，飘动的样子。⑭陆离：光彩闪耀的样子，指玉佩。⑮壹阴壹阳：乍阴乍阳，或生或死。⑯众：指人间大众。莫知：不知道。余：大司命自称。⑰折：折断。疏麻：一种神麻，麻花香，花白如瑶，服之可以长寿。瑶华：白玉似的鲜花。⑱将：拿。遗：赠送。离居：谓离群索居之人，即忽而隔离之神，指大司命。⑲老：衰老之年。冉冉：渐渐。极：到，至。⑳寖近：逐渐亲近。愈疏：愈来愈疏远。㉑辚辚：车行走时发出的声音。㉒冲天：一直上飞。这两句是说大司命高驰而去，不复停留。㉓结桂枝：束结桂枝。古人有以桂枝来结佩物赠给对方，以表达情意的习俗。延伫：久立。㉔羌：将，语气词。愁人：使人（迎神者）愁。这两句意思是主祭者见神高驰而去，于是采结桂枝，牵延伫立愈益思念，而使人发愁。㉕无亏：没有亏损。㉖固：本来。当：执掌，主持。㉗孰：谁。离合：指离异或聚合，或指生死。为：指人的行为。

［译文］

敞开天宫的大门，我驾车乘坐着天边的玄云。命令旋风在前面为我开路，让暴雨洗涤浊世的灰尘。神灵空中盘旋飞翔从天而降，越过空桑山我紧跟其翱翔。林林总总的九州众生，你们的生死总在我掌中！神灵你高飞徐徐翱翔，乘着冲和清气驾驭阴阳。我追随神灵并驾齐驱，引导天帝往观九岗山脊。神灵所披的云衣长长飘逸，他身佩的宝玉璀璨熠熠。千变万化的是阴阳二气，谁也不理解我做的事情。折下神麻那如玉仙花，我将送给那远离的神灵。衰老之年渐渐就要到来，神灵却要远去不再亲近。神灵乘坐龙车声隆隆，高高地飞驰猛腾空。采结桂枝长久地等待，思念越深越使人愁。愁心绵绵又能如何？希望像今天这般永无亏损。人生遭遇自有定数，悲欢离合哪是人力所能改？

少司命

《少司命》是楚俗祭祀掌管人间子嗣及儿童命运之神的祭歌。

《少司命》通篇以迎神者（祈子的母亲们）的叙述歌唱的语气，表现了她们对少司命之神的眷恋、企盼、赞叹、感激之情。

秋兰兮麋芜①，罗生兮堂下②。
绿叶兮素枝③，芳菲菲兮袭予④。
夫人自有兮美子⑤，荪何以兮愁苦⑥？
秋兰兮青青⑦，绿叶兮紫茎。
满堂兮美人⑧，忽独与余兮目成⑨。
入不言兮出不辞⑩，乘回风兮载云旗⑪。
悲莫悲兮生别离⑫，乐莫乐兮新相知⑬。
荷衣兮蕙带⑭，倏（shū）而来兮忽而逝⑮。
夕宿兮帝郊⑯，君谁须兮云之际⑰？
与女沐兮咸池⑱，晞（xī）女发兮阳之阿⑲。
与女游兮九河，冲风至兮水扬波。
望美人兮未徕⑳，临风怳（huǎng）兮浩歌㉑。
孔盖兮翠旌㉒，登九天兮抚彗星㉓。
竦（sǒng）长剑兮拥幼艾㉔，荪独宜兮为民正㉕。

［注释］

①秋兰：兰草，绿叶紫茎，秋天开淡紫色的小花，是一种香草。麋芜：香草名。叶丛密，秋天开白花，根可入药。②罗生：围绕而生。堂：指神堂，供神之室。③素枝：应为“素华”，白花。“绿叶素枝”，指麋芜言。④菲菲：香气浓郁的样子。

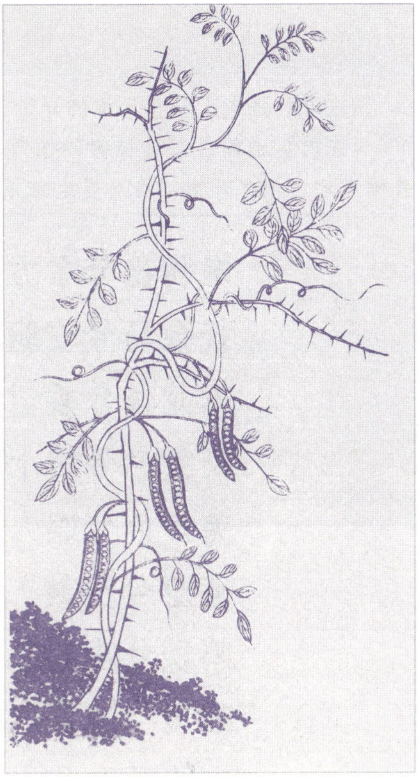

袭：侵袭，形容香气袭人。予：迎神者自称。此诗通篇为迎神者的语气。⑤夫：发语词。人：人们，凡人。自：各自。美子：美好的孩子。少司命主管生育和保护儿童，所以这句写到祈子的内容。⑥荪：香草，这里喻指少司命。愁苦：意谓使我（指迎神者）愁苦。⑦青青：借为“菁菁”，草木茂盛的样子。⑧美人：指参加祭神者。⑨余：指迎神者自称，即上文“使我愁苦”之“余”。目成：以目相视传情，表示两心相悦。⑩入：指少司命降临时。出：指离去。辞：告辞。⑪回风：旋风。云旗：以云为旗。此句是说，以风云为车旗。⑫生别离：生生的别离。⑬新相知：刚刚相交的知己。⑭荷衣：以荷叶为上衣。蕙带：以蕙草为衣带。荷衣、衣带都是神的服饰。⑮倏：忽然，疾速。忽：迅速。“倏而”“忽而”，犹“倏然”“忽然”。逝：往、去。⑯帝郊：天国的郊外，犹天界。⑰君：指少司命。谁须：“须谁”，等待谁。云之际：指云端。⑱女：读作“汝”，你，指少司命。咸池：神话传说中的太阳洗澡的地方称为咸池。⑲晞：晒干。阳之阿：阳，太阳。阿，山陵凹曲处。阳之阿大概指传说中的旸谷。⑳美人：指少司命。㉑临风：面对着疾风。怳：同“恍”，失意的样子。浩歌：放声歌唱。㉒孔盖：孔，孔雀。孔盖即以孔雀尾装饰车盖。翠旌：以翠鸟的羽毛为旌旗。㉓九天：古代传说中天有九层，这里指高空。抚：扫除。彗星：俗称“扫帚星”，古人以为是“妖星”，在此以喻“凶秽”，扫除古恶、污秽。㉔竦：通“怂”，挺举、高举。拥：护卫。幼艾：婴儿幼童。㉕荪：谓少司命。宜：适合。民正：犹言“人主”，百姓之主。正：古人称官长为正，主宰的意思。

[译文]

秋天的兰草、芬芳的蘼芜，罗列而生繁茂堂前。绿绿的叶子素白的花，飘飘的幽香沁人心脾。世上的人自有美好的儿女，荪草又何必使我愁苦？秋天的兰草郁郁葱葱，绿色的叶子紫色的茎。满厅堂都是美丽的人，偏偏只与我眉目传情。来时不言语离去不辞别，乘着旋风高飞载着云旗。悲莫悲过于活生生的别离，乐莫乐过于新相交的知己。荷叶的上衣蕙草的腰带，你匆匆来到又匆匆离去。夜晚你歇息在天国的郊外，你在云端把谁等待？愿与你沐浴在天上咸池，晒干你的头发在旭日东升时。盼望你却总不到来，面对着狂风失意放歌。孔雀羽做车盖翠鸟毛做旗，登上九天去扫除凶秽灾星。高举着宝剑怀抱着幼童，荪草最适合主宰万民的生命。

东 君

《东君》是楚人祭祀日神的乐歌。

《东君》通篇是以迎神者的语气，叙写日神东升与降落的过程。表现了对太阳普照大地、化育万物、给人类生命光明以及为人类攘除灾害的功绩的热情赞颂。

暾(tūn)将出兮东方①，照吾槛兮扶桑②。
抚余马兮安驱③，夜皎皎兮既明④。
驾龙辀(zhōu)兮乘雷⑤，载云旗兮委蛇(wēi yí)⑥。
长太息兮将上⑦，心低徊兮顾怀⑧。
羌声色兮娱人⑨，观者憺(dàn)兮忘归⑩。
緪(gēng)瑟兮交鼓⑪，箫钟兮瑶虡(jù)⑫。
鸣篪(chí)兮吹竽⑬，思灵保兮贤姱⑭。
翾(xuān)飞兮翠曾⑮，展诗兮会舞⑯。
应律兮合节⑰，灵之来兮蔽日⑱。
青云衣兮白霓裳⑲，举长矢兮射天狼⑳。
操余弧兮反沦降㉑，援北斗兮酌桂浆㉒。
撰余辔兮高驰翔㉓，杳冥冥兮以东行㉔。

[注释]

①暾：旭日初升之时光明温暖的样子，这里指初升的太阳。②吾：东君自称，即日神。槛：栏杆。扶桑：神树，神话中生长在日出处。这句是说东君用扶桑树做宫殿的栏杆。③抚：通“拊”，轻轻拍打。余：日神自称。马：指神话中为太阳神驾车的六龙。④皎皎：明亮的样子，指夜间天色明亮。既明：指即将黎明。⑤龙辀：辀，车辕。龙辀即龙车，指神话中为日神驾驭的龙车。乘雷：龙车起行时，响声如雷，所以说“乘雷”。⑥载：插着。委蛇：同“逶迤”，指云旗舒展飘扬的样子。⑦太息：叹息。⑧低徊：徘徊不前，迟疑不决的样子。顾怀：怀念眷恋。这两句写日神眷恋故居的心情，拟人的写法。⑨羌：楚方言，发语词。声色：指祭神的乐舞。娱人：使人娱乐。⑩观者：指观赏祭典的人。憺：安然，有沉浸之意。⑪緪：绷紧。意思是把瑟弦绷紧。交鼓：古人把鼓放在木架上，多二人对击，所以说交鼓。⑫箫：通“橚”，敲击。瑶虡：瑶，借“摇”。虡，悬钟磬之木架。瑶虡即摇动钟磬的木架。

⑬鸣：此处指奏响。篪：古代一种竹制吹奏乐器，似笛子。竽：古代簧管乐器。⑭灵保：指神巫，此处指扮日神的男巫。贤姱：美善，指德操与容貌之美。⑮翾：轻飞的样子。翠：翠鸟。曾：通“翻”，展翅高飞。⑯展诗：一首接一首地吟唱诗歌。会舞：众人一起起舞。⑰应律：应和音乐的旋律。合节：跟随节奏。⑱灵：神灵，跟随东君来飨祭的众神。⑲青云衣：以青云为上衣。白霓裳：以白霓为裙，以日落时的晚霞比喻东君的服饰。⑳矢：箭。“矢”和下句的“弧”（弓）合为“弧矢”，星名，共九颗，形状像弓箭，又名天弓。天狼：星宿名。㉑操：持。反：回身。沦降：沦，没。降，下。沦降指降落。实指日西沉。㉒援：引。北斗：星名，由七颗星组成，形似舀汤的勺。酌：斟酒。桂浆：桂花泡的酒。㉓撰：抓住。辔：马缰绳。㉔杳：幽深，深远。冥冥：黑暗。东行：向东走。我国古代神话中说日神由东向西运行，日暮时进入虞渊后，在地底又由西向东运行，这里正写的此种情况。

［译文］

旭日就要升起在东方，照耀我的栏杆光芒出扶桑。拍着我的马缓缓前行，夜色皎皎东方泛起亮。驾着龙车滚滚轰鸣，树起的云旗高高飘扬。你长叹一声将要上天去，心中踌躇眷恋那故乡。升腾中的声色多么令人醉，瞻望的人群迷恋忘了归回。调好瑟弦擂起鼓，敲响的钟声让座架摇晃。吹起了篪儿奏起了竽，心中不忘神巫的美善从容。舞姿翩翩像翠鸟展翅飞翔，唱诵起诗歌同随舞。应着旋律和节拍，神灵降临遮蔽了光。青云上衣白霓裙裳，举起长箭射杀天狼。手持天弓回身降落，举起北斗斟满桂花酒浆。抓紧马的缰绳高高飞驰，穿过幽深昏暗奔向东方。

河　伯

本篇是祭祀黄河之神的乐歌，表现的是对河伯的思恋。全篇皆想象之辞，前八句写想象等河伯从游而不得；中间四句，想象中与河伯约好漫游“河之渚”；最后写想象中短暂相会后的分别。

与女游兮九河[1]，冲风起兮横波[2]。

乘水车兮荷盖[3]，驾两龙兮骖螭(chī)[4]。

登昆仑兮四望⑤，心飞扬兮浩荡⑥。
日将暮兮怅忘归⑦，惟极浦兮寤怀⑧。
鱼鳞屋兮龙堂⑨，紫贝阙兮朱宫⑩。
灵何为(wèi)兮水中⑪？乘白鼋(yuán)兮逐文鱼⑫，
与女游兮河之渚⑬，流澌(sī)纷兮将来下⑭。
子交手兮东行⑮，送美人兮南浦⑯。
波滔滔兮来迎⑰，鱼邻邻兮媵(yìng)予⑱。

［注释］

①女：通“汝”，你，河伯称“美人”。九河：黄河的总称。相传大禹治黄河时，除干线外分出八条交流，合称九河。祭巫想象与河伯在广阔的领地畅游。②冲风：猛烈之风，暴风，一说旋风。横波：大的波浪。一作“扬波”。此句写受到阻碍不能前进，于是逆流而上。③水车：以水为车。荷盖：以荷叶为车盖。④骖：古时四匹马驾车，中间的两匹马叫作服。辕外边侧的马称骖。此处用为动词，即把螭作为骖马。螭：传说中一种无角的龙。⑤昆仑：昆仑山，古人以为昆仑山是黄河的发源地。⑥浩荡：广大，形容心胸开阔。⑦怅：惆怅，心里不安。⑧惟：思。极浦：指遥远的黄河之滨。寤怀：时时刻刻怀念。以上叙写迎接河伯，而不得其所在，眷顾怀恋，为想象之辞。⑨鱼鳞屋：以鱼鳞装饰的房屋。龙堂：有雕龙装饰的厅堂。⑩紫贝：紫色带花纹的贝壳。阙：宫门。朱宫：珠宫，以珍珠装饰的房间。⑪灵：神灵，指河伯。何为：为什么。⑫鼋：一种大鳖。逐：追随。文鱼：有斑彩的鱼。⑬女：通“汝”，你，指河伯。渚：水中的小块陆地。⑭流澌：流水。澌，解冻时流动的水。纷兮：纷纷，形容水流急骤。⑮子：你，指河伯。交手：谓携手。东行：顺流而向东。⑯美人：指河伯。南浦：指河的南岸。⑰滔滔：水流不绝的样子。来迎：相迎。⑱邻邻：形容众多。媵：原义指陪嫁的人，这里是“相送”的意思。

［译文］

要与河神一同游九河，暴风掀起了层层浪波。以水做车以荷叶为车盖，两龙驾辕啊螭龙奔跑在两侧。攀登上昆仑我放眼四望，任心神飞扬好不舒畅。日将西沉，忘却归去心惆怅，遥远的河边让我顾恋感伤。鱼鳞饰屋，龙纹画堂，紫贝搭阙门，明珠镶卧房。神灵你为何久居在水乡？乘坐白鼋追逐游鱼。和你同游在那河渚，流水汹涌乐极将生悲。同游人拱手辞别往东行，送别美人啊直到南岸口。波浪滔滔都来迎接我，成群的游鱼为我送行。

山　鬼

《山鬼》是楚人祭祀巫山女神的乐歌。

全诗叙写了一位美丽、善良的山中女神与她所思恋的人相约会，然而却一直不得相见。对于山中景物的描写，对于女神情思愁绪的描绘以及细腻真实的心理勾勒，使全诗风格缠绵悱恻，感人至深。

若有人兮山之阿①，被薜(bì)荔兮带女罗②。
既含睇(dì)兮又宜笑③，子慕予兮善窈窕(yǎo tiǎo)④。
乘赤豹兮从文狸(lí)⑤，辛夷车兮结桂旗⑥。
被石兰兮带杜衡⑦，折芳馨兮遗所思⑧。
余处幽篁(huáng)兮终不见天⑨，路险难兮独后来⑩。
表独立兮山之上⑪，云容容兮而在下⑫。
杳(yǎo)冥冥兮羌(qiāng)昼晦(huì)⑬，东风飘兮神灵雨⑭。
留灵修兮憺(dàn)忘归⑮，岁既晏(yàn)兮孰华予⑯？
采三秀兮于山间⑰，石磊磊兮葛蔓蔓⑱。
怨公子兮怅(chàng)忘归⑲，君思我兮不得闲⑳。
山中人兮芳杜若㉑，饮石泉兮荫松柏㉒，
君思我兮然疑作㉓。
雷填填兮雨冥冥㉔，猿啾(jiū)啾兮又夜鸣㉕。
风飒(sà)飒兮木萧萧㉖，思公子兮徒离忧㉗。

［注释］

①若有人：若，好像，仿佛。若有人，谓山鬼。阿：山坳，指深山角落。这句说山鬼常居之地。②被：通“披”。薜荔：又名木莲，蔓生，常绿灌木植物。带：指

衣带，用为动词。女罗：“女萝”，又名“兔丝”，一种蔓生植物。这句言山鬼常服之物。③含睇：脉脉含情，指以目传情。宜笑：指善于笑，笑得自然。含睇又宜笑，指山鬼的表情。④子：你。此与下文所言公子、灵修、君等，皆为山鬼想象中的所爱慕之人。慕：爱慕、羡慕。予：山鬼自称。善：善于。窈窕：美好的样子。⑤乘：驾。从：随行。文狸：有花纹的狸猫，毛黄黑间杂。⑥辛夷：香木。辛夷车，以辛夷香木做成的车。结：拴结。结桂旗，拴结桂枝编成旌旗。⑦被：通“披”。石兰、杜衡：皆为香草名。⑧芳馨：泛指兰衡等香草。遗：赠送。所思：所思念之人。以上四句，写山鬼的威仪。⑨余：山鬼自称。处：居。幽篁：篁，竹子的一种，引申为竹林。幽篁即幽深昏暗的竹林。终：终日，整天。不见天：指见不到天日。⑩后来：指来迟。以上二句写山鬼与所思之人相约而不得相会，是自责之辞。⑪表：特出，屹然独立的样子。⑫容容：通“溶溶”，水盛，这里形容云盛的样子。下：山下。⑬杳：遥远的样子。冥冥：不明、黑暗。羌：将。昼晦：昼，白天。晦，暗。昼晦意谓白天昏暗得像黑夜一样。⑭飘：风。神灵雨：指雨神下雨。⑮留：挽留，等待。灵修：指山鬼所思念的人。憺：安然。⑯岁：年华，年纪。晏：迟晚。岁晏，年纪老了。孰：谁。华：古“花”字。予：山鬼自称。孰华予，意谓谁还能视我年轻如鲜花呢？⑰三秀：灵芝草的别名。于山：巫山。⑱磊磊：乱石堆积的样子。葛：葛藤。蔓蔓：蔓延的样子。⑲公子：山鬼所思念的人。怅：惆怅失望。⑳君：山鬼称恋人。我：山鬼自称。闲：空闲。此句意谓：对方并非不思念我，因为没有空闲所以不能来赴约。㉑山中人：山鬼自指。杜若：香草名。㉒石泉：从山石中流出的泉水。荫：动词，遮阴。㉓然：如此，肯定语气。疑：怀疑。作：产生。㉔填填：雷声。冥冥：昏暗不明的样子。㉕啾啾：猿猴鸣叫之声。又，一作“狖”，黑色长尾猿猴。㉖飒飒：风声。萧萧：风吹叶落发出的声响。㉗徒：徒然，白白地。离：通“罹”，遭受。

[译文]

女神忽隐忽现在山坳，木莲披身腰系着女罗。脉脉含情嫣然笑，爱慕我美好的样子。乘坐着赤豹身后带文狸，辛夷香木为车桂枝为旗。披着石兰杜衡饰带飘然而垂，折下芳草送给心爱的人。身在幽深竹林终日不见天，道路险阻难行来得晚。孤独立在那高山上，飘荡的云气就在脚下翻。光线幽暗白天似黑夜，阵阵东风飘下雨的是神灵。安然地等待你使我忘记了归去，时光已逝谁能给我好光华？采集灵芝在那巫山间，只见乱石累累藤葛蔓蔓。埋怨公子怅然忘记归去，虽然他是想我的，只是不得空闲。山中的我芬芳似杜若，饮用清泉流水松柏遮阴，你的思念让人真是疑惑。雷声隆隆大雨绵绵，猿声凄厉哀鸣啾啾。山风呼啸山木飒飒，思念公子徒然忧愁。

国　殇

《国殇》是祭祀为国捐躯的英雄的乐歌。国殇即为国而死的人。此诗向他们表达敬意，具有强烈的时代色彩。

《国殇》前半部分，主要叙写楚国将士们奋勇杀敌、壮烈牺牲的悲壮场面；后半部分，则颂扬了为国牺牲的将士视死如归的高尚精神。刚健悲壮的艺术风格，使其在《九歌》组诗中别具特色。

操吴戈兮被犀甲①，车错毂(gǔ)兮短兵接②。
旌蔽日兮敌若云③，矢交坠兮士争先④。
凌余阵兮躐(liè)余行(háng)⑤，左骖(cān)殪(yì)兮右刃伤⑥。
霾(mái)两轮兮絷(zhí)四马⑦，援玉枹(yuán)兮击鸣鼓⑧。
天时怼(duì)兮威灵怒⑨，严杀尽兮弃原野⑩。
出不入兮往不反⑪，平原忽兮路超远⑫。
带长剑兮挟秦弓⑬，首身离兮心不惩⑭。
诚既勇兮又以武⑮，终刚强兮不可凌⑯。
身既死兮神以灵⑰，魂魄毅兮为鬼雄⑱！

［注释］

①操：拿。吴戈：吴地所产的戈。戈是我国古代主要的长兵器，顶端横刃，有木质的长柄。被：通“披”。犀甲：犀牛皮做的铠甲。②车：戎车，战车。错：交错。毂：车轮中心安插车轴的横木。车错毂：指交战双方的战车靠得很近，车轮交错。短兵：指短兵器，相对于弓箭而言。如刀剑之类。接：指短兵交锋，③旌：战旗。旌蔽日，是说双方的旌旗很多，把阳光都遮蔽了。敌若云：形容来犯敌人众多，像聚集的云雾一样。④矢交坠：指双方互射，射箭相碰而坠落。士争先：是说楚国士兵争先杀敌。⑤凌：侵犯。余阵：指楚军车阵。躐：践，踏，这里指冲进。余行：指楚军的战阵队列。⑥左骖：指战车的左方的骖马。殪：死。右：指右边的骖马。刃伤：指被刀刃砍伤。⑦霾：通“埋”。霾两轮，指车轮陷入泥中。絷：绊。⑧援：拿起。玉桴：用玉石装饰的鼓槌。⑨天时：犹言天象。怼：怒怨。威灵：神灵。⑩严杀：残酷的恶战。尽：完。弃原野：骸骨丢弃在原野。以上叙写了经过了一场惊天动地的恶战，楚军将士全部战死沙场的悲壮场面。⑪出不入：形容出征前将士的决心，与“往不反”同意。⑫平原：指出征路经的地方。忽：恍惚，不分明，这里形容旷野辽阔。超远：遥远。⑬带：佩带。挟：用胳膊夹住。秦弓：秦地所产的弓。这句是说，壮士虽然死了，但仍腰带着长剑，腋夹着秦弓，仍不舍弃一身勇士装束。歌颂他们的精神。⑭惩：后悔。⑮诚：的确，确实。勇：勇敢，指精神。武：武艺。⑯终：始终。凌：进犯。⑰既：已经。神以灵：神，指精神。神以灵，指精神不死之意。⑱魂魄毅：一作“子魂魄”。鬼雄：鬼

中的雄杰。

[译文]

手持着吴戈啊身披着犀牛铠甲，双方车轮碰撞啊短兵相加。旌旗遮蔽了太阳啊敌多如云，羽箭纷纷下落啊勇士争拼杀。侵犯我的阵地啊冲垮我的队列，左边骖马已死啊右边战马已伤。两轮陷入泥中啊四马都被绊倒，操着玉槌啊擂得战鼓咚咚响。惊天动地啊威灵已经震怒，残酷的搏杀完结啊横尸满山野。出征就不回师啊一去不复返，平原苍茫辽阔啊归途多么遥远。腰佩长长利剑啊手握秦地良弓，身首即使分离啊也不改变我忠诚。真是既勇敢啊又威武雄壮，至死刚毅顽强啊不可欺凌。身躯已战死啊精神却永恒，忠魂毅魄啊鬼中也定为英雄！

礼　魂

《礼魂》是祭毕众神后的送神曲。

“礼”是敬的意思。“魂”包括以上所祭的全部天神、地祇和人鬼。诗中叙写祭礼结束之后，女巫载歌载舞的欢快场面，同时也表达祭者希望神灵可以永远赐福给人间的热切期望。

成礼兮会鼓①，传芭(bā)兮代舞②，
姱(kuā)女倡兮容与③。
春兰兮秋菊，长无绝兮终古④。

[注释]

①成礼：完成祭礼。会鼓：一起打鼓。②芭：同“葩”，花，指巫所持的香草。代舞：轮番舞蹈。③姱：美女，指女巫。倡：同“唱”。容与：此处放纵之意，指女巫歌舞时，美好而从容不迫的姿态。④无绝：不断。终古：千古，永远之意。表现祭者的虔诚与愿望。

[译文]

祭礼完成啊擂响大鼓，传递鲜花啊轮流来歌舞，美女们唱起来啊从容有度。春天有兰草啊秋天有菊花，长久不断绝啊流芳千古。

天问

《天问》通篇是屈原关于天地、自然和人世等一切事物现象的发问。

诗篇从天地离分、阴阳变化、日月星辰，一直问到动植珍怪、神话传说乃至圣贤凶顽和治乱兴衰，表现出强烈的探索精神。诗篇结构分自然和人事，人事的发问由远及近，次第有序。人们推测，此篇当作于诗人流亡汉北时期，因此，不时迸发出诗人的一腔悲愤。

《天问》构思奇特，气势恢宏，光怪陆离；语言以四言为主，杂以三言、五言及至七言，句式富于变化，诚为我国文学史上的杰作。

曰[1]：

遂古之初，谁传道之[2]？上下未形，何由考之[3]？

冥昭瞢(méng)暗，谁能极之[4]？冯(píng)翼惟像，何以识之[5]？

明明暗暗，惟时何为[6]？阴阳三合，何本何化[7]？

圜则九重，孰营度之[8]？惟兹何功，孰初作之[9]？

斡(wò)维焉系？天极焉加[10]？八柱何当？东南何亏[11]？

九天之际，安放安属[12]？隅隈(yú wēi)多有，谁知其数[13]？

天何所沓？十二焉分[14]？日月安属？列星安陈[15]？

出自汤谷，次于蒙汜[16]。自明及晦，所行几里[17]？

夜光何德，死则又育[18]？厥利维何，而顾菟在腹[19]？

［注释］

①曰：发问之词。②遂古：遂，通“邃”，悠远。遂古即远古。初：始。传道：传说。③上下：指天地。未形：未形成，指天地未分，宇宙一片混沌之时。何由：根据什么。考：考记，考究。④冥昭：冥，昏暗。昭，明亮。冥昭即昏暗，偏指冥。极：穷究。⑤冯翼：大气盛满无形无状的样子。惟：是。像：也作“象”，恍惚想象之意。识：辨认。⑥明：指白天。暗：指黑夜。何为：为什么。⑦阴阳：哲学范畴的名词。古代人把它看成是自然界两种相互对立和消长的物质势力。三合：相互作用，三者结合，指阴阳与天结合。本：本体，本源。化：变化。⑧圜：同“圆”，

指天。则：乃，是。九重：九层。古人认为天是圆的而且有九层。孰：谁。营度：营，通“环”，围绕，环绕。度，测量。营度指环绕进行测量。⑨惟：思。兹：此，指九重天。功：功绩。初作：是说九重天的营造。⑩斡维：斡，车毂孔内插轴之处。维，指绳子。斡维，即指拴斡之绳，实指天体旋转得以维系的地方。焉：何。系：拴。天极：指天的南北二极。加：架。⑪八柱：八根柱子。古代传说有八座大山作为支柱，支撑起天空。当：在，坐落。亏：缺陷，缺损。古人认为，水向东流，因此“地不满东南”，有所亏损。⑫九天：指天的中央和八方，又称九野。际：边际。安：哪里。放：依傍。属：连接。⑬隅隈：角落弯曲的地方。多有：有几多也。⑭沓：“踏”之假借字，践踏，这里指延伸。十二：指十二辰。辰指日月交会点，一年之中，日与月会交合十二次。以子、丑、寅、卯、辰、巳、午、未、申、酉、戌、亥称之，曰十二辰。分：划分。⑮属：依附，附托。列星：众星。陈：陈列。⑯汤谷：古代神话中太阳升起的地方。次：止息。蒙汜：古代神话中太阳休息的处所。⑰及：到。晦：指天黑。⑱夜光：月亮。德：质性。死：指月亏之时。则：而。育：出。⑲厥：其，它的，指代月亮。利：好处。而：连词。顾：眷顾，顾惜，这里是“抚育”的意思。

女歧无合，夫焉取九子①？

［注释］

①女歧：神话中女神名。合：配偶。取：有。九子：星宿名，即尾宿，二十八宿之一，青龙七宿的第六宿，有星九颗，又称九子星。

伯强何处？惠气安在①？

［注释］

①伯强：隅强，风神。原指二十八宿之箕宿，古人认为箕星主风，后来演变出风神故事，出现伯强的名字。亦作禺京、禺强。《山海经·大荒东经》道：“东海之渚中有神，人面鸟身，珥两黄蛇，践两黄蛇，名曰禺虢。黄帝生禺虢，禺虢生禺京，禺京处北海，禺虢处东海，是为海神。”渚，岛；珥，郭璞注：“以蛇贯耳。”践，踏；禺京，郭璞注：“即禺强也。”是为海神，郭璞注：“言分治一海而为神也。”袁珂道：“禺京既海神而兼风神，则其父禺虢亦必海神而兼风神，观其人面鸟身之形，

与子同状，可知也矣。”惠：有寒凉之意。

何阖(hé)而晦？何开而明①？

角宿未旦，曜灵安藏②？

［注释］

①阖：关闭。晦：暗。②角宿：二十八宿之一，东方苍龙七宿中的第一宿，共有两颗亮星，传说这两颗星其间为天门，黄道通过这里。旦：天明。曜灵：太阳。安藏：藏于何处。

不任汩(gǔ)鸿，师何以尚之①？

佥(qiān)曰何忧，何不课而行之②？

鸱(chī)龟曳衔，鲧(gǔn)何听焉③？

顺欲成功，帝何刑焉④？

永遏在羽山，夫何三年不施⑤？

伯禹腹鲧，夫何以变化⑥？

纂(zuǎn)就前绪，遂成考功⑦。

何续初继业，而厥谋不同⑧？

洪泉极深，何以填之⑨？

地方九则，何以坟之⑩？

［注释］

①任：胜任。汩：治水。鸿：通“洪”，指大水。师：众人，一说百官。尚：崇尚，此处为“推举”之意。之：指代官鲧。②佥：都也。课：考核，试验。行：用。此句是说众官推荐鲧治水的故事。③鸱龟：形似鸱鸮的大龟。曳：拉牵。衔：相衔接。听：听从，听任。④顺欲：指顺从众人的愿望。帝：指帝尧。刑：惩罚。焉：之，指代鲧。⑤永：长期。遏：囚禁，禁锢。羽山：神话中山名。夫：发语词。施：行。⑥伯禹：鲧的儿子，即禹，称帝前封为夏伯，所以称伯禹。腹鲧：意谓禹从鲧的腹中生出来。传说鲧死于羽山郊野，尸体三年不腐烂，舜派人用吴刀剖开他的肚子，禹从中跳了出来。变化：指与鲧的智性不同。⑦纂就：就，成就。纂就指继续。前绪：绪，本指丝端，引申为余事，前绪指从前的事业。此处指鲧未完成的治水之事。遂：因此。成：完成。考：父死曰考，此处指鲧。功：事。⑧初：指当

初鲧的治水之职。厥：其，指禹。谋：指治水的方略。古籍记载，鲧与禹的治水方法不同，鲧主张堵，禹主张导。⑨洪泉：指洪水的源泉。一说泉通“渊”。传说禹治水时先堵塞了九个洪水的源头。何以：以何，用什么（办法）。填：填塞。⑩地：大地。方：分。九则：九州，一说九等。坟：土堆，引申为堆积，用为动词。

应龙何画？河海何历①？

鲧何所营？禹何所成②？

［注释］

①河海：指疏通的或新开的江河流入大海。历：指流通。应龙：长有羽翼能飞的一种龙。传说禹治洪水时，有应龙用尾巴画地，帮助疏导。②营：经营、营建。成：成就。

康回冯（píng）怒，地何故以东南倾①？

九州安错？川谷何洿（wū）②？

东流不溢，孰知其故③？

东西南北，其修孰多④？

南北顺椭（tuǒ），其衍几何⑤？

昆仑县圃，其凥安在⑥？

增城九重，其高几里⑦？

四方之门，其谁从焉⑧？

西北辟启，何气通焉⑨？

［注释］

①康回：共工，古代部族的首领，传说他与颛顼争帝位失败，怒触不周山，使天柱折断了，所以天向西北倾斜，地向东南倾斜，所以河流都向东流，在东南形成了大海。冯怒：大怒，盛怒。②错：借为“措”，安置。洿：低洼，深陷。一说为开掘。③东流：指百川向东流入海。溢：满。此句指百川归海，大海也不溢满。④东西：指大地从东至西的长度。南北：指大地从南至北的长度。修：长。孰多：孰，哪个。孰多，哪个长。⑤椭：狭长。一说椭圆。衍：余，多出。几何：多少。古代人认为，大地的东西的长度要比南北短，所以，此是问东西比南北短，那么差距是多少呢？⑥昆仑：昆仑山。县圃：“玄圃”，传说中昆仑山上的神山，山顶是与天的相通之处，上不连天，下不连地，故称。凥：古“居”字，坐落。安在：何

在。⑦增城：神话中地名，传说昆仑山分为三级，最上一层即为增城。⑧四方：指昆仑神山的四个门，一说天的四方的四个天门。其谁：有谁。从：指进出。⑨辟启：开启，敞开。气：指风。通：通过。

日安不到？烛龙何照①？

羲和之未扬，若华何光②？

何所冬暖？何所夏寒③？

［注释］

①安：代词，表示疑问，相当于“什么”或者“什么地方”。烛龙：神话中的神龙名，传说是住在日月都照不到的西北方的神。②羲和：神话中替太阳驾车的神。扬：指扬鞭启程。若华：若木花。若木是神话中的树名，开红花，散发出光。③所：处所。

焉有石林？何兽能言①？

［注释］

①焉有：哪里有。石林：像树木一样耸立的群石。兽能言：指会说话的兽。一说即看守昆仑的大门的“开明兽”。

qiú

焉有虬龙，负熊以游①？

［注释］

①焉有：哪里有。虬：传说中无角的龙。负：背负。

huǐ

雄虺九首，儵忽焉在①？

［注释］

①雄：大。虺：一种毒蛇。九首：九个头。儵忽：迅疾的样子。

何所不死？长人何守①？

qú　xǐ

靡萍九衢，枲华安居②？

［注释］

①不死：长寿不死。长人：巨人。指防风氏。传说他身长三丈，死后一节骨头就装满了一车。守：守卫。传说禹令防风氏守封、嵎之山。②靡萍：又叫淋萍，木中异草。九衢：多出的枝杈。枲：麻的别名。华：古“花”字。分叉的靡萍和开花

的枭麻都是不常见的奇异景象。

一蛇吞象，厥大何如[1]？

［注释］

①一蛇吞象：一本作“灵蛇吞象”，指传说中的“巴蛇吞象”。厥：其，此处指一蛇。

黑水玄趾（zhǐ），三危安在[1]？

延年不死，寿何所止[2]？

鲮（líng）鱼何所？鬿（qí）堆焉处[3]？

［注释］

①黑水：传说中的水名，出昆仑山。玄趾：神话中山名。一说为黑水中岛名。三危：山名。传说中这一水二山同在西北方，乃不死之国，长寿之乡。②延年：指延长寿命。何所止：指寿命无期。③鲮：鱼：陵鱼，古时传说的怪鱼。鬿堆：鬿雀，一种怪鸟。

羿焉弹（bì）日？乌焉解羽[1]？

［注释］

①羿：古代传说中的善射者。弹：射。乌：神话传说中太阳里有三只脚的乌鸦。古人根据这一说法，称太阳为金乌。焉：哪里。解羽：羽，翅。解羽指翅膀坠落下来。

禹之力献功，降省（xǐng）下土方[1]。

焉得彼涂山女，而通之于台桑[2]？

闵妃匹合，厥身是继[3]。

胡为嗜不同味，而快朝饱[4]？

启代益作后，卒（cù）然离蘖[5]。

何启惟忧，而能拘是达[6]？

皆归射鞠（jū），而无害厥躬[7]。

何后益作革，而禹播降[8]？

启棘宾商，《九辩》《九歌》⑨？
何勤子屠母，而死分竟地⑩？

［注释］

①之：用。献功：献上功绩。降：从天上下来，这里是把禹看成神话人物，指他从天上下降到人间来治水。省：察。下土方：下土，指天下。②涂山：古国名。传说禹在治水的过程中娶涂山氏之女为妻。③闵：怜悯，这里有怜爱的意思。妃：配偶，此处指涂山之女。匹合：配合。指“通之于台桑”。厥身：其身，指禹。继：继续，延续。④胡为：为何。嗜：嗜好，爱好。不同味：这里是说与众不同的爱好。快：快意，满足。朝饱：与“朝食”“朝饥”同义，似指男女结合的隐语。据古籍记载，禹刚刚新婚第四天就离开家出去治水了，诗人据此而发问：大禹为什么有与众不同的嗜好，使他不把男欢女爱当作快事？⑤启：禹之子，夏代开国之君。代：取代。益：夏禹贤臣，相传禹曾把君位禅让给他，史称“后益”，后来被启杀死并夺去君位。作后：当国君。作，为之意。卒然：仓促之间。离：通“罹”，遭受。蠥：灾难、忧患。⑥惟：通“罹”，遭受。拘：囚禁。达：同“㒓”，意逃脱。以上四句是说，夏启想取代后益作国君，仓促间被囚禁起来。为什么夏启有了灾难，却能够从囚禁中逃离出来？⑦皆：指益与启。归：归于。射鞫：鞫，穷尽。射鞫指箭射完了。厥：其，指启。躬：身。这里是说益与启均以武力争斗至极，而启之身终无伤害。⑧作：国运，指统治权。革：改，指益之君位被启所替代。播降：播，借为“番”。降，借为“隆”。播降，即“番隆”，番衍兴旺。这里是问伯益为什么国运不长，而启独能复禹之祚，却能番衍兴旺呢？⑨棘：通“亟”，急迫。宾：宾客。商：可能是“帝”的误写。《九辩》《九歌》：乐曲名。一说启所作乐，一说天帝乐。⑩勤：这里作“爱惜”之意。子：儿子，此指启。屠：裂。母：指涂山氏女。屠母：分裂母亲，指涂山女化为石，石破裂后生出启。死：通“屍”，现简写作“尸”。分：分裂。竟地：如土委地，不复活。

帝降夷羿，革孽夏民①。
胡射夫河伯，而妻彼雒嫔②？
冯珧（píng yáo）利决，封豨（xī）是射③。

何献蒸肉之膏，而后帝不若④？

zhuó
浞取纯狐，眩妻爰谋⑤。

kuí
何羿之射革，而交吞揆之⑥？

［注释］

①帝：指天帝。降：派遣。夷羿：夏时东夷族有穷国的首领，后取代夏后相帝位，自立为君，后又被寒浞所杀。因羿属东夷族，所以称夷羿。革：除。孽：灾祸。这两句的意思是说，天帝派遣夷羿，为了革除夏民的忧患。②胡：何。夫：助词，彼。河伯：黄河神。妻：用作动词，以……为妻。彼：那个。雒嫔：雒，同“洛”。嫔，古代妇女的美称。雒嫔即“洛嫔”，洛水女神，即指宓妃。这两句是说，可是夷羿为何射杀了河伯，还娶了洛水女神为妻。③冯：拉开，拉满。珧：弓名。利决：利，即用，这里有便利的意思。决：套在大拇指上的扳指圈，通常用玉石或兽骨做成。利决，很利索地运用扳指，说明善于射箭。封豨：大野猪。④蒸肉：蒸，通“烝”，指冬祭。蒸肉是冬祭用的肉。膏：肥肉。后帝：指天帝。若：顺，指心情舒畅。⑤浞：寒浞。相传寒浞很善于谄媚讨巧，取得羿的信任，任其为相，后来寒浞与羿之妻纯狐氏女合谋，乘羿打猎之机将羿杀死，并娶她为妻。眩：迷惑。爰：借为“援”。谋：谋划。⑥射革：射穿皮革，相传羿能射穿七层皮革。交：合力。吞：灭。揆：计谋。此二句意思是羿能射穿七层皮革，为什么让人们合力计谋而吞灭他呢？相传羿被杀后，让其家众烹而食之。

阻穷西征，岩何越焉①？

化为黄熊，巫何活焉②？

jù　　　　huán
咸播秬黍，莆雚是营③。

何由并投，而鲧疾修盈④？

［注释］

①阻穷：阻，阻挡，指有岩挡着。穷，尽，指没有路。阻穷形容道路的阻隔困难。西征：自西而东行。岩：险峰峻岭。越：过。②化为黄熊：传说中上帝杀鲧于羽山，鲧变做黄熊，跳进羽山旁边的一个深渊。羽渊在羽山西边，所以上句问西行没有路，鲧是怎么走过羽山的。巫：指古代神职人员。活：复活。③咸：皆，都。秬黍：秬，黑黍子，皮黑米白。黍，黍子，去皮后叫黄米。黍秬泛指五谷。莆雚：泛指杂草。莆：一种

水草。营：耕作、经营。此二句是说，禹治洪水成功后，率领民众都种上了五谷，连杂草丛生的地也被除草成了良田，大家过上了好日子。④何由：因何。并，通“屏”，这里有“放逐”的意思。投：弃置。疾：罪恶。修盈：修，意为长；盈。意为满。修盈是说鲧的罪恶名声多而久远。

白蜺(ní)婴茀(fú)，胡为此堂①？

安得夫良药，不能固臧②？

天式从横，阳离爰死③。

大鸟何鸣，夫焉丧厥体④？

［注释］

①白蜺：蜺，同“霓”，指霓裳。此处似指嫦娥白色衣裙。婴茀：妇女头饰和颈饰。胡为：何为，做什么。堂：盛，华丽。②良药：指不死之药。固：牢固安稳。臧：借为“藏”字。③天式：天，自然。式，法式。天式犹言天道，自然法则。从横：同“纵横”，指阴阳二气结合。阳：阳气，也指人的灵魂。爰：乃就。④大鸟：似指羿死后化成的大鸟。丧：失去。厥体：厥，他的。厥体指羿的尸体。

萍号起雨，何以兴之①？

撰体协胁，鹿何膺之②？

鳌(áo)戴山抃(biàn)，何以安之③？

释舟陵行，何以迁之④？

［注释］

①萍：萍翳，为雨神。号：大声叫。起雨：下雨。何：如何。后面三个“何”的意思与此相同兴：发动起。②撰：具有。体：身躯。胁：指鹿的两膀。膺：响应。这两句的意思是说，风神飞廉鹿身，两肋生翅，又是如何响应雨师的呢？③鳌：传说中海里的大龟。戴：背负，载。抃：拍手，这里是指鳌的四条腿舞动。安之：使之安稳。此二句似说的是渤海之东的巨龟背负大山的神话。传说有个极大的龟背负着蓬莱，在海里舞动着四条腿嬉戏。④释：舍，放。舟：船，这里借指水。陵：大土山，这里指陆地。迁：移动。

惟浇在户，何求于嫂①？

何少康逐犬，而颠陨(yǔn)厥首②？

女岐缝裳，而馆同爰止③。

何颠易厥首，而亲以逢殆④？

［注释］

①浇：传说中的寒浞之子，能在陆地行舟。户：门。嫂：指浇的寡嫂，即下文的女岐。②少康：传说中夏代的中兴之主，夏后相之子，他杀死了浇，恢复了夏朝。逐犬：指打猎，意指放逐猎犬以追逐野兽。传说少康最终利用打猎的机会，放出猎犬杀死了浇。颠陨：掉下落地。厥首：指浇的头。③女岐：上文所说浇之嫂。馆同：馆，读为“奸”。同，犹“通”也。馆同，即“奸同”，私通。爰，于焉的合音，于此的意思。止：宿，停息。④易：换，这里是错换的意思。厥首：指女岐的脑袋。亲：亲身，这里是指浇。逢殆：遭殃，指后来浇的被杀。一说此二句是说，少康派女艾暗中侦察浇的行动。浇与女岐私通之时，女艾夜里去杀浇，结果错杀了女岐。后来乘浇出猎时，才杀了浇。

汤谋易旅，何以厚之①？

覆舟斟寻，何道取之②？

［注释］

①汤：疑是“康”字的误字，一指少康。②覆舟斟寻：指浇消灭斟灌、斟寻事。二斟为夏同姓诸侯国，夏后相失国，依于二斟，后被浇所灭。何道取之：何道，何种办法。何道取之是指少康取浇之事。

桀伐蒙山，何所得焉①？

妺嬉何肆，汤何殛（jí）焉②？

［注释］

①桀：夏朝末代君主。伐：讨伐。蒙山：岷山，古国名。②肆：放肆。汤：商汤。殛：惩罚，诛杀。

舜闵在家，父何以鳏（guān）①？

尧不姚告，二女何亲②？

厥萌在初，何所亿焉③？

璜台十成，谁所极焉④？

［注释］

①舜：古帝名。尧死后禅让帝位给他，号有虞氏，世称“虞舜”。父：指舜的父亲瞽叟。鳏：指男子成年未婚。②尧：古帝名，号陶唐氏，世称“唐尧”。姚：舜的姓，这里是指舜父瞽叟。二女：指尧的两个女儿娥皇、女英。尧将两个女儿嫁给了舜，事先没有告诉舜的父亲，怕遭到反对。亲：亲近。③厥萌：其萌，指事物的初始状态。初：始也。亿：通“臆”，猜测，预测。④璜台：用玉石砌成的高石。十成：十重，十层。极：寡尽。

登立为帝，孰道尚之①？

女娲（wā）有体，孰制匠之②？

［注释］

①登立：登位。立：通“位”，这一句指女娲登位为帝。帝：帝王。孰道：何由，根据什么？尚：上，推崇的意思。②女娲：传说中上古女帝名，姓风，人头蛇耳，但品德高尚，智能超凡。曾造人补天。

舜服厥弟，终然为害①。

何肆犬体，而厥身不危败②？

［注释］

①服：服从。厥弟：其弟，指舜的弟弟象。终然：终于。为害：被谋害。此处指舜弟象与其父母合谋陷害舜之事。②肆：放肆。犬体：狗心，指像狗一样的恶毒之心。厥身：这里指舜的弟弟象。危败：毁灭败亡。后来，舜继尧为君，不仅不惩罚象，相反把象封到有庳做官。

吴获迄古，南岳是止①。

孰期去斯，得两男子②？

［注释］

①吴：古吴国，在今天的江苏、浙江一带。获：得。迄古：终古，指时间悠久。南岳：泛指南方大山，此处指南方。止：居。②期：预料。去：去世。斯：此，指吴地。得：得益于。两男子：指舜和他的儿子商均。此二句意谓，谁能料想到在那吴国，会得到两位贤德的男子呢？

缘鹄饰玉，后帝是飨[1]。

何承谋夏桀，终以灭丧[2]？

帝乃降观，下逢伊挚[3]。

何条放致罚，而黎服大说[4]？

[注释]

①缘：沿着边装饰。鹄：天鹅，这里指装饰有天鹅图案用以烹煮的鼎。饰玉：指鼎上的玉饰。②承：接受，担当。谋：图谋。传说中商汤派伊尹做夏桀的大臣，他勾结桀的元妃妹嬉与汤里应外合，灭掉了夏朝。灭丧：灭亡。③帝：指商汤。降观：意思是深入民间观察民情。逢：遇。伊挚：伊尹，名挚。④条：指鸣条，地名，传说是商汤打败夏桀或流放夏桀的地方。放：流放。致：给予。黎服：黎民服，即“箙”，是楚地对农民的蔑称。说：通“悦”。

简狄在台，喾何宜[1]？

玄鸟致贻，女何喜[2]。

[注释]

①简狄：帝喾次妃，传说有娀氏的美女，生商代始祖契。台：传说有娀氏建了一座九层高台，让简狄与其妹住在上面。喾：帝喾，号高辛氏。宜：喜爱。②玄鸟：燕子。致：授送。贻：赠送，这里指赠送的礼物，即指《吕氏春秋》中所说的“遗卵”，据说简狄吞食此卵而生契。女：指简狄。

该秉季德，厥父是臧[1]。

[注释]

①该：王亥，殷人远祖，契六世孙。秉：通“禀”，继承。季：王亥的父亲。传说他作过夏朝的水官，勤于官事，后被水淹死。厥父：其父，即指王亥父亲。臧：善，这里用作动词，以之为善的意思。

胡终弊于有扈，牧夫牛羊[1]？

[注释]

①弊：通“毙”，死亡。有扈：应当是“有易”。古国名，在今河北北部一带。

干协时舞，何以怀之[1]？

［注释］

①干协：盾牌，又称胁盾。协即胁，古人操盾牌时将其顶在胁部故称。时：是也。怀之：使之怀恋。这两句说王亥以歌舞诱惑有易女事，王亥跳起干盾之舞，怎么就让她有了恋慕之情呢？

平胁曼肤，何以肥之①？

［注释］

①平胁：丰满的胸部。曼肤：指细嫩光泽的皮肤。此是说有易女容态丰腴。肥："妃"，匹配。

有扈牧竖，云何而逢①？

击床先出，其命何从②？

［注释］

①有扈：当为"有易"。牧竖：竖，贱称，这里指王亥。牧竖即牧人。逢：指与有易女相逢。②击床：指有易氏想在王亥与其妻私通时，将其杀死在床上。先出：指王亥事先走出，暂免一死。命：性命，指王亥。何从：由何而出。此二句意思是击杀王亥在床第之上，他是从何处逃脱性命的呢？

恒秉季德，焉得夫朴牛①？

何往营班禄，不但还来②？

［注释］

①恒：殷王恒，王亥的弟弟。秉：继承，秉承。季：王季（冥），王亥、王恒的父亲。朴牛："服牛"，拉车的牛。②往营：往，出。营，谋求。往营，指外出谋求。班：指官位的等级。禄：指食邑的多寡。不但：不得。还来：归来。这两句是说恒外出去谋求爵禄，但最终不得而回。

昏微遵迹，有狄不宁①。

何繁鸟萃棘，负子肆情②？

［注释］

①昏微：王亥之子上甲微。遵迹：遵循轨迹，继承先人的事业，继承祖德。有狄：狄通"易"，即"有易"。宁：安宁。②萃棘：丛集。肆：放纵。以上四句是说，上甲微是如何借助河伯的兵力来攻伐有易的呢？他如何汇集了勇士，纵逞豪情，报

了杀父之仇？

眩弟并淫，危害厥兄①。

何变化以作诈，后嗣而逢长②？

［注释］

①眩弟：眩，本指目视昏花，此指昏乱迷惑。弟，指子桓。眩弟指惑乱的弟弟。并淫：指恒与亥共同淫一个有扈的女子。兄：指上甲微。②作诈：行奸诈之事。逢长：犹言长久。

成汤东巡，有莘(shēn)爰极①。

何乞彼小臣，而吉妃是得②？

水滨之木，得彼小子③。

夫何恶之，媵(yìng)有莘之妇④？

汤出重泉，夫何罪尤⑤？

不胜心伐帝，夫谁使挑之⑥？

会朝争盟，何践吾期⑦？

［注释］

①成汤：商汤。商开国国君，“成”是谥号。有莘：古国名，在今河南中北部。爰：乃。极：至，到达的意思。此言商汤东巡，到达有莘国。②乞：求。小臣：奴隶，指伊尹。吉妃：良配。传说中汤听说伊尹的才能，向有莘氏索要，不给。于是汤请求娶有莘氏的女儿，有莘氏很高兴，就把伊尹作为陪嫁送给商汤了。③水滨：水边。木：指空心桑树。小子：婴儿，指伊尹。此二句说伊尹奇特降生。据《吕氏春秋·本味》载，有莘国的一位采桑女，在一棵空桑树中捡到一婴儿，把他交给了国君，国君就让厨师抚养他，这就是伊尹。据说伊尹的母亲住在伊水边，怀孕时曾梦见神告诉她石臼中出水就赶紧往东跑，不要回头。第二天确实看见石臼出水，告诉了邻居，向东跑十里远后还是回头看了，发现整个地方都被淹了，她自己也变成一棵空心桑树，这空心桑树就是伊尹母亲的化身。④恶：用为动词，厌恶。媵：陪嫁。有莘之妇：指有莘国君的女儿。这两句是说，有莘国君为什么讨厌伊尹，让他做了女儿陪嫁的奴隶呢？⑤汤：商汤。出：被释放。重泉：地名，夏桀囚汤的地方。⑥不胜：不可忍受。不胜心：指无法忍受内心，含有情不自禁的意思。伐：讨伐。帝：指夏桀。使挑：唆使挑动。⑦会：会合。朝：

指甲子日。争：争相。盟：指盟誓，践：遵守，实践。吾：代武王言。期：约定的日期。据《史记·周本纪》、《吕氏春秋》记载，武王起兵伐纣，八百诸侯响应，并约定“以甲子至殷郊”，果然在这一天，武王与各路诸侯会师于殷都朝歌附近的牧野。

苍鸟群飞，孰使萃之①？

列击纣躬，叔旦不嘉②。

何亲揆发，定周之命以咨(zī)嗟(jiē)③？

授殷天下，其位安施④？

反成乃亡，其罪伊何⑤？

争遣伐器，何以行之⑥？

并驱击翼，何以将之？

［注释］

①苍鸟：苍鹰，喻指武士、将士勇猛。萃：聚焦。这里描述了勇士攻打殷都的情形。这句话上接前一句话说，各路诸侯如约会合在甲子日并争相盟誓，他们是如何遵守武王规定的日期来到的呢？勇猛的武士如同搏击天空的群鹰一样，是谁使他们聚集在朝歌呢？②列击：分解砍断。纣躬：指纣王的躯体。叔旦：武王弟弟周公旦。不嘉：不赞许。《史记·周本纪》载：殷都被武王攻陷后，纣王自杀。武王又用轻剑击刺其尸体，并用大斧砍断纣王的头，挂在大白旗上。③亲：亲自，指周公。揆：度量，引申为“谋划”。发：武王姬发。定：成，完成的意思。周之命：指天命周的国运，即上天给予周的政权。咨嗟：叹息。这句是问，周公既亲自出谋划策，定了国家的天下，为何还发出叹息之声？④授：给予。其位：殷之王位。施：通“移”，改易。⑤反：一作‘及’，意为等到。意思是从殷王朝的建成最终又让它灭亡。伊何：是什么。⑥争：争相。遣：派遣。伐器：作战的武器，此指手持武器的军队。何以：为何。行：行事。

昭后成游，南土爰底①。

厥利惟何，逢彼白雉(zhì)②？

［注释］

①昭后：周昭王，西周第四代君主。成：通“盛”，指率军出游规模盛大。南土：南方，此指楚国。底：至，到。②厥利：其利，它的好处。惟何：为何，是什么。逢：迎，迎取。白雉：白色的野鸡。

穆王巧梅，夫何为周流①？

环理天下，夫何索求②？

妖夫曳衒(xuàn)，何号于市③？

周幽谁诛，焉得夫褒姒(sì)④？

［注释］

①穆王：周穆王，昭王的儿子。巧：巧于，善于。梅：通“枚”，指马鞭。周流：周游同行。②环理：理，通“履”，行。环理指周游。索：取。③妖夫：妖人，不祥之人。指传说中叫卖山桑弓、箕木袋（箕服）的那对夫妇。曳：前后牵引拉扶。衒：指夸耀所卖货物的好处。号：喊叫，指叫卖声。④周幽：周幽王，西周末代君主。谁诛：被谁诛杀。褒姒：周幽王的王后。周幽王的太子叫宜臼，其母是申侯的女儿。后来幽王宠爱褒姒，废申后与太子宜臼，而立褒姒为后，褒姒子伯服为太子。以上四句意谓：那对妖人夫妇一前一后，边走边叫卖，在街上呼喊着什么？周幽王是被谁诛杀的，又怎么得到那位褒姒呢？

天命反侧，何罚何佑①？

齐桓九会，卒然身杀②。

［注释］

①反侧：反复无常。何罚何佑：惩罚什么，保佑什么。②齐桓：齐桓公，齐国国君，春秋五霸之一。九会：指多次召集诸侯会盟，其依靠管仲之力，不用兵革就在诸侯中争得霸主的地位。卒然：终于。自杀：自身被杀害。

彼王纣之躬，孰使乱惑①？

何恶(wù)辅弼，谗谄是服②？

比干何逆，而抑沈之③？

雷开何顺，而赐封之④？

何圣人之一德，卒其异方⑤？

梅伯受醢(hǎi)，箕子详狂⑥？

［注释］

①王纣：殷纣王。躬：自身。乱：昏乱。惑：迷惑。②恶：讨厌。辅弼：辅佐，这里指辅佐君王的贤臣。谗：毁谤奉承。这里指进谗言的小人。谄：指讨好奉

承的小人。服：用。③比干：纣王的叔父，被纣王剖心而死。何逆：什么违背了纣的心意。抑沈：沈，同“沉”。抑沈指压制。④雷开：纣王身边的谗佞之臣。何顺：如何的顺从奉承。赐封：赏赐封爵。⑤圣人：指下文的梅伯与箕子。一德：相同品德。卒：最终。异方：指不同的结局。⑥梅伯：纣王时的诸侯，因直谏被杀。醢：指古时一种酷刑，把人剁成肉酱。箕子：纣王的叔父，见比干被杀，披发装疯，以免被害。详狂：详，通“佯”。详狂即“佯狂”，装疯。

稷（jì）维元子，帝何竺（zhú）之①？

投之于冰上，鸟何燠（yù）之②？

何冯弓挟矢，殊能将之③？

既惊帝切激，何逢长之④？

伯昌号衰，秉鞭作牧⑤。

何令彻彼岐社，命有殷国⑥？

迁藏就岐，何能依⑦？

殷有惑妇，何所讥⑧？

受赐兹醢，西伯上告⑨。

何亲就上帝罚，殷之命以不救⑩？

［注释］

①稷：后稷，名弃。传说，帝喾的元妃姜嫄，踩到上帝的脚印而怀孕，生稷，出生时胎儿形体异常，认为不祥而弃之冰上，又有大鸟飞来用羽翅温暖保护他。后稷少而聪慧，精于农事，教民稼穑，成为周人的始祖。维：是。元子：指嫡长子，后稷是帝喾的元子。帝：指帝喾。竺：通“毒”，憎恶的意思。②投：指抛弃。之：指稷。燠：暖。③冯：大。挟：带着。殊能：奇异的才能。将之：帮助了他（稷）。④惊帝：使天帝震惊，一说指帝喾。切激：激烈。逢长：兴旺久长。以上四句意谓：为什么后稷长大成人手持强弓携带箭矢，上天给他的奇异的才能帮助了他？既然他的降生让上天惊恐万

分，还为什么使他的后代兴旺久长？⑤伯昌：周文王，姬姓名昌。号：动词，意谓发号令。衰：指殷衰微之时。秉鞭：秉，执，拿。鞭，马鞭，指权柄。秉鞭，指执政。牧：地方长官。⑥何：谁。彻：毁坏。岐：地名，在今陕西岐山县界。周族史上，文王的祖父太王古公亶父，曾由豳地迁至岐山脚下，奠定了周朝兴旺的根基。社：古代祭土地神的庙，凡建国，必立社。太王就于岐地建社立国。有殷国：指取代殷朝。⑦藏：指财产。就：到。何能依：何能为民所依。⑧殷：指纣王。惑妇：迷惑人的女子，此指纣宠妃妲己。⑨受：纣王的名。兹：此。醢：肉酱。上告：向上天报告。《吕氏春秋》等说纣王把梅伯剁成肉酱分赐诸侯。民间传说，剁的赐的都是文王长子伯邑考的肉（这本是一种厌胜巫术），所以西伯（文王）上告于天。⑩亲：指纣王亲自。上帝罚：接受上天的惩罚。命：国运，指殷朝的统治。

师望在肆，昌何识①？
鼓刀扬声，后何喜②？
武发杀殷，何所悒(yì)③？
载尸集战，何所急④？

［注释］

①师：太师。望：吕望（姜尚），即姜太公。肆：店铺。昌：姬昌，即周文王。识：知。相传吕望曾在殷都朝歌肉店中鼓刀卖肉，文王遇到他，识得他的才能，大喜，载以俱归。②鼓刀扬声：宰杀牲畜时摆弄刀子发出的声响。后：君，指文王。③武发：指周武王姬发。杀：攻伐。殷：指纣王。悒：愤恨。④载尸：尸，这里指木主，即灵牌。载尸指载灵牌于兵车上。集战：会战。

伯林雉经，维其何故①？
何感天抑地，夫谁畏惧②？

［注释］

①伯林：伯，长。林：君。伯林，似指殷纣王。雉经：雉，即绳索，以绳缢为经。雉经即自缢。维：是。其：乃。②感天抑地：感动天地。谁畏惧：畏惧谁。

皇天集命，惟何戒之①？
受礼天下，又使至代之②？
初汤臣挚，后兹承辅③。
何卒官汤，尊食宗绪④？

［注释］

①皇天：皇，大，美好。皇天是对天的尊称。集命：降命。惟：又。戒之：告戒他。②受：同“授”，授予。礼：借为“理”，治。至：来，此指后来者。③初：当初。臣挚：以挚为臣，指当初成汤东巡，伊尹（挚）作为陪嫁的奴隶来到汤身边。后：后来。兹：连词，乃。承辅：辅佐。④卒：终于，指伊尹死后。官汤：使汤成为统治天下的君主。宗绪：世世代代。此二句言伊尹辅弼汤之功，足配享于汤之太庙。

勋阖(hé)梦生，少离散亡①。

何壮武厉，能流厥严②？

［注释］

①勋：功勋。阖：指吴王阖庐，春秋五霸之一。梦：寿梦，吴王阖庐的祖父。生：同“姓”，指子孙。少：少时。离：同“罹”，遭遇。散亡：家破人亡。②壮：壮年。武：英武勇猛。厉：勤奋。流：显露。严：应作“庄”，这里有威武的意思。

彭铿斟雉，帝何飨①？

受寿永多，夫何久长②？

［注释］

①彭铿：彭祖，传说是颛顼的后裔，活了八百岁。斟雉：用野鸡调制的肉汤。传说中彭铿善于烹调。帝：指上天。飨：享用。②受：同“授”，意为给予。永：长。这里是说，上天给彭祖享寿之长到八百岁那是为什么？

中央共牧，后何怒①？

蜂蛾微命，力何固②？

［注释］

①中央：意为中国。牧：治。②蜂蛾：蛾，古“蚁”字。蜂蛾，即蜜蜂与蚂蚁等微小的昆虫。此处指百姓。

惊女采薇，鹿何祐①？

北至回水，萃何喜②？

［注释］

①薇：一种野菜。祐：帮助。传说伯夷、叔齐绝食后，山里的百鹿曾给他们喂奶。②回水：指首阳山附近的雷水。萃：止，停留的意思。

兄有噬犬，弟何欲①？
易之以百两，卒无禄②？

［注释］

①兄：指春秋时秦国的国君秦景公。噬犬：猛犬。弟：指景公之弟。②易：交换。两：同“辆”，指车数。卒：最终。禄：爵禄。

薄暮雷电，归何忧①？
厥严不奉，帝何求②？
伏匿穴处，爰何云③？
荆勋作师，夫何长④？
悟过改更，我又何言⑤？
吴光争国，久余是胜⑥。
何环穿自闾社丘陵，爰出子文⑦。
吾告堵敖，以不长⑧。
何试上自予，忠名弥（mí）彰⑨？

［注释］

①薄暮：傍晚。雷电：雷电交加。归：回去，归去。②厥：其，指楚怀王，亦指楚国。严：威严。不奉：不得保持。帝：指上天。求：求助。③匿：隐藏。穴处：本指山洞，这里指作者自己被流放，住在荒野山林。伏匿穴处：指诗人被流放之事。爰：助词，起补充音节的作用。何云：说什么？④荆：楚国的旧称。勋：功勋。作师：兴兵。何长：有什么好的办法？⑤悟过：对自己的过错有所醒悟。更：改变。⑥吴光：吴国公子阖庐。争国：争夺君位，指阖庐派人杀僚而自立之事。久余是胜：意谓“久胜余”，即常战胜楚国。⑦环穿：环绕穿过。闾、社：古代最小的行政单位，如后来的村落。闾社丘陵，乃指幽会淫佚之处。爰：乃，原来是。出：生。子文：楚成王时令尹。⑧吾：我，屈原自指。告：说。堵敖：熊艰，楚文王子，成王熊恽兄。文王十二年，文王卒，子熊艰立。⑨何：岂也，怎能。试：也有作“诚”的，意为是。自予：自以为是。弥：更加。彰：显著。

［译文］

请问：往古初年的情况，是谁把它传述了下来？天地混沌一片，根据什么来考察确定？昼夜未分混沌昏暗，根据什么来穷究看透？宇宙恍惚无形又无象，又是凭借什么来识辨？白昼黑夜相交替，辨明时间又为什么？阴阳与天相合化生万物，本体什么样，又怎么幻化万物？天体有九层，是谁围绕测量知晓的？这功绩如何的浩大，可最初由谁来开创？天体如车盖系在哪里？天枢北斗又是架在何处？撑天的八柱坐落在何方？东南的天柱为何缺损不一般长？九野之间的边际，又如何安放如何连接？九天有许多弯曲角落，谁能知道它的数目？天与地相会在何处？子丑寅卯十二辰又怎样划分？日月怎样挂在天体上？群星又如何陈列在太空上？太阳从东方汤谷出发，夜晚歇息在蒙水边。从早晨一直到黄昏，一共走了多少里路？月亮具有什么本领，居然能够死而复生？那样对它有何好处，把兔子抚养在腹中？女歧她从未有配偶，如何生出九个儿子？风神隅强住在何处？寒凉的风又是从哪里生成？上天哪座大门关闭就天黑？上天哪座大门打开就天亮？当东方还没发亮，太阳如何隐藏自己那万丈光芒？

鲧不胜治水重任，众人为何还将他推举？都对尧说“不必太过担忧”，为何不试一试再任用？鸱鸮和大龟拖土衔泥，鲧为何对它们言听计从？治水眼看就要成功，帝尧为何对鲧加刑？长期把鲧幽禁在东海羽山，为何多年也未赦免？大禹从鲧的腹中出生，又是如何孕育生成？继续先前治水的工程，父辈的事业终于成功。为什么大禹子承父业，而大禹的措施与父截然不同？洪水的源泉深不见底，他用什么办法来填平？广袤的大地被分为九州，又如何使它高于水面？应龙是如何以尾画地的？河流是怎样流通入海的？鲧在治水时采取了哪些办法？禹在治水中有哪些成功？共工怒撞天柱不周山，可大地为何都向东南斜倾？大地九州如何安置？山川谷地都有多深？百川归海，大海不会满溢，有谁知道它的缘故？从东至西从南到北，它的长度相比哪个更长？如果南北更为狭长，又比东西长出多少？昆仑山顶上的玄圃，到底在哪个地方？昆仑山上有九重增城，它的高度有多少里？昆仑四面的山门，有谁从这里进进出出？当西北方的大门开启，是什么风从那里流通？太阳何处普照不到，为何还要烛龙照亮？羲和尚未扬鞭启程，若木为何放射光芒？什么地方冬天温暖？什么地方酷夏寒凉？哪里有石头的树林？什么兽类能讲人言？哪里有无角的虬龙，背负大熊四处荡游？长着九个脑袋的毒蛇雄虺迅疾往来去了哪里？什么地方是不死之国？巨人守卫着什么？水中异草居然长出九个枝丫，枲麻又开花在何处？一条巴蛇可以吞掉大象，它的身子该有多么庞大？黑水、玄趾和三危，这些地方都在哪里？哪里的人长生不死，生命究竟有无期限？兴风作浪的鲮鱼生活在哪里？虎爪鼠足的鬿雀居住在何处？后羿在哪里射下九个太阳？日中金乌于何处折翅丧生？大禹努力贡献全部力量，从天而降巡视下界四方。在何处遇到那位涂山女子，而又和她结成夫妇在台桑？

大禹爱惜他们的结合，自己身后有人继承。为什么嗜好与众不同，不贪图男欢女爱的情欲？启取代益做了国君，猝然间遭到囚禁的灾殃。为何夏启遭受灾难，却能从拘禁的祸难中逃离？后益的党羽被治罪，而夏启的身体却无丝毫损伤？为何益的国运不长，而夏启的统治昌盛兴旺？启急切地向上帝献祭，如何带回帝乐《九辩》与《九歌》？为何爱怜儿子却反被儿子杀掉，使母亲身体分离如土委地？上天降下善射的夷羿，为的是革除忧患拯救夏民。可为什么他要射杀河伯，强娶了他的妻子洛水女神？拉开大弓扣动扳指，把巨大的野猪封狶杀死。给天帝献上肉，上

天为什么不顺畅领情？寒浞得到羿妻纯狐氏女，两人合谋把后羿害死。为什么能射穿七层皮革的羿，却被阴谋勾结所算计？鲧被放逐羽山自西而东艰难险阻，如何越过那高山峻岭？深渊中伯鲧化身为黄熊，神巫怎样使他起死复生？禹平治洪水率民种五谷，除去杂草变成良田。为什么一样被流放，而鲧的坏名声是又多又长？穿着白色衣裙戴着华丽首饰，嫦娥为何如此华丽？羿从哪里得来不死之药，却为何不能妥善保藏？自然之道不可阻挡，阳气消散就会死亡。羿死后化为大鸟飞鸣而去，他原来的躯体消逝在何方？雨师萍翳兴云布雨，大雨倾盆如何发动？风神飞廉鸟兽合体，可他又是如何呼应？大鳌背负仙山起舞，仙山为何还能安稳？浇能撑船在陆地行走，怎么让船就能移动？浇来到嫂嫂女岐的门口，对嫂嫂有何相求？为何少康放逐猎犬，而被砍落在地的却是浇的头？女岐为浇缝制衣裳，两人淫乱同宿共眠。为什么少康斩错了脑袋，女岐自己遭殃身亡？少康佯装打猎而动用武力，如何增强军事力量？浇能使二斟覆亡，少康用什么计谋砍下浇的脑袋？夏桀出征讨伐蒙山，他这样做究竟有何收获？妹嬉何罪之有，商汤为何把她诛杀？虞舜在家忧愁不堪，父亲瞽叟为何不给他娶妻？唐尧嫁二女不告知舜的父母，娥皇、女英怎么和舜成亲？舜当初是一介平民，又是怎样预料成为至尊？殷纣王修玉台共有十层，谁又能想象到后果？女娲登基称帝，是由谁来引导？女娲那奇异变幻的形体，又由谁来制造的？舜以仁爱之心厚待弟弟，却始终被弟弟加害。为何舜放任象作恶，自己却能不受伤？吴国从太伯始获有悠久历史，立国于大江以南。谁能料到在这吴国的土地上，埋着舜和商均的坟墓？用雕有天鹅饰玉的鼎烹饪美味，帝王商汤高兴地享用佳肴。伊尹如何做了内应，终于把夏灭亡？商汤到民间巡视四方，正好遇奴隶出身的伊尹。夏桀被流放鸣条受惩，为何黎民百姓那样欢欣？

简狄深居九层高台，帝喾为何对她如此钟爱？燕子遗卵送来礼物，简狄吃后为何怀孕？王亥秉承王季的德业，和他父亲一样善良。怎么最终被人驱使，为有易氏放牧牛羊？王亥跳起干盾之舞，如何让有易女子深深爱恋？那个女子胸部丰满皮肤细嫩，王亥怎样与有易女私通？身为有易普通的牧人，如何与有易女相逢？击杀床笫之上王亥已逃，他的性命从何处逃脱？王恒也继承王季的德行，哪里得到哥哥丢失的服牛？为何到有易谋求爵禄，回来时却两手空空？昏庸的上甲微遵循父亲的事业，打得有易国不得安宁。如何汇集勇士耀武扬威，报了杀父之仇纵兵逞勇？昏惑的弟弟与有易女私通，以致害死她的长兄。为什么有人诡计多端，他们的后代却兴旺绵延？商汤去往东方巡视，到达有莘国才停止。本来要寻求小臣伊尹，却得到一位美丽的贤妃？水边空心的桑树中，捡到了婴儿伊尹。有莘国君为什么讨厌他，让他做女儿的陪嫁？汤走出被囚禁的重泉，他究竟犯下了什么罪过？忍无可忍商汤才去讨伐桀，自食恶果还用挑唆？诸侯朝会争相发誓，为何都遵守前定的日期？军队前进勇如雄鹰，是谁让他们聚集在一起？分解砍断殷纣王的尸体，周公姬旦并不赞许。可是他亲自辅佐武王，周得天命他却又为何叹息？上天把天下授予商，他们的帝位如何丧？从它建成最终又灭亡，它的罪过是什么？诸侯争相派遣着军队，这要怎样来指挥行动？齐头并进出击两翼，如何统率进攻的？周昭王去南方巡游，一直到达荆楚土地。他那样有什么好处，为什么还遇到了白色野鸡？周穆王善于车驾，为什么满世界地去周游？环游治理天下，到底有何索取贪求？那对妖人夫妇拖着货物，为何叫卖于市井？周幽王到底被谁诛杀，又如何得到褒姒？

天命真是反复无常，惩罚什么又保佑什么？齐桓九合诸侯而称霸天下，最终却被人害死。殷纣王的所作所为，是谁使他那样昏乱迷惑？为什么厌恶辅佐的忠臣，专门任用谗佞的小人？比干什么事违背他的心意，不被重用最后还被剖了心？雷开怎样顺从逢迎，让纣对他那样加封？为什么圣人美德相同，处世方法却大不相同？梅伯直谏被杀受酷刑，箕子无奈披发装疯？后稷本是帝喾的长子，可帝喾为什么对他那样憎恶？把出生的婴儿抛弃在冰面上，鸟为何用羽翅温暖他？为什么后稷长大成人手持强弓携带箭矢，上天给他的奇异才能帮助了他。既然他的降生让上天惊恐，为什么还让他子孙繁衍昌盛？商朝衰落西伯姬昌发号令，执政为雍州之牧。是什么让周拆除旧社立新庙，周王取代殷朝是命中定？太王带着财产迁往岐山，是什么让民众相依从？殷纣有了宠妃妲己，民众是怎样讥讽的？纣赐诸侯梅伯被烹的肉羹，西伯姬昌将此事向上天控告。为何纣王接受上天的惩罚，殷朝的国运仍无法挽回？姜尚曾在朝歌肉店舞着刀，西伯姬昌为何赏识他？宰割牛羊发出的声响，文王听后为何如此高兴？武王姬发讨伐殷纣，为什么如此愤恨？载着文王灵位就去会战，他为什么这样着急？殷纣王自缢而死，这究竟是什么缘故？他死之前呼天抢地，有谁使他畏惧？上天既然降命给殷商，又是如何告诫他的？既然授命予他治理天下，为何又让周人代替他？当初伊尹只是媵臣，后来就担当王朝的宰相。为什么伊尹最终追随商汤，死后能在商王的宗庙里配享？功勋卓著的阖庐是寿梦的长孙，年少时遭受排挤而坎坷流荡。为何壮年孔武勇猛，威武声名能够远扬？彭祖调和野鸡肉羹，上天为何前来享用？赐给他的寿命长久，可他为何仍愤恨不平？周公召会一同执政，列国君王为什么纷争相怒？蜂蚁一类昆虫是微小的生命，为何筑起的巢穴强固不摧？伯夷、叔齐采薇充饥听了讥讽而绝食，白鹿何以乳汁相保佑？伯夷叔齐采薇向北而行到雷水，双双饿死可为什么还很高兴？秦景公有条猛犬，他的弟弟为何非要得到？用一百辆车交换那只狗，最终失去爵位还遭哥哥放逐？

天近黄昏电闪雷鸣，回去还有什么忧愁可说？国与君的尊严都得不到保持，对上天还有什么要求？我隐居在这荒山野林，幽愤填胸还能说什么？楚君好大喜功屡战屡败，国家还能撑多久？对自己的过错如能幡然改悔，我还能说什么话？吴王阖庐与楚交战，长期以来都战胜我国。无奈穿街过巷越丘陵，才觅得令尹子文这贤相。我曾说堵敖的行径难长久，无奈楚国命运不会久长。我岂敢告诫君王莫自以为是，为了忠贞的名声更远扬？

九章

《九章》主要是屈原流放期间的作品，包括九篇，非一时一地所作，为后人辑录而成。

屈原在楚怀王和顷襄王时期，因谗言而两度流放，诗人足迹遍及汉北、沅、湘等地。《九章》各篇已经记录着诗人流放的行程及其心理历程。对于了解和研究屈原，有很重要的价值。

惜诵

《惜诵》作于楚怀王时被谗见疏之后，诗人痛切地陈述了自己不见宠于君，关怀楚国命运和前途，反遭小人谗害、打击的事实，进一步抒发了诗人的进退两难、表白无路的悲愤之情。

惜诵以致愍(mǐn)兮[1]，发愤以抒情[2]。
所非忠而言之兮[3]，指苍天以为正[4]。
令五帝以折中兮[5]，戒六神与向服[6]。
俾山川以备御兮[7]，命咎繇使听直[8]。
竭忠诚而事君兮，反离群而赘疣(zhuì yóu)[9]。
忘儇(xuān)媚以背众兮[10]，待明君其知之[11]。
言与行其可迹兮[12]，情与貌其不变[13]。
故相臣莫若君兮，所以证之不远。
吾谊先君而后身兮[14]，羌众人之所仇也。
专惟君而无他兮，又众兆之所雠(chóu)也[15]。
壹心而不豫兮，羌不可保也。
疾亲君而无他兮[16]，有招祸之道也。

［注释］

①惜：痛惜、哀伤。诵：陈述。致：表达。愍：忧病，此处指内心的忧苦。②抒情：抒发情怀。③所：可作“假设”解，如果。古人往往在誓词前冠一“所”字。非忠：出自心意。④苍天：上天。正：同“证”，证明。⑤五帝：谓五方之神。东方为太皞，南方为炎帝，西方为少昊，北方为颛顼，中央为黄帝。折中：意指对某件事情做出公平的判断。⑥戒：通“诫”，告诉，命令。六神：上下四方之神。一说为日、月、星、火、旱、四时、寒暑六神。向服：向，对。服，事。向服即对证事实。⑦俾：使。山川：这里指山川之神。备御：备，陪。御，侍。备御，犹言备立陪审。⑧咎繇：皋陶，舜时掌管刑法的大臣，传说是法制和监狱的建立者。听直：听，听讼。直，指案情的曲直。听直，意为断案，判定是非。⑨竭：竭尽。离群：远离，指受了排挤。赘疣：本指肉瘤，在此比喻多余无用的东西。⑩儇：巧佞。媚：取好于人。⑪待：期待。明君：贤明的君主。之：代词，代指“忠心”。⑫迹：脚印，这里用为动词。“言行可迹”意思是言行一致，有实际的行动可以考查。⑬情：指内情。貌：指外表。“情貌不变”，意指表里如一。⑭谊：与“义”通，指符合正义。⑮雠：同“仇”，意为怨恨。⑯疾：急。

思君其莫我忠兮，忽忘身之贱贫①。

事君而不贰兮，迷不知宠之门②。

忠何罪以遇罚兮，亦非余之所志也③。

行不群以巅越兮④，又众兆之所咍(hāi)也⑤。

纷逢尤以离谤兮，謇不可释也。

情沈抑而不达兮⑥，

又蔽而莫之白也⑦。

心郁邑余侘傺(chà chì)兮⑧，

又莫察余之中情。

固烦言不可结而诒兮⑨，

愿陈志而无路。

退静默而莫余知兮，

进号呼又莫余闻。

申侘傺之烦惑兮，

中闷瞀(mào)之忳(tún)忳⑩。

［注释］

①贱贫：指失位后身陷贫贱之中。这是说屈原被怀王疏远，失去了重要的政治地位，相对于那些得宠的贵族而言是贫贱。②迷：本指分辨不清，这里引申为“找寻不到”。宠之门：指获得宠信的门径。③志：通“知”，料想，知道。“非余之所志”，意指是我意料不到的。④行不群：行为与众不同，是说这种种行为不能见容于群小。巅：倾覆。越：坠落。“巅越”，此处指恶劣的环境。⑤咍：讥笑，嘲笑。⑥沈抑：“沉抑”，指沉闷压抑。⑦白：表白。⑧郁邑：忧愁苦闷不能诉说。侘傺：失意的样子。⑨烦言：许多话。结诒：在心中集结的话语。⑩闷瞀：心中苦闷烦乱。忳忳：忧愁的样子。

昔余梦登天兮，魂中道而无杭①。
吾使厉神占之兮②，曰：“有志极而无旁③。”
“终危独以离异兮④？”曰：“君可思而不可恃⑤。
故众口其铄(shuò)金兮⑥，初若是而逢殆⑦。
惩于羹者而吹齑(jī)兮⑧，何不变此志也？
欲释阶而登天兮⑨，犹有曩(nǎng)之态也⑩。
众骇遽以离心兮⑪，又何以为此伴也⑫？
同极而异路兮，又何以为此援也？
晋申生之孝子兮⑬，父信谗而不好。
行婞(xìng)直而不豫兮⑭，鲧(gǔn)功用而不就⑮。”

［注释］

①杭：通“航”，意为渡船。②厉神：大神，这里指附在占梦者身上的神。一说为殇鬼。③有志极：意谓屈原志向极其高远。旁：通“傍”，依靠。此句是厉神的占辞，用来解释梦兆。④危独：危险孤独。离异：分离，此处指与楚王的分离。此句是屈原对厉神的发问。以下是厉神的再答之词。⑤恃：依靠。“曰”以下均为厉神具体阐释“君不可恃”的道理。⑥铄：熔化。“众口铄金”，形容谗言可畏，众口同声可以混淆视听。⑦初：本来。若是：这样。殆：危险。⑧惩：惩戒。羹：肉汤，热食。齑：指切得细细的冷拌菜。此句，是比喻吃过亏的人，遇事就显得格外小心。⑨释：通“舍”，抛弃。阶：阶梯。释阶登天，比喻要取得君王的信任，但得不到他人的帮助。⑩曩：往昔，从前。态：状态，情态。⑪骇遽：惊慌。⑫何以

为：怎么能成为。伴：伴侣。⑬申生：春秋时晋献公的太子，因晋献公听信骊姬的谗言，逼死了申生。⑭婞直：刚直。豫：欺骗。⑮鲧：传说中我国古代部落酋长名，号崇伯，为禹的父亲。曾奉尧的命令治理洪水。功用不就：是说鲧虽勤劳治水而终不能成功。以上四句是说申生、鲧的失败，都因受谗言所害，厉神举之，引以为戒。

吾闻作忠以造怨兮，忽谓之过言①。

九折臂而成医兮②，吾至今而知其信然。

矰(zēng)弋(yì)机而在上兮③，罻罗张而在下④。

设张辟以娱君兮⑤，愿侧身而无所⑥。

欲儃(chán)佪(huái)以干傺兮⑦，恐重患而离尤⑧。

欲高飞而远集兮，君罔谓女何之⑨。

欲横奔而失路兮⑩，盖志坚而不忍。

背膺(yīng)牉(pàn)以交痛兮⑪，心郁结而纡轸⑫。

捣木兰以矫(jiǎo)蕙兮，糳(zuò)申椒以为粮⑬。

播江离与滋菊兮⑭，愿春日以为糗(qiǔ)芳⑮。

恐情质之不信兮⑯，故重著以自明⑰。

矫兹媚以私处兮⑱，愿曾思而远身⑲。

［注释］

①忽：忽略，不在意。②九折臂成医：古代成语，是说手臂多次折断的人可以成为良医。意思是积累失败的教训。③矰弋：系有生丝绳以射飞鸟的短箭。机：指矰弋上面放箭的发射机关，这里用为动词。④罻罗：捕鱼所用的网。张：张开，两句比喻在朝的奸佞小人，用各种手段陷害贤臣和百姓。⑤张辟：张，指罗网。辟，是“繴”的假借字，一种捕鸟的工具。娱：通“虞”，猜度。这句说小心猜度君意，想尽办法使君主落入他们的圈套。⑥侧身：置身。所：地方。⑦儃佪：徘徊，指留恋而不忍远去。干傺：干，求。傺，当作“际”，际遇。干傺即寻找机会。⑧重：再一次。离：通“罹”，遭受。尤：祸患。⑨罔：无，没有。女：同“汝”。之：往。⑩横奔：乱跑。失路：不择正道。比喻行事违背正义。⑪膺：胸。牉：分裂。⑫纡轸：纡，曲折。轸，悲痛。纡轸指隐痛。⑬木兰：香树名。矫：通“挢”，揉。糳：舂。申椒：香木名，即花椒。⑭江离：香草

名。滋：栽种、培植。⑮糗：干饭屑。以上四句说自己用香草为食粮，比喻修美德以自养，自己虽身处逆境，也不与世俗同流合污。⑯情质：情，中情。质，禀性。情质指真心。信：被相信。“恐情质之不信”，是说恐怕内心的真情不能被世人相信。⑰重著自明：意谓一再明白地申述。⑱矫：通“挢”，举起。媚：美好，指美德。私处：独处、自处。⑲曾：再，反复。远身：指脱身而去，远离世俗，不与之同流合污。

［译文］

悲伤地讲述我内心的忧苦，发泄愤懑抒发忧苦的情愫。如果倾诉不忠诚啊，就让无私的苍天来作证。让五帝做出公正的判断，请六神参与是非的对质。使山川之神都来陪审，请法官咎繇来审理。竭尽忠诚无私保奉君王啊，反遭排斥就像是多余的赘瘤。不知取巧谄媚背离庸众啊，只待贤明君王了解我的内心。言行一致经得住考验啊，表里如一至无法欺瞒。考察臣子无人胜得过君王啊，验记的方法就在他身边。行事先君而后己啊，因此与众人结下仇怨。一心为君王着想无私念啊，却被众多的小人无端怨恨。我专心事君毫不犹豫啊，结果却是自身难保。极力亲近君王没有私心啊，反而成为招来祸事的根由。

系念君王谁也没有我忠诚啊，全然忘记我贫贱的处境。侍奉君主我忠诚无二心啊，我愚笨找不到获宠的门径。忠心何罪却遭到放逐啊，这是如何也料想不到的事情。行为与庸众不同而被贬谪，又成众人耻笑的笑柄。遇到这么多的责难和诋毁啊，难以言说也无法解脱。心情抑郁不能倾诉啊，言路被众人遮蔽无法诉说。内心苦闷我心神不安啊，没有人能体察我的衷情。心中烦闷话语不能表白啊，想陈述衷情又没有途径。退处缄默没人了解我的苦心啊，大声疾呼也无人听取。屡屡失望彷徨不安啊，苦闷烦乱的心绪忧伤惨然。

我曾在梦中攀登上天啊，到半途却无路可寻。我让厉神占卜此梦啊，他说：“心志虽高没有辅助也枉然。”“难道要始终危险孤独遭冷落？”他说：“君王可思念却不可依赖。众谗言犹如烈火可将真金熔化啊，当初你就因此而遭受到祸患。被热汤烫伤吃凉菜也要吹吹啊，为何如此固执不改变初衷？想要舍弃阶梯攀登上天，必然遭到以往失败的下场。众人怕与君主离心离德啊，又怎能成为你志同道合的伙伴？同事一君各走各的道路啊，又怎能伸手将你救助？晋国申生是孝子的楷模啊，父王昏愦信谗言而使他丧生。鲧的行为刚直不阿毫不犹豫啊，可治水的大业最终也未完成。”

我听说做忠臣容易招来祸怨啊，不以为然认为是夸大其词。折臂多次而后可以成为良医啊，到如今才知道果真如此。世上布满带绳的短箭啊，铺开渔网随时准备捕鱼。巧设圈套讨好壅蔽君王啊，忠良想侧身规避却无处藏。我徘徊试图寻找机会啊，又担心再次遭受祸殃。想要离开这里前往他乡，又担心君王问我将向何往。我想横冲直撞不问道路，怎奈坚定的方向不容许我这样。郁结心中的幽怨纠缠隐痛，捣碎木兰，揉碎芳蕙啊，舂碎申椒做充饥的食粮。播种江离，培植秋菊啊，做春天芬芳的干粮。只怕真情不被人识啊，因此反复地述说一再地申明。身怀美德独居幽处啊，再三深思不与俗合流而高举！

涉江

《涉江》应是屈原流放江南时晚期的作品，篇中主要叙述了渡过长江，沿着湘水逆流而上，经过枉渚和辰阳，最后进入溆水，到达溆浦的经历，深刻地反映了诗人生活的困境及内心感受。

余幼好此奇服兮①，年既老而不衰②。
带长铗(jiá)之陆离兮③，冠切云之崔嵬④。
被明月兮佩宝璐⑤。
世溷(hùn)浊而莫余知兮⑥，吾方高驰而不顾⑦。
驾青虬(qiú)兮骖白螭(chī)⑧，吾与重华游兮瑶之圃⑨。
登昆仑兮食玉英⑩。
吾与天地兮比寿，与日月兮齐光。
哀南夷之莫吾知兮⑪，旦余将济乎江湘⑫。

［注释］

①奇服：特别美好且与众不同的服饰，象征品行高洁。即指长剑、高冠等。②既老：已经老了。衰：减弱。③长铗：长剑。陆离：形容长，光彩绚丽。④切云：当时高冠名。崔嵬：高耸的样子。⑤被：通“披”，披挂。明月：夜光珠，宝珠名。璐：玉名，美玉。⑥溷浊：指世道昏乱、污浊。莫余知：“莫知余”，没有人了解我。⑦高驰：指向神界快速飞驰。⑧驾：与“骖”同义，驾车的意思。这里指驾车登天，以青虬为马，以白螭为骖。青虬：有角的龙。白螭：无角的龙。⑨重华：舜的号。瑶：美玉。圃：园圃。“瑶圃”，指神界种美树的园圃。⑩昆仑：相传神话中神山，以产玉著名，在神话中称天帝的园圃。玉英：玉花。⑪南夷：指楚国。根据上文“世溷浊而莫余知”推想，“南夷”也指楚人，因而造成双关，借以斥楚国当政小人。⑫旦：明日。

乘鄂渚而反顾兮[1]，欸(āi)秋冬之绪风[2]。
步余马兮山皋[3]，邸(dǐ)余车兮方林[4]。
乘舲船余上沅兮[5]，齐吴榜而击汰[6]。
船容与而不进兮[7]，淹回水而凝滞[8]。
朝发枉渚兮[9]，夕宿辰阳[10]。
苟余心其端直兮，虽僻远之何伤！

［注释］

①乘：登。鄂渚：地名，在今湖北武昌西。反顾：回头看。反映出诗人对故都的眷恋心情。②欸：叹息。绪风：余风。指冬末初春的寒风。③步余马：指解开驾车的绳子，让马散行。山皋：江边。④邸余车：指放下车驾不用。方林：大森林。⑤舲船：有窗户的小船。上：指溯流而上航。⑥齐：并举。吴榜：大的船桨。汰：水波。⑦容与：徘徊不进。⑧回水：回流。凝滞：停滞不前。⑨枉渚：地名，在今湖南常德市南。⑩辰阳：地名，故城在今湖南辰溪县西。

入溆(xù)浦余儃佪(chán huái)兮[1]，迷不知吾之所如。
深林杳以冥冥兮[2]，乃猨狖(yuán yòu)之所居[3]。
山峻高以蔽日兮，下幽晦以多雨。
霰(xiàn)雪纷其无垠兮，云霏霏其承宇。
哀吾生之无乐兮，幽独处乎山中。
吾不能变心而从俗兮，固将愁苦而终穷[4]。

［注释］

①溆浦：地名。指溆水之滨。在今湖南溆浦。儃佪：徘徊不进。②杳：幽深。冥冥：昏暗。③猨：同“猿”。狖：兽名，长尾猴的一种。④终穷：到头穷困。

接舆髡(kūn)首兮[1]，桑扈裸行[2]。
忠不必用兮，贤不必以[3]。
伍子逢殃兮[4]，比干菹醢(zū hǎi)[5]。
与前世而皆然兮[6]，吾又何怨乎今之人。

余将董道而不豫兮⑦，故将重昏而终身⑧。

［注释］

①接舆：春秋时期的楚国隐士，和孔子同时。即《论语》中记载的“楚狂接舆”。髡：剃发，古代的一种刑法。接舆曾自动剃发装疯。②桑扈：《庄子》中的桑户，古代隐士。裸行：赤身露体在外行走，表示一种玩世不恭的态度。③以：用。④伍子：伍子胥，名员，为春秋时吴王夫差臣，曾劝说吴王拒绝越国求和并停止伐齐，后被疏远，以致遭到吴王赐剑而死的下场。逢殃：指赐剑而死之事。⑤比干：殷纣王的叔父。相传因屡次劝谏纣王，被剖心致死。菹醢：古代一种酷刑，把人剁成肉酱。⑥与：举。⑦董：正。豫：犹豫。⑧重：重复。昏：暗昧。重昏：指永远也见不到光明。

乱曰：鸾鸟凤皇①，日以远兮。
燕雀乌鹊②，巢堂坛兮③。
露申辛夷④，死林薄兮⑤。
腥臊并御⑥，芳不得薄兮⑦。
阴阳易位⑧，时不当兮。
怀信侘傺⑨，忽乎吾将行兮。

［注释］

①鸾、凤：传说中的瑞鸟，比喻贤臣。②燕、雀、乌、鹊：皆凡鸟，比喻谗佞小人。王逸《楚辞章句》：“燕、雀、乌、鹊，多口妄鸣，以喻谗佞。”③堂：殿堂。古代国君行礼、理政、祀神的处所。坛：祭台。古代用于祭礼誓师等大典礼。这句比喻小人窃取朝廷的高位。④露申：与“辛夷”皆为芳草。⑤薄：丛生的草。死林薄：因被丛林里的草木荫蔽而死去。⑥腥臊：臭恶之物，此比喻谗佞小人。御：用。⑦薄：迫近。⑧阴阳：阴指小人，阳指君子。易位：换位置，指小人掌权，君子不受重用。⑨怀信：怀抱忠信。侘傺：怅然失意而神情恍惚的样子。

［译文］

我从小的时候就喜爱这奇装异服啊，

年纪老了兴致也未减少分毫。佩挂那光彩熠熠的长剑，头戴高高耸起的切云冠，身披宝珠腰佩美玉。世界昏乱没有人理解我啊，我要远走高飞义无反顾。用青虬驾车白龙做骖，我和帝舜共同游历瑶圃。登上昆仑山品尝白玉的花瓣，和天地万古长存，与日月同辉永放光芒。痛恨朝廷无人能理解我啊，明早我就要渡过湘水去远行。

登上鄂渚我回头眺望，叹息秋冬的余风丝丝寒凉。让我的马在江边漫行，把我的车停在方林旁。换乘小船逆流而上啊，双桨齐挥激起汹涌的波浪。船只缓慢不易前行啊，陷入急湍回流中更加艰难。清晨从枉渚出发啊，夜晚在辰阳安歇。如果我的内心真的端正方直啊，即使流放偏僻远方又有何妨？

进入溆浦我犹豫徘徊啊，迷茫困惑我不知该向何方。幽暗的深林没有光明啊，此本是猿猴久居的地方。山岭高耸遮蔽了阳光，山下幽深昏暗细雨茫茫。雨雪纷飞无边无际啊，云雾蒙蒙笼罩天宇。哀叹生活毫无快乐啊，独处在这凄凉荒僻的深山。我不能改变初衷去随波逐流啊，必将忧愁痛苦结束一生。

接舆剃发装疯啊，桑扈赤身而行。忠臣不受重用啊，贤良没有好下场。伍子胥遭到祸殃啊，比干也被剁成肉酱。自古以来都是这样啊，我又何必怨恨今天的执政之人。我要坚持正道毫不犹豫啊，宁肯重蹈前人的悲剧度过此生。

尾声：吉祥的鸾和凤凰，一天天越飞越远啊。庸俗的燕子和乌鸦，都在庙堂搭垒巢啊。芬芳的露申和辛夷，枯死在丛林密草边啊。恶臭的被人任用，芬芳的难近前啊。阴阳易位是非难分，生不逢时难以改变啊。怀抱忠诚心惆怅，呜呼我将要远走他乡。

哀郢

《哀郢》即篇中“哀故都之日远”的意思。郢是楚都，也是故园的象征。诗人在外流离失所，回到郢都进谏仍遭排斥，目睹国破家亡的惨状，写下《哀郢》。

作品中交织着对故国难以割舍的爱恋，对楚国人民的同情和个人不幸遭遇的叹息，是一篇感人至深的作品。

皇天之不纯命兮①，何百姓之震愆(qiān)②？
民离散而相失兮③，方仲春而东迁④。
去故乡而就远兮，遵江夏以流亡⑤。
出国门而轸(zhěn)怀兮⑥，甲之朝吾以行⑦。
发郢都而去闾兮⑧，怊(chāo)荒忽其焉极⑨？
楫(jí)齐扬以容与兮⑩，哀见君而不再得。

望长楸(qiū)而太息兮⑪，涕淫淫其若霰。
过夏首而西浮兮⑫，顾龙门而不见⑬。
心婵媛而伤怀兮⑭，眇不知其所蹠(zhí)⑮。
顺风波以从流兮，焉洋洋而为客⑯。
凌阳侯之泛滥兮⑰，忽翱翔之焉薄⑱？
心絓(guà)结而不解兮⑲，思蹇(jiǎn)产而不释⑳。
将运舟而下浮兮㉑，上洞庭而下江㉒。
去终古之所居兮㉓，今逍遥而来东㉔。

[注释]

①皇天：对上天的敬称，这里还有含指楚国君的双重意义。不纯命：是说天命无常，亦指楚君的变化无常。②何：为何。百姓：民众。震愆：指百姓受罪遭难。③民：指平民。离散而相失：形容郢都即将沦陷时，平民百姓流离失所，骨肉相失的惨景。④方：正当。仲春：夏历二月。东迁：向东方逃迁。⑤遵：循，沿着。江：长江。夏：夏水，古水名，今已不存。流亡：屈原流亡的大体路线是经夏水入长江，在汉口南渡后，沿长江朝着洞庭湖的方向走。最后在哪里落脚，诗中没有说。⑥国门：国都的城门。轸怀：沉痛地怀念。⑦甲之朝：指甲日的那天早晨。古代以干支相配纪日，“甲”就是甲日。⑧发：出发。去：离开。闾：巷的大门，也指里巷。⑨怊：惆怅，忧心不安。荒忽：通“恍惚”，心神不定的意思。焉：哪里。极：到达。焉极：去到哪里。此句写的是心情愁苦，心神不宁，前路茫茫，我应到哪里去呢。⑩楫：船桨。齐扬：同举。容与：犹豫不决，形容不忍离开的心情。⑪长楸：高大的梓树，古代有悠久历史的都城都植有乔木。说明郢城是一个有着悠久历史的都城。太息：长长地叹息。⑫夏首：夏水口。古夏水从长江分出的地方，在今湖北沙市东南。西浮：向西飘浮。本来是往东航行，又向西浮是为了回望郢都。⑬顾：回头望。龙门：指郢都的东门。一说指南门。⑭婵媛：情思牵萦。⑮眇：同“渺”，渺茫。蹠：用作动词，践、踏。⑯焉：乃，于是。洋洋：漂泊不定的样子。客：漂泊他乡的人。⑰凌：乘着。阳侯：波涛之神，这

里是波涛的代称。泛滥：波涛汹涌横流的样子。⑱翱翔：本指鸟儿上下飞翔，这里形容船随着波涛前行。焉：何处。薄：止。⑲结结：双声词，指心中郁结。⑳蹇产：屈曲的样子，形容心情极不舒畅。释：解开。㉑运舟：行船。下浮：顺流而下，指顺江东行。㉒上：上游。洞庭在夏口上游，所以说“上洞庭”；下游是长江，所以说“下江”。㉓去：离去。终古之所居：世世代代居住的地方。㉔逍遥：指漂泊不定。来东：东，郢都以东的地方。来东是指向东去。

羌(qiāng)灵魂之欲归兮[1]，何须臾(yú)而忘反[2]！
背夏浦而西思兮[3]，哀故都之日远。
登大坟以远望兮[4]，聊以舒吾忧心。
哀州土之平乐兮[5]，悲江介之遗风[6]。
当陵阳之焉至兮[7]，淼南渡之焉如[8]？
曾不知夏之为丘兮[9]，孰两东门之可芜[10]？
心不怡之长久兮，忧与愁其相接。
惟郢路之辽远兮[11]，江与夏之不可涉[12]。
忽若去不信兮[13]，至今九年而不复[14]。
惨郁郁而不通兮[15]，蹇侘傺(chà chì)而含慼(qī)[16]。

[注释]

①羌：楚方言，发语词。灵魂：指人的精神，亦指梦魂。②须臾：片刻。反：同“返”，指返回郢都。③背：背向。夏浦：夏口，也就是汉口。西思：指思念郢都，郢都在夏口西面。④坟：水边高地，堤岸。⑤州土平乐：指居住在这片土地的百姓生活和平安乐。⑥江介遗风：指大江两岸自古传承下来的好的风气。这两句表示担心，和平安乐的生活和淳朴的民风，不知还能保持多久。⑦陵阳：地名，因陵阳山而名，在今天安徽省青阳县南。⑧淼：大水茫茫无际的样子。焉如：何往，不知往哪里去。⑨曾不知：不曾知，意谓从来没有想到。夏：“厦”的假借字，高大的房子，指郢都的宗庙、宫殿。为：化为。丘：废墟。⑩孰：何。两东门：指郢城的两座东门。可：能够。芜：丛生的草。举“夏”和“两东门”代表整个郢都。⑪惟：语气词。郢路：返回郢都的道路。⑫涉：渡，蹚河过去。“不可涉”，意谓郢都沦落再也回不去了。⑬忽：恍惚。若：似乎。不信：不能相信。⑭九年：可能是实数也可能是多年意。不复：指不被君王复用与信任。⑮惨：忧也。郁郁：郁结苦闷的样子。不通：指忧闷解不开。⑯蹇：此处指处境艰难困顿。侘傺：失意的样

子。含慼：慼，同“戚”。含慼即含忧。

外承欢之汋(chuò)约兮①，谌(chén)荏(rěn)弱而难持②。
忠湛(zhàn)湛而愿进兮③，妒被离而鄣之④。
彼尧舜之抗行兮⑤，瞭杳杳其薄天⑥。
众谗人之嫉妒兮⑦，被以不慈之伪名⑧。
憎愠(yùn)惀(lǔn)之修美兮⑨，好夫人之慷慨⑩。
众踥(qiè)蹀(dié)而日进兮⑪，美超远而逾迈⑫。

［注释］

①外：外表。承欢：指谗佞小人在君王面前奉承讨好，博得君王的欢心。汋约：姿态柔美的样子，这里形容朝中小人的媚态。②谌：确实，实在。荏弱：软弱。持：同“恃”，依靠。③忠：指忠贞之士。湛湛：厚重的样子。进：进用，指接受重任。④妒：嫉妒，指嫉妒者。被离：众多而杂乱的样子。被，同“披”。⑤抗行：高尚的行为，抗通“亢”。⑥瞭：本指目光明亮，此处含光辉之意。杳杳：形容高远。薄：迫近。⑦众谗人：指陷害屈原的党人。⑧被：同“披”，这里是“加上”的意思。不慈：指不爱护子女。伪名：捏造的不好的名声。相传古代的“圣君”尧，因发现自己的儿子丹朱行为不端，于是将君位禅让给了舜；舜以为儿子商均不好，把帝位传给禹。后来就有“尧不慈，舜不孝”的说法。⑨憎：厌恶。愠惀：忠诚而不善言辞的样子，这里用为名词，指具有这种美德之人。⑩好：喜欢、喜好。夫：语助词。慷慨：指那种表面慷慨陈词的浅薄之人。⑪众：指众小人。踥蹀：快走的样子。日进：指一天比一天受到重用。⑫美：与上文“众”对举，君子贤臣。超远：指被疏远。逾迈：越走越远。

乱曰①：
曼余目以流观兮②，冀一反之何时③？
鸟飞返故乡兮④，狐死必首丘⑤。
信非吾罪而弃逐兮⑥，何日夜而忘之⑦！

［注释］

①乱：古代乐歌的尾声称为“乱”，此为全诗的卒章，总括全篇。②曼：拉长。流观：四下眺望。③冀：希望。一反：回去一次。④故乡：这里指飞鸟的旧巢。⑤首丘：头向着山丘。传说鸟不管飞行多远，总要飞回故林和旧巢；狐狸将死的时候，

头总是朝着出生时的山冈枕着，所谓“枕丘而死，不忘其所自生也”。诗人在这里，以形象的比喻，表现了自己对生身故国的眷念之情。⑥信：的确。弃逐：放逐。⑦之：代词，指故乡郢都。

［译文］

上天变化反复无常啊，为什么让百姓动荡受祸殃。人民流离失散不能团聚，二月里逃避灾难向东方。踏上征途挥泪别故乡，沿着夏水、大江去流亡。走出国都的大门悲痛萦怀，甲日的清晨我动身远行。从郢都出发离别故乡，天高地远我应该去向何方？举起双桨内心又徘徊犹豫，哀伤的是我再也见不到君王。望着郢都的梓树长叹息，泪水簌簌落下似雪珠。过了夏首向西行，看不见郢都东门我依然回头久望。心中留恋十分感伤，前途渺茫我不知去向。顺着风向任意漂泊吧，在那波涛汹涌的大水中流浪。我乘着涛神泛起的大波，如同飞鸟在空中盲目翱翔。我的心绪郁结无法解脱，我的心胸受压抑无法舒畅。掉转船头顺江而下，先过洞庭，再下长江。今天去别世代居住的地方，漂泊流浪向东漂荡。

我的灵魂思念故园啊，没有一刻忘记返回的愿望。离开夏口我仍牵挂西方，哀伤的是离故都的路越来越长。登上水边的大堤我纵目眺望，姑且宽慰我忧愁的心肠。安居乐业的人民更增加了我的忧伤，沿江古风犹存更令我心伤。当我就要到达那遥远的陵阳，向南一片汪洋让我不知去何方。谁曾想宫室广厦成瓦砾，谁知道郢都东门杂草丛生。内心从未有过快乐，忧虑和哀愁不断涌进胸膛。思念郢都路途遥远，没有办法回渡夏水和长江。这发生的一切如梦中一样，遭放逐的岁月却已很长。悲惨郁闷解也解不开啊，不被信任令我悲伤。

谗佞小人外表阿谀取悦君王，可骨子里却软弱无法依仗。忠贤希冀为君王献身，却遭到嫉妒和诽谤。古代尧舜的德行何等高尚，有着触及苍天的远大目光。谗佞之人嫉妒我，竟用不慈的罪名将贤德谤。憎恨那忠诚者的美好品德，喜好那慷慨陈词虚伪的表演。小人得势一日日升迁，贤良美德都渐渐被疏远。

尾声：纵目向四处眺望，希求再回去一次啊！飞鸟飞得再远也要返回旧林，狐狸临死头要朝向生身的山冈。本不是我的罪过却遭到放逐，白天黑夜又怎能让我忘记我的故乡。

抽思

《抽思》是在汉北创作的，题目的意思是抒发情思。

本篇前半部分回顾了楚怀王时期自己忠心事主反遭谗害放逐的经历，后半部分主要表达了内心的孤独苦闷和对君主的怀念，篇中诗人魂牵梦绕的故园之情可谓动人心魄。

心郁郁之忧思兮，独永叹乎增伤[1]。
思蹇(jiǎn)产之不释兮[2]，曼遭夜之方长[3]。
悲秋风之动容兮[4]，何回极之浮浮[5]。
数惟荪(sūn)之多怒兮[6]，伤余心之忧忧[7]。
愿遥起而横奔兮[8]，览民尤以自镇[9]。
结微情以陈词兮[10]，矫以遗夫美人[11]。
昔君与我成言兮[12]，曰："黄昏以为期[13]。"
羌中道而回畔兮[14]，反既有此他志[15]。
憍(jiāo)吾以其美好兮[16]，览余以其修姱[17]。
与余言而不信兮[18]，盖为余而造怒[19]。
愿承间而自察兮[20]，心震悼而不敢[21]。
悲夷犹而冀进兮，心怛(dá)伤之憺(dàn)憺[22]。
历兹情以陈辞兮[23]，荪(sūn)详聋而不闻[24]。
固切人之不媚兮[25]，众果以我为患[26]。
初吾所陈之耿著兮，岂不至今其庸亡[27]。
何独乐斯之謇(jiǎn)謇兮[28]，原荪美之可完[29]。
望三五以为像兮[30]，指彭咸以为仪[31]。
夫何极而不至兮，故远闻而难亏。
善不由外来兮，名不可以虚作。

孰无施而有报兮，孰不实而有获[32]？

［注释］

①永叹：长叹。增伤：更加忧伤。②蹇产：此为叠韵词，上下二字同义，曲折之意。不释：解不开。③曼：长。方：正。④秋风之动容：是说秋风起，草木开始枯黄衰落凋零。⑤回极：指风回旋飘荡的样子，一说回极指北极星。浮浮：动荡不安的样子。⑥数惟：惟，想、思。数惟指屡次想到。荪：本为香草，这里指代楚怀王。⑦忧忧：忧愁悲痛的样子。⑧遥起：远远地离开。横奔：不顾一切的要走。⑨尤：苦难。镇：镇定，安定。这两句是说，自己虽然被疏黜在外，但仍急欲奔走君前直言进谏。⑩结：集结成言。微情：私衷。陈词：陈述，把话说出来。⑪矫：举。美人：比喻楚怀王。“遗夫美人”，把情思转化成文字，告诉楚王。⑫成言：成，一作“诚”，诚恳地说。⑬曰：指楚王说。黄昏为期：古代婚俗，在黄昏时举行婚礼。这里用男女之间约定婚期，比喻君臣之间精神上的结合。⑭羌：语助词。中道：半路。回畔：反背，指背离原来说定的话。⑮他志：另外的打算。⑯憍：同“骄”，向我夸耀。⑰览：这里有显示之意。⑱不信：不讲信用。⑲盖：“盍”，当“何”解。造怒：发怒。⑳承间：间，同“闲”。承间指等到空闲的时候再找机会。自察：自我表白。㉑震悼：指内心的恐惧与伤痛。不敢：指不敢言。㉒怛：悲惨。憺憺：义“荡荡”，形容忧伤不安和恐惧。㉓历：一个一个地列举。兹情：此情，即指上面陈述的“微情”。㉔荪：香草，这里喻指楚王。详聋：详，通“佯”，假装。详聋，即装聋。㉕切人：恳切正直的人。不媚：不会谄媚讨好。㉖众：指群小。以我为患：意谓把我当作他们的祸患。㉗庸：乃、竟然。亡：通“忘”，忘记。意谓难道到如今就会被人遗忘吗？㉘乐斯：喜好这种。謇謇：忠贞的样子。㉙荪美：指怀王原打算实行的美德。完：完美。㉚三五：一说指三皇五帝；一说指三王五霸。像：法象，亦即榜样。㉛仪：典范，表率。上句里的“三五”指的是君，本句中的“彭咸”指臣。㉜实：果实，这里指结果。

少歌曰[1]：

与美人之抽思兮[2]，并日夜而无正[3]。

憍(jiāo)吾以其美好兮，敖朕辞而不听[4]。

［注释］

①少歌：古代乐歌的一种，较短。“少歌”四句是对上文的小结。②美人：喻指君王。抽：抽绎，抒发。③并：合并。并日夜：日夜如一。无正：不停止。此句意谓向君王陈述自己的忠贞心情和美政理想的想法，无时无刻没有办法终止。④敖朕辞：敖，同“傲”。朕辞，我的话。敖朕辞，意谓倨傲不听我的话。

倡曰①：

有鸟自南兮②，来集汉北。

好姱(kuā)佳丽兮③，牉(pàn)独处此异域④。

既惸(qióng)独而不群兮⑤，又无良媒在其侧⑥。

道卓远而日忘兮⑦，愿自申而不得。

望北山而流涕兮⑧，临流水而太息。

望孟夏之短夜兮⑨，何晦明之若岁？

惟郢(yǐng)路之辽远兮⑩，魂一夕而九逝⑪。

曾不知路之曲直兮，南指月与列星⑫。

愿径逝而未得兮⑬，

魂识路之营营⑭。

何灵魂之信直兮⑮，

人之心不与吾心同⑯。

理弱而媒不通兮，

尚不知余之从容⑰。

［注释］

①倡：古代乐歌的一种，较长。“倡曰”一段写目前的处境。②鸟：屈原自喻。③姱：美好。“好姱佳丽”，表面上是在形容鸟，实际上是写诗人自己的美德和才能。④牉：离别。此句隐含离开朝廷而独处异地。⑤惸：通“茕”，孤独。⑥良媒：指在君王左右能

帮助屈原说公道话的贤臣。其侧：君王的身旁。⑦卓：遥。⑧北山：可能是郢都附近的一座山名。⑨孟夏：夏季的第一个月，农历四月。本篇开头说“曼遭夜之旅”是追叙去时的情景。⑩惟：想。郢路：回到郢都的路。⑪魂：梦魂。一夕九逝：说明回归故乡之梦多，而不得安眠。九：虚数，表示多。⑫南指：郢在汉水南，故曰“南指”。此句是说诗人借夜间月亮和星斗的方位来判断郢都，想要取直路回郢，感觉并不遥远，哪里知道地面的距离和政治上的原因却使得道路曲直坎坷，无法归去。⑬径逝：直逝，取直路回郢。未得：没有办法。⑭识路：寻找道路。营营：形容往来忙碌的样子。⑮信直：当作“婞直”解，指忠诚正直，坚守信念。⑯人之心：指楚王。⑰从容：古义为举止行为，此处当指行动的用意。

乱曰：长濑(lài)湍流[1]，溯(sù)江潭兮[2]。
狂顾南行[3]，聊以娱心兮。
轸石崴嵬[4]，蹇吾愿兮[5]。
超回志度[6]，行隐进兮[7]。
低佪夷犹[8]，宿北姑兮[9]。
烦冤瞀(mào)容[10]，实沛徂(cú)兮[11]。
愁叹苦神，灵遥思兮。
路远处幽，又无行媒兮。
道思作颂[12]，聊以自救兮。
忧心不遂，斯言谁告兮[13]！

[注释]

①濑：沙石滩上流过的浅水。湍：急流。②溯：逆流而上。潭：楚方言，水深为潭。③狂顾：左右急视。④轸：通“畛”，田间小路。崴嵬：指道路突兀不平的样子。⑤蹇：语助词。吾愿：我返回郢都的愿望。⑥超回：越过，指绕道而行。志：动词，记住。度：指应该走的线路。⑦隐进：指小心谨慎地前行。以上四句大意是说：归途中山石众多，崎岖不平，因此，归郢的志愿难以实现，想绕道而行，寻找直路，但道路却隐隐而难进。⑧低佪：指内心的彷徨。夷犹：犹豫迟疑。⑨北姑：汉北地名。⑩烦冤：内心烦乱愤懑。瞀容：心神杂乱不安。⑪沛徂：谓颠沛之行。⑫作颂：指作诗歌，即指本篇。⑬斯言：这些话。即指作颂之言。

[译文]

忧伤郁积心情沉闷啊，独自长叹掀起层层忧伤。思绪烦杂不得舒畅啊，受煎熬

的黑夜如此漫长。悲叹秋风萧瑟万物要凋零啊，回转盘旋飘摇动荡。想到爱发怒的君王啊，心就会有无尽的忧伤。我想不顾一切远走高飞啊，百姓受苦让我细心思量。整理情思慢慢陈述啊，一切都要告诉君王。你曾与我诚恳相约啊，你说相依为命直到黄昏。可是中途你就变卦折返啊，反悔初志另有打算，将我抛弃。向我炫耀你的美好外表，让我观赏你的美好整洁。与我有言在先都不守信啊，又为何将我无故迁怒。多想找个机会尽情向你表白啊，却心中恐惧不安不敢上前。悲哀犹豫希望能靠近啊，纵使我内心这样忧伤。列举我的忠贞表白情感啊，君王啊你却装聋不愿听。本来耿直的人不谄媚啊，人们却把我当作眼中钉。当初向君王表白啊，难道到如今全部遗忘？我偏偏喜好忠贞直言啊，君王美德是我的愿望。愿三皇五帝做榜样啊，贤臣彭咸是我效法的楷模。没有目标达不到啊，声名远扬难以损伤。美好的品德要靠自己修啊，伟大的名声哪能虚假伪装。哪有不施舍就有报酬啊，哪有不播种就有收获。

少歌：向君王倾吐心中的怨愁啊，日日夜夜啊无法终止念头。总向我炫耀你认为“美好”的丑类啊，傲慢地无视我的言辞。

倡曰：一只鸟从南方飞来呀，栖息在汉北这生疏的地方。她多么美丽，多么漂亮啊，却离开故土流落在他乡。她无依无靠，离群索居，又没有良媒在君王身边。道路遥远一天天被遗忘，多想向君王表白却不能上前。遥望北山热泪流淌啊，面对流水长长叹息。盼望这初夏黑夜的短促啊，为何天明像度年般的漫长。想到郢都的归途是何等遥远啊，梦魂每晚都往返回去几趟。从不管道路的崎岖坎坷，借明月与群星的光辉辨别南方。我多想直接回去却没有成功啊，魂在梦中寻求道路急急忙忙。我的灵魂多么忠诚正直啊，而君王的心和我那样不同。软弱的媒人不能与君王沟通啊，哪知我从容的外表下的隐痛。

尾声：长长的浅滩水流急，溯着江漂流向上走。急切环视向南行，暂且散舒解我心中忧愁。归途中的怪石嶙峋不平，坚守心中志向不回头。绕过险途走直路，小心谨慎地向前走。我心踌躇又彷徨，夜晚住宿在北姑留。我的心绪忧愁苦闷，这是流离颠沛的生活啊。悲愁叹息我痛苦的心灵啊，归途遥遥漂泊在这偏僻地方，又找不到媒人替我申辩。我边走边想，写下这首诗歌，以此抒怀来自解。我的痛苦无法消除，这些话儿向谁倾诉。

怀　沙

篇名《怀沙》，对此篇名的理解上有两种影响较大的说法：一是怀抱沙石而死，因而这篇为屈原自杀前的绝笔；一是念长沙之意，因为长沙之地本为楚祖先始封之地，屈原最终自沉于距长沙不远的汨罗江，已实现了诗人“孤死必首丘”的心愿。但可以确信的是该篇表达了诗人至死而坚持己义，不改初衷，眷恋楚国的情思。

滔滔孟夏兮①，草木莽莽。
伤怀永哀兮，汩(gǔ)徂(cú)南土②。
眴(shùn)兮杳杳③，孔静幽默④。
郁结纡(yū)轸(zhěn)兮⑤，离慜(mǐn)而长鞠(jū)⑥。
抚情效志兮⑦，冤屈而自抑。
刓(wán)方以为圜兮⑧，常度未替⑨。
易初本迪兮⑩，君子所鄙。
章画志墨兮⑪，前图未改⑫。
内厚质正兮⑬，大人所盛⑭。
巧倕(chuí)不斫兮⑮，孰察其揆(kuí)正⑯。
玄文处幽兮⑰，矇瞍谓之不章⑱。
离娄微睇兮⑲，瞽以为无明。
变白以为黑兮，倒上以为下，
凤皇在笯(nú)兮⑳，鸡鹜(wù)翔舞㉑。
同糅(róu)玉石兮㉒，一概而相量㉓。
夫惟党人之鄙固兮㉔，羌不知余之所臧㉕。

[注释]

①滔滔：悠悠。古“滔”“悠”语意相同。这里是说初夏悠长的天气。②汩：水流急速的样子。徂：往。③眴：同“瞬”，看。杳杳：深远而无所见。④孔：甚，很。默：寂静无声。⑤郁结：忧愁烦闷不得抒发的样子。纡轸：形容内心如扭曲一样地疼痛。⑥离：同“罹”，遭受。慜：同“愍”，痛。鞠：穷困。⑦抚情：省察、

回顾情状。效志：效，考验的意思。效志指犹言考验其志向。⑧刓：削。圜：同“圆”。⑨常度：正常的法度。替：废除。此二句意谓被迫削方成圆还可以，但是正常的法度绝对不能更改。⑩易初：变易初心。本迪：本，当作“卞”，通“变”。迪，道也。“本迪”应为“变迪”，意谓：变易当初的道路。⑪章：同“彰”，显明。画：规划。志：识，记住。墨：绳墨，指代法度。⑫前图：“前度”，指以前所定的法度。以上二句是说修明规划，识别绳墨，过去所制定的法度是不可更改的。⑬内、质：均指人的品质。厚：重。正：正大。⑭大人：指君子。盛：赞美。⑮倕：相传古时的巧匠名。斫：砍削，指制作器物。⑯揆：度。“揆正”指衡量其曲直。此二句是说巧匠不动其斧斤，谁又能衡量出曲直，用以比喻如果不经过考验，怎么能够知道“内厚质正”。⑰玄文：黑颜色的花纹。处幽：放在黑暗之中。“玄文处幽”即说以玄色置暗处。⑱矇瞍：盲人。以上二句是说，把黑色花纹放到暗处，使盲人观之，自然认为没有文采，以比喻贤才得不到重用，则俗人认为无用。⑲离娄：古代传说中视力很强的人，能“视于百步之外，见秋毫之末”。睇：略看。⑳笯：鸟笼子，楚方言。㉑鹜：鸭子。此二句比喻贤者被困，小人得志。㉒糅：杂糅。㉓概：古时量米麦时刮平斗斛用的木板。“一概相量”，喻指同样评价。此二句指斥世俗之人总是混淆善恶。㉔鄙固：鄙陋、顽固。㉕臧：善。

任重载盛兮，陷滞而不济[1]。
怀瑾握瑜兮[2]，穷不知所示[3]。
邑犬群吠兮[4]，吠所怪也[5]。
非俊疑杰兮，固庸态也[6]。
文质疏内兮[7]，众不知余之异采[8]。
材朴委积兮[9]，莫知余之所有。
重仁袭义兮[10]，谨厚以为丰[11]。
重华不可遻兮[12]，孰知余之从容！
古固有不并兮[13]，岂知其何故！
汤禹久远兮，邈而不可慕。
惩违改忿兮[14]，抑心而自强[15]。
离慜而不迁兮[16]，愿志之有像。
进路北次兮[17]，日昧昧其将暮[18]。

舒忧娱哀兮，限之以大故⑲。

［注释］

①滞：停顿。济：渡。以上二句是说，身负重任却得不到发挥，就如同载负很重的车子陷入泥泞而不能前进一样。②怀：怀抱，在衣为怀。握：在手为握。瑾、瑜：均为美玉。③穷：穷困的处境。所示：拿给人看。此二句是说正人见弃，无所用其才能。④邑犬：乡里的狗。吠：狗叫。⑤怪：怪异。⑥庸态：庸俗的态度。⑦文质疏内：犹言“文疏质内”。文，外表。质，本质。文疏，指外表的落落大方。质内，“内”为“讷”的假借，即朴实而不善言表。⑧异采：与众不同的文采，指深藏不露的内美。⑨朴：指未经雕饰的木材。委积：聚积。比喻自己有才能不被重用。⑩重：与“袭”同义，重复积累的意思。⑪谨厚：慎重谨守。⑫遻：遇到。⑬不并：指圣贤不同时生。⑭惩违：惩，止。违，通“愇”字，怨恨。惩违指止住怨恨。“惩违”与“改忿”意同。⑮抑心：压抑着愤懑不平的心情。自强：自勉而无所畏惧。⑯离慜：遭遇到祸患。不迁：不改变。⑰北次：犹言北行。次：休止。⑱“日昧昧”句：看似为自然景物的描写，可能是诗人悲痛情感的流露。⑲限：极限。大故：死亡。

乱曰：浩浩沅湘①，分流汩(gǔ)兮②。
修路幽蔽③，道远忽兮④。
怀质抱情⑤，独无匹兮。
伯乐既没⑥，骥焉程兮⑦。
民生禀命⑧，各有所错兮⑨。
定心广志，余何畏惧兮。
曾伤爰哀⑩，永叹喟兮。
世溷浊莫吾知，人心不可谓兮。
知死不可让⑪，愿勿爱兮⑫。

明告君子，吾将以为类兮。

[注释]

①浩浩：水势汹涌的样子。②分流：当为“纷流”，指纷纷流入洞庭湖。汩：水流很快的样子。③修路：修，长。修路即漫长的路。幽：深。蔽：暗。④忽：荒忽，形容离郢都极远。⑤质：禀性。情：情愫。⑥伯乐：人名。相传春秋时秦穆公的臣子，以善于相马著名。⑦程：比较衡量。是说较量才力的意思。⑧民生：人生。禀：承受。⑨错：通“措”，安置。⑩曾：应作“增”。“增伤”与“爰哀”为对文。爰哀：哀伤不止。⑪让：避，避免的意思。⑫爱：指对生命的吝惜留恋。

[译文]

悠长有生机的初夏啊，草木丛生万木茂盛。心中怀着止不住的悲哀啊，匆匆走向遥远的南方。远处山高水深野茫茫，四周沉沉寂寞没有任何音响。心中痛楚郁结不能解啊，遭受忧患困穷又何妨。抚慰内心省察我的志向，强自压抑，冤屈满腔。纵使你们可以削方成圆啊，正常法度不会被废弃。改变最初追求的志向啊，这样的行径正直的人们都鄙夷。如同匠人的规墨要牢记啊，过去法度不能随便更易。内心淳厚品质端正啊，那是正人君子所称许的。巧匠们如果不挥动斧头啊，谁又能辨认出是直是曲？黑色的花纹放在暗处啊，瞎子说它没有纹理。离娄微视可以明察啊，瞎子却误认为同自己一样。硬把白的说成黑的啊，人为地把上下颠倒。凤凰囚在笼子里啊，鸡鸭却到处飞翔。将美玉乱石混杂在一起啊，用同一个尺度来衡量。那些党人如此鄙陋，又怎能知道我的爱好。

身负时代的重任啊，却陷入泥淖之中无法前行。怀抱珍宝手握美玉啊，想尽办法也不知道向谁赠送。荒村野狗成群狂吠啊，那是它少见多怪啊。非难豪杰毁谤贤士啊，这本就是庸人的常态。外表疏放内心朴质啊，众人哪晓得它特异的光彩。可做栋梁的木材被抛弃啊，哪晓得我所有的美德才能。不断地积累仁义行正直啊，谨慎忠诚才是真正的丰厚。遇不到舜帝那样的贤君啊，谁又能欣赏我的从容气度。自古圣贤不同时啊，谁能知道其中的缘故？商汤大禹离我们远去啊，距今久远已无法追慕。暂且抑止心中怨和怒啊，压抑感情信念仍然要坚固。虽遭祸患我初衷不改啊，效法楷模我将铭记心间。向北进发途中住宿，日薄西山无法挽留。散舒忧肠把悲哀变快乐，最大的不幸无非是死亡。

尾声：沅水湘水浩浩荡荡，各自奔流日夜不息啊。道路幽深暗又长，前途渺渺茫茫啊。我怀抱淳朴和热情，孤独如今无人与我可商量。伯乐既然已经死去，纵使骏马又有何用场啊。各有不同的禀性，命运就各自由天注定。我坚定内心扩展志向，还有什么让我畏惧啊。屡屡受害止不住悲伤啊，长久地叹息好凄凉。世界污浊无人了解我，人心叵测本来就无法评说啊。我明白死亡是不可避免的，我绝不留恋生命啊。我郑重告诉君子们，我永远同志士先贤在一起啊。

思美人

《思美人》篇名取自首句前三字，属于《九章》中时间较早的作品，该篇先述对楚怀王的思念，继而希望楚王幡然醒悟，最后写自己的流浪。

思美人兮①，揽涕而竚眙(chì)②。
媒绝路阻兮，言不可结而诒③。
蹇蹇之烦冤兮④，陷滞而不发⑤。
申旦以舒中情兮⑥，志沈菀(yùn)而莫达⑦。
愿寄言于浮云兮，遇丰隆而不将⑧。
因归鸟而致辞兮⑨，羌迅高而难当⑩。

［注释］

①美人：指楚怀王。一说是顷襄王。②揽涕：意指擦干眼泪。竚：同“伫”，久立。眙：凝视，直视。③结：编结，聚。④蹇蹇：同“謇謇”，楚方言，这里指忠贞之言。⑤陷滞：义同“郁结”，指内心不解的烦冤。发：起、开之意。⑥申旦：申，一再的。申旦犹言“月月”“天天”。⑦沈菀：沉郁，积结而不舒畅。达：指通达于君。⑧丰隆：云神。一说雷师。将：帮助。⑨因：依、凭。归鸟：指鸿雁。⑩迅高：迅，一本作“宿”。“宿高”，指鸟宿高枝。迅高指鸟飞得又快又高。难当：难以相遇。

高辛之灵盛兮①，遭玄鸟而致诒②。
欲变节以从俗兮，愧易初而屈志③。
独历年而离愍兮④，羌冯心犹未化⑤。
宁隐闵而寿考兮⑥，何变易之可为！
知前辙之不遂兮⑦，未改此度。
车既覆而马颠兮，蹇独怀此异路⑧。
勒骐骥而更驾兮⑨，造父为我操之⑩。
迁逡(qūn)次而勿驱兮⑪，聊假日以须时⑫。
指嶓(bō)冢之西隈(wēi)兮⑬，与纁(xūn)黄以为期⑭。

[注释]

①高辛：帝喾的称号。灵盛：善德盛满。②遭：遇到。玄鸟：燕子。致诒：犹言“致赠”。③易初：改变当初志向。屈志：委屈了自己的志向。④历年：多年。离愍：愍，忧病。离愍指遭遇忧患。⑤冯心：冯，与“凭”同。冯心指愤懑的心。未化：没有化解。⑥隐闵：隐忍着苦痛。寿考：年高，终老。⑦辙：车轮所走的印迹。遂：顺利。⑧异路：与众人所走的不同道路。以上两句是说，即使到了车倾马仆的境况仍然会独怀所由之道，不与众人相同。⑨勒：扣，勒住。更驾：指再次驾车。⑩造父：相传周穆王时善于驾车的人。⑪迁：迁延。逡次：徘徊不前的样子。⑫假：借。须时：须，待。须时指等待时机。⑬嶓冢：山名。隈：山边。⑭纁黄：纁，通“曛”，日落的余光。纁黄指黄昏。

开春发岁兮①，白日出之悠悠②。

吾将荡志而愉乐兮③，遵江、夏以娱忧④。

揽大薄之芳茝兮⑤，搴(qiān)长洲之宿莽⑥。

惜吾不及古之人兮⑦，吾谁与玩此芳草⑧。

解萹(biān)薄与杂菜兮⑨，备以为交佩⑩。

佩缤纷以缭转兮⑪，遂萎绝而离异⑫。

吾且儃佪以娱忧兮⑬，观南人之变态⑭。

窃快在其中心兮⑮，扬厥凭而不俟(sì)⑯。

芳与泽其杂糅兮，羌芳华自中出。

纷郁郁其远烝兮⑰，满内而外扬⑱。

情与质信可保兮⑲，羌居蔽而闻章⑳。

[注释]

①开春发岁：指春天的开始，一年的开端。②悠悠：长久。“白日悠悠”，指春

日时光变得悠长。③荡志：纵情放志，有散淡心情的意思。④江、夏：指长江和夏水。⑤大薄：指草木丛生的高地。茝：香草，即白芷。⑥搴：拔取。宿莽：一种经冬不枯的香草。⑦惜：痛惜。古之人：似指古代的圣贤君主。⑧玩：欣赏鉴赏。⑨解：采摘。萹薄：萹，边蓄，也叫萹竹。萹薄，即指成丛的蓄。杂菜：恶菜。比喻楚王任用的人。⑩交佩：左右佩戴。⑪缤纷：多。缭转：缠绕。⑫萎绝：芳草枯萎灭绝。楚王既宠信恶草，香草自然因被离弃而枯萎。离异：丢开。⑬儃佪：徘徊。⑭南人：南夷，诗人指斥的小人。变态：指常人所没有的不正常心理。⑮窃快：指诗人自己内心的欣愉。⑯扬：弃。厥凭：自己的愤懑。俟：等待。⑰郁郁：指香气浓郁。远烝：烝，同“蒸”，蒸发。远烝指蒸发得很远。⑱满内而外扬：指内部充实而又向外散发。⑲情：指表现在外的思想、情志。质：指蕴藏于内的品质。信：诚然。保：持守。⑳居蔽：隐居，此处指居住在偏僻之地，流放之地。闻：美誉。章：同“彰”。

令薜荔以为理兮①，惮举趾而缘木②。
因芙蓉以为媒兮，惮褰裳而濡足③。
登高吾不说兮④，入下吾不能。
固朕形之不服兮⑤，然容与而狐疑⑥。
广遂前画兮⑦，未改此度也⑧。
命则处幽吾将罢兮⑨，愿及白日之未暮也⑩。
独茕(qióng)茕而南行兮⑪，思彭咸之故也⑫。

［注释］

①薜荔：芳草蔓生草本植物。理：使者，中间人。②惮：害怕，这里含有不愿意之意。举趾：抬脚。缘木：爬树，薜荔多依附树木而生，故采摘须爬树。③褰裳：提起衣裙。濡足：沾湿了脚。④说：同“悦”，喜欢。“登高”句承“缘木”言；“入下”名承“濡足”言。⑤形：指身体。服：习惯。这句是说自己不想登高入下，所以处观望之中。⑥容与：与“狐疑”意近，徘徊、犹豫的意思。⑦广遂：广泛地实现。“前画”，即指从先别的谋划。⑧此度：指始终不变的决心。⑨处幽：居于幽闲之地。罢：通“疲”，疲倦。⑩愿及：希望趁着。未暮：尚且没有日落，即含生命尚未完结之意。⑪茕茕：孤独。南行：指上文“遵江夏”。⑫思彭咸之故：《离骚》“原依彭咸之遗则”之意。

［译文］

思念心目中的人啊，长久伫立凝望挥泪如雨。良媒不通道路又阻绝啊，郁结在心里的话无法寄。蹇蹇忠心使我心情愁苦啊，烦闷郁积在心底无法抒发。时刻都想告白我的心情啊，情思沉积无法表达。想求浮云寄信传言啊，碰上云神不听我言。想靠归鸟为我传辞啊，大雁飞得太快太高难以相遇。

高辛氏神通广大啊，有玄鸟来帮助传送聘礼。想让我改变节操顺从恶习啊，改变初衷将克制委屈。多年来我独自遭遇忧患啊，满腔愤懑的心情难以平息。宁可忍受苦痛直到老啊，改变初衷不是我的选择。明知前面道路不通顺啊，但决不改变我认准的真理。即使到了车倾马仆的境地啊，也要心怀这条路一直走下去。勒住骏马改换赶路的车驾啊，造父为我把车驾。缓缓行进不必急奔跑啊，姑且费些时光等待良机。向着嶓冢山走时，日薄西山啊，约定黄昏时刻到那里。

春天又降临这大地啊，太阳慢慢地升起。我要愉悦快乐啊，沿着长江夏水排解心中的忧愁。采摘丛林中芬芳的香芷啊，拔取长洲的宿莽。惋惜古代圣贤与我不同时啊，和谁一起共赏芬芳香草。除去那成丛的萹蓄和杂菜啊，香芷和宿莽做成佩带。那佩带繁多而缭绕啊，被弃的香草如何不枯败。徘徊消遣心忧啊，观察南夷怎样不正常的心态。内心也有苦涩的欣慰啊，抛弃愤懑不再有什么期待。芳香和污秽混杂在一起啊，那芳华不受玷污终会生起。芬芳馥郁香气远播啊，内在充盈必定会向外飘扬。情感和品质不更移啊，居住即使偏僻也能美名扬。

想让薜荔做我的媒人啊，又怕举足攀树去寻找；想让芙蓉做我的媒人啊，又怕撩起衣服沾湿我的脚。攀登高处我不高兴啊，下水湿足我不愿意。本来我就不习惯这些啊，于是在此地犹豫徘徊。全面实行从前的美好计划啊，我决不动摇去改变法度。命运注定我身居幽僻之边啊，愿有番作为再停止呼吸。孤独向南走道路多漫长啊，把彭咸敢于直谏作为榜样。

惜往日

《惜往日》篇名取自此诗第一句的前三个字。

《惜往日》的创作与《怀沙》相去不远，诗人甚至选择了死亡的具体地点。篇中表明诗人希望通过自己的死来使君主有所醒悟，因而对当年受君王信任而勤勉为政的往事加以回忆，申明自己不得不死的苦衷，对了解屈原的生平有重要的史料价值。

惜往日之曾信兮①，受命诏以昭时②。
奉先功以照下兮③，明法度之嫌疑④。
国富强而法立兮，属(zhǔ)贞臣而日娭⑤。
秘密事之载心兮⑥，虽过失犹弗治⑦。
心纯庬(máng)而不泄兮⑧，遭谗人而嫉之。
君含怒以待臣兮，不清澄其然否。

蔽晦君之聪明兮[9]，虚惑误又以欺[10]。

弗参验以考实兮[11]，远迁臣而弗思。

信谗谀之溷(hùn)浊兮[12]，盛气志而过之[13]。

［注释］

①曾信：指曾经受到楚王信任。即屈原曾经担任左徒，在内政和外交方面都曾起过重大作用。②命诏以昭时：命诏即“诏命”，指怀王制定并发布的法令、文诰。昭，用作动词，使光明。③奉：继承。照：照临下土，使万民受惠。④明：辨明。嫌疑：指法度中疑惑难明的问题。⑤属：委托，托付。贞臣：屈原自指。娭：同“嬉”，游乐。此句是说，君王重用贞臣，自己就可以安乐无事。⑥秘密事：指屈原与怀王商讨的许多机密大事。载心：藏在心里。⑦治：治罪。⑧纯庬：指思想纯正朴厚。泄：泄漏。⑨蔽晦：蒙蔽对方并使之昏暗。⑩虚惑：把无说成有叫虚，把假说成真叫惑。误：指误人。欺：欺骗。虚、惑、误、欺：都指谗人蒙蔽君王所用的种种手段。⑪参验：比较、验证。考实：考察核实真相。⑫谗谀：指那些进谗言、阿谀奉承的小人。溷：同“混”，指小人混淆是非的谣言。⑬盛气：盛，强烈。盛气指君王大怒。过：责罚。

何贞臣之无罪兮，被离谤而见尤[1]！

惭光景之诚信兮[2]，身幽隐而备之[3]。

临沅、湘之玄渊兮[4]，遂自忍而沈流[5]。

卒没身而绝名兮[6]，惜壅君之不昭[7]。

君无度而弗察兮[8]，使芳草为薮(sǒu)幽[9]。

焉舒情而抽信兮[10]，恬死亡而不聊[11]。

独鄣壅而蔽隐兮[12]，使贞臣而无由[13]。

闻百里之为虏兮[14]，伊尹烹于庖厨[15]。

吕望屠于朝歌兮[16]，宁戚歌而饭牛[17]。

不逢汤、武与桓、缪兮[18]，世孰云而知之[19]！

吴信谗而弗味兮[20]，子胥死而后忧[21]。

介子忠而立枯兮[22]，文君寤(wù)而追求[23]。

封介山而为之禁兮[24]，报大德之优游[25]。

思久故之亲身兮㉖，因缟素而哭之㉗。

或忠信而死节兮，或訑谩(dàn mán)而不疑㉘。

弗省(xǐng)察而按实兮㉙，听谗人之虚辞。

芳与泽其杂糅兮，孰申旦而别之？

何芳草之早夭兮㉚，微霜降而下戒㉛。

谅聪不明而蔽壅兮㉜，使谗谀而日得㉝。

［注释］

①被离：“被”和“离”都是遭遇的意思。谤：毁谤。见尤：见，被，受到。尤，责备，责怪。见尤指被责罚。②惭：惭愧，此处反义而用之。光景：光指明处之行事言。景指暗处之自守言。光景，犹言明暗。诚信：真诚而守信。③身幽隐：指自身埋没隐蔽，实指流放。备：具备。此二句，各家说法不一。④玄渊：深渊。⑤遂：就。自忍：狠心。沈流：沉在水流的中央，即投水而死。⑥卒：终于。没身、绝名：均指死去。⑦壅君：受蒙蔽的君主。昭：明白。⑧度：计量长短的标准和器具，这里指辨别是非的标准。⑨薮幽：沼泽。芳草不在园圃而在沼泽的幽僻之处，喻指贤臣外放，不在庙堂，而在荒野。⑩焉：怎么。舒情：抒发感情。抽信：展示其诚信。⑪恬：安于。不聊：不苟且偷生。⑫独：却。鄣：同“障”。“阻塞”“鄣壅”“蔽隐”，指小人在君王面前进谗言，谗言造成障碍，蔽隐贤才。⑬由：机会，办法，途径。作者死前唯一的愿望就是有直抒胸臆的机会，但这一点都不能做到。⑭百里：百里奚，春秋时虞国大夫。晋国灭虞，百里奚被俘，作为陪嫁臣入秦，后出走，被楚人拘。传说他被秦穆公用五张羊皮换回，任用为大夫。⑮伊尹：商汤时贤相。⑯吕望：姜尚。⑰宁戚：春秋时卫国人。⑱汤：商汤。指伊尹假借善于烹调的名义求见商汤，说治国就跟调味一样，汤因而任用他为相。武：周武王。桓：齐桓公。缪：同“穆”，指秦穆公。⑲孰：谁。云：语助词。知之：了解他们，指百里奚等人。作者借百里奚等人得适明主的故事，慨叹自己生不逢时。⑳吴：指国君夫差。信谗：听信谗言，指吴王夫差听信太宰嚭的谗言，逼死伍子胥一事。弗味：不加玩味，即不经过仔细琢磨的意思。㉑死而后忧：指伍子胥死后不久，吴为越国所灭。㉒介子：人名，介子

推，春秋时晋人。㉓文君：指晋文公。寤：同“悟”，觉悟。追求：指寻找介子推。㉔封：加封。介山：介子推死后，绵山改名为介山。禁：指封介山禁民上山打柴。㉕报：报答。大德：指介子推的恩德。优游：形容其德之广大。㉖久故：故旧，相交很久的人。亲身：指左右不离的亲近的人。㉗缟素：白色丧服。哭之：哭祭介子推。㉘或：有的人。訑谩：訑通“诞”。訑谩指蒙骗、欺诈。此句是说有的人欺诈却被信任不疑。㉙省察：调查实情。㉚芳草：喻贤才。㉛微霜：不太明显的小霜。戒：警告。比喻暗中的谗言。㉜谅：诚然。聪不明：听之不明。㉝日得：得，得意。日得即一天比一天得势。以上二句是说，君王听之不明而有所蒙蔽，致使小人日益得势，占据高位。

自前世之嫉贤兮，谓蕙若其不可佩①。
妒佳冶之芬芳兮②，嫫(mó)母姣(jiāo)而自好③。
虽有西施之美容兮④，谗妒入以自代⑤。
愿陈情以白行兮⑥，得罪过之不意⑦。
情冤见之日明兮⑧，如列宿(xiù)之错置⑨。
乘骐骥而驰骋兮，无辔衔而自载⑩。
乘泛泭(fú)以下流兮⑪，无舟楫而自备⑫。
背法度而心治兮⑬，辟与此其无异⑭。
宁溘(kè)死而流亡兮⑮，恐祸殃之有再。
不毕辞以赴渊兮，惜壅君之不识⑯。

［注释］

①蕙、若：蕙草和杜若，均为香草名。②佳冶：冶，艳丽。佳冶，指丽人。③嫫母：传说中的丑女。姣：容貌妖媚。这里有卖弄风骚的意思。自好：自以为美好。④西施：春秋时越国的美女。⑤自代：谗人排除别人而代替其位置。⑥白行：表白行为。⑦不意：没有料到。⑧情冤：此为对文，情，指真情；冤，指冤屈。情冤，是说真情与冤状。见：同“现”，显现。日明：一天比一天明显。⑨列宿：众星。错置：错，通“措”。错置，安放、罗列。⑩自载：自己控制乘载。意谓乘坐不配上笼头和缰绳的骏马奔跑，肯定会摔跤。⑪泭：木筏。下流：顺流而下。⑫舟楫：船桨。自备：义同“自载”。此句意谓在急流中顺流而下，不用船桨也很危险。⑬心治：凭主观办事。⑭辟：通“譬”。此：指上述“无辔自载”“无楫自备”。无异：没有什么不同。⑮溘死：突然死去。流亡：流而亡去。⑯识：知。指顷襄王不

知奸佞误国，楚国正面临覆亡的危险。

[译文]

追忆曾被重用的时光啊，替君王颁布号令整饬国家。遵循先王的功业普照下民啊，明确法度绝无含混不清。国家富强法度完善，委任于忠臣君主就安宁。勤勉从政不辞劳苦啊，虽有小过失，君主也能宽恕。我心地纯正办事无疏漏啊，竟遭到谗人的嫉妒诽谤。君王怨怒对待臣子啊，不把是非黑白辨清。蒙蔽了君王的耳目啊，他虚言蛊惑却把圣君欺骗。君王不验证考察啊，毫不思索就放逐忠良。听信颠倒是非的谗言啊，盛怒之下将我指责。

为什么忠良本无罪啊，却罪罚相向又遭到诽谤。悲叹的是表里如一真诚守信啊，持守这好品德却身居幽隐。面对江水幽暗深沉啊，就要忍心投水自沉。个人不过淹没身躯和名声啊，痛惜君王受蒙蔽不能醒悟。君王没有准则又不省察啊，竟使那芳草埋没在湖泽。如何抒发情思和展示真心啊，我将坦然赴死决不会偷生。正是小人蒙骗君王啊，使忠贞之臣无路可行。听说百里奚是俘虏啊，当初的伊尹善于烹调。吕望曾在朝歌做屠夫啊，宁戚边敲牛角唱歌边在喂牛。如不是遇上圣明的君王啊，世上谁能知道他们的贤明。吴王听信谗言不辨忠奸啊，逼死伍子胥却遭来灭国之忧。介子忠心自焚深山啊，文公醒悟了才去求寻。封介山不准上山砍柴啊，报答忠良的恩德。想起介子是自己旧交啊，晋文公身着缟素为之哭泣。有人怀抱忠信守节而死啊，有人心怀诡诈却不被疑。不加考察也不核实啊，只听信谗佞小人虚假的言辞。芬芳与污浊混杂在一起啊，又有谁肯去细细地分辨。为何芬芳花草过早夭亡啊，只因微霜的降临预示死亡。诚然听觉不灵而受蒙蔽啊，才让那批谗佞小人日益得势。

自古以来嫉贤妒能就成恶习啊，硬说香草和杜若不可佩戴。嫉妒美人的芬芳啊，丑妇却自认姣美而卖弄风骚。纵有那西施的美貌啊，那批小人却挤进来把她取代。我本想陈述表白行为啊，却遭来责罚祸患出乎我预料。是非曲直总会清楚啊，就如同灿烂的群星一样明了。乘着骏马奔驰啊，却没有辔衔任意行。泛起木筏顺水而下啊，却不用船桨任漂游。违背法度硬要一意孤行啊，如上面危险譬喻没有两样。宁愿突然死去顺流长逝啊，担心的是国家再次遭遇大祸殃。不说完心里话就投入深渊啊，我痛惜被蒙骗不知真情的君王。

橘　颂

《橘颂》是屈原早年的作品。橘颂，即颂橘。通篇赞美橘树“受命不迁”“深固难徙”的美异品格，以此来象征自己高尚的美德。

诗以四言为主，咏物不即不离，格调清新，可以说是我国古代早期咏物篇章的典范。

后皇嘉树①，橘徕服兮②。
受命不迁③，生南国兮④。
深固难徙⑤，更壹志兮⑥。
绿叶素荣⑦，纷其可喜兮⑧。
曾枝剡(yǎn)棘⑨，圆果抟(tuán)兮⑩。
青黄杂糅⑪，文章烂兮⑫。
精色内白⑬，类任道兮⑭。
纷缊(yūn)宜修⑮，姱(kuā)而不丑兮⑯。

［注释］

①后：后土。后皇：喻言天地。嘉：美好的。②徕：同“来”。服：习惯、适应。③受命：受天地自然之命。不迁：犹言天赋是不能够迁移的。④南国：南楚。⑤深固：指根深蒂固。以其受命独生南国。难徙：难以迁移。⑥壹志：意志专一。⑦素荣：白花。⑧纷：繁茂的样子。⑨曾枝：曾，同“层”。曾枝指橘树的枝条累累。剡：尖锐。棘：刺。“剡棘”，橘树枝上的尖刺。⑩圆果：指橘树的果实。抟：同“团”，圆形。⑪青：指橘未成熟时的颜色。黄：指橘已成熟时颜色。此句承上“圆果”说，有的橘子已熟，有的尚未成熟，故青黄不齐，杂糅可见。⑫文章：文采。此处指橘子的表皮色彩。烂：光彩夺目的样子。⑬精色：鲜明的颜色，指橘表皮。⑭类：类别。任道：任道之人。此二句意是橘已经全熟，外貌赤黄，剖开内瓤洁白，故可与任道之人同类。⑮纷缊：义同“氤氲”，指浓郁的香气。宜修：美好，形容修饰得恰到好处。⑯丑：众。此句是说橘树之美好，与众不同。

嗟尔幼志①，有以异兮②。
独立不迁③，岂不可喜兮。
深固难徙，廓其无求兮④。
苏世独立⑤，横而不流兮⑥。
闭心自慎⑦，终不过失兮。
秉德无私⑧，参天地兮⑨。
愿岁并谢⑩，与长友兮⑪。
淑离不淫⑫，梗其有理兮⑬。

年岁虽少⑭，可师长（zhǎng）兮⑮。
行比伯夷⑯，置以为像兮⑰。

［注释］

①嗟：赞叹词。尔：你，代指橘树。幼志：指橘树初生时就具有的特征，如“受命不迁”“深固难徙”等秉性。②异：指与一般不同。③独立：不依傍。不迁：不变易。“独立不迁”一句进一步申明上文所说的“受命不迁”。④廓：空阔，广大，指心胸宽广。无求：指没有庸俗的追求。⑤苏世：清醒于世。⑥横：横绝，指特立独行的性格。不流：流，指顺流而下；不流，即不随波逐流。⑦闭心：与“自慎”同义，均为坚贞自守的意思。⑧秉德：持有美好的品德。⑨参：合也。“参天地”，是说天无私覆，地无私载，自己的美好品德与天地相合。⑩岁：年岁。谢：凋零。“并谢”，犹言并谢之时。“愿岁并谢”等于说愿与橘树岁时相从凋谢。⑪长友：长期与橘为友。⑫淑：善。离：丽。不淫：不惑乱。⑬梗：通“耿”，正直，指橘树的枝干。理：指树的纹理。⑭“年岁”句：指年岁小。⑮可师长：可以效法。⑯行：品行。比：近。伯夷：殷末孤竹君的长子，与其弟叔齐反对武王伐纣，因不食周粟而饿死在首阳山上，是古代人们心目中的义士。“行比伯夷”，就是指橘树那种“受命不迁”“深固难徙”的品格，近于伯夷。⑰置：立也。像：榜样。

［译文］

世间孕育那佳美的橘树，生来就适应这里的水土。秉受天赋之命不可迁徙，生长在这南楚国度。根深蒂固难以移植，志向是那样专一。绿色的叶子白白的花，繁盛美丽使人欢喜。累累枝条锐利的刺，滚圆的果实挂满树。由青变黄渐渐成熟，花纹斑驳颜色绚丽。赤黄的果皮洁白的瓤，与君子同质。香气芬芳风姿秀，容貌美好得出类拔萃。

啊！你幼年就有的志向，与众不同实在不一样。坚定的信念绝不从俗，让人发自内心把你赞赏。根深蒂固难以移植，心胸开阔无庸俗要求。头脑清醒独立在大地上，善于思考不媚俗。固执信念坚贞自守，始终没有任何失误。怀抱美德无私心，和苍天大地同在啊。我愿与你同生共死，愿做你永远的朋友。你有美好的品德与外貌，坚毅性格和高尚的追求。年纪虽幼小，美德可以效法发扬。品行可与伯夷相比，永远是我心中的榜样。

悲回风

《悲回风》是一首悲秋的抒情诗，从内容看，当作于自杀前的一个秋冬之际。全篇没有具体事实的叙述，通过抒情的文字，可以体会到诗人内心的巨大悲痛，体现到诗人对于美好生命凋零的哀伤，折射出诗人对恶势力的憎恶以及对国家前途的无限关怀。

《悲回风》的一个重要特点是写景，景中寓情，加上联绵词的使用给作品以悲凉孤苦的气势。

悲回风之摇蕙兮①，心冤结而内伤②。
物有微而陨性兮③，声有隐而先倡④。
夫何彭咸之造思兮⑤，暨志介而不忘⑥。
万变其情岂可盖兮⑦，孰虚伪之可长。
鸟兽鸣以号群兮⑧，草苴(chá)比而不芳⑨。
鱼葺(qì)鳞以自别兮⑩，蛟龙隐其文章⑪。
故荼(tú)荠(jì)不同亩兮⑫，兰茝幽而独芳⑬。
惟佳人之永都兮⑭，更统世以自贶(kuàng)⑮。
眇远志之所及兮⑯，怜浮云之相羊⑰。
介眇志之所惑兮⑱，窃赋诗之所明⑲。

[注释]

①回风：旋风。摇：撼。蕙：芳草。②冤结：怨恨、郁结。③物：指蕙草。陨：落。性：通“生”，指生机。④声有隐：指秋风乍起，声音较低。倡：同“唱”，引申为开始的意思。⑤造思：追思。⑥暨：及。志介：犹言志向坚定。⑦万变：指自身的各种坎坷遭遇。情：指诗人坚定的信念。盖：掩藏。⑧号：呼群之意。⑨苴：枯草。比：挨在一起。⑩葺：“楫”的假借，本为划船的桨。自别：自以为有别于旁类，即自我夸耀的意思。⑪文章：文采，指蛟龙鳞甲。⑫荼荠：苦菜与甜菜。不同亩：不能种在一起。⑬幽：指长在幽僻之处。⑭佳人：喻君子，屈原自比。都：娴雅，美好。⑮更：经历。更统世：统，古人称一个朝代为一统。更统世指历览古今。

则：这里有比的意思。⑯眇：通“渺”，遥远。远志：远大志向。⑰相羊：同“徜徉”，此指白云飘浮不定的样子。⑱介：耿介持守。眇志：深微的意志，即上文“远志”。惑：一本作“感”。⑲窃：私下，谦词。赋诗：应指本篇，诗人由回风摇蕙的悲秋，感慨一切美好事物遭致摧残。诗人想要倾诉一切内心不平和愤慨。所以上文可看作是本篇的序诗。

惟佳人之独怀兮[1]，折芳椒以自处[2]。
曾歔(xū)欷(xī)之嗟(jiē)嗟兮[3]，独隐伏而思虑[4]。
涕泣交而凄凄兮[5]，思不眠以至曙。
终长夜之曼曼兮，掩此哀而不去[6]。
寤从容以周流兮[7]，聊逍遥以自恃[8]。
伤太息之愍怜兮[9]，气於(wū)邑而不可止[10]。
纠(jiū)思心以为纕(xiāng)纕兮[11]，编愁苦以为膺(yīng)[12]。
折若木以蔽光兮[13]，随飘风之所仍[14]。
存髣髴而不见兮[15]，心踊跃其若汤[16]。
抚佩衽以案志兮[17]，超惘惘而遂行[18]。
岁曶曶其若颓兮[19]，时亦冉冉而将至[20]。
薠(fán)蘅(héng)槁而节离兮[21]，芳已歇而不比[22]。
怜思心之不可惩兮[23]，证此言之不可聊[24]。
宁溘死而流亡兮[25]，不忍此心之常愁[26]。
孤子吟而抆泪兮[27]，放子出而不还[28]。
孰能思而不隐兮[29]，昭彭咸之所闻[30]。

［注释］

①独怀：犹言胸怀与众不同。②芳椒：芬芳的花椒。自处：自持，自守。“折芳椒以自处”即独抱幽芳之意。③曾：同“增”，屡次，不断。歔欷：叹喟声。嗟嗟：连续不断的叹息声。④隐伏：指隐居幽处。思虑：独自思考。⑤凄凄：悲凉。⑥掩：止息。⑦寤：醒来，这是指天亮时。周流：周游。⑧聊：姑且。逍遥：安闲自在。恃：借为“持”，“自持”。⑨愍怜：指过分的忧伤哀怜。⑩於邑：同“呜咽”，

苦闷。⑪纠：“纠”之俗字，纠结缠绕。思心：指思绪。纕：佩带。⑫编：编结。膺：本义为“胸”。这里引申为护身的内衣。⑬蔽光：挡住日光，自晦其明的意思。⑭随飘风之所仍：任随狂风把自己吹到哪里。⑮存：指诗人所遭受的一切客观存在。髣髴：仿佛，好像。⑯踊跃：跳动，形容汤的样子。喻自己情绪高涨。汤：开水。⑰抚：抚摩。佩：玉佩。衽：衣襟。案志：案，通“按”。案志，指按捺愤怒的心情。⑱超：高举远离，惘惘：心中若有所失的样子。⑲曶曶：同“忽忽”，迅速。颓：下坠。这里指一年将尽。⑳时：指老死的时限。将至：指老之将至。上句言季节，下句言生命，由季节的变化，感慨生命即将完结。㉑薠蘅：均为香草。节离：指草枯时则茎节断落。㉒已：通“以”。歇：消散。比：密。㉓怜：哀怜。思心：指上文所欲抑按之志，踊跃若汤之心，即指诗人内心的愁苦。惩：戒止。㉔证：明，表白的意思。此言：指以上所说的话。聊：苟且。㉕溘死：突然死去。㉖常愁：指去不掉的忧愁。㉗孤子：孤儿。诗人自哀身世之孤独。㉘放子：被放逐的人，诗人自指。意谓见逐于君。㉙隐：忧伤痛苦。㉚昭：同照，察明。即不隐，昭然若可见闻。闻：指名声。

登石峦以远望兮①，路眇眇之默默②。
入景响之无应兮③，闻省(xǐng)想而不可得④。
愁郁郁之无快兮，居戚戚而不可解⑤。
心鞿(jī)羁而不开兮⑥，气缭转而自缔⑦。
穆眇眇之无垠兮⑧，莽芒芒之无仪⑨。
声有隐而相感兮⑩，物有纯而不可为⑪。
邈漫漫之不可量兮⑫，缥绵绵之不可纡⑬。
愁悄悄之常悲兮⑭，翩冥冥之不可娱⑮。
凌大波而流风兮⑯，托彭咸之所居⑰。

[注释]

①峦：泛指山。②眇眇：辽远。默默：幽寂无声。③景：通“影”，影子和回响。无应：影子本应随形，回响本应随声；现有形无影，有声无响，比喻“闻省想而不可得”。④省：省察。这句是说想听到所思念人的信息，可是听不到。⑤居：平常，平时。⑥鞿羁：鞿，马缰绳。鞿羁引申义为约束、束缚。这句是说，内心忧伤郁结而不能舒展。⑦缭转：缭绕。缔：牢结。⑧眇眇：深远。无垠：没有边际。⑨莽：苍茫。芒芒：同“茫茫”，指草木杂乱衰败。仪：仪表。⑩声：这里指风声。有隐：指尚未彰显的迹象。相感：指互相的感应。这句是说，秋风预示着秋冬来临，

万物枯萎，使人感到悲伤。⑪物：这里指蕙，或指万物。纯：指蕙草的秉性纯洁，亦可指万物的纯洁本质。不可为：是说没有挽救的办法，与前文“物有微而陨性”同义，用来说明遭受摧残的必然而且是不可挽回的。⑫邈：遥远。不可量：是说无法估量。此句是指前途。⑬缥：指思绪的细微。绵绵：连续不断。纡：系结。此句指愁思。⑭悄悄：忧愁的样子。⑮翩：疾飞。冥冥：幽暗。不可娱：不可娱乐。⑯凌：乘。流风：顺风而流。⑰托：依托。居：指人一生所选择的道路和归宿。由于彭咸志行高洁，他的精神决不致沉沦浊世，所以下文作者展开想象的翅膀，在清静的天地间神游。

上高岩之峭岸兮①，处雌蜺之标颠②。
据青冥而摅虹兮③，遂倏(shū)忽而扪天④。
吸湛露之浮源兮⑤，漱凝霜之雰雰⑥。
依风穴以自息兮⑦，忽倾寤(wù)以婵媛⑧。
冯昆仑以瞰雾兮⑨，隐岷山以清江⑩。
惮涌湍之礚(kē)礚兮⑪，听波声之汹汹。
纷容容之无经兮⑫，罔芒芒之无纪⑬。
轧洋洋之无从兮⑭，驰委移之焉止⑮。
漂翻翻其上下兮⑯，翼遥遥其左右⑰。
泛潏(jué)潏其前后兮⑱，伴张弛之信期⑲。
观炎气之相仍兮⑳，窥烟液之所积㉑。
悲霜雪之俱下兮，听潮水之相击。
借光景以往来兮㉒，施黄棘之枉策㉓。
求介子之所存兮㉔，见伯夷之放迹㉕。
心调度而弗去兮㉖，刻著志之无适㉗。

[注释]

①岩：山峰。峭：陡直高峻。②雌蜺：虹蜺。虹霓常有内外两环，通称为“虹”。但是内环色彩鲜明，古人称之为虹，认为其为雄性；外环色彩较淡，古人称之为霓，认为是雌性。标：本指树木末梢。这里“标颠”即“顶端”的意思。③据：依靠占据。青冥：青苍迷蒙的东西，指太空中的某种云。摅：舒展。把彩虹舒展得

极长，借为天梯，登上九天。④倏忽：迅速地。扪：抚摸。⑤湛露：浓重的露水。浮源：疑当作“浮浮”，与下句“霜之雰雰”对文。“浮浮”，形容水多。⑥凝霜：浓霜。雰雰：形容霜重。⑦风穴：古神话中风栖息的洞穴，在昆仑山顶上。⑧倾寤：侧身醒来。婵媛：情思牵萦。以上八句，写神游太空，排遣忧愁。⑨冯：通“凭”，据。瞰：俯视。⑩隐：凭依。岐山：“岷山”，在今四川松潘北。古人以为，岐山乃是江水发源之山。⑪惮：通“怛”。涌湍：汹涌的急流。礚礚：水冲击石崖的声音。⑫容容：纷乱的样子。经：东西为经，南北为纬。此句“经”与下文“纪”，犹言“经纬”。“无经”“无纪”，形容水势和乌云翻滚汹涌的气势。⑬芒芒：形容长久。⑭轧：倾轧，指波涛翻滚互相倾轧。洋洋：形容水势很大的样子。从：到。⑮驰：奔驰，此处指大水奔流。委移：同“逶迤”，形容道路弯弯曲曲，相连不断。焉止：到哪里。⑯漂：同“飘”。翻翻：犹“摇摇”，指波涛左右奔腾不定。⑰翼：指两翼。用作动词，飞翔。遥遥：犹“摇摇”，指波涛左右奔腾不定的样子。⑱潏潏：水涌出的样子。⑲伴：通“判”，判别。张弛：指潮水涨落。信期：指潮汐的时间。以上数句，借写江水的奔腾汹涌，抒发了自己内心的愁绪和烦闷。⑳炎气：指夏季的酷热之气。相仍：连续不断。㉑烟液：指云雨。以上两句是写了春夏的气象。下面两句写秋冬气象。㉒光景：指上面所写四时的景象。往来：指神游于天地之间。㉓施：用。黄棘：神话中的木名。黄花圆叶，枝干上有棘刺。枉策：指马鞭。指取黄棘为策马之鞭。据说用这种黄棘木做鞭可以赶马快跑。㉔介子：指介子推。所存：所在之地。㉕放迹：犹言“故迹”。此二句表达了自己对古代贤者的仰慕，并表明决心一死。㉖调度：思虑安排。弗去：不能放弃。㉗刻著：铭刻。无适：别无所从，没有别的归向。前文所说的“窃赋诗之所明”至此结束，设想神游太空也抹不掉心中的“常愁”，只有选择决心一死。

曰①：

吾怨往昔之所冀兮②，悼来者之悐悐(tì)③。

浮江、淮而入海兮，从子胥而自适④。

望大河之洲渚兮，悲申徒之抗迹⑤。

骤谏君而不听兮⑥，任重石之何益⑦！

心絓结而不解兮⑧，思蹇产而不释⑨。

［注释］

①曰：应为“乱曰”，全篇的结束语。②冀：希望。此句是说，往日的所有希望都落空了。③悐悐：忧惧、警惕。④子胥：伍子胥。⑤申徒：申徒狄，殷末贤臣，不满纣的暴政，后谏纣不听，抱石投水而死。抗迹：抗，同“亢”。抗迹是指高尚的行迹。⑥骤：屡次。⑦任：怀抱。何益：有何益处。意谓自己决心一死，但想到古代贤人以身殉国，都不能挽救国家灭亡的灾难，自己一死也拯救不了楚国的危亡所以才有最后两句的终结。⑧絓结：结成疙瘩，指愁绪郁结。⑨蹇产：形容盘曲，借以形容心情不舒畅。不释：不能排除。

［译文］

悲伤啊，旋风摇动着蕙草，郁结在心中的忧愤难消。微小的生命丧失了性命啊，秋风乍起预示着万物将要萧条。我为何对彭咸如此追慕啊，高尚志节使人永不能忘。纵有万变，忠心岂能掩盖啊，虚伪的假象怎么能久长。鸟兽号聚在一起相互鸣叫，杂草相聚再多也不芬芳。群鱼鼓鳞来炫耀自己啊，蛟龙却潜入深渊将光彩隐藏。甜菜和苦菜不能种在一起啊，兰草在深谷里也会暗自幽香。只有君子永放光彩啊，经历数代也能美名扬。心里是如此高邈啊，就像那白云在空中徜徉。持守理想有所感怀啊，写下诗篇来表明衷肠。

只圣哲胸怀独特啊，折取香木芳草来自处。唏嘘不断悲哀连绵啊，隐居幽处我来独自思虑。孤独隐居忧思重重，涕泪横流心悲凉，愁思不眠直至天亮。长夜漫漫无尽头啊，挥去忧愁纯属梦想。醒来时四处去游历啊，暂且逍遥聊自宽。深深叹息那心里的忧痛啊，淤积在胸的苦闷无法散。把思绪缠绕成佩带啊，把愁苦编织成内衫。攀折若木遮蔽阳光啊，听凭狂风把我吹荡。往昔的忧愁似乎已然忘却啊，刹那间又似沸水涌入胸膛。抚摸佩襟安抚愤怒的心情啊，超越惆怅向前方行。岁月匆匆一年就要完尽啊，生命渐渐衰老就要结束。蘋蘅枯萎茎节脱落啊，芳华凋落芬芳消散。可怜我的忠心无法改变，表白的话也靠不住啊。宁愿突然死去灵魂飘荡啊，也不愿忍受这无尽头的悲伤。如孤儿般吟叹揩拭着眼泪啊，弃子像流云不得回故乡。想到这些谁不痛苦啊，我愿将彭咸的名声再度发扬。

登上山峦向远方眺望啊，道路渺茫空寂无声。没有影子也无人回应啊，无思无想却不可能。忧愁郁郁没有丝毫的快乐啊，自居忧戚脱解无方。心被束缚如带枷锁啊，怨气萦绕自我纠结。茫茫的大地没有边际啊，四处苍茫万物没有形迹。回风乍起预示着寒冬的来临啊，本性纯粹的人毫不伪饰。道路漫长无法测量啊，愁绪缥缈不可回转。忧心忡忡悲愁不绝啊，夜空展翅高飞并非我所愿。乘着波涛随风而去啊，精神追随着彭咸的志向。

登上那陡峭的山顶啊，坐在霓虹最顶上。背靠太空舒展美丽的长虹啊，刹那间我又举手抚摸天。吸饮清凉浓郁的甘露啊，含漱冰凉爽口的浓霜。安息在风穴啊，忽然醒来我依旧悲伤。凭依昆仑弥漫的云雾啊，背靠岷山俯瞰滚滚的长江。急流巨石相撞声大使人胆战啊，汹涌奔腾的波涛让人心胆寒。大水横流泛滥啊，白茫茫一片纷纷攘攘。大浪滔滔何处而来啊，奔驰到何方。江水翻滚忽上忽下啊，潮水急流忽左忽右啊。波涛奔涌后浪赶着前浪，潮涨潮落时快又时慢。看到春夏的酷气在蒸腾，下界密集的云雨层层生。叹息秋冬的霜雪齐降啊，倾听潮水相击雷鸣般的响。借着时光在天地间驰骋啊，神木做马鞭紧握在手。我寻求介子推曾居留的介山啊，又见首阳山的故迹就在前头。我内心的思虑无法去怀啊，守志不移是我的决心。

尾声：我怨恨往日的希望成空啊，我恐惧前方的路是那样的遥远。我可以浮沉江淮流入海啊，追随伍子胥以遂我愿。遥望黄河那水中的沙洲啊，痛悼那是殷末的贤才。屡次进谏君王也不听啊，怀抱沙石自沉又有何用。我内心苦痛郁结无法解开啊，思念的纠缠让我不能宽怀。

远 游

《远游》是神游天地的作品，是屈原忧患现实的悲愤诗。

《远游》一诗情感抒发不断演进，首先抒写诗人决意远游出世而做不到的内心矛盾；进再赞美“至贵”“得道”之言，但骨子里仍不苟同苦闷神游的“大快”境界。我们从中可以体味到诗人深沉的“忧国之忧”；体味到诗人“旷达”中的深痛极悲。这也正是《远游》的主旨所在。《远游》开创了中国诗歌史上“游仙诗”的先河。

悲时俗之迫阨(è)兮①，愿轻举而远游②。
质菲薄而无因兮③，焉托乘而上浮④？
遭沈浊而污秽兮⑤，独郁结其谁语！
夜耿耿而不寐兮⑥，魂营营而至曙⑦。
惟天地之无穷兮⑧，哀人生之长勤⑨。
往者余弗及兮⑩，来者吾不闻⑪。
步徙倚而遥思兮⑫，怊惝怳(chāochǎnghuǎng)而永怀⑬。
意荒忽而流荡兮⑭，心愁凄而增悲。
神倏忽而不反兮⑮，形枯槁而独留⑯。
内惟省(xǐng)以端操兮⑰，求正气之所由⑱。

［注释］

①悲：痛哀。时俗：指楚国政界庸俗的人。迫阨：阨，通“隘”，狭小。迫阨是说处境穷困。②轻举：轻身高飞。远游：远离尘世而游于宇宙。古代神仙家讲究飞身远游，超越世俗之外，此借用了飞升题材来表达情感。③质：资质。这里指远游（即游仙）的条件，菲：粗。薄：弱。因：依靠，凭借。此句是说成仙的内外条件都不具备，正是诗人无法忘怀、无法离开现实的真实写照。④焉：疑问代词，从哪里。托：依靠。乘：马车。⑤沈浊：这里指世道的混浊。⑥耿耿：因心事而失眠的样子。⑦营营：犹茕茕，与“耿耿”同意。⑧惟：思。无穷：无穷尽。⑨勤：辛苦。以上二句写诗人感慨天地无穷，人生苦短。⑩往者：泛指过去一切事物。及：赶上。

⑪来者：泛指将来一切事物。⑫徙倚：欲行又止，流连徘徊。遥思：想得很多、很远。⑬怊：悲怨。惝怳：“惝恍”，形容失意惆怅。永怀：指去不掉的思虑。⑭意：心意。荒忽、流荡：荒忽，通“恍惚”，神思不定。流荡，无所依托。荒忽流荡，指精神不集中。⑮神：指人的精神。倏忽：忽然，转眼之间。反：同“返”，返回。⑯形：指人的形体、容貌。枯槁：干枯。以上二句，是说人的精神泯灭，生命死亡。表明人的生命是很短暂的。⑰内：指内心。惟：思考。省：察看。端操：端正节操。⑱正气：正大之气，所由：所从出，即求本初之所在。

漠虚静以恬愉兮①，澹(dàn)无为而自得②。
闻赤松之清尘兮③，愿承风乎遗则④。
贵真人之休德兮⑤，美往世之登仙。
与化去而不见兮⑥，名声著而日延⑦。
奇傅说之托辰星兮⑧，羡韩众之得一⑨。
形穆穆以浸远兮⑩，离人群而遁逸⑪。
因气变而遂曾举兮⑫，忽神奔而鬼怪⑬。
时髣髴(fǎng fú)以遥见兮⑭，精皎皎以往来⑮。
超氛埃而淑尤兮⑯，终不反其故都⑰。
免众患而不惧兮⑱，世莫知其所如⑲。
恐天时之代序兮⑳，耀灵晔(yè)而西征㉑。
微霜降而下沦兮㉒，悼芳草之先零㉓。
聊仿佯(pángyáng)而逍遥兮㉔，永历年而无成㉕！
谁可与玩斯遗芳兮㉖？长乡风而舒情㉗。
高阳邈以远兮㉘，余将焉所程㉙？
重(chóng)曰㉚：春秋忽其不淹兮，奚久留此故居？
轩辕不可攀援兮㉛，吾将从王乔而娱戏㉜。
餐六气而饮沆瀣兮㉝，漱正阳而含朝霞㉞。
保神明之清澄兮㉟，精气入而粗秽除㊱。

顺凯风以从游兮[37]，至南巢而壹息[38]。

见王子而宿之兮[39]，审壹气之和德[40]。

曰[41]："道可受兮，不可传[42]；

其小无内兮，其大无垠[43]；

毋滑(gǔ)而魂兮，彼将自然[44]；

壹气孔神兮，于中夜存[45]；

虚以待之兮，无为之先[46]；

庶类以成兮，此德之门[47]。"

闻至贵而遂徂(cú)兮[48]，忽乎吾将行[49]。

仍羽人于丹丘兮[50]，留不死之旧乡[51]。

朝濯发于汤谷兮[52]，夕晞(xī)余身兮九阳[53]。

吸飞泉之微液兮[54]，怀琬琰(wǎn yǎn)之华英[55]。

玉色頩(pīng)以脕(wàn)颜兮[56]，精醇粹而始壮[57]。

质销铄(xiāo shuò)以汋(chuò)约兮[58]，神要眇以淫放[59]。

嘉南州之炎德兮[60]，丽桂树之冬荣[61]。

山萧条而无兽兮，野寂漠其无人。

载营魄而登霞兮[62]，掩浮云而上征[63]。

［注释］

①漠：冷淡，不关心的样子。虚静：乃是道家所提的养生之术，无思、无虑、无为。恬愉：安逸，快乐。②澹：同淡，恬静，无为之貌。无为：道家的基本思想方法，即顺其自然，与上文"长勤"相对。以上二句为端正操守正气的办法。③赤松：赤松子，古代传说中的仙人。④承风：风，流风，指赤松子遗留下来的风韵。承风指接受教化。⑤真人：道家之理想人格，这里指修炼得道的仙人。休：美。⑥与化去：与大化俱去的意思。不见：不见其形体。⑦著：显著。日延：日益延长而不灭。⑧奇：惊奇，不寻常。傅说：曾为武丁殷高宗之相。托辰星：传说傅说死后，精神寄托在辰星上。辰星：星名，即二十八宿之一的心宿。⑨羡：羡慕。韩众：相传齐人韩众，得成仙。得一：得到万物之体。⑩穆穆：同"默默"，宁静静寂。浸远：渐渐远去。⑪遁逸：意同"浸远"。⑫气变：正气变化。只有气

变才能高举远游，气变是远游的先决条件。这是道家，特别是庄子思想中成为“至人”“真人”修炼的重要过程。曾举：曾，通“增”，高举。曾举指高飞。⑬神奔：指气变飞升之后，人之精神御气往来变幻莫测的样子。鬼怪：神出鬼没，指神速之意。⑭时：有时。髣髴：见不真切。⑮精：脱离形体的精神。皎皎：洁白明亮的样子。⑯超：超越。氛埃：恶气和尘埃，指尘世而言。淑尤：犹言至善之境。⑰故都：旧乡，尘世。⑱免：避免，超脱。患：忧患。⑲世：世人。莫知：莫测。所如：所往的地方。⑳天时：日月时令，这里指自然的运行。㉑耀灵：指日。晔：光亮。西征：西行。㉒沦：沉没。此句意谓秋尽冬来。㉓悼：哀伤。零：凋零。“微霜”二句，即摇蕙之感。㉔聊：姑且。仿佯：游荡。逍遥：自由自在。㉕永：长久。历年：指多少年来。永历年：经过很多年。成：成就。㉖玩：欣赏，玩赏。斯：这。遗芳：一本作“芳草”，诗人自指。㉗长乡风：乡，即“向”。长乡风意谓面对狂风。㉘邈：遥远。㉙程：效法，取法。㉚重：乐节之名。㉛轩辕：黄帝，传说中原各族的共同祖先。姬姓，号轩辕氏，少典之子。攀援：追随，依附。㉜王乔：王子乔，周灵王太子晋，未详是否，传说古之学仙者。㉝六气：天地四时之气。㉞漱：洗涤。正阳：日中之气。朝霞：早晨太阳。㉟保：持。神明：心。清澄：清明。㊱精气：阴阳元气。粗秽：浊秽之气。㊲顺：乘。凯风：南风，《诗经》有“凯风自南”是也。㊳南巢：南方远国。传说中王子乔修炼得道的地方。壹息：稍稍休息。㊴王子：王子乔。宿：通“肃”，敬，即敬问求仙之道。㊵审：问。和德：上文“休德”。㊶曰：此为王子乔所说的话，阐述求道之法。㊷“道可受”二句：意思是“道”只可以心受，而不能言传。传：指言传。㊸此二句：是说“道”无所不在。㊹滑：乱。而：代词，你。魂：人的精神。彼：指身心。这二句意思是你的魂不乱，将自然而至。㊺壹气：壹，专一。孔：很，甚。中夜：半夜。㊻“虚以待之”二句：意指不要妄为，而要以虚静对待万事万物。㊼庶类二句：意谓能做到以上种种，即可入学道之门矣。此德之门：人轻举远游的门径。亦即老子所云“玄之又玄，众妙之门”。以上数句是王子乔之言。㊽至贵：指王子乔所闻至妙之言。徂：往。㊾忽：迅速。㊿仍：随。羽人：飞仙。丹丘：昼夜长明的仙人所居之地。51旧乡：指丹丘。52汤谷：神话中太阳升起之地。53晞：干，这里是晒的意思。九阳：太阳落下的地方。54飞泉：飞谷，在昆仑西南。55怀：藏在身上或腹内，指食。琬琰：均为美玉名，指仙境的玉树。华英：花。56頩：浅赤色，形容面部容光。脕：很有光泽。此句言人的面部。57精：指人的精神。醇粹：精醇而不杂。58质：这里指凡人之质。销铄：熔化。汋：柔美的样子。59要眇：精深，美妙。淫放：放纵，放任。60嘉：夸奖，赞美。南州：南方地区。炎德：阴阳家之说，四方分属五行，南方为火，称“炎德”，这里指阳光温暖。61丽：赞美。荣：茂盛。冬荣：冬天的枝叶依然茂盛。62载：承受。营魄：指不同于一般肉体的经过修炼的魂魄。登霞：霞，与“遐”古通用。遐，远。登霞犹言适远登仙。63征：往。

命天阍其开关兮[1]，排阊阖而望予[2]。

召丰隆使先导兮③，问大微之所居④。
集重阳入帝宫兮⑤，造旬始而观清都⑥。
朝发轫于太仪兮⑦，夕始临乎于微闾⑧。
屯余车之万乘兮，纷溶与而并驰⑨。
驾八龙之婉婉兮，载云旗之逶蛇。
建雄虹之采旄(máo)兮⑩，五色杂而炫耀⑪。
服偃蹇以低昂兮⑫，骖连蜷(quán)以骄骜(ào)⑬。

［注释］

①天阍：守天门的臣。②排：推开。望予：望，期望。望予指等待我。③丰隆：云神。一说雷神。使：派遣。先导：在前面引路。④大微：星名，指天帝居住的天庭。⑤集：到。帝宫：天帝的宫殿。⑥造：到，至。旬始：星名，在北斗旁。清都：天帝所居的另一处宫阙。⑦发轫：启程。太仪：天帝宫庭。⑧临：到达。于微闾：神山的名。⑨纷：形容众多。溶与：水盛的样子，形容车队之众。并驰：形容车马疾行。⑩建：树起。雄虹：此处指旗帜上的彩绘。采旄：指用牦牛尾装饰而成的旗帜。⑪炫耀：光彩夺目。⑫服：古代驷马驾车，衡下夹辕两马为“服”，这里指的是龙。偃蹇：矫健。低昂：龙屈曲的身体忽低忽高。⑬骖：衡处两旁的马为“骖”。连蜷：奋迅疾行的样子。骄骜：恣纵奔驰。

骑(jì)胶葛以杂乱兮①，斑漫衍而方行②。
撰余辔而正策兮③，吾将过乎句(gōu)芒④。
历太皓以右转兮⑤，前飞廉以启路⑥。
阳杲(gǎo)杲其未光兮⑦，凌天地以径度⑧。

［注释］

①骑：指车马。胶葛：交错纷乱的样子，形容车骑奔驰的喧嚣的景象。②斑：排列。漫衍：连绵无尽。方：两车并行为主。③撰：持握。正：端正。策：鞭。④句芒：东方之神。⑤历太皓：历，经过。历太皓即上文所说“过句芒”。右转：指过东方向西边转。⑥飞廉：风神。启路：开路。⑦阳：阳光。杲杲：明亮。未光：太阳刚出，尚未十分明亮。⑧凌：超越。天地：犹言乾坤。

风伯为余先驱兮①，氛埃辟而清凉②。

凤凰翼其承旂兮③，遇蓐收乎西皇④。
揽彗星以为旍兮⑤，举斗柄以为麾(huī)⑥。
叛陆离其上下兮⑦，游惊雾之流波⑧。
时暧曃(dài)其曭(tǎng)莽兮⑨，召玄武而奔属⑩。
后文昌使掌行兮⑪，选署众神以并毂(gǔ)⑫。
路曼曼其修远兮，徐弭节而高厉⑬。
左雨师使径待兮，右雷公而为卫。
欲度世以忘归兮⑭，意恣(zì)睢(suī)以担挢(jiǎo)⑮。
内欣欣而自美兮，聊婾娱以自乐⑯。

［注释］

①风伯：上文的“飞廉”。为：替。②氛埃：恶气和尘埃。辟：扫除。③翼其：恭敬又小心谨慎。旂：通“旗”。④蓐收：西方帝少皓，其神蓐收。或说是化身作白虎而持钺的刑神。西皇：少皓。本指西方落日女神，略同西王母。在五行系统里，他们跟少皓叠合。⑤彗星：扫帚星。旍：旍旗，这里指用五色羽毛做成的旗帜。⑥斗柄：北斗星之柄。麾：指挥，引申为指挥用的旗帜。⑦叛：通“斑”，纷乱的样子。⑧惊雾之流波：惊雾，飘动的云气。流波，流动的水。惊雾之流波是形容像流水的云气。类似于后人所谓云海。⑨暧曃：昏暗不明。曭莽：月光不明。⑩召：呼。玄武：二十八星宿的北方七宿，（斗、牛、女、虚、危、室、壁）组成龟蛇相缠之象，因为在北方，所以称“玄”，龟蛇有鳞甲，所以叫“武”。⑪文昌：斗魁上六星的总称，紫微宫，包含六颗星，形状如匡，位置在北斗星的斗魁之前。⑫署：布置、安排。并毂：毂，车轮中心的圆木。并毂指并驾齐驱。⑬弭节：弭，止。节，马鞭，弭节指停车。高厉：此指自西海而升天际。⑭度世：出世，脱离尘世而仙逝。⑮恣睢：恣意自得。担挢：担字当作“揭”或“措”，指高举。⑯婾：通“愉”，快乐。娱：欢乐。

涉青云以泛滥游兮[1]，忽临睨夫旧乡。
仆夫怀余心悲兮，边马顾而不行[2]。
思旧故以想像兮[3]，长太息而掩涕。
泛容与而遐举兮[4]，聊抑志而自弭[5]。
指炎神而直驰兮[6]，吾将往乎南疑[7]。
览方外之荒忽兮[8]，沛潤漭(wǎngyǎng)而自浮[9]。
祝融戒而还衡兮[10]，腾告鸾鸟迎宓妃[11]。
张《咸池》奏《承云》兮[12]，二女御《九韶》歌[13]。
使湘灵鼓瑟兮[14]，令海若舞冯夷[15]。
玄螭(chī)虫象并出进兮[16]，形蟉(liú)虬而逶蛇[17]。
雌蜺便娟(juān)以增挠兮[18]，鸾鸟轩翥(zhù)而翔飞[19]。
音乐博衍无终极兮[20]，焉乃逝以徘徊[21]。

［注释］

①涉：渡。泛滥：原指渡水，这里指随云海漂泊。②边马：两骖。③旧故：旧交，旧友。以想像：通过想象的方式。④容与：徘徊不前。遐举：高举，远走。⑤抑志：控制心情。自弭：弭，消除，止息。自弭指自动消除，自我安定下来。⑥炎神：南方之帝。即火神祝融，借指南方。直驰：径直驱驰。⑦南疑：指九嶷山，楚地。⑧方外：域外。荒忽：无边无际的样子。⑨沛：水流。这里是说在云海中飘游的感觉。潤漭：盛大无极的样子。⑩祝融：火神。戒：前面警卫。还衡：回车。衡，车辕前木，此指代车。⑪腾告：传告。鸾鸟：凤凰一类的鸟。⑫张：陈设。《咸池》《承云》：均为古代乐名，《咸池》为尧乐，《承云》为黄帝乐。⑬二女：指尧女娥皇、女英。御：侍奉。《九韶》：舜时的乐舞。⑭湘灵：指湘水神。鼓：弹奏。⑮海若：北海神。即《庄子》所称的北海若。冯夷：水神名，即水仙。⑯螭：指神话中一种无角的龙。象：罔象，传说中的一种水怪。⑰形：形体。蟉虬：屈曲盘绕之貌。逶蛇：委曲延伸的样子。⑱雌蜺：副虹，色彩浅淡。便娟：回旋飞舞的样子。增挠：指舞态轻盈。⑲轩翥：飞举。⑳博衍：衍，余裕、盛多。博衍指广博而延长。㉑焉乃：于。逝：往。以上游南方。

舒并节以驰骛兮[1]，逴(chuō)绝垠(yín)乎寒门[2]。
轶(yì)迅风于清源兮[3]，从颛顼(zhuān xū)乎增冰[4]。

历玄冥以邪径兮⑤，乘间维以反顾⑥。

召黔嬴而见之兮⑦，为余先乎平路⑧。

经营四方兮⑨，周流六漠⑩。

上至列缺兮⑪，降望大壑⑫。

下峥嵘而无地兮⑬，上寥廓而无天⑭。

视倏忽而无见兮⑮，听惝（chǎng）怳（huǎng）而无闻⑯。

超无为以至清兮⑰，与泰初而为邻⑱。

［注释］

①舒：舒缓。并节：总辔，重整车队的意思。驰骛：奔驰。②逴：远。绝垠：天的尽头。寒门：指北方的极寒之地。③轶：后车超越前车。迅：疾速。清源：清澈的水源，这里指北海。④颛顼：北方之帝，其神玄冥。增冰：层冰。北地寒，有层冰。以上游北方。⑤邪径：曲径，不平的道路。⑥乘：登。间维：指天地。天有六间，地有四维，上下四方为六间，地之四隅为四维。⑦黔嬴：传说中的造化之神。⑧先乎平路：意指替我先行，铺平道路。⑨经营：往来。⑩六漠：六合，指天地与四方。⑪列缺：古时称天上的裂缝。⑫大壑：深沟，这里指大海。⑬峥嵘：深远的样子。⑭寥廓：空旷而高远。无天：与上文“无地”对文，皆谓深远无际。⑮视：目视。倏忽：疾速。无见：指忘其目之视。⑯听：耳闻。惝怳：模糊不清楚。无闻：耳之忘其闻。以上四句，深受庄子道家思想的影响，头两句是说已泯灭个体与大自然的区分，“与天地精神往来”；后两句，是说已进入了一种视听全无，没有尘世干扰的“坐忘”境界。⑰无为：道家的清虚自守之道。至清：极至的清静，指道家所推崇的一种沉寂、清静的精神状态，也就是庄子的无为之境。⑱泰初：太初。天地未分之前的状态。邻：无为之境，即泰初之邻。

［译文］

哀痛人世间污浊混乱啊，要飞到远离尘世的地方。资质浅薄而缺少机缘啊，又凭托什么升入上天。遭逢昏君谗佞受诬陷啊，独自郁闷又向谁去倾诉！夜不能寐又心绪不宁啊，神魂孤单飘忽直至天明。天地久远没有穷尽啊，哀叹人生总处于患中。往世的圣贤

我未能赶上，未来的贤人我无福相逢。徘徊彷徨我一路遐想啊，怅惘满腹又心烦意乱。精神恍惚又心神不宁啊，忧伤凄恻更增添了悲情。神魂转眼间远驰不再返啊，枯槁形体独自存留。

内心反省而端正操守啊，寻求天地间正气的来由。清虚安静才能愉悦啊，淡泊无为方能自得其乐。听说赤松子乘风脱俗啊，希望秉承他留下的遗风。仰慕仙人的人品美善啊，羡慕往古仙人能够长在。与大化俱去不见踪影啊，留得名声显扬，与世长留。惊异傅说魂依辰星啊，羡慕韩众得到天地之灵。形体缄默地渐渐远离啊，脱离尘世逃遁到仙境。凭正气变化方高举远游啊，灵魂神出鬼没难以想象。世人影影绰绰依稀可见啊，神仙飞升往来闪着灵光。远离尘世污浊寻觅仙境啊，永不再返回沉浊的旧都。免除种种忧患无所畏惧啊，世人终究不知我的去处。担心时序更替永不停息，太阳闪着光辉天天西行。微霜自天而降沉到地面，悲叹那香草都早已凋零。姑且游荡徘徊散散忧心啊，多年努力却一事无成。谁能共赏这残留的芬芳啊，只有对着晨风抒发悲情。高阳氏离现在已遥远啊，我将从哪里去求准绳？

重唱道：春天匆匆秋天就要到来啊，为什么要久留在那故乡？黄帝轩辕遥远无法同游啊，我将追随王子乔以游赏。吃天地四时之气饮甘露啊，口含朝霞正阳之气。长保人心灵明精神爽啊，元气吸入污秽气全免除。我乘上南风随它去远游啊，稍稍休息在那南巢之国。见到仙人王子乔恭恭敬敬啊，请教中和正气是如何纯一。子乔说："道只可以心领神会啊，不可言传。它小到没有间隙啊，大到没有任何边际。不要扰乱你的精神啊，一切便会顺其自然。纯一正气很神秘啊，深夜虚静得以自存。虚静地等待它来临啊，不可急切妄为占先。众法要牢记就成功啊，这是轻举远游的门槛。"听罢了言就走啊，急匆匆地我就要远行。效法飞仙在丹丘啊，滞留在仙人不死之旧乡。清晨我洗发在日出的汤谷啊，夕阳西下，九阳晒身。饮飞谷瀑布的清醇之水啊，佩戴那玉树上最精美的花。容颜温润是那样容光焕发啊，精神纯粹内气又开始壮盛。凡体消损更显得柔美啊，神魂的微妙更加任性游荡。要赞美的是南方常年温暖啊，要欢喜的是严冬桂树常青。山里萧条野兽无踪迹啊，野外寂寞辽阔无人声。承载着仙体适远登仙啊，又踏着浮云向上飞升。

命令那守门之神打开大门啊，他推开天门说正等待我来。招来云神丰隆引路啊，查访那天帝居住太微之处。飞越高天九重进天帝之宫啊，造访了名叫作清都的帝宫。清晨从天帝之庭太仪出发啊，傍晚才到达幽州于微闾山中。我聚集了车马有一万辆啊，不慌不忙从容而并驾齐驱。八龙驾驭的车队蜿蜒前行啊，插在车前的云旗迎风飘扬。树起彩虹做成的彩旄旗啊，纷纷然五色错杂光彩闪耀。服龙行动矫健而昂首起伏啊，骖龙屈伸自由而奔驰恣纵。车骑奔驰交错而五彩缤纷啊，浩浩荡荡追逐并行在路上。握紧我的缰绳又端正鞭策啊，我就要拜访东方之神句芒。经过了太皓帝神宫掉头右转啊，风神飞廉在前面先导开路。天还没有大亮啊，已经直飞越那广阔的天地。风神飞廉为我在前面奔忙啊，扫除浊气尘埃而格外清凉。凤鸟恭恭敬敬高举龙旗啊，我和西皇、蓐收相遇在西方。揽下彗星作旗帜，举起北斗长柄来发号施令。在纷乱的云雾中啊，遨游在波涛滚动的云海之中。时已昏暗景色越来越朦胧啊，呼唤北方太阴神紧随着我。后面有文昌六星掌管行旅啊，挑选并安排众神左右侍从。路程漫漫它如此又长又远啊，向上缓缓地飞升。雨师让他在左边做侍从啊，雷公让他做护卫。想要登仙而去忘记那尘世啊，我欲远举而又纵情自得。内心欢乐愉悦是自我美善啊，自得其乐姑且求得一时之欢。踏上青云随着云海以遨游啊，忽然从高处看到我的故乡。赶车人怀恋我心里更悲伤啊，骖马回头张望也不再前行。思念老朋友很想见到他们啊，长长叹息擦不尽热泪直流。我迟疑不决仍高举翱游啊，让思旧悲伤的情思稍放松，权且压抑住情思自解悲愁。指向火神祝融居处径直驰往啊，我将去九嶷山所在的南方。观察到世外只有空旷啊，在无涯的汪洋中任意的航行。火神警告人们不得通行啊，还传告鸾鸟去请洛神宓妃。演奏起黄帝乐《咸池》和《承云》啊，娥皇女英更献上《九韶》侍奉。让湘水之神湘灵前来鼓瑟啊，叫海若和冯夷翩翩起舞。无角黑龙罔象水怪齐出没啊，身体盘曲蜿蜒形容古怪。雌虹妖娆啊，鸾鸟高举盘旋后直入云霄。音乐繁盛广博悠长无穷尽啊，于是要离去而又徘徊犹豫。打破合一的节奏迅速飞腾啊，直奔遥远的北极的寒门。车队超越疾风来到北海啊，访北帝颛顼穿过层冰。经过玄冥神还有坎坷的路啊，升上宇宙高空再向下回顾。召唤造化之神前来见我啊，替我在前面引导走上坦途。

往来天下四极啊，周游宇宙六合。上到天顶窥缝隙啊，下看大海一片汪洋。俯视幽深渺渺的虚空下界啊，仰视广远无垠的宇宙上苍。视觉刹那间仿佛一切全无啊，听觉也模模糊糊似有似无。超越无为进入清虚的境界啊，进入本初的混沌元气。

卜居

《卜居》题目的意思是用卜筮的方法，选择今后的生活道路和处世态度。

屈原在作品中假设求太卜郑詹尹为他卜筮，掀起了心中汹涌澎湃的波澜。全篇采用对话体的形式，首尾采用散文，中间是用韵文，散韵相间的体制有助于表达情感。

屈原既放①，三年不得复见②，竭知尽忠③，而蔽鄣于谗④。心烦虑乱，不知所从。乃往见太卜郑詹尹曰⑤：“余有所疑，愿因先生决之⑥。”詹尹乃端策拂龟⑦，曰：“君将何以教之⑧？”

［注释］

①既：已经。放：放逐，流放，指被放逐在汉北。②三年：指多年，并非具体所指。复见：指再也见不到君王。③竭知：竭，尽。知，通“智”。竭知指用尽聪明才智。④蔽鄣：蒙蔽阻碍。⑤太卜：官名，掌管卜筮。郑詹尹：假想的太卜的姓名。⑥因：依靠，借助。先生：尊称。决：断。⑦端策：端，放正。策，卜卦用的蓍草茎。端策意谓把占卜用的蓍草摆端正。拂龟：拂，拭除。龟，指占卜用的龟壳，筮用策，卜用龟，都是卜筮前的准备工作。拂龟指掸除龟壳上的灰尘。⑧何以：以何，意指用什么。教之：意指教于我，此为客套语，实际上是作“要问我什么”的意思。以上是散文，以下是韵文。

屈原曰：“吾宁悃（kǔn）悃款款朴以忠乎①？将送往劳来斯无穷乎②？宁诛锄草茅以力耕乎③？将游大人以成名乎④？宁正言不讳以危身乎⑤？将从俗富贵以媮生乎⑥？宁超然高举以保真乎⑦？将哫（zú）訾（zǐ）栗斯，喔

咿儒儿以事妇人乎⑧？宁廉洁正直以自清乎⑨？将突梯滑稽(jī)，如脂如韦以絜(xié)楹乎⑩？宁昂昂若千里之驹乎⑪？将泛泛若水中之凫⑫，与波上下，偷以全吾躯乎？宁与骐骥亢轭(è)乎⑬？将随驽马之迹乎⑭？宁与黄鹄比翼乎⑮？将与鸡鹜(wù)争食乎⑯？此孰吉孰凶？何去何从？世溷(hùn)浊而不清：蝉翼为重⑰，千钧为轻⑱；黄钟毁弃⑲，瓦釜雷鸣⑳；谗人高张㉑，贤士无名㉒。吁嗟默默兮，谁知吾之廉贞㉓？”

［注释］

①宁：宁可，宁愿。悃悃、款款：忠诚勤恳的样子。朴：朴实。以：而。②将：意谓还是要。送往劳来：“送往迎来”之意，指世俗的人际周旋。斯：语助词，此。③诛锄：用锄头锄去。草茅：杂草。力耕：努力耕种，致力于农事。④游：游说。大人：犹言“贵人”，指王侯将相等势要之人。战国时策士游说诸侯接受自己的主张，以求进身，这种行径是诗人所不取的。⑤正言：直言。不讳：不避讳，不隐瞒。危身：自身危害。⑥从俗：顺随世俗。偷生：苟且地活着。⑦超然高举：超然，离尘脱俗。高举，高飞。超然高举指远离世俗，超出凡俗。真：指纯真的本性。⑧哫訾：意同“趑趄”，指走路时战战兢兢、小心翼翼的样子。栗斯：意同“哫訾。”然二词内含略有差异。喔咿：说媚话。儒儿：当作“嚅唲”，强颜欢笑。妇人：当指君王左右的重臣，奸佞之人。一说指怀王宠姬郑袖。⑨自清：自我保持清廉。⑩突梯：世故圆滑。滑稽：古代一种盛酒的器具，能不断地往外倒酒，比喻能言善辩，语言流畅。如脂：像油脂那样滑。如韦：像熟牛皮那样柔软。絜楹：絜，量度物体周围的长度。楹，堂屋前的柱子。絜楹指用绳子量周长，以便做成圆柱形状。喻指为讨好世俗，可削方为圆一样。⑪昂昂：突出，超群特立的样子。⑫泛泛：形容漂浮。凫：野鸭子。⑬骐骥：骏马。亢：通“伉”，相当，匹敌。轭：套牲口拉东西时架在颈上的器具。⑭驽马：跑不快的劣马。迹：足迹。⑮黄鹄：大鸟名，能飞一千里。此喻有大志向者。比翼：并飞。⑯鹜：鸭子，喻庸才。⑰蝉翼：蝉的翅膀，比喻极轻的东西。⑱千钧：钧，古代重量单位，三十斤为一钧。千钧，指很重的分量。⑲黄钟：古代十二律之一，是最响亮、宏大的音调。此处指符合韵律的钟。黄钟毁弃：比喻贤才不用。⑳瓦釜：陶制的锅。雷鸣：指声音如雷鸣。瓦釜雷鸣比喻庸才喧嚣。㉑高张：指身居高位，嚣张跋扈。㉒无名：默默不得志，身处于穷困。㉓廉贞：廉洁忠贞。

詹尹乃释策而谢曰①：“夫尺有所短，寸有所长②，物有所不足③，智有所不明④，数有所不逮⑤，神有所不通⑥；

用君之心，行君之意⑦，龟策诚不能知此事！”

［注释］

①释：放下。谢：推辞。②夫：发语词。这两句意思是：尺虽比寸长，但量更长的东西就嫌短了；相反，寸比尺短，但量比寸短的东西，又嫌长了。比喻任何人与物都有各自的长处和短处。③不足：欠缺。④不明：困惑。⑤数：方数，指天文、卜筮、历算等。逮：及。⑥通：通达。神有所不通：卜筮所代表的神灵有不能通晓的地方。⑦君：指屈原。这两句的意思是：用您的心意来衡量之后，做您所要做的。

［译文］

屈原既被放逐，多年都不能再见楚王。竭尽智慧与忠诚，却被谗言所遮蔽阻隔。他心情烦闷纷乱，不知何去何从。于是去见卜筮之官郑詹尹问：“我有疑惑，想请先生帮我决断。”詹尹摆正了蓍草拂拭龟甲说：“你有什么要问我的？”

屈原问道：“我应该诚实恳切忠于君王、报效国家呢，还是终生不知疲倦地追随世俗，使自己没有困境呢？应该除草助苗，努力去耕种呢，还是游说那些贵人取得卿相地位和荣耀呢？是该直言谏君之恶、危害自身的生命呢，还是追求世俗贪求名利、苟且偷安呢？是应该超脱世俗长逝远游，来持守内美呢，还是媚言讨好，去奉承君王左右的重臣呢？是廉洁正直、清高自重呢，还是世故圆滑、巧言善辩，没有自己的立场呢？要昂首挺胸、志行远大，像奔驰千里的骏马呢，还是做那小河里的水鸭，随着水流游走，得过且过地保全自己的身躯呢？要和骏马并驾齐驱呢，还是在驽马的身后安步徐行呢？要和鸿鹄比翼齐飞直冲云霄呢，还是和那鸭子争啄残羹呢？这些哪些是吉，哪些是凶？我将何去何从？当今的世道污浊不清，薄薄的蝉羽却说有着千斤，而把千斤的重量说得比羽毛还轻；洪亮的黄钟遭毁弃，可把那瓦盆敲打得响如雷鸣；谗佞的小人占据高位，气焰嚣张，可那贤明之士却默默无闻。长吁短叹沉默不语啊，有谁知道我的廉洁忠贞？”

詹尹于是放下占卜的用具，辞谢道：“尺有所短，寸有所长。世间万物各有不足，智者也有困惑的时候，日月运行虽有定数也有不可计量的时候，神明可判吉凶可也有无法通晓的时候。以你的心，行你自己的操守，龟卜占策不能决断你的心志。”

渔父

《渔父》大概是屈原放逐江南时的作品，具体时间不可考。

楚地尊称老人为父，渔父即打渔的老人，实际却是楚地的一位隐者。诗中采用一问一答的形式，明确显示出屈原与隐者志趣上的差别，表现了诗人绝不随波逐流，不与世俗同流合污的可贵精神。

屈原既放，游于江潭[1]，行吟泽畔，颜色憔悴[2]，形容枯槁（gǎo）[3]。渔父见而问之曰[4]："子非三闾大夫欤[5]？何故至于斯[6]！"

屈原曰："举世皆浊我独清，众人皆醉我独醒，是以见放[7]！"

渔父曰："圣人不凝滞于物[8]，而能与世推移[9]。世人皆浊，何不淈（gǔ）其泥而扬其波[10]？众人皆醉，何不餔（bū）其糟而歠（chuò）其醨（lí）[11]？何故深思高举[12]，自令放为？"

屈原曰："吾闻之，新沐者必弹冠，新浴者必振衣[13]；安能以身之察察[14]，受物之汶（mén）汶乎[15]！宁赴湘流，葬于江鱼之腹中；安能以皓皓之白[16]，而蒙世俗之尘埃乎！"

渔父莞（wǎn）尔而笑[17]，鼓枻（yì）而去[18]，乃歌曰："沧浪之水清兮，可以濯吾缨[19]；沧浪之水浊兮，可以濯吾足。"遂去，不复与言。

［注释］

①潭：深渊，水之深处。在今湖南常德境内。②憔悴：指面貌憔悴，形容面部瘦而黑的样子。③形容：形体容貌。枯槁：槁，干枯。枯槁，形容肌肉干瘪的样子。④渔父：打鱼的老人。应是一位隐士，是诗人假托的人物。⑤子：您。三闾大夫：楚官名，掌管楚王族屈、景、昭三姓的事务，屈原曾任此职。⑥斯：此。这里指江

潭。至于斯：落到这步田地，来到这个地方。⑦见放：被流放。⑧圣人：通明之人。此乃道家而非儒家之含义。凝滞：停止流动不灵活的意思。物：事物。⑨推移：变动、移动。⑩淈其泥：淈，泥浆，在此为搅乱泥浆的意思。淈其泥，合污之意。扬其波同流。⑪餔：食。糟：酒渣。歠：饮。醨：薄酒。⑫深思：思虑深远。高举：行为高洁。⑬弹冠、振衣：弹帽子、去掉衣服上的灰尘。⑭安：怎么。察察：洁白。⑮汶汶：污浊。⑯皓皓：形容皎洁。⑰莞尔：微笑的样子。⑱鼓：动，指划动。枻：船舷，一说船桨之短者。⑲缨：古代帽子上系在颔下的带子。水清濯缨，水浊濯足，比喻要随机应变。

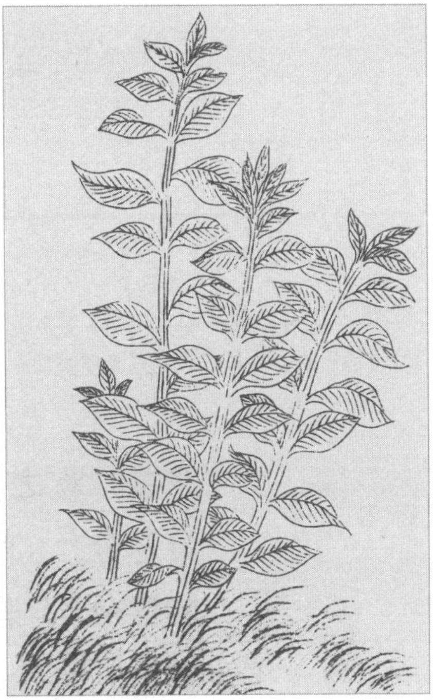

［译文］

屈原被放逐后，流浪在江潭，边走边吟诵诗篇，面容憔悴，形容枯槁。渔父见到此番情景，问道："您不是三闾大夫吗？为什么落到了如此地步？"

屈原答说："整个世俗贪宠逐利而我却追求清廉，整个世人醉了，而我却偏偏头脑清醒，因此才被流放。"

渔父说："圣人对待外物不拘泥固守，能随世俗而变通。世人都混浊，你何不也搅乱泥水助长浊流？世人都喝得醉醺醺，你何不也食糟饮酒与世同醉？为什么要苦思冥想，与众不同，这岂不是自己放逐自身吗！"

屈原说："我听说过，刚刚洗过头一定要弹掉帽子上的灰土，刚刚洗过澡一定抖抖衣服上的尘埃。怎么能让自己洁净的身体蒙受外物尘垢的玷辱呢？我宁愿投身江流，葬身鱼腹；怎么能以自身的洁白，去蒙受尘世的污垢呢！"

渔父微微一笑，荡舟而去，唱道："沧浪水清澈见底啊，可以洗涤我的冠缨；沧浪水浑浊不清啊，可以洗我的双脚。"于是离去，不再与屈子说什么。

九　辩

《九辩》是宋玉写的一首著名的长篇抒情诗，在写法上受《离骚》影响明显。

“九辩”一词与“九歌”一起出现于《离骚》，是夏代流传下来的古曲之一。“辩”即“变”，凡乐曲改换乐章、曲调都可以称之为“变”。

《九辩》借助悲秋而感叹自身怀才不遇，壮志难酬的悲愤。其借秋景以抒悲闷之情的手法，更被誉为我国文学“悲秋”之祖。

悲哉！秋之为气也①。
liáo lì
萧瑟兮②，草木摇落而变衰③。
憭慄兮④，若在远行，
登山临水兮，送将归⑤。
liáo
泬寥兮⑥，天高而气清。
寂漻兮⑦，收潦而水清⑧。
cǎn
憯凄增欷兮⑨，薄寒之中人⑩。
怆怳懭悢兮⑪，去故而就新⑫。
lǐn
坎廪兮⑬，贫士失职而志不平。
廓落兮⑭，羁旅而无友生⑮。
惆怅兮，而私自怜。
燕翩翩其辞归兮⑯，蝉寂漠而无声⑰。
yōng　　　　　　　　　　zhā
雁廱廱而南游兮⑱，鹍鸡啁哳而悲鸣⑲。
独申旦而不寐兮⑳，哀蟋蟀之宵征㉑。
wěi
时亹亹而过中兮㉒，蹇淹留而无成㉓。

［注释］

①秋气：气，古人认为，气是构成宇宙万物的物质。秋气，古人认为即肃杀阴凉之气。②萧瑟：指风吹草木而叶落的声音。③摇落：凋零脱落。④憭慄：凄凉。

⑤将归：指将结束的一年时间。⑥寥：高旷的样子。⑦寂寥：形容水清澈而平静的样子。⑧潦：指雨后地面上的积水。⑨憯：同“惨”，悲伤。欷：叹息声。⑩薄寒：指秋气微寒。中：伤、侵袭。⑪怆怳：失意的样子。⑫去故就新：此处指失去官职。⑬坎廪：坎，低洼。廪，积高。比喻坎坷，遭遇不顺。坎廪指高低不平的样子。⑭廓落：空虚孤独。⑮羁旅：指失去官位留滞异乡。友生：指知心的朋友。⑯翩翩：轻快飞行的样子。辞归：指燕子秋天辞北归南。⑰寂漠：同“寂寞”。无声：指秋天来临蝉停止鸣叫。⑱廱廱：同“雍雍”，形容大雁和谐的鸣叫声。⑲鹍鸡：鸟名，象鹤，黄白色。啁哳：形容声音繁杂细碎。⑳申旦：通宵，达旦。㉑宵征：本义是夜行，此处指蟋蟀夜间跳动，两翅摩擦发出的声音。㉒亹亹：运行不息的样子。过中：过了中年。㉓蹇：通“謇”，楚方言，发语词。无成：没有成就。

悲忧穷戚兮独处廓[1]，有美一人兮心不绎[2]。

去乡离家兮徕远客[3]，超逍遥兮今焉薄[4]！

专思君兮不可化[5]，君不知兮可奈何！

蓄怨兮积思[6]，心烦憺(dàn)兮忘食事[7]。

愿一见兮道余意，君之心兮与余异。

车既驾兮朅(qiè)而归[8]，不得见兮心伤悲。

倚结𫐉(líng)兮长太息[9]，涕潺湲(yuán)兮下沾轼[10]。

慷慨绝兮不得，中瞀乱兮迷惑[11]。

私自怜兮何极[12]？心怦怦兮谅直[13]。

［注释］

①穷戚：穷困无路可走，指人的处境。廓：寥廓、空旷，可理解为空虚。②有美一人：“有一美人”，诗人自况。绎：通“怿”，愉快、高兴。③去乡离家：指离开郢都。徕远客：徕，一本作“来”，意同。徕远客，即来荒原之地做客。④超：

遥远。逍遥：指漂泊远方没有着落的样子。薄：停止。⑤专：专心，一心一意。化：改变。⑥蓄怨：是指自己因“专思君”而“君不如”所蓄满心中的怨愤。⑦烦憺：憺，通“惮”，惧怕。烦憺指因忧愁而心情沉重的样子。忘食事：忘记吃饭和做事。⑧竭：离开。⑨倚：靠着。軨：车栏，即车厢前面和左右两面横直交结的栏木。⑩轼：古代车前的用以扶手的横木。⑪瞀：昏迷错乱。⑫极：尽头。⑬怦怦：心急的样子。谅直：忠诚正直。

皇天平分四时兮[1]，窃独悲此廪(lǐn)秋[2]。

白露既下百草兮，奄离披此梧楸(qiū)[3]。

去白日之昭昭兮[4]，袭长夜之悠悠[5]。

离芳蔼之方壮兮[6]，余萎约而悲愁[7]。

秋既先戒以白露兮[8]，冬又申之严霜。

收恢台之孟夏兮[9]，然欿傺(kǎn chì)而沈藏[10]。

叶菸邑而无色兮[11]，枝烦挐(rú)而交横[12]。

颜淫溢而将罢兮[13]，柯仿佛而萎黄[14]。

萷槮(shāo xiāo sēn)之可哀兮[15]，形销铄(shuò)而瘀伤[16]。

惟其纷糅(róu)而将落兮[17]，恨其失时而无当[18]。

揽騑辔(fēi pèi)而下节兮[19]，聊逍遥以相佯[20]。

岁忽忽而遒(qiú)尽兮[21]，恐余寿之弗将[22]。

悼余生之不时兮[23]，逢此世之俇攘(guàng rǎng)[24]。

澹(dàn)容与而独倚兮[25]，蟋蟀鸣此西堂。

心怵惕而震荡兮[26]，何所忧之多方！

卬(yǎng)明月而太息兮[27]，步列星而极明[28]。

［注释］

①皇天：上天。平分：平均分配。四时：四季。②廪秋：寒秋。③奄：忽然。离披：分散，指草木凋谢枝条疏散。梧楸：指梧桐和楸梓，都是早凋的树木。④昭昭：光明。⑤袭：进入。悠悠：漫长。以上两句是写自己的处境。⑥芳蔼：芳菲繁盛。方壮：正当壮年之时。⑦萎：指草木枯黄。约：穷。⑧先戒：事先警戒。⑨恢

台：广大而繁茂的样子，象征万物的勃勃生机。孟夏：初夏。⑩然：于是，就。欿：同“坎”，陷落。傺：停止。臧：同“藏”。这两句是说，秋冬来临，收敛了孟夏时那繁盛的景象，使万物生机都沉藏起来。⑪菸邑：黯淡的样子。⑫烦挐：纷乱。交横：交错纵横。形容树木凋谢时树枝交错纵横的情景。⑬颜：树叶的颜色。淫溢：过分，过度。罢：通“疲”，完尽。⑭柯：树枝。仿佛：模糊，指失去本色而呈现出来的枯黄颜色。萎黄：枯黄。⑮萷：通“梢”，树梢。櫹槮：指树枝光秃而高耸的样子。⑯销铄：销毁，这里指树木受到损伤。瘀伤：受伤而败血瘀积。这里是指树木受寒冷淤积的损伤。⑰惟：思。纷糅：败叶衰草相错杂。⑱失时：过了壮盛的季节。当：遇。⑲揽：持，拿着。𬴂：服马，古代驾车套在中间的马。下节：节，指缰绳、马鞭。下节指按鞭停车。⑳相佯：同“徜徉”，徘徊。㉑忽忽：很快的样子。遒：迫近。㉒弗将：不能持续。㉓悼：悲叹。不时：指生不逢时。㉔俇攘：混乱的样子。㉕澹：水波徐缓，这里指淡漠的心情。容与：闲散无聊的样子。独倚：倚，立。独倚指独自站在什么地方。㉖怵惕：忧惧。㉗卬：通“仰”，仰望。㉘步：徘徊。列星：众星辰。极明：极，至。明，晓。极明指直到天亮。

窃悲夫蕙华之曾敷兮①，纷旖旎(yǐ nǐ)乎都房②。

何曾华之无实兮③，从风雨而飞飏(yáng)④。

以为君独服此蕙兮，羌无以异于众芳。

闵奇思之不通兮⑤，将去君而高翔⑥。

心闵怜之惨凄兮，愿一见而有明。

重无怨而生离兮⑦，中结轸(zhěn)而增伤⑧。

岂不郁陶而思君兮⑨？君之门以九重⑩！

猛犬狺(yín)狺而迎吠兮⑪，关梁闭而不通⑫。

皇天淫溢而秋霖兮⑬，后土何时而得漧⑭？

块独守此无泽兮⑮，仰浮云而永叹！

［注释］

①蕙华：华，古“花”字，此为作者自比。蕙华指蕙草的花。曾敷：花朵层叠开放。②旖旎：茂盛。都房：犹言“华屋”，漂亮的房子。③曾华：曾，通“层”。曾华，累累的花朵。实：果实。④飞飏：同“飞扬”，形容飞散飘落。此句意思是随着秋天的风雨摧残而飘落。⑤闵：通“悯”，伤感怜惜。奇思：奇妙的心思。不通：指不被君王所了解。⑥高翔：远走高飞。⑦重无怨：自己反复想，

并没有在君主面前招致怨恨的行为。重，指反复地想。无怨，没有过错。生离：生生别离，指被抛弃。⑧结轸：轸，悲痛。结轸，悲痛郁结。⑨郁陶：忧思郁结。⑩九重：九重大门。旧说天子有九门，这里只是形容君王难以见到。⑪猛犬：喻小人。狺狺：犬吠声。⑫关：门关。梁：桥梁。比喻小人的层层阻挠。⑬淫溢：过度，指下雨过多。霖：久下不停的雨。⑭后土：土地，与皇天相对。漧：同“干”。⑮块：孤独的样子。无：古通“芜”。芜泽：泽，聚水的洼地。芜泽，即荒芜的草泽。

何时俗之工巧兮，背绳墨而改错。
却骐(qí)骥(jì)而不乘兮[1]，策驽骀(tái)而取路[2]。
当世岂无骐骥兮，诚莫之能善御。
见执辔者非其人兮[3]，故駶(jú)跳而远去[4]。
凫雁皆唼(shà)夫粱藻兮[5]，凤愈飘翔而高举[6]。
圜凿而方枘(ruì)兮[7]，吾固知其鉏(jǔ)铻(yǔ)而难入[8]。
众鸟皆有所登栖兮[9]，凤独遑(huáng)遑而无所集[10]。
愿衔枚而无言兮[11]，尝被君之渥洽[12]。
太公九十乃显荣兮[13]，诚未遇其匹合。
谓骐骥兮安归？谓凤凰兮安栖？
变古易俗兮世衰[14]，今之相者兮举肥[15]。
骐骥伏匿而不见兮[16]，凤凰高飞而不下[17]。
鸟兽犹知怀德兮[18]，何云贤士之不处[19]？
骥不骤进而求服兮[20]，凤亦不贪喂而妄食[21]。
君弃远而不察兮，虽愿忠其焉得？
欲寂漠而绝端兮[22]，窃不敢忘初之厚德。
独悲愁其伤人兮，冯郁郁其何极[23]！

［注释］

①却：拒绝。骐骥：良马，比喻贤士。②策：本指马鞭，这里用为动词，鞭策之意。驽骀：劣马，喻小人。取路：犹言上路。③执辔者：拿着缰绳的人，即驾车

者，此处喻统治者。④踢跳：跳跃。⑤凫：野鸭。唼：水鸟或鱼类吞食，象声词。粱：谷子优良品种的统称。藻：水草。这两句比喻群小食禄，贤士远去。⑥高举：高飞、远离。以上二句喻小人、庸才得势，贤才远离。⑦圜凿：圆的插孔。方枘：方形的榫头。⑧钼铻：彼此不相合。⑨众鸟：一般凡鸟。⑩凤：凤凰，喻贤才。遑遑：往来不定的样子。集：栖。⑪衔枚：本是古代行军为防止士卒说话，口衔一枚木制的短筷似的东西，叫“衔枚”。此处是表示闭口不言。⑫被：蒙受。渥洽：指深受丰厚的恩泽。⑬太公：指姜太公，姜尚，周朝开国贤臣。传说他曾在朝歌（殷都）做屠夫，年老于渭水之滨钓鱼，才遇文王被重用，后成就大业。⑭变古易俗：指改变古代法则和风俗。世衰：指时世的衰败。⑮相者：指相马的人，比喻选拔人才的人。举肥：指相马者只选肥壮的马，喻对人才只重表面。⑯伏匿：藏匿，隐藏。见：同“现”。⑰不下：指凤鸟高飞而远离。以上两句，隐喻贤才避世。⑱怀德：怀念有德之人。⑲不处：不愿处于朝廷之位，指不与统治者合作。⑳骤进：急进。服：用，指驾车。㉑妄：胡乱。以上二句，借骐骥不“骤进”，凤鸟不“妄食”，比喻贤者是有自己坚持的原则而不会妥协的。㉒绝端：断绝头绪。㉓冯：同“凭”，满的意思。郁郁：忧闷的心情。何极：哪里是尽头。

霜露惨凄而交下兮[1]，心尚幸其弗济[2]。

霰雪雰(fēn)糅其增加兮[3]，乃知遭命之将至[4]。

原徼幸而有待兮[5]，泊莽莽与野草同死[6]。

愿自直而径往兮[7]，路壅(yōng)绝而不通[8]。

欲循道而平驱兮，又未知其所从[9]。

然中路而迷惑兮，自压按而学诵[10]。

性愚陋以褊(biǎn)浅兮[11]，信未达乎从容[12]。

窃美申包胥之气盛兮[13]，恐时世之不固[14]。

何时俗之工巧兮，灭规矩而改凿。

独耿介而不随兮[15]，愿慕先圣之遗教。

处浊世而显荣兮[16]，非余心之所乐。

与其无义而有名兮[17]，宁穷处而守高[18]。

食不媮（tōu）而为饱兮[19]，衣不苟而为温[20]。

窃慕诗人之遗风兮，愿托志乎素餐[21]。

蹇（jiǎn）充倔而无端兮[22]，泊莽莽而无垠[23]。

无衣裘以御冬兮，恐溘死而不得见乎阳春[24]。

［注释］

①霜露：喻遭谗佞的排挤和打压。交下：指交错地下。②幸：希望。济：成。③霰：雪珠。雰：雪下得很大的样子。糅：交杂。雨雪交杂而下，比喻祸乱的加深。④遭命：将要遭到不幸命运。⑤徼幸：同“侥幸”。有待：有所等待。此处指等待楚王的醒悟。⑥泊莽莽：泊，通“薄”，广大的意思。莽莽，无边无际的样子。泊莽莽形容置身于荒野的样子。⑦自直：自己明辨曲直、是非。径往：走小路去见君王。⑧壅绝：断绝，阻塞。⑨所从：所由。以上两句是说，想要沿着大路平稳驱车去见君王，但又不知怎么走。⑩自压按：自抑而止，指自我克制。⑪性：指人天性。褊浅：指狭隘浅薄。⑫信：确实，诚然。从容：镇静自若的样子。⑬申包胥：春秋时楚大夫。⑭固：“同”的误写。以上两句是说，自己盛赞申包胥那种高昂的志气，而当今之时世与那时不相同，我却很难做到了。⑮不随：指跟不上世俗，即表示不与世俗同流合污。⑯显荣：指富贵荣华。⑰无义：指不正当的手段。⑱穷处：处于困窘的地步。守高：坚守高尚的节操。⑲媮：同“偷”，苟且。⑳衣：动词，穿。这两句意思是不苟且偷生，用来比喻和说明“与其无义而有名兮，宁穷处而守高”。㉑素餐：“不素餐”的省略，意思是不白白地吃饭。㉒蹇：通“謇”，楚方言，发语词。充倔：同“祝裾”，衣衫褴褛，此处比喻窘困。㉓泊：一本作“汩”，语助词。莽莽：茫茫。㉔溘死：突然死去。阳春：温暖的春天。

靓杪(miǎo)秋之遥夜兮①，心缭悷(lì)而有哀②。
春秋逴(chuō)逴而日高兮③，然惆怅而自悲。
四时递来而卒岁兮④，阴阳不可与俪(lì)偕⑤。
白日晼(wǎn)晚其将入兮⑥，明月销铄(shuò)而减毁⑦。
岁忽忽而遒尽兮⑧，老冉冉而愈弛⑨。
心摇悦而日幸兮⑩，然怊(chāo)怅而无冀。
中憯(cǎn)恻之凄怆兮⑪，长太息而增欷(xī)⑫。
年洋洋以日往兮⑬，老嵺(liáo)廓而无处⑭。
事亹(wěi)亹而觊(jì)进兮⑮，蹇淹留而踌躇。

［注释］

①靓：同“静”。杪秋：晚秋。遥夜：长夜。这句话是说思量秋末将至，昼渐短而夜渐长。②缭悷：悲哀之情缠绕郁结。③春秋：指年岁。逴逴：愈走愈远。日高：日老，指年岁一天一天老了。④递来：指四时更迭而来。卒岁：过完一年。⑤阴阳：春夏为阳，秋冬为阴。此处指变化的时光。俪偕：同时并存。⑥晼晚：日落时昏黄的情景，一般比喻年老。⑦销铄：指月缺，与“减毁”意同，指日月流逝之速极快。⑧遒：临近，迫近。⑨愈弛：似指心情越来越松弛。⑩摇悦：指心神摇荡而喜悦。日幸：指天天抱有回到故乡的心理。⑪憯恻：悲痛而难过，与“悽怆”同义。⑫欷：哀痛时的的悲叹声。⑬年：指时光。洋洋：广大无边的样子。形容时光的无穷尽。⑭嵺廓：本指空旷，此指内心的空虚。无处：没有安身的处所。⑮事：指国事。亹亹：勤奋不息的样子。觊：希求。进：进用。

何泛滥之浮云兮①？猋(biāo)壅蔽此明月②。
忠昭昭而愿见兮③，然露(yīn)曀(yì)而莫达④。
原皓日之显行兮⑤，云蒙蒙而蔽之⑥。
窃不自料而愿忠兮⑦，或黕(dǎn)点而污之⑧。
尧、舜之抗行兮，瞭冥冥而薄天。
何险巇(xī)之嫉妒兮⑨，被以不慈之伪名。
彼日月之照明兮，尚黯(àn)黮(dǎn)而有瑕⑩。

何况一国之事兮，亦多端而胶加[11]！
被荷裯(dāo)之晏晏兮[12]，然潢(huáng)洋而不可带[13]。
既骄美而伐武兮[14]，负左右之耿介[15]。
憎愠惀之修美兮，好夫人之慷慨。
众踥蹀而日进兮，美超远而逾迈[16]。
农夫辍耕而容与兮[17]，恐田野之芜秽。
事绵绵而多私兮[18]，窃悼后之危败[19]。
世雷同而炫曜(yào)兮[20]，何毁誉之昧昧[21]。
今修饰而窥镜兮[22]，后尚可以窜藏[23]。
愿寄言夫流星兮[24]，羌倏(shū)忽而难当[25]。
卒壅蔽此浮云兮，下暗漠而无光[26]。

［注释］

①泛滥：本义指大水横流。这里形容浮云层层翻涌。浮云：比喻谄谀的小人。②猋：本义是狗跑得快，引申为迅疾。③见：同“现”，显现。④霒：同“阴”，即指阴云。曀：阴暗。达：通达。⑤皓日：明亮的太阳，此喻君王。显行：显耀地在空中运行。⑥蒙蒙：云气浓重不明的样子。⑦料：谋虑。⑧或：有人。黕：污垢。黕点，垢污沾辱。⑨险巇：险阻崎岖，这里是指险恶的小人。⑩黯黮：昏暗的样子。⑪多端：指国事头绪繁多。胶加：纠缠不清。“彼日月”以下四句是说日月在天空照耀尚有斑点，一国之事那样繁杂，特别容易被小人抓到把柄。⑫被：同“披”。荷裯：用荷叶做的短衣。晏晏：轻柔的样子。⑬潢洋：衣服不合身的样子。带：动词，给衣服系带子。这两句以荷叶做的短衣，比喻楚王只讲外表，不重实际。⑭骄美：自骄其美。伐武：指自夸勇武。⑮负：自负，自以为是。左右：身边的人，指近臣。耿介：耿直、正直。⑯以上四句见《九章·哀郢》注。⑰辍耕：停止耕

作。容与：指闲散的样子。⑱绵绵：相续不断。多私：指小人的营私舞弊。⑲悼：哀伤。⑳雷同：雷声相似，有同无异，比喻小人们的同声唱和。炫曜：吹捧。比喻小人们互相吹捧。㉑毁誉之昧昧：毁，诋毁。誉，赞美。昧昧，昏暗不清的样子。毁誉之昧昧，指是非不分，好坏难辨。㉒今：一作“余”。修饰、窥镜：指小人的自我修饰，对镜自赏。㉓窜藏：逃窜，藏匿。这两句是说现在小人可以蒙蔽君主一时，将来如何逃避罪责。㉔寄言：捎话。㉕倏忽：快速的样子。难当：难以遇到。指流星难以寄言。㉖暗漠：暗淡无光的样子。

尧、舜皆有所举任兮①，故高枕而自适②。

谅无怨于天下兮③，心焉取此怵惕④！

乘骐骥之浏浏兮⑤，驭安用夫强策⑥？

谅城郭之不足恃兮⑦，虽重介之何益⑧？

邅(zhān)翼翼而无终兮⑨，忳(tún)惛(hūn)惛而愁约⑩。

生天地之若过兮⑪，功不成而无效。

愿沈滞而不见兮⑫，尚欲布名乎天下⑬。

然潢洋而不遇兮，直怐愗(kòu mào)而自苦⑭。

莽洋洋而无极兮⑮，忽翱翔之焉薄⑯？

国有骥而不知乘兮，焉皇皇而更(gēng)索⑰？

宁戚讴(ōu)于车下兮，桓公闻而知之⑱。

无伯乐之善相兮⑲，今谁使乎誉之⑳？

罔流涕以聊虑兮㉑，惟著意而得之㉒。

纷忳忳之愿忠兮㉓，妒被离而鄣之㉔。

愿赐不肖之躯而别离兮㉕，放游志乎云中㉖。

乘精气之抟(tuán)抟兮㉗，骛(wù)诸神之湛湛㉘。

骖(cān)白霓之习习兮㉙，历群灵之丰丰㉚。

左朱雀之茇(pèi)茇兮㉛，右苍龙之躣(qú)躣㉜。

属雷师之阗(tián)阗兮㉝，通飞廉之衙(yú)衙㉞。

前轻辌(liáng)之锵锵兮[35]，后辎乘(zī shèng)之从从[36]。

载云旗之委蛇兮，扈屯骑之容容[37]。

计专专之不可化兮[38]，愿遂推而为臧[39]。

赖皇天之厚德兮，还及君之无恙[40]！

［注释］

①举任：推举任用贤能的人，此处指尧、舜能举贤授能。②高枕自适：自适，安闲的样子。高枕自适即高枕无忧。③谅：信实，诚然。④怵惕：惊惧，害怕。⑤浏浏：犹“溜溜”，形容顺行无阻。⑥驭：驾驭，指治理国家。强策：强硬的鞭策。这两句用骏马驾车不需鞭策比喻贤人治国无须国君驱使。⑦郭：外城。恃：依靠。⑧重介：介，指盔甲。重介指重兵。⑨邅：回旋难行的样子。翼翼：小心谨慎的样子。无终：无结果。⑩忳：忧愁。惛惛：指忧愁烦闷的样子。⑪若过：指人的生命短暂，像过客一样。⑫沈滞：埋没。见：同“现”，显现。⑬布名：扬名。这两句是说志愿不能实现，还谈得上扬名天下吗？⑭直：一味地。⑮怐愗：愚昧。莽洋洋：莽，泛指草，这里指荒野。莽洋洋，是说荒野广阔无边际。⑯焉薄：哪里迫止。这两句形容一身漂泊无所栖止。⑰皇皇：同“遑遑”，匆匆不定的样子。更：更替。⑱桓公：春秋时期齐桓公。⑲善相：善于相马。⑳訾之：訾，赞誉。一本作“呰”，估量的意思。訾之，称赞马的好坏。㉑罔：同“惘”，怅惘。聊虑：姑且抒发自己的思虑。㉒著意：专心一意。得之：指体察到自己的忠心。此句指君王。㉓忳忳：同“纯纯”，诚挚的样子。“纷忳忳”，非常诚挚。愿忠：指忠于君主。㉔鄣：同“障”，阻碍。这二句是说，自己非常诚恳地愿意效忠君主，但却被众多嫉妒小人所阻碍。㉕不肖：不才。“不肖之躯”，指诗人自身，实际上是气愤之语。㉖放游：无拘无束的游历。志：己志。这两句是希望亡身而去。㉗精气：指阴阳之气。抟抟：聚集的样子。㉘骛：追求。湛湛：深厚的样子。㉙骖：古代指驾在车两旁的马，这里是说白霓在车的两旁飞动。白霓：不带颜色的虹。习习：飞动的样子。㉚历：经过。群灵：众神仙。丰丰：众多的样子。㉛朱雀：南方七宿的总称，古代神话中在南方的神。茇茇：翩翩飞翔的样子。㉜苍龙：东方七宿的总称，在东方的龙。躣躣：行动的样子。㉝属雷师：属，在后面跟随。属雷师意谓使雷神在后面跟随。阗阗：鼓声，此处比喻雷声。㉞飞廉：风神。衙衙：行走的样子。㉟轻辌：轻车。锵锵：指车行走时车铃发出来的有节奏的声音。㊱辎乘：重车。从从：紧紧跟随。㊲扈：侍从，这里指护卫。屯骑：聚集的车骑。容容：飞扬的样子。㊳计：思虑。专专：专一。不可化：不可改变。㊴遂：终于。推：推进。臧：善。㊵恙：疾病。

［译文］

悲凉啊，这被秋之萧风所笼的大地！萧瑟的秋风啊，百草凋零，留下衰败的天地。悲苦凄惨的心啊，如同独自漂泊于无边的孤寂。登高远望，临水叹逝啊，又将告别一个四季的周期。空旷的宇宙啊，天高气爽；平静的流水啊，清澈澄清。悲伤愁苦不断唏嘘，痛苦的心啊被阵阵凉风侵袭。失意的灵魂啊，离开故宇寻求新的征程。坎坷不平的道路啊，贫士壮志意难平。孤独又寂寞啊，客旅他乡没有相伴的朋友。失意而又哀伤啊，哀怜之情独自生。燕子翩翩飞向温暖的南方，知了停止长鸣空寂无响声。大雁和谐鸣叫着高翔啊，鹍鸡叽叽喳喳不断地悲鸣。孤独的我通宵不能入梦乡，被蟋蟀哀鸣触动的幽情伴我到天明。时光悄悄流逝衰暮将来临，可我还总停留原地无所成。

忧苦穷困啊又孤寂无依，有一美人啊心中不欢喜。背井离乡啊流落他乡的游子，漂荡到何时才有归期？思念君王的心意啊未曾更改，多么无奈啊，圣君全然不知。积累着载不动的愁和思，忧心如焚连吃饭做事都忘记。愿一见君王面啊把心意表白，可叹君主的心啊与臣子相异。车已驾好我不得不离去，见不到君王啊内心悲伤不已。倚着车栏我长叹息，热泪落下把车前横木都浸湿。愤懑至极仍不能与君断，我心乱如麻再也不能安宁。内心的忧伤何时到尽头，内心忠诚正直永远坚不移。

上天公平地分配春夏秋冬，唯独这凄凉的秋天令我忧愁。冰凉的寒露撒满了百草，刹那间枝疏叶落纷纷凋零的梧楸。昭昭阳光离开远去，漫漫长夜接管大地。芳菲壮盛年华已成过去，穷困潦倒我吟叹悲秋。白露警告秋天的降临，秋天过去又迎来冬天的严霜。孟夏那万物的生机已收敛，那繁盛的景象早就无踪影。树叶枯萎失去嫩绿的光泽，空枝叶落纵横交错杂乱。万物凋谢将要衰败，枝叶枯黄颜色褪去稀疏惨凄。树木光秃高高耸立可悲可泣，形体受摧残病伤又淤积。败叶与哀草相杂着纷纷摇落，可惜它们已经失失盛壮时光。拉住马的缰绳停车暂歇，悠闲漫步在这里徜徉。岁月如水就要完结，担心寿命不长我要与世告别。悲痛我生不逢时的愁肠，遇上这混乱不宁的世相。孤独寂寞独倚着西堂，听蟋蟀悲鸣着倾诉忧伤。那叫声让内心忧惧起伏震荡，百千忧思涌上心房。仰望明月长长叹息，在星夜下徘徊直至天亮。

暗自悲伤那蕙花曾竞相开放，播散浓郁芬芒在美丽的花房。为什么累累花朵却不曾结果，遇到秋天的风雨便香消云散风扬。原以为君王独爱佩带这蕙芳，哪知道待她和别的花草一样。可怜这曲折的心思不能告诉君王，我将要离开君王到远方翱翔。我内心哀悯又凄惨，但愿再见一次君王让我诉衷肠。深念我无罪而遭生离，内心郁结沉痛更加悲

伤。郁结忧思难道不是在思念君王？君门深重不能让我如愿以偿。猛犬狂吠冲我迎面扑来，不能通行的是门关和桥梁。秋雨连绵不绝往下降，何时潮湿的大地不再是汪洋。块然独守在这荒芜的土地上，仰望浮云长长叹息它遮住了太阳！

为何时俗这样善于钻营？背弃规矩改变正常的法度。拒绝那飞奔的骏马不用，硬要鞭策劣马让它上路。难道当今世上再无骏马良驹，其实是无人可以将它驾驭。驾车的人都是冒充的糊涂虫，所以骏马跳跃着远远离去。野鸭一类水鸟吞食着精米和水草，骄傲的凤凰也只得展翅远离。圆形插孔怎能放进方形榫头，我就知道它们一定相抵触。众多的凡鸟都有地方栖居，唯独凤鸟孤独无处把身栖。我本想保持缄默不再言语，君王的恩泽又涌上心头。姜太公九十岁才荣耀扬名，诚然是先前未遇到贤明的君王。谁知道良骥何处是归宿，谁知道凤鸟栖身在何方？世风衰败与往已不再同，如今的相马人只图外表肥。骏马良驹全部隐藏不再现啊，凤凰也都高飞不下远翱翔。鸟兽尚且怀恋有德的君王，为何责怪贤士不在朝廷上。良骥决不贸然寻驾车，凤鸟决不贪吃乱择食。君王不辨善恶轻易将我弃，又如何施展抱负效君王。要从此沉默与君断绝，又怎敢忘怀当初您的厚德。我独自悲秋把心伤，愤闷浓愁何时了。

漫天的严霜白露交错落下，心里还希冀他们不要成功。大雪纷纷扬扬拥向大地，深知不幸的命运就要显形。还侥幸希望等待您能醒悟，却要腐烂在荒野与草命相同。想亲自抄捷径去游说，无奈道路却阻塞车驾难驱。想要顺着大路策马而往，又不知平坦大路在何方。路到中途就陷入了迷茫，压抑愤懑把诗吟唱。我的天性本来就愚笨又浅薄，遇到这样的挫折诚然难从容。我虽赞美申包胥的高昂志向，又担心时代不同难以勉强。为什么当今的风气钻营取巧，把那方圆规矩妄自改换。我光明正大绝不随波逐流，愿效法先圣继承老传统。处于溷浊之世获取高位，这本来就不是我的心中认为的光荣。与其采用卑劣手段取得虚名，我情愿贫困一生也要将操节守。决不苟且求食为饱腹，决不苟且求衣裳暖融融。我赞美诗人留下的遗风，我愿走不白白吃饭的君子道路。委曲悲伤的心无边无沿，飘零在茫茫野外何处是边缘。没有御寒的裘衣怎能抵御寒风，害怕突然死去再见不到阳春。

安静的暮秋夜正长，心头缠绕着无尽的忧愁。春秋渐逝年事高，于是独自惆怅独自忧。四时更替一年又要结束啊，暑去寒来哪能共存处。阳光渐渐昏暗落西山啊，明月也阴晴圆缺不能常圆满。岁月匆匆就要完啊，衰老慢慢到来心志也跟着朽。内心时有喜悦总生起些盼望，终究是惆怅这都是白日梦。胸中沉痛而又凄凉啊，长长的叹息一声又一声。时光荏苒不停流逝啊，衰老的人在这空旷的世界无处栖身。勤勉国事希望得到进用啊，我还久留在此不忍离去。

为何浮云翻滚布满天空啊，快速升起把明月遮蔽。忠诚正直的心希望君王能看见啊，阴风阴云阻挡无法知晓。希望太阳显耀运行啊，可是云气迷蒙总是将它遮盖。我不自量想献出一片忠心啊，小人用无耻谎言将我诬蔑和陷害。唐尧虞舜的品行是何等高尚啊，他们有着触及苍天的眼光。可那小人出于嫉妒的心理啊，用“不慈”“不孝”的罪名加以毁谤。尧舜像日月那样照耀天下啊，尚且还有点点的瑕痕。何况这一国大事啊，更是头绪繁多纠缠不清。穿着柔柔的荷叶衣真漂亮啊，可惜空荡荡却不能系腰带。你总是夸耀自己美好又勇武啊，自信这帮近臣可以依恃。厌恶忠诚善良的美德之人啊，喜好装腔作势的小人。众小人以取得重用啊，忠良被疏远离你越来越远。农夫知道荒废耕种啊，田野就长满杂草而凋敝。人们纷纷营私舞弊啊，担心社稷那崩溃的前途。世上人云亦云的风气啊，为什么毁誉颠倒。现在对镜修饰来自察啊，尚且逃过危难和保全性命。愿流星传送我的忠心给君王啊，它飞来飞去难以遇上。日月都被浮云遮蔽，整个大地昏暗一片没有光亮。

圣明的尧舜选贤任能啊，才高枕无忧自身逍遥。自认没有辜负天下人啊，就不会感到忧愁和恐惧。乘上骏马迅速前驰啊，何必鞭挞费力强督促。城郭再坚固也不可靠啊，盔甲再坚厚又有什么用处。小心翼翼没有好结果啊，心中烦闷忧愁排遣不掉。人生天地间犹如过客啊，功名不成又壮志未酬。本想就这样走归隐之路啊，又想扬名四海之内。结果飘飘荡荡未受重用，空怀愚忠自讨苦尝。旷野茫茫无边际尽头啊，孤独漂泊何处是归处。国有良驹却不知乘啊，还急匆匆地另去求索。宁戚在车下讴歌啊，齐桓公就能够识才善任。没有善于相马的伯乐啊，谁还能把贤才来赞誉啊？惆怅痛哭姑且发泄忧愁啊，君王能专心体察我的忠良。诚诚恳恳渴望效忠啊，却被小人的嫉妒所阻挡。让我这轻贱身躯与君别离啊，我要在云天中闲游荡。乘着团团精气飞腾啊，在那成群的神灵中驰骋追逐。驾着飞动的白虹飘动啊，又穿过那众多的神灵。左边有南方朱雀翩翩飞翔，右边有东方苍龙在飞舞。雷师在后面鼓起隆隆雷声啊，风神前面开路呼呼作响。前面有轻车悦耳的铃声啊，后面的辎重车行进从容。车上的云旗随风飘舞啊，成群车队做护卫威武雄壮。拳拳忠贞的心终不动摇啊，但求美好的愿望变成现实。仰仗皇天深厚的恩德啊，保佑君王无病无灾祝福永安康！

招　魂

招魂，是我国古代的一种习俗。“魂”是古人想象中能脱离人体而独立存在的精神，当古人认为魂失落的时候或希望初死者复生时，都举行招魂仪式。

《招魂》是屈原流放江南期间所作，诗人借用招魂的形式，抒发了返回郢都的强烈愿望和永不离开故国的忠贞情怀。

朕幼清以廉洁兮①，身服义而未沫(mèi)②。
主此盛德兮③，牵于俗而芜秽④。
上无所考此盛德兮⑤，长离殃而愁苦⑥。
帝告巫阳曰⑦：
“有人在下⑧，我欲辅之⑨。
魂魄离散⑩，汝筮(shì)予之⑪。”
巫阳对曰：“掌梦⑫！上帝，其难从！
若必筮(shì)予之，恐后之谢⑬，不能复用⑭。”
巫阳焉乃下招曰⑮：魂兮归来⑯！
去君之恒干⑰，何为乎四方些⑱？
舍君之乐处⑲，而离彼不祥些⑳。

[注释]

①朕：我，屈原自称。幼：年少时。清、廉、洁：指品德的高尚。清指不贪求，廉指不妄受，洁指不受污染。这句是说，自少具备这些品格。②服：行用。沫：通“昧”，本义指光线幽暗、微晦，这里有“消亡”之意。③主：守。此盛德：这样的美德。这里指上面两句所说的操守和禀赋。④牵：拖累。俗：世俗小人。以上二句是说：本应具有盛德的君主，却被小人的卑鄙手段所牵制，所以才使原来具备的“盛德”变得芜秽了。⑤上：上天。无所：没有。考：察。⑥长：长时间。离殃：离，同罹，遭遇。“离殃”，指怀王被骗入秦所遭受的祸殃。⑦帝：上天。巫阳：指主招魂的神巫，名字叫阳，是作者假想的一位人物。⑧人：这里指怀王。下：

下界。⑨辅：辅助。之：代词，代上面所说的“人”。⑩魂魄：指人的精神。在远古人们的想象中，人的精神能离开形体而存在，人们称这种精神为“魂”，魂离开人的身体而飞升，失落在外，称“离散”，所以，古人有“招魂”的习俗。⑪筮：卜筮，指用蓍草茎占卜。予：给予。这里是说把魂魄找回来给他。⑫掌梦：掌管卜梦的巫。意思是说：招魂是掌梦巫的事，不是我的任务，或我只管占梦，不管招魂。⑬恐：恐怕。谢：凋谢，之：指怀王魂。“谢之”这里是“死之”的意思。⑭不能复用：复，再。用，施行。不能复用指再也没有作用了。⑮焉乃：于是。下招：指降临下界招魂，此句是说巫阳没有占蓍，直接招魂。⑯归来：一作“徕归”。此句乃古代招魂习俗中惯用语。⑰去：通“弃”，藏。君：指被招的怀王之魂。恒干：恒，常。干，指人的躯体。古人认为魂是可以离开人的躯体而飞升的。恒干指魂魄依附的躯干。⑱何为：为何。些：古代南方荆楚一带巫术咒语的语气词。⑲舍：舍弃。乐处：快乐之地，此处指楚国。⑳离：通“罹”，遭受。不祥：不吉利。

魂兮归来！东方不可以托些①。

长人千仞②，惟魂是索些③。

十日代出④，流金铄（shuò）石些⑤。

彼皆习之⑥，魂往必释些⑦。

归来兮！不可以托些。

[注释]

①托：寄托、依托。②长人：巨人。仞：古代七尺或八尺为一仞。③索：搜求。④代：更替、轮流。这里说“十日代出”，古代东方有十日并出的神话，此处极言其地的酷热。⑤流金：金属熔化为流体的金属液。铄石：熔化销毁的石头。⑥彼：指那些巨人。习：习惯。之：指那里“十日并出”极酷热的环境。⑦魂：指怀王之魂。往：前去。释：消释、溶化。

魂兮归来，南方不可以止些①。

雕题黑齿②，得人肉以祀③，

以其骨为醢(hǎi)些④。

蝮蛇蓁蓁⑤，封狐千里些⑥。

雄虺(huǐ)九首⑦，往来倏忽⑧，

吞人以益其心些⑨。

归来兮，不可以久淫些⑩。

[注释]

①止：停留。②雕题黑齿：雕，刻。题，指额。雕题，刺上花纹的额头。雕题黑齿指那里的人都是前额刻着花纹，用漆涂黑牙齿。③祀：祭祀。④醢：肉酱。⑤蝮蛇：毒蛇。蓁蓁：草木茂盛的样子。这里是说许多蝮蛇集聚在一起。⑥封狐千里：千里之地到处都是凶猛的大狐狸。⑦雄虺九首：雄，大。虺，毒蛇的一种。雄虺九首指九头毒蛇。⑧倏忽：迅速。⑨益：滋补。⑩久淫：淹留，长期的停留。

魂兮归来！

西方之害，流沙千里些①。

旋入雷渊②，靡(mí)散而不可止些③。

幸而得脱，其外旷宇些④。

赤蚁若象⑤，玄蜂若壶些⑥。

五谷不生，丛菅是食些⑦。

其土烂人⑧，求水无所得些。

彷徉无所倚⑨，广大无所极些⑩。

归来兮！恐自遗贼些⑪。

[注释]

①流沙：沙漠地带的沙流动如水，所以叫流沙。千里：此处指西方沙漠地域辽阔，纵横千里。②旋入：卷入。雷渊：古代神话中的深渊名。③靡：烂。散：碎。止：休止。④旷宇：旷野。⑤赤蚁若象：红蚂蚁大如同象。⑥玄蜂若壶：壶，通“瓠”，葫芦。玄蜂若壶是说黑蜂像葫芦那么大。这两句极言境况的险恶。⑦丛菅：丛生的茅草。⑧其土：指西方之土。烂人：使人身腐烂。⑨彷徉：游荡不定的样子。倚：靠。⑩极：尽头，边。⑪自遗贼：遗，给予。贼，害。自遗贼，意谓“自招祸患”。

魂兮归来！北方不可以止些。

增冰峨峨①，飞雪千里些。

归来兮！不可以久些。

［注释］

①增冰：指层层的冰山。增，通“层”。峨峨：高耸的样子。

魂兮归来！君无上天些①。

虎豹九关②，啄害下人些③。

一夫九首④，拔木九千些⑤。

豺狼从目⑥，往来侁(shēn)侁些⑦。

悬人以嬉⑧，投之深渊些。

致命于帝⑨，然后得瞑些⑩。

归来！往恐危身些⑪。

［注释］

①无：勿，不要。②九关：天门有九重，每重有一关。③啄害：残害。下人：指下界之人。④一夫：指一人。应是指神话中的开明兽。⑤拔木九千：一下能拔九千棵树木，极言其力气之大。⑥从目：从，通“纵”。从目，竖起眼睛。⑦侁侁：众多的样子。⑧悬人：把人倒挂起来。嬉：玩耍。⑨致命：请命。⑩瞑：闭上眼睛，这里指安息。⑪危身：使身体遭危难。

魂兮归来！君无下此幽都些①。

土伯九约②，其角觺(yí)觺些③。

敦脄血拇④，逐人駓駓些⑤。

参目虎首⑥，其身若牛些⑦。

此皆甘人⑧，归来！恐自遗灾些。

［注释］

①幽都：阴间的地府，地下幽冥称“幽都”。②土伯：地府。九约：守门神。③觺觺：角锐利的样子。④敦：厚。脄：同“脢”，脊背。血拇：这里指血淋淋的

大拇指。⑤逐：追。駓駓：奔跑很快的样子。⑥参：同“三”。⑦若牛：像牛一样。⑧甘人：甘，甜美，这里作动词用。甘人指拿人当美味。

魂兮归来！入修门些①。
工祝招君②，背行先些③。
秦篝齐缕④，郑绵络些⑤。
招具该备⑥，永啸呼些⑦。
魂兮归来！反故居些⑧。
天地四方，多贼奸些⑨。
像设君室⑩，静闲安些⑪。
suì
高堂邃宇⑫，槛层轩些⑬。
层台累榭⑭，临高山些。
网户朱缀⑮，刻方连些⑯。
yào
冬有突厦⑰，夏室寒些⑱。
chán
川谷径复⑲，流潺湲些⑳。
光风转蕙㉑，泛崇兰些㉒。
经堂入奥㉓，朱尘筵些㉔。
砥室翠翘㉕，挂曲琼些㉖。
翡翠珠被㉗，烂齐光些㉘。
ruò
蒻阿拂壁㉙，罗帱张些㉚。
zuǎn
纂组绮缟㉛，结琦璜些㉜。

［注释］

①修门：郢都的南城门。②工祝：工，巧。祝，男巫。工祝指能说会道的男巫。招：引。③背行：倒退着走。先：前，用为动词，指在前面引导。④秦篝：秦地生产竹笼。齐缕：齐国产的彩线，这里指系在竹笼上的彩线。⑤郑绵络：绵络，织物，即盖在竹笼上的笼衣。郑绵络指郑地生产的丝绵。⑥招具：招魂用的器具。该备：齐备。⑦永：长。啸：指大声呼喊被招者的名字，这是招魂的习俗。⑧反：

返回。故居：从前住的地方，指楚国。⑨贼奸：奸，邪恶。贼奸指狠毒邪恶的妖魔鬼怪。⑩像设君室：像，照着某种样子。像设君室指房屋以及室内陈设，都按照你旧居的样子。⑪静闲：平静悠闲。安：安乐。⑫堂：古代的房屋，前面是堂后面是室。邃宇：深屋。⑬槛：指栏杆，这里用为动词，用栏杆围起。层：连续不断，重叠。轩：有窗槛的长廊。⑭层、累：重叠。榭：指在高台上修的亭屋。⑮网户：户，门。网户指刻有花格的门。朱缀：朱，朱砂，红色，指图案的颜色。缀：连接。朱缀指用朱砂涂饰连接。⑯刻：雕刻。连：指一个小格子一个小格子在一起。⑰突厦：突，深。厦，大屋。突厦，是指结构重复深邃的大屋，这样的房屋可以更好地保暖。⑱寒：这里是说夏天凉爽。⑲川：山川。谷：水流会聚的地方。径：过。复：回环。这句话是说所居是在山川河谷流经环抱之中。⑳潺湲：水流动的声音。㉑光风：阳光照耀中的微风。转：扔。蕙：香草。㉒泛：飘动。崇兰：丛生的兰草。㉓经：经过。堂：厅堂。奥：深处，指深屋内室。㉔朱尘：红色的承尘。承尘：房间内顶棚的简称。筵：曼筵，即竹席。此句是说屋内上有红色的顶棚，下面铺着竹席。㉕砥室：砥，磨石。砥室指用磨光的石头筑墙铺地。翠翘：翠鸟尾上的长羽，这里指室内的一种装饰品。㉖曲琼：玉钩。挂衣物用。㉗翡翠：鸟名，雄鸟羽赤称翡，雌鸟羽青称翠。这里指在被子上绣的色彩鲜艳的翡翠图案。一说指硬玉，一种色彩鲜艳的天然矿石。㉘烂：光彩明亮的样子。齐光：一起发出光辉。指鸟的色彩和珍珠交相辉映。㉙蒻阿：蒻，通“弱”，细软。阿，白色绸子。蒻阿指细软的白色绸子。这句话是说，把柔软的白绸子挂在床的四周，做成床围子。㉚罗：稀疏轻软的丝织物。帱：帐子。张：张设。㉛纂：红色丝带。组：五色的丝带。绮：有花纹的丝织品。缟：未染色的白绸。㉜结：编织。琦：美玉名。璜：平圆中间有孔的玉叫“璧”，半璧称“璜”。以上二句是说：用各色丝带和绸子编系美玉，挂在床帐上作为装饰物。

室中之观①，多珍怪些②。

兰膏明烛③，华容备些④。

二八侍宿⑤，射递代些⑥。

九侯淑女⑦，多迅众些⑧。

盛鬋(jiǎn)不同制[9]，实满宫些[10]。

容态好比[11]，顺弥代些[12]。

弱颜固植[13]，謇其有意些[14]。

姱(kuā)容修态[15]，絙(gèng)洞房些[16]。

蛾眉曼睩[17]，目腾光些[18]。

靡颜腻理[19]，遗视矊(mián)些[20]。

［注释］

①观：名词，指室内供观赏的陈列品。②珍怪：珍贵、怪异。指珍贵怪异的东西。③兰膏明烛：用含有兰草香味的烛油膏做成的照明蜡烛。④华容：华丽的容颜，这里指美女。备：美好。⑤二八：十六岁的少女，这里泛指年轻的女子。一说指十六个美人。⑥射：通“绎”。递代：轮换更替。⑦九侯：商纣时的诸侯之一。淑女：贤良美丽的女子。⑧迅：当作“迢”，因字形相似而写错。迢，读作“超”，意思是淑女众多而超众。⑨盛：多而美。鬋：下垂的鬓发。制：样式。这里指鬓发梳成的各种样式。⑩实：充实。⑪容态：指容貌举止。好比：比，等同。好比指同样美好可亲。⑫顺：通“恂”。这里有诚然、确实的意思。弥代：弥，终极。弥代，盖世、绝代。⑬弱：柔嫩。颜：容颜。固：坚定。植：通“志”。⑭謇：楚方言，发语词。有意：有情。⑮姱：美好。修态：修，长。修态指美好的体态。⑯絙：连续，接近。洞房：幽深的内室。此句意思是美女络绎不绝，出入洞房。⑰蛾眉：蚕蛾的触须弯曲而细长，形容美丽的眉毛。曼：柔婉。睩：眼珠。⑱腾光：腾，传。光，目光。腾光，这里有目送秋波之意。⑲靡：细。颜：面颜。腻：细腻。理：肌理，此处指皮肤。此句是说，面部的皮肤细腻光滑而有光泽。⑳遗视：投送秋波。矊：含情地看。

离榭修幕[1]，侍君之闲些[2]。

翡帷翠帐[3]，饰高堂些[4]。

红壁沙版[5]，玄玉梁些[6]。

仰观刻桷[7]，画龙蛇些[8]。

坐堂伏槛[9]，临曲池些[10]。

芙蓉始发[11]，杂芰荷些[12]。

紫茎屏风[13]，文缘波些[14]。

文异豹饰⑮，侍陂陁(tuó)些⑯。
轩辌(liáng)既低⑰，步骑罗些⑱。
兰薄户树⑲，琼木篱些⑳。
魂兮归来！何远为些㉑？

［注释］

①离榭：离，此指宫外的离宫别馆，皇帝所用为离宫，庶民所用称别墅。修幕：长大的帐幕。离榭指离宫别馆的台榭。②闲：闲暇。③帷、帐：均为挂在庭堂上的帐幕。④饰：装饰。⑤红壁：赤红泥涂的墙壁。沙版：朱砂涂的户板、栏杆板。⑥玄玉梁：梁，指房梁。玄玉梁，是说用黑色的玉石装饰的房梁。⑦桷：方形的椽子。⑧画：绘画。龙蛇：指在方椽上画有龙蛇的形象。⑨坐堂：指坐在厅堂上。伏槛：槛，栏杆。伏槛指伏着栏杆。⑩临：视。此指由上往下看。曲池：弯曲的水池。⑪芙蓉：荷花。始发：刚刚开花。⑫杂：配合。芰：菱花。荷：荷叶。此处“芰荷”连文，当专指芰言。⑬屏风：水葵，又名荇，多年生水草，叶紫茎白。此言“紫茎”是泛指。⑭文：指水的波纹。缘：顺着。波：波动。以上二句说的是，荇菜的茎叶浮在水面上，微风吹动池水而泛起水花。⑮文异豹饰：指以文采奇异的豹皮装饰的卫士。⑯侍：侍卫。陂陁：指高坡。⑰轩：有篷的车。辌：有窗户的卧车。既：已经。低：同“抵”，到达。⑱步：指步行的随从。骑：指骑马的随从。罗：排列。⑲兰薄：丛生的兰草。户：门。树：种植。户树：户外种植的树木。⑳琼木：玉树，指名贵的树。篱：篱笆，此为动词，指用一行行的玉树围成篱笆。㉑远为：远去。

室家遂宗①，食多方些②。
稻粢穱(zhuō)麦③，挐(rú)黄粱些④。
大苦咸酸⑤，辛甘行些⑥。
肥牛之腱⑦，臑(ěr)若芳些⑧。
和酸若苦⑨，陈吴羹些⑩。
胹(ěr)鳖炮羔⑪，有柘(zhè)浆些⑫。
鹄酸臇(juǎn)凫⑬，煎鸿鸧些⑭。
露鸡臛(huò)蠵(xī)⑮，厉而不爽些⑯。
粔(jù)籹(nǚ)蜜饵⑰，有餦餭(zhānghuáng)些⑱。

瑶浆蜜勺⑲，实羽觞些⑳。
挫糟冻饮㉑，酎(zhòu)清凉些㉒。
华酌既陈㉓，有琼浆些㉔。
归来反故室㉕，敬而无妨些㉖。
肴羞未通㉗，女乐罗些㉘。
陈钟按鼓㉙，造新歌些㉚。
《涉江》《采菱》㉛，发《扬荷》些㉜。
美人既醉㉝，朱颜酡(tuó)些㉞。
嬉光眇视㉟，目曾波些㊱。
被文服纤㊲，丽而不奇些㊳。
长发曼鬋㊴，艳陆离些㊵。
二八齐容㊶，起郑舞些㊷。
衽若交竿㊸，抚案下些㊹。
竽瑟狂会㊺，搷(tián)鸣鼓些㊻。
宫庭震惊㊼，发《激楚》些㊽。
吴歈蔡讴㊾，奏大吕些㊿。
士女杂坐(51)，乱而不分些。
放陈组缨(52)，班其相纷些(53)。
郑卫妖玩(54)，来杂陈些(55)。
《激楚》之结(56)，独秀先些(57)。

[注释]

①室家：指家族。遂：乃、就。宗：同族的人。此句是指魂之归来，使整个家族都聚在了一起。②食：食物。多方：多种多样。③粢：稷，小米。穱：早熟的麦子。④挐：掺杂。黄梁：黍子，脱壳后的黄米。⑤大苦：一种苦菜。咸：盐。酸：醋。⑥辛：辣，或云椒姜。甘：甜，或云饴蜜。行：使用。以上二句，是说苦酸甜咸辣五味皆用。⑦腱：蹄筋。⑧臑：通“胹”，熟烂。这两句是说把牛蹄

筋煮得烂而香。⑨和：调和。若：及。⑩陈：摆上。羹：用肉和菜做的汤。以上二句是说，把酸味和苦味调和得恰到好处，摆上用吴人的方法做成汤。⑪胹：煮烂。鳖：甲鱼，又叫团鱼。炮：用灶泥涂裹食物放在火上烤的一种方法。羔：小羊。⑫柘：通“蔗”，甘蔗。“柘浆”，即甘蔗汁。⑬鹄：天鹅。酸：此处为动词，用酸醋烹调。凫：野鸭。臇凫，指用野鸭煮成浓汤。⑭鸿：大雁。鸧：鸟名，鸧鸹，也叫白顶鸭，苍青色。⑮露：可能是一种烹调方法。臛：肉羹，用作动词，做成肉羹。蠵：大龟。⑯厉：通“烈”，这里指味道很浓。爽：失味，指倒胃口。这里是说，汤的味道很浓，但并不失其味道。⑰粔籹：一种点心，用蜜和面油煎而成，类似现在的馓子。蜜饵：掺蜜和米面而制的糕饼。⑱怅餭：干的饴糖，楚地的一种甜食，楚人又名“打糖”。⑲瑶浆：指美酒。蜜勺：勺，通“酌”，饮酒。蜜勺，指饮酒时，酒中加蜜。⑳实：指倒满。羽觞：羽，鸟翅，此指鸟。羽觞指饮酒用的鸟雀形状的酒杯。㉑挫糟：是说把酒糟挤出去，使酒更纯。冻饮：冷饮。㉒酎：醇酒。此句是说，这酒味道醇厚而又清凉。㉓华酌：刻有花纹的酒斗。陈：摆放。㉔琼浆：美酒。㉕故室：故乡。㉖敬：指受尊敬。无妨：不妨享用一下。㉗肴：用鱼肉类做成的荤菜。羞：美味食品。通：全部。㉘女乐：表演歌舞的女子乐队。罗：列。以上两句是说，佳肴美味尚未撤去，歌舞女乐又列队出来准备表演。㉙陈：陈设。钟：编钟，古代打击乐器。按鼓：按，击。按鼓指击起乐鼓。㉚造：通“作”，奏。新歌：指新创作的乐曲。㉛《涉江》《采菱》：均为楚国的歌曲名。㉜发：起，指齐歌唱。《扬荷》：《扬阿》，楚国歌曲名。㉝美人：美女。既：皆。㉞酡：因喝醉酒而脸红的样子。㉟嬉光：嬉戏逗人的目光。眇视：眯着眼睛看。㊱曾：通“层”。曾波：指层叠的水波。目曾波：指眼睛里含着层层波澜，形容两眼水汪汪的样子。㊲被文：被，通“披”。被文指穿着绣有花纹的衣服。服纤：服，用为动词，穿着。纤，细。服纤指穿着轻软罗纱的衣服。㊳丽：华丽。奇：怪异。此句是说，穿着衣服虽然华丽却不奇异。㊴曼鬋：长长的鬓发。㊵艳：美丽动人。陆离：光彩绚丽的样子。㊶二八：指起舞的少女们。齐容：指同样的打扮装饰。㊷郑舞：郑国的舞蹈。㊸衽：衣襟。若：如。交竿：形容舞姿，众舞者双袖平举，襟袖飘扔，围着一个中心旋转，好像晾着彩衣的竹竿相交。㊹抚案：二字义同，舒缓，指音乐节奏缓慢。下：身体卧下。㊺竽：古代的簧管乐器。瑟：古代的弦乐器。狂会：热烈的乐器合奏。㊻搷：击。鸣鼓：响亮之鼓。㊼震惊：震动的意思。㊽《激楚》：楚地歌曲名。㊾吴、蔡：均为春秋时代的国名，这里指吴地、蔡地。歈、讴：歌。㊿大吕：古代音乐将调分为十二律（律即指调高），阴阳各六，阴六称“吕”，其第四为“大吕”。㉛士女：男女。㉜放陈：指解开、除去。组：带子。此处用来表示配饰的衣带。缨：系帽的带子。此句的意思是说，解下佩带身上的饰品，脱下帽子。㉝班：座次。纷：混乱。㉞妖玩：新奇怪异的杂耍。㉟杂陈：指错杂穿插地表演。㊱结：指歌曲最后的合唱部分。㊲秀先：超越最优秀。

菎(kūn)蔽(bì)象棋①，有六簙(bó)些②。
分曹并进③，遒相迫些④。
成枭而牟，呼五白些⑤。
晋制犀比⑥，费白日些⑦。
铿钟摇簴(jù)⑧，揳(jiá)梓瑟些⑨。
娱酒不废⑩，沈日夜些⑪。
兰膏明烛，华镫错些⑫。
结撰至思⑬，兰芳假些⑭。
人有所极⑮，同心赋些⑯。
酎饮尽欢⑰，乐先故些⑱。
魂兮归来，反故居些。

［注释］

①菎蔽：菎，通“琨”，美玉。蔽，美玉装饰的筹码。菎蔽是下棋用来计输赢用的筹码。象棋：用象牙做成的棋子。②六簙：古代的一种下棋的游戏。③分曹：分为两方。④遒：有力。迫：逼迫。⑤枭：“骁”的借字，指“骁棋”。牟：能“侔”，相等。双方都走成枭棋称为“牟”。⑥晋制：指晋地制造。犀：下棋用具，可能是以犀牛角制成的带钩，用作赌注。⑦费：光耀。白日：白天，实指时光。⑧铿：撞。簴：挂钟的木架。⑨揳：弹奏。梓瑟：梓木做的瑟。⑩娱酒：饮酒为乐。废：停，止。⑪沈日夜：沈，同“沉”，沉湎。沈日夜，即指日夜沉溺于饮酒作乐之中。⑫华镫：镫，同“灯”。华镫即华美之灯。错：同“措”，放置。⑬结撰：指宴会中，构思赋诗。至思：深思。⑭兰芳：本指兰花的芬芳。假：借。以上二句是说在宴会上，人们尽心思索，借助美丽的辞藻来撰写诗赋。⑮极：至，尽，指尽力地抒发感情。⑯赋：不歌而诵谓之赋，即朗诵。以上二句是说宴会上在座的人，思极而有所得，不约而同地赋诗唱和。⑰酎饮：饮醇酒。⑱乐先故：先故，先故去的人。这里指故去的先辈。乐先故，意思是使已故去的先辈安乐。

乱曰：

献岁发春兮①，汩(yù)吾南征②。

菉蘋齐叶兮③，白芷生④。

路贯庐江兮⑤，左长薄⑥。

倚沼畦瀛兮⑦，遥望博⑧。

青骊(lí)结驷兮⑨，齐千乘⑩，

悬火延起兮⑪，玄颜烝⑫。

步及骤处兮⑬，诱骋先⑭，

抑骛若通兮⑮，引车右还⑯。

与王趋梦兮⑰，课后先⑱。

君王亲发兮⑲，惮青兕(sì)⑳。

朱明承夜兮㉑，时不可以淹㉒。

皋兰被径兮㉓，斯路渐㉔。

湛湛江水兮㉕，上有枫㉖。

目极千里兮㉗，伤春心。

魂兮归来，哀江南㉘！

［注释］

①献岁：献，进。献岁即进入新的一年。发春：开春。②汩：本意指水流得很快，这里引申为急行。吾：我，屈原自称。南征：南行。③菉：通“绿”。蘋：植物名，生在浅水之中，叶有长柄，四片小叶生在柄的顶端，也叫田字草，又叫“四叶菜”。齐叶：指整齐生出四片嫩叶。④白芷：又名辟芷，香草名。夏季开，伞形白花，叶可做香料，根入药。⑤路贯：指由水路穿行。庐江：水名。⑥左：此指庐江南岸，江南称左。长薄：薄，草木丛生之地。长薄指茂密的草木丛生地。⑦倚：背靠着。沼：小水池。畦：动词，区分，分隔。瀛：大沼泽。⑧博：广阔，指旷野。⑨青：指青色的马。骊：指纯黑色的马。结：连，这里指套车。驷：古代驾一辆车所用的四匹马。⑩乘：古代用四匹马拉的一辆车叫一“乘”。⑪悬火：火把。延起：指火势蔓延。古人田猎，先要焚烧山林，使野兽惊慌逃窜，便于狩猎。⑫玄颜：颜，指天的容颜。玄颜指黑里透红的颜色。形容烟火四起后，天空的样子。烝：火

势上升的样子。⑬步：指步行的从猎者。骤：指骑马快走。处：指车马驰到的地方。⑭诱骋先：诱，指向导。诱骋先，是说向导在前面驰骋。⑮抑：止。骛：奔跑。若：顺。通：畅。此句说猎事或奔驰或急止，进退自如。⑯右还：还，通“旋”。右还指向右转。⑰王：君王。趋：奔向。梦：指云梦泽，或简称“云”“梦”，是楚国的大泽名。⑱课：比试、考察。此句是写与楚王在云梦泽一起打猎的群臣，争先恐后猎物的壮观景象。⑲亲发：亲自射箭。⑳惮：通“殚”，毙。兕：古代犀牛一样的野兽，青色。㉑朱明：日出，因日出时呈红色，称“朱明”。承：接。㉒淹：久留。以上二句是说，天明接续黑夜，时光不可能长久停留。㉓皋兰：皋，水边的陆地。皋兰，长满水边高地的兰草。被：通“披”，覆盖。被径，即覆盖小径。㉔斯：此。渐：淹没。此句是写这小路被水淹没。㉕湛湛：水澄清的样子。㉖上：指岸边。枫：枫树。㉗极：尽，至，此说“望尽”。㉘哀：伤痛。江南：楚国长江以南的地方。当时屈原被流放在今湖南省境内。

［译文］

我自幼思想清廉洁身自好啊，怀抱真理是始终不变的节操。我坚守这样的美德啊，却被世俗卑鄙伎俩阻挠。上天无法明鉴这样的盛德啊，长久地遭到祸殃忧愁苦恼。上天告诉巫阳说：“有个人在下界，我想帮助他；他的魂魄离开了身体，你要卜筮占卦让他灵魂还阳。”巫阳回答道：“我本是掌梦之官，职在占梦，上天啊，招魂之命难以服从。如若卜筮再行招魂，担心魂魄萎落性命难保，再来招魂也无用场。”

于是巫阳降到下界招魂说：魂啊，归来吧！离开了你的躯体，为什么去到四方？抛弃你安乐的国土，而遭逢许多的祸殃噢！魂啊，归来吧！东方不可以托身，那里的巨人几千尺高，专门搜索那些游魂。十个太阳轮番出来，销熔了石头和金属。那里的人适应这样的酷热，灵魂去了必定化为尘。归来吧！那里不可以托身噢！魂啊，归来吧！南方不可以停留。那里的人刺纹额头染黑牙齿，抓到人就割肉祭祀。剩下的骨头剁成肉酱来吃。毒蛇游走在丛深的草木中，大狐善奔走千里去寻食。九个头的毒蛇，来去飘忽游移，吞人入口补其毒。归来吧！那里不可以久留噢！

魂啊，归来吧！说起西方的祸害，是那千里的流沙！旋风把人卷入转动的雷渊，粉身碎骨无法终止喽。幸而能脱身，四周是荒无人烟的旷野。红蚂蚁犹如象那么大，黑蜂好像一个大葫芦。那里五谷不生长，只有吃茅草和棘柴。那里的泥土烫得灼伤人，找寻水源看不到。往来游荡没有依靠，地域广阔没有边界。归来啊！去西方恐怕会自招祸害！

魂啊，归来吧！北方不可以停留！层层冰山高耸入云天，千里冰雪冻得难以忍受。归来啊！北方不可以久留喽！魂啊归来吧！君王不要上天庭！虎豹把守着九重门，专门啄食下面上来的人。那里的大力士长有九个头，顷刻间就可拔倒一片树林。像豺狼一样瞪着眼睛，往来游走发出呼呼声。把人倒挂起来耍一番，将人抛入到深水潭里。继而回复报天帝，然后才能让你闭眼睛。归来吧！去了恐怕就会丢掉性命。

魂啊，归来吧！君王不要下到地府去转悠。守门神的身子弯弯曲曲，头上长着锐利的角。隆起的背膀血淋淋的爪子，追赶起人来奔跑极快。还有种怪物三只眼睛似老虎，身躯肥大像头牛。他们都是把人当美食吃不够。归来吧！去那自招灾难喽。

魂啊归来吧！从郢都修门进入都城。专门的男巫来招待你，倒退着在前面为你指引路程。秦制的竹笼齐地产的丝绳，郑人缝制的笼衣。招魂的一切用具已齐备，将要拉长声音呼魂啊。归来吧！回到你原来居住的宫廷。

天地和四方，到处有害人的魍魉。一切依照你旧居的样，生活一定清静悠闲而舒畅。内室深深厅堂高高，四面是围着栏杆的回廊。层层的高台建芳榭，面对着高山好景观。刻花的门板缀连着红花格，上面雕刻有精美图案喽。冬天有暖和的深房复屋，夏天房间又清凉。河流和池塘环抱往复，潺潺的流水低低吟唱。阳光灿烂微风吹动着蕙草，又吹着丛丛的香兰不停地摇荡。芬芳从厅堂一直飘入内室，上有朱红天棚下有竹筵席。磨石砌墙翠尾装饰，玉钩之上可以挂衣裳。绣着翠鸟的被子缀上珍珠，交相辉映闪闪发亮。柔软的白绸做护壁，轻罗帐子挂在床上。彩色丝带和绸条，系着那美玉和玉璜。室内的所见之物，件件珍贵又特异。在兰草添加的膏油照耀下，众多美女随时听候调用。十六位女子来侍寝，挑选如意的佳人轮流陪宿。高贵而贤惠的姑娘，才智过人美貌超众。浓密的鬓发独特的梳理，佳丽充满整个后宫。容貌姿态都很美好，确实是绝代的佳人。颜面虽柔弱心意却坚贞，她们都满怀着深深的情意。容貌美丽体态修长，往来于那幽深的洞房。细长的蛾眉滢滢的眼睛，闪射出迷人的光芒。滑润的肌肤细腻的面容，暗送秋波脉脉含情喽。在离宫的亭榭和篷帐中，她们侍奉你度过悠闲的时光。缀有翡翠羽毛的帷帐，装饰着高大的厅堂。丹砂的板壁红彤彤的墙，黑色玉石装饰着房梁。抬头看精雕细刻的方椽，彩绘有蛇奔和龙翔。闲坐厅堂伏着栏杆，面对下面弯曲的池塘。荷花刚刚开放，杂有菱花相得益彰。水葵紫茎托着圆叶，随着绿波上下摆荡。武士身着文采奇异的豹皮，侍卫在长长的台阶上。君王归来的时刻，步兵和骑兵肃立在两旁。芬芳的兰草种在门前，一行行的玉树围成篱笆墙。魂灵啊，归来吧！为什么要去到远方。

整个家族团聚在一起，宴席上的食品有几十样。糯米小米麦子米，掺杂黄米煮成香喷喷的饭。调味有大苦和咸酸，加之辣甜五味都俱全。肥牛小腿腱子肉，煮得又烂又香。调和起酸味与苦味，又端上吴人的肉菜汤。清炖甲鱼烧烤小羊，配上甜甜的甘蔗糖浆汤。油煎大雁和煨野鸭汤，酱焖野鸡和大龟肉羹，味道虽浓却不会把胃口伤。馓子和蜜糖饼，还有干饴糖。瑶浆美酒加蜂蜜，鸟状酒杯已斟满。除去酒糟后用冰镇，酒的味道既醇又清爽。刻有花纹的酒杯已经摆好，里面盛的是琼浆美酒。归来返旧居，敬食敬酒不妨细细地品尝。美味佳肴尚未撤去，女乐列队准备表演。陈设乐钟击起乐鼓，演奏新的乐曲。有《涉江》有《采菱》，还有那《扬阿》的合唱。美女们个个已喝醉，红颜醉倒脸庞红润。嬉戏逗人的目光眯眼斜视，眼神频频送秋波。身穿秀衣软罗裙，虽然华丽却不过分。长发漆黑云鬓美，美丽动人光彩绚丽。起舞的少女同样的装扮，翩翩跳起郑地舞蹈。衣襟回旋好像竹竿交并，随着节拍身子往下俯。长竽清瑟狂热地合奏，嘹亮的鼓声响起了。乐声鼓声震撼宫廷，

又奏起楚地名曲《激楚》。接着是吴地蔡地的民歌，并奏起黄钟大吕喽。男女座位混杂了，不再顾忌礼节和身份。解下佩带脱下带子随便放，衣帽放得乱纷纷。郑卫的杂耍和魔术，穿插其中来表演。最后是《激楚》结尾曲，真可说是摄人魂魄。镶玉的筹码象牙做的棋子，六簙的棋具摆开了。双方对局互相进攻，急欲取胜互相逼迫。走成枭棋，大呼五白叫声喧。晋地制造的带钩最考究，白日发光如同太阳照在棋盘。撞钟铿锵架子晃，梓瑟发出声响也不低。饮酒取乐不能停，沉醉日日夜夜。兰油点燃的灯火明亮，错落的彩灯把宫室照的通明。创作诗赋须深思，美丽的文辞真不少。不约而同地互相唱和。开怀畅饮极尽欢乐，亲朋好友皆尽兴。魂啊归来吧，回到你曾住的旧宫。

尾声：春天来临万物复苏啊，我匆匆踏上向南的征程。绿绿的蘋叶长的齐整啊，白芷也刚刚萌生。庐江左岸有草木丛丛，背靠池沼和池塘啊，远望是广阔平川。青黑色的驷马驾车啊，车骑千乘整队出发。火炬延烧野泽啊，黑红的烟火腾起万丈。徒步的从猎者追赶飞骑啊，向导驰骋昂扬一马当先。或止或驰进退自如啊，引车右转进入猎场。随君王去云梦啊，考核随从者看谁最强。君王亲自射利箭啊，青色的野牛应声而亡。太阳升起代替茫茫黑夜啊，时光易逝不肯停留。岸上的芳草覆盖了小路啊，那河水又淹没行人的小径。清清的江水啊，岸上有一片枫林。极目望去路千里，春色虽好心悲怆。魂啊归来吧！令人哀伤的江南。

大 招

《大招》是屈原为招怀王魂而作。

全诗分为两部分，第一部分即“四方之招”，没有自述语；最后重在陈述诗人的美政理想，以此激励亡魂归来，并希望他效法禹、汤、文王。这是本诗内容上的特点。

青春受谢①，白日昭只②。
春气奋发③，万物遽只④。
冥凌浃行⑤，魂无逃只⑥。
魂魄归徕⑦！无远遥只⑧。
魂乎归徕！无东无西，
无南无北只。
东有大海，溺水浟浟只⑨。
螭(chī)龙并流⑩，上下悠悠只⑪。
雾雨淫淫⑫，白皓胶只⑬。
魂乎无东！汤(yàng)谷寂寥只⑭。

［注释］

①青春：春天。受谢：受，承受。谢，即去。受谢即代谢，谓冬天谢去春天承接而来。②昭：明。只：招魂辞句尾的语气词。③春气：春意。奋发：指生机勃勃。④万物遽：指春天到来万物生机盎然。⑤冥：幽冥。凌：驰，历也。浃：周遍。意思是春天阳气上升，阴气下降，玄冥收集阴气而藏之。⑥魂：指怀王魂。无逃：无法逃窜。⑦徕：同“来”。⑧遥：飘摇。⑨溺水：溺，与“弱”通。溺水，指水无浮物之力。浟浟：水流的样子。⑩螭龙：无角的龙。⑪上下：随水波上下游走。悠悠：螭龙在水中自在游行。⑫淫淫：连绵一片的样子。⑬白：指海气的颜色。皓胶：胶，胶粘。皓胶指雾雨茫茫，像凝固在天空一样。⑭汤谷：“旸谷”，神话中日升起之处。寂寥：寂。

魂乎无南！南有炎火千里①，

蝮蛇蜒只②。

山林险隘，虎豹蜿只③。

鰅鳙短狐④，王虺(huǐ)骞只⑤。

魂乎无南！蜮(yù)伤躬只⑥。

[注释]

①炎火：指天气炎热。②蝮蛇：一种大毒蛇，体色灰褐又名虺。蜒：蜿蜒缓游的样子。③蜿：盘踞。④鰅鳙：传说中的一种怪鱼，状如犁牛。短狐：蜮，又称射工，是传说中含沙射人的鬼怪。⑤王虺：大毒蛇。骞：举头。即大毒蛇群聚将头昂起。⑥蜮：短狐。躬：身。

魂乎无西！西方流沙①，

漭洋洋只②。

豕首纵目③，被发鬤(ráng)只④。

长爪踞牙⑤，诶笑狂只⑥。

魂乎无西！多害伤只。

[注释]

①流沙：沙动如流，指大沙漠。②漭洋洋：漭，水大的样子。洋洋，无边无际。漭洋洋，形容大水无边无涯，这里形容西方之流沙。③豕：猪。纵目：竖目。④被发：披发。鬤：头发乱的样子。⑤踞牙：踞，同"锯"。踞牙指锋利的牙齿。⑥诶：强笑。以上四句是说西方的怪兽，猪头，竖目，披着满乱发，长爪锯牙，捉住人即怪笑狂笑。

魂乎无北！北有寒山①，

逴(chuō)龙赩(xì)只②。

代水不可涉③，深不可测只。

天白颢(hào)颢④，寒凝凝只⑤。

魂乎无往！盈北极只⑥。

[注释]

①寒山：常寒之山。②逴龙：山名，即指寒山。赩：赤色，没有草木的样子。③代水：神话中的河名。④颢颢：光亮的样子。此处指冰雪。⑤凝凝：冰冻的样子。⑥盈：满。北极：最北边。盈北极：指冰雪充满了北极。

第一层次回顾：开篇即通过巫歌形式，讲述了四方的险恶，因此不可去。

魂魄归徕！闲以静只①。
自恣(zì)荆楚②，安以定只③。
逞志究欲④，心意安只⑤。
穷身永乐⑥，年寿延只。
魂乎归徕！乐不可言只。
五谷六仞⑦，设菰粱只⑧。
鼎臑盈望⑨，和致芳只⑩。
内鸧鸽鹄⑪，味豺羹只⑫。
魂乎归徕！恣所尝只⑬。
鲜蠵(xī)甘鸡⑭，和楚酪只⑮。
醢(hǎi)豚苦狗⑯，脍苴蓴(pò)只⑰。
吴酸蒿蒌⑱，不沾薄只⑲。
魂乎归徕！恣所择只⑳。
炙鸹(guā)烝凫㉑，煔(qián)鹑陈只㉒。
煎鰿臛(huò)雀㉓，遽爽存只㉔。
魂乎归徕！丽以先只㉕。
四酎(zhòu)并孰㉖，不涩嗌只㉗。
清馨冻饮㉘，不歠(chuò)役只㉙。
吴醴白糵㉚，和楚沥只㉛。

魂乎归徕！不遽惕只㉜。

［注释］

①闲：悠闲。静：清静。②自恣：自由任意。荆楚：指楚国。③安：安全。定：稳定而居。④逞志究欲：逞，快。究，终。逞志究欲，即快志意，穷情欲。⑤心意：指心情。安：安乐。⑥穷身：终身。永乐：长乐。⑦五谷：是泛指，即言百谷。六仞：泛指仓廪之积多和高。⑧设：施，此处指做饭。菰粱：一种植物，俗称茭，秋天结实如米，用来做饭味极香。⑨鼎：古代的炊具。臑：煮烂。盈望：满眼。⑩和：调和，指调味。致：达到。和致芳：将食物调理的很香。⑪内：同“肭”，肥。鸧：“鸧鸹”，也叫白顶鸭，苍青色。鸽：鹁鸽。鹄：天鹅。⑫豺羹：豺肉羹。⑬恣：随意。尝：品尝。⑭蠵：大龟。甘：肥美。⑮和：调和。酪：乳浆。⑯醢豚：醢，酱。豚，猪。醢豚，即猪肉酱。苦狗：苦，苦菜。似以苦菜的汁浸泡狗肉以去其腥。苦狗即有苦味的狗肉。⑰脍：细切。苴蓴：菜名，一名蘘荷。⑱吴酸：酸，此处用为动词。吴酸即吴地所产的醋。蒿、蒌：均为蒿的一种。⑲沾：古“添”字，浓也。薄：淡，无味。此句意思是人调酸咸不浓不淡，适宜甘美。⑳择：选择。㉑炙：烤，即烤肉。鸹：老鸹。烝：同“蒸”。凫：野鸭。㉒煔：将食物放入汤中煮熟。鹑：鹌鹑。陈：陈列众味。㉓煎：油煎。鲼：鱼名，即“鲫鱼”。臛雀：带汁的肉，此处用为动词，炒雀肉。雀：黄雀。㉔遽爽：爽，清快。遽爽指极为爽口。存：在。㉕丽：美。指美味。先：指尝此美味。㉖四酎：酎，醇酒。四酎，指经过四次去糟酿制的酒。并：都。孰：同“熟”。㉗涩：不滑。嗌：咽喉。此句是说，不会涩人的喉咙。㉘清馨：清香。冻饮：指将酒冷冻后再饮。㉙歠：饮。役：贱。㉚吴醴：吴国的一种甜酒。蘖：酿酒用的曲子。㉛和：调和。沥：滤过的酒，味较清淡。㉜遽惕：急遽。不遽惕：指酒不醉人，可任意享受，不必担心。以上言饮食之美。

代、秦、郑、卫①，鸣竽张只②。
伏戏《驾辩》③，楚《劳商》只④。
讴和《扬阿》⑤，赵箫倡只⑥。
魂乎归徕！定空桑只⑦。

二八接武[8]，投诗赋只[9]。
叩钟调磬(qìng)[10]，娱人乱只[11]。
四上竞气[12]，极声变只[13]。
魂乎归徕！听歌譔只[14]。
朱唇皓齿，嫭(hù)以姱只[15]。
比德好闲[16]，习以都只[17]。
丰肉微骨[18]，调以娱只[19]。
魂乎归徕！安以舒只[20]。
嫮(hù)目宜笑[21]，娥眉曼只[22]。
容则秀雅[23]，稚朱颜只[24]。
魂乎归徕！静以安只。
姱修滂浩[25]，丽以佳只[26]。
曾颊倚耳[27]，曲眉规只[28]。
滂心绰态[29]，姣丽施只[30]。
小腰秀颈[31]，若鲜卑只[32]。
魂乎归徕！思怨移只[33]。
易中利心[34]，以动作只[35]。
粉白黛黑[36]，施芳泽只[37]。
长袂拂面[38]，善留客只[39]。
魂乎归徕！以娱昔只[40]。
青色直眉[41]，美目媔(mián)只[42]。
靥辅奇牙[43]，宜笑嘕(xiān)只[44]。
丰肉微骨，体便娟只[45]。
魂乎归徕！恣所便只[46]。

［注释］

①代、秦、郑、卫：皆国名，此处指当时四国的乐章。②鸣竽：竽，古乐器。鸣竽指响亮的竽乐。张：张设，这里指奏起。③伏戏：亦作“伏羲”，是五帝中的东方天帝。④《劳商》：古代的歌曲名。⑤讴：清歌曰“讴”。这里指合唱。和：唱和。《扬阿》：《阳阿》，楚歌曲名。⑥赵箫：赵国的洞萧。倡：通“唱”，此处指领唱。⑦定：指调定乐曲的音调。空桑：琴瑟名。⑧二八：指年轻的女子。一说，八人一列，共二列。接武：接，连接。武，同“舞”。接武，连接跳舞。⑨投：投足踏拍子。诗赋：指雅乐。⑩叩：击。钟：乐器。调：调和。磬：乐器。⑪乱：曲终。⑫四上：上四国，即代、秦、郑、卫。竞气：指竞相演奏音乐之美。⑬极：穷尽。声变：指音乐曲调之变化。⑭谍：具。⑮嫭、姱：都是美的意思。⑯比德：比，同也，或曰并有。比德指比其才德。好：喜好。闲：闲静。⑰习：熟悉，谓习于礼节。都：美。指风度醇雅，不妖媚。⑱丰：丰满。微骨：指体态姣好。⑲调：和，指众美女的和蔼可亲。娱：神情悦乐。⑳安：安适。舒：指心情舒畅。㉑娉目：娉，同“嫭”，美之意。娉目指美目。宜笑：指笑得自然，恰到好处。㉒娥眉：“蛾眉”，指眉毛弯曲细长。曼：长而细。㉓容则：仪表。秀雅：秀丽文雅。㉔稚：幼。朱颜：指红润的面容。㉕姱修：美好。滂浩：广大，此处指心意。㉖丽以佳：佳，善。丽以佳，犹言美而艳。㉗曾颊：颊，面部的两侧。曾颊，形容面庞丰满。倚耳：耳贴后，形容耳朵贴于头两侧，长得很熨帖。㉘曲眉：弯曲的眉毛。规：本指圆规，这里是说“眉如半规”。㉙滂心：情感丰富。绰态：体态绰约。㉚姣丽：美丽。施：谓“施施”然，舒缓的样子。㉛小腰：细腰。季颈：秀气的脖颈。㉜鲜卑：一种束在腰间的带子。㉝思怨：指思念与怨恨。移：转移，去。指美女可以忘忧，去怨思。㉞易中：平和的内心。利心：心巧慧。㉟以：用。动作：一举一动。言平和巧慧的内心皆形诸举动。㊱粉：脂粉。黛：青黑色的颜料，用来画眉。㊲施：打扮。芳泽：芬芳润泽。㊳袂：衣袖。拂：掩遮。㊴善留客：娇羞之态，使客人不忍离去。㊵娱昔：可以终夜娱乐。㊶青色：指眼眉。直眉：黑色的眉毛平直连在一起。㊷婳：微眄，眼脉脉含情。㊸靥：嘴角两旁的酒窝。辅：脸庞。奇牙：美丽的牙齿。㊹宜笑：笑得恰到好处。嗎：巧笑。㊺体：体态。便娟：轻盈美好。㊻恣：随意。便：安。

夏屋广大①，沙堂秀只②。

南房小坛③，观绝霤(liù)只④。

曲屋步壛(yán)⑤，宜扰畜只⑥。

腾驾步游⑦，猎春囿只⑧。

琼毂错衡⑨，英华假只⑩。

茝兰桂树⑪，郁弥路只⑫。

魂乎归徕！恣志虑只⑬。

孔雀盈园⑭，畜鸾皇只⑮。

鹍鸿群晨⑯，杂鹙（qiū）鸧只⑰。

鸿鹄代游⑱，曼鹔（sù）鹴（shuāng）只⑲。

魂乎归徕！凤凰翔只。

［注释］

①夏屋：夏，高大。②沙堂：沙，丹砂。沙堂是指用丹砂涂红的厅堂。秀：秀美。③南房：门户向南开的房间。小坛：小厅堂。④观：楼。绝：断。绝霤：超过屋宇，形容楼观之高。⑤曲屋：周阁，即楼与楼之间的架空复道。步壛：步廊。⑥宜：适合。扰：驯。畜：养。⑦腾驾：驾车奔腾。步游：徒步游玩。⑧猎：出猎。春囿：春天的园囿。指草木盛猎物多的园囿。⑨琼毂：以玉镶嵌的车轮。错衡：用金银装饰车上的横木。⑩英华：此指车饰上的花朵。假：大。⑪茝：白芷，一种香草。兰：兰草。⑫郁：犹“郁郁”，草木茂盛的样子。弥：满。即所到之处，香草桂树郁然满路。⑬恣志虑：任心所欲。⑭盈园：满园。⑮畜：养。鸾皇：鸾鸟和凤凰。⑯鹍：鹍鸡，鸟的一种，形似鹤。鸿：大雁。群晨：晨而群飞且啼鸣。⑰鹙：水鸟名，即秃鹙，长颈，黑色羽毛。⑱鸿鹄：天鹅。代游：往来游戏。⑲曼：曼游。形容各种鸟不断飞来飞去。鹔鹴：水鸟名。形状似雁。

第二层次回顾：主要描写了楚国的丰盛的饮食、美妙的音乐、娴淑的美人、宽敞的宫室以及游观之美，以此来劝怀王归来。

曼泽怡面①，血气盛只②。

永宜厥身③，保寿命只。

室家盈廷④，爵禄盛只⑤。

魂乎归徕！居室定只⑥。

接径千里⑦，出若云只⑧。

三圭重侯⑨，听类神只⑩。

察笃夭隐⑪，孤寡存只⑫。

魂乎归徕！正始昆只[13]。
田邑千畛(zhěn)[14]，人阜昌只[15]。
美冒众流[16]，德泽章只[17]。
先威后文[18]，善美明只[19]。
魂乎归徕！赏罚当只。
名声若日，照四海只。
德誉配天[20]，万民理只[21]。
北至幽陵[22]，南交阯只[23]。
西薄羊肠[24]，东穷海只[25]。
魂乎归徕！尚贤士只[26]。
发政献行[27]，禁苛暴只[28]。
举杰压陛[29]，诛讥罢只[30]。
直赢在位[31]，近禹麾只[32]。
豪杰执政，流泽施只[33]。
魂乎归徕，国家为只[34]。
雄雄赫赫[35]，天德明只[36]。
三公穆穆[37]，登降堂只[38]。
诸侯毕极[39]，立九卿只[40]。
昭质既设[41]，大侯张只[42]。
执弓挟矢[43]，揖(yī)辞让只[44]。
魂乎徕归！尚三王只[45]。

［注释］

①曼：细腻。泽：丰润。怡面：怡，怿，喜悦。怡面指面色光泽。②血气盛：指血气旺盛，身体强壮。③宜：善。厥身：其身。④室家：指宗族。盈廷：满朝廷，即列位于朝廷之上。⑤爵禄：爵位与俸禄。盛：丰盛。⑥居室：居住之室，此指王室。

定：安定。⑦接径：道路连接，此指楚国地广人多，道路连接千里。⑧出若云：指人口之众。⑨三圭：指公、侯、伯三等爵位者所执之圭，这里指此三类贵族。⑩听类神：听，指听讼。类神，如同神明。听类神，即听察事理如神明。⑪察：访察。笃：厚，厚待之意。夭：早死，即夭折。隐：隐痛。⑫孤寡：幼而无父者为孤，老而无夫者为寡。存：慰问，存问。⑬正：指奠定好的开端。始昆：昆，后。始昆，即先后。⑭田邑：田野和城邑。畛：指田间小路。⑮阜昌：昌盛。⑯美：指美好的教化。冒：覆盖。众流：教化流及众庶。⑰德泽：泽，指恩惠。德泽指君王施予百姓的恩惠。章：昭彰。⑱先威：先施威武之政以服众。后文：后用礼乐教化百姓以怀人。⑲善美：指美政。明：显著。⑳德誉：指君王功德和荣誉。配天：指比天。㉑理：治。㉒幽陵：北方之幽州。今河北省北部和辽宁南部一带。㉓南：泛指南方边远之地。交阯："交趾"，南方少数民族地区。㉔薄：迫，接近。羊肠：山名，在今山西晋阳之西北。㉕穷海：穷，尽。穷海，即到达海之滨。㉖尚贤士：尚，尊崇，这里作"举用"解。尚贤士，即举用贤士。㉗发政：发布政令。献行：进用德行之士也。㉘禁：止。苛暴：指暴政。㉙举杰：举用杰出的人才。压陛：镇满朝廷。㉚诛：罚。讥：谪。罢：止息。意思是，奸佞不行，则谪罢之事自息。㉛直赢：行直才优。㉜近：接近。禹：指夏禹。麾：举手，此处指举进。以上二句是说，让那些正直而有才能的人在楚王身边辅佐。㉝流泽：君王的恩泽施及众庶。㉞国家为：犹言国家可以大治。㉟雄赫：威势显赫。㊱天德：配天之德。明：光明。㊲三公：指有尊位的太师、太傅、太保。穆穆：谦恭和美。㊳登降堂：登降，出入。登降堂，即出入朝廷。㊴诸侯：指楚国之外的秦齐等国。毕极：全部来了。㊵立：设。九卿：古代官职，即冢宰、司徒、宗伯、司马、司寇、司空、少师、少傅、少保。㊶昭质：此指箭靶子。设：指摆好。㊷大侯：指天子所射的箭靶。张：陈设。㊸执弓：手持弓。挟矢：腋下夹箭。㊹揖辞让：互相推让。㊺尚：崇尚。三王：指禹、汤、周文王。

第三层次回顾：从亲亲、仁民、用贤、退不肖、朝诸侯、继三代等美政措施及其显著效果，来招怀王之魂归来。

［译文］

春天承接着冬天来临了，明亮的太阳普照大地噢。春天的气息勃勃奋发，世间万物都争相萌生噢。幽冥中的寒气四处流荡，魂灵不要到处逃窜噢。魂魄归来吧！不要远逃飘摇无定噢。魂哟归来吧！不要向东西，不要向南北噢。东方有汹涌的大海，迅疾的波涛淹没万物噢。螭龙并行嬉戏从容，随波逐浪上下游荡噢。海气蒸腾犹如雾和雨，白茫茫如胶似漆凝固散不开噢。魂哟不要往东！日出之地多么寂寞无声噢。魂哟不要往南！南方有炎炎大火千里之广，一条条大毒蛇弯曲爬行噢。那里的深山老林崎岖险碍，有虎豹来回盘踞噢。怪鱼鳄鳙，射工短狐，还有那蟒蛇抬起头吓人噢。魂哟不要往南！含沙射影的短狐要害你噢。魂哟不要往西！西方有流动的大沙漠，如浩荡的大水没有边际。长着猪头的怪物竖眼横眉，披散的头发又乱糟糟噢。长长的爪子锋利的牙齿，强装笑脸发狂要害人噢。魂哟不要往西！那里有很多害人精噢。魂哟不要往北！北方有冰冷的雪山，那里寒山笼罩四季噢。代水没有办法淌过去，深视其底不可测量。大雪纷飞，白光照耀，冰冻的大地严寒酷烈噢。魂哟不要前去！寒冰白雪充满整个北极噢。魂魄归来吧！安闲也清静噢。任意随便在自己的宫廷，安全而又稳定居住噢。如愿以偿随心所欲，心情是何等安乐噢。终身常乐，健康长寿噢。魂哟归来吧！那种快乐无法言语噢。装满五谷的粮仓几丈高，选其菰米进食特别香噢。鼎内煮熟的肉很丰盛，调的味道香喷喷噢。有肥美的鸧鸹鹁鸽天鹅，还有切成细丝的豺肉汤噢。

魂哟归来吧！随你的嗜好选择品尝噢。鲜美的大龟和甜鸡，再配上楚产的奶酪噢。清蒸肉丸和豉汁狗肉，还有加工精细的蘘荷菜噢。吴醋凉拌蒿蒌，味道可是不浓也不淡噢。魂哟归来吧！随你的嗜好选择噢。烧烤老鸹，清蒸水鸭，熏制鹌鹑全摆上噢。油煎鲫鱼雀肉汤羹，享用起来清爽可口噢。魂哟归来吧！众多美味可要先尝噢。四次加工的醇酒酿成了，不会因苦涩而难以下咽噢。那清爽冰镇的醇酒，甘滑可口喝得不费力噢。吴国甜酒白曲酿造，掺和了楚制的清酒噢。魂哟归来吧！不必担心，酒不会醉人噢。

代、秦、郑、卫的音乐，竽乐已经吹的响亮噢。伏羲始作的《驾辩》曲，楚国的名曲《劳商》歌噢。群歌合唱着《阳阿》曲，还有赵国的洞箫领唱噢。魂哟归来吧！可要你审定空桑之音噢。年轻的姑娘齐舞，配合雅乐的节拍噢。敲响金钟，调好石磬，心情愉悦直到曲子结束噢。美妙的乐曲竞相弹奏，娱人的曲调丰富无比噢。魂哟归来吧！可观赏的舞乐都准备好噢。美女朱唇皓齿，真是美丽啊。性情温静且有淑良美德，礼法娴熟美好而不粗野噢。丰满的肌肉，娇小的骨骼，和蔼可亲，讨人喜欢噢。魂哟归来吧！生活安逸心情又舒畅噢。美丽的双眼笑得得体，还有蛾眉弯曲细又长噢。容貌秀丽又文雅，细嫩红润的脸庞真年轻噢。魂哟归来吧！清静而又安乐噢。容态美好心性大方，真是美丽而又艳冶噢。面庞饱满，双耳熨帖，双眉弯曲像半规噢。情感丰富，体态绰约，美丽的身姿舒缓而行噢。细细的腰身，秀气的脖颈，犹若束腰的带子噢。魂哟归来吧！思念与怨恨都忘却噢。她们有平和巧慧的内心，都形于那一举一动噢。施粉画眉得体合宜，打扮得都芬芳润泽噢。含情脉脉以长袖遮面，善于殷勤招待客人噢。魂哟归来吧！可服侍你欢度一整夜噢。黑色的眉毛形平直，美丽的眼睛脉脉含情噢。嘴角的酒窝，美丽的牙齿，笑得恰到好处噢。丰满的肌肉，娇小的骨骼，体态轻盈秀美噢。魂哟归来吧！自然随便，安然享用噢。

高殿峻屋宽又大，丹砂涂红的厅堂很秀美噢。朝阳的南房还有檐下的小厅堂，观赏楼上的飞檐噢。楼间的复道，曲折的长廊，恰好通向驯养良骥的马厩噢。驾车驰骋，徒步游玩，在草盛兽多的苑囿打猎噢。玉嵌车轮，金饰横木，车饰上还有硕大的花朵噢。白芷兰草，芬芳桂树，郁郁葱葱覆盖了路。魂哟归来吧！随意你的想法噢。孔雀满园，鸾鸟和凤凰也在其中噢。鹍鸡大雁纷飞报晨，还掺和着水鸟秃鹫和鸣噢。空中天鹅嬉戏游乐，还有那水鸟低飞漫游噢。魂哟归来吧！凤凰已在翱翔噢。

皮肤细腻，满面喜悦，血气旺盛，身体强壮噢。总要让自己心康体适，保有健康长寿噢。宗族列位于朝廷，爵位和俸禄如此多噢。魂哟归来吧！你的居室十分安定噢。地广千里，道路交接，人口众多，若云出入噢。手执玉圭的贵族重臣，听察精审如神明噢。访察民众夭亡隐痛，鳏寡孤独得到慰问噢。魂哟归来吧！奠定好的开端泽被后人噢。田野城邑阡陌纵横，人口何其昌盛噢。美政惠及百姓身上，君王的恩惠彰显噢。先施威武之政服众，再用礼乐怀人，善美之政效果显著噢。魂哟归来吧！赏罚要分明噢。名声如同那太阳，照耀四海之内噢。君王的美德和荣誉符合天意，就能治理好天下百姓噢。北到遥远的幽州，南到边远的南夷之地噢。西方接近了羊肠山，东方到达了海滨噢。魂哟归来吧！要尊贤举能噢。发布政令，进用德行之士，废除暴政而尚宽仁噢。举用俊杰，镇满朝廷，贬谪之事自息噢。行直才优的人居于高位，在君王左右辅佐噢。豪杰执掌政权，君王的恩泽如流水延续噢。魂哟归来吧！国家可大治噢。威武显赫，比天之德闪耀光明噢。有尊位的三公谦恭和美，朝廷上下议大政噢。诸侯全部到来，设立九卿噢。目标箭靶已经摆好，天子所射的大侯已陈设噢。手持着弓，腋下夹着箭，进退相揖相辞让噢。魂哟归来吧，崇尚古代三王噢。

吊屈原

《吊屈原》，西汉贾谊所作。汉景帝时贾谊曾为太中大夫，年轻气盛，卓有学识和政治见解，提出一系列改革措施，受到当时一批老臣的排挤，被外放为长沙王的太傅。渡过湘水时，有感于自己与屈原相似的遭遇，作此赋。

在《吊屈原》中，前部分是作者哀屈原的生不逢时，后部分乃是借屈原的遭遇抒发自身的感慨与忧愤。全篇情感真切，比喻恰当。比较而言，汉人模拟楚辞的作品大都“词气平缓，意不深切，如无所疾痛而强为呻吟者”（朱熹《楚辞辨证》上）。而贾谊的《吊屈原》赋确实在汉人拟《楚辞》的作品中，是无可匹敌的上乘之作。

恭承嘉惠兮[1]，俟罪长沙[2]。
仄闻屈原兮[3]，自湛汨罗。
造托湘流兮[4]，敬吊先生[5]。
遭世罔极兮[6]，乃陨厥身[7]。
乌虖哀哉兮[8]，逢时不祥[9]！
鸾凤伏窜兮[10]，鸱(chī)鸮翱翔[11]。
阘(tà)茸尊显兮[12]，谗谀得志[13]；
贤圣逆曳兮[14]，方正倒植[15]。
谓随、夷溷(hùn)兮[16]，谓跖、跻廉；
莫邪为钝兮[17]，铅刀为铦[18]。
于嗟默默[19]，生之亡故兮[20]。
斡弃周鼎[21]，宝康瓠兮[22]。
腾驾罢牛[23]，骖蹇驴兮[24]。
骥垂两耳[25]，服盐车兮[26]。
章甫荐屦[27]，渐不可久兮；
嗟苦先生[28]，独离此咎兮[29]。

[注释]

①恭承：恭敬地接受。嘉惠：指皇帝的旨令。②俟罪：俟，等待。俟罪指待罪。汉朝人习惯将任职称为“待罪”，是一种谦称。指贾谊受命被贬为长沙王太傅，所以说“俟罪”。③仄闻：仄，古侧字，《史记》作“侧”。仄闻同“侧闻”，传闻。④造：往。托：寄托的意思。⑤先生：敬语，指屈原。⑥罔极：罔，无。极，标准、原则。罔极指变化无常。这里指世道混乱，反复无常。⑦陨身：指丧命。厥：其，指屈原。⑧虖：同“乎”，《史记》作“呼”。⑨不祥：不吉祥，意指屈原生不逢时。⑩鸾凤：鸾鸟与凤凰，皆吉祥之鸟，此处喻指贤人。伏窜：隐藏逃窜。⑪鸱枭：枭，《史记》作“枭”。鸱枭指恶鸟，即猫头鹰，古人认为是不祥之鸟，喻指小人。⑫阘茸：指地位卑微或品格卑鄙的人，这里指不成材的小人。⑬谗谀：阿谀奉承。⑭逆曳：倒着拉扯。这里是说，贤圣之才被小人横拖竖扯，才华无法施展。⑮倒植：倒置，指正直的君子居于下位。⑯随、夷：卞随和伯夷，卞随是商代辞让天下的贤人；伯夷是反对周武王灭殷，不食周粟而死的贤人。此二人历来被儒家推崇为高尚有节操的贤者。溷：《史记》作“贪”。跖、跻即盗跖和庄跻，被视为恶人的代表。⑰莫邪：古代著名宝剑名。⑱铦：锋利。这里喻指黑白颠倒，小人得志，贤人受屈。⑲于嗟：“吁嗟”。默默：形容不得意。⑳生：“先生”的略文，指屈原。亡故：亡，《史记》作“无”。亡故意谓无故遭此祸难。㉑斡弃：意思是被抛弃。周鼎：比喻周朝的传国宝器。㉒宝：以何为宝之意。康瓠：指破烂的瓦器。这句是说舍弃周鼎而珍惜康瓠。㉓罢牛：罢，同“疲”。罢牛，指没有力气的牛。㉔骖：车辕外的旁马，这里用为动词。蹇驴：蹇，跛。蹇驴指跛足的驴。㉕骥：骏马。㉖服：古代一车驾四马，中间的两匹叫服。这里用为动词，同驾。㉗章甫：冠名，古代士人所戴的一种礼帽。这句是说，本来是戴在头上的礼帽却用来垫了鞋底，比喻上下颠倒，贤愚倒置。㉘嗟苦：义同“嗟乎”，咨嗟，感叹。㉙离：罹，指遭遇这种祸难。

谇曰[1]：已矣！

国其莫吾知兮，子独壹郁其谁语[2]？

凤缥缥其高逝兮[3]，夫固自引而远去[4]；

袭九渊之神龙兮[5]，沕渊潜以自珍[6]；

偭蟂（xiāo）獭以隐处兮⑦，夫岂从虾与蛭螾⑧？

所贵圣之神德兮⑨，远浊世而自臧⑩。

使骐骥可系而羁兮⑪，岂云异夫犬羊？

般纷纷其离此邮兮⑫，亦夫子之故也⑬！

历九州而相其君兮⑭，何必怀此都也？

凤凰翔于千仞兮，览德辉而下之⑮；

见细德之险徵兮⑯，遥增击而去之⑰。

彼寻常之污渎兮⑱，岂容吞舟之鱼⑲？

横江湖之鳣鲸兮⑳，固将制乎蝼蚁㉑。

[注释]

①谇：乱辞，尾声。《史记》谇作“讯”。谇、讯，与《楚辞》“乱曰”都是同一体例。②壹郁：犹“怫郁”，指愤怒与忧愁。③缥缥：与“飘飘”意同，轻快远去的样子。④固：本来。自引：自我引退。⑤袭：深藏。九渊：最深的渊。⑥沕：潜伏不易看见的样子。自珍：自我珍爱不与俗类同游。⑦偭：背弃。蟂獭：皆害鱼的水中动物。隐处：隐居。⑧从：跟随。虾、蛭、螾：水虫之小者。螾字同“蚓”。这两句是说神龙离蟂獭而隐藏，怎能从虾、蛭、螾游。⑨贵：看重、珍重。神德：指高贵的品德。⑩臧：同“藏”。⑪骐骥：骏马，千里马。系、羁：羁绊。⑫般：通“班”，纷乱的样子。⑬夫子：指屈原。故：缘故。⑭历：《史记》作“瞝”，相：观察，选择。⑮德辉：指有德之君主。⑯细德：苛细贪婪地追求，指寡德之人。险徵：奸险的征兆。⑰遥：远。增翮：增，同“层”。增击，指拍打重层的翅膀，振羽高飞。⑱寻常：八尺为寻，十六尺为常。污渎：不流通的死水。⑲吞舟：形容鱼之大。⑳横江湖：横，横行。横江湖，形容鱼之大。鳣：大鱼名，鲟鳇鱼。鲸：鲸鱼。㉑固：本来。制：受制。蝼蚁：蝼，蝼蛄，俗称土狗子。蝼蚁指小虫子。

[译文]

敬受皇帝的诏命啊，我待罪来到长沙。我闻说屈原啊，自沉于汨罗江。特地到来寄思湘水啊，悼念先生的伟大。遭遇混乱世道啊，你生命陨落了。呜呼哀哉！遭逢的时代真是凶恶。鸾鸟凤凰逃窜隐藏啊，恶鸟鸱鸮却高翱翔。平庸之辈显赫尊贵啊，谄媚的小人得志。贤圣之才被小人横拖竖扯，才华无法施展啊，君子遭受不合的处置。认为卞随、伯夷是昏庸啊，却说盗跖、庄跻是清廉。说莫邪利剑钝啊，却说铅刀锋利光闪闪。默默叹息这昏庸无道，先生无辜遭此祸难啊。抛弃那国宝周鼎，

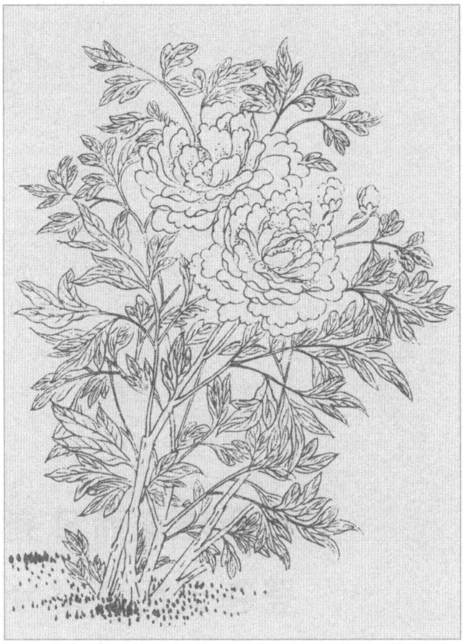

反倒把破瓦盆当宝贝啊。用疲惫不堪的牛来驾车，旁驾还有瘸腿的驴啊。骏马累得两耳垂，被用来拉盐车啊。礼帽章甫垫在鞋底，如此下去必定磨烂啊。悲叹先生，偏偏独遭此祸殃啊。

尾声：算了罢！国中没有人了解自己啊，你独自忧愤无人去倾诉！凤鸟飘飘地飞向远方啊，本应该离开这里去远行。藏在深渊的神龙啊，潜藏得不易被发现为的是自我珍重。远离蟂獭来隐居深渊啊，岂能跟随水中小虫相过从。圣人的神德很可贵啊，避开浊世而自我保重。假使千里马也情愿受羁绊啊，那还和羊犬有什么不同？招来如此乱七八糟的罪尤啊，其中也有先生自己的缘故。应该遍览九州再选择君王啊，又何必苦怀念这个国都？凤凰飞翔于千仞之上啊，看到行德政的君主才肯降落。见有细德危险的征兆啊，马上振起双翅遥遥远行。那寻常不流通的小河沟啊，哪容得下吞舟的大鱼？横贯大江的鳣鱼和鲸鱼啊，污渎中就要受制于蝼蚁。

惜誓

《惜誓》的作者是贾谊。此诗运用第一人称“拟屈语”而作成，描述了希望高举远游而远离浊世、绝不与世俗同流合污的高尚精神，倾诉了诗人对“忠信见疑”的悲哀之情，集中而强烈地表现了作者的忠贞精神与自我人格完善意识。此诗在一定程度上体现了屈子的精神。然而作者的本意不在此，而是借他人之口，来道自己的心声，表达了作者希望贤才得到重用以及对屈子不知变通致死结局的遗憾感慨。

惜余年老而日衰兮[1]，岁忽忽而不反[2]。
登苍天而高举兮[3]，历众山而日远[4]。
观江河之纡(yū)曲兮[5]，离四海之沾濡(rú)[6]。
攀北极而一息兮[7]，吸沆瀣(xiè)以充虚[8]。
飞朱鸟使先驱兮[9]，驾太一之象舆[10]。
苍龙蚴(yòu)虬(qiú)于左骖兮[11]，白虎骋而为右騑[12]。
建日月以为盖兮[13]，载玉女于后车[14]。
驰骛于杳冥之中兮[15]，休息乎昆仑之墟[16]。
乐穷极而不厌兮[17]，愿从容乎神明[18]。
涉丹水而驰骋兮[19]，右大夏之遗风[20]。
黄鹄之一举兮[21]，知山川之纡曲。
再举兮，睹天地之圜方[22]。
临中国之众人兮[23]，托回飙(biāo)乎尚羊[24]。
乃至少原之野兮[25]，赤松、王乔皆在旁[26]。
二子拥瑟而调均兮[27]，余因称乎清、商[28]。
澹然而自乐兮，吸众气而翱翔[29]。
念我长生而久仙兮，不如反余之故乡。

［注释］

①惜：痛惜。日衰：气力日渐衰微。此为作者代屈子言。②忽忽：匆匆。指时光匆匆而过一去不复返。反：同“返”。③高举：飞升。④历：经历。日远：离家乡一天比一天远。⑤江河：指长江与黄河。⑥离：同“罹”，遭受。沾濡：浸湿。此指海水沾湿了衣服。⑦北极：北极星。⑧沆瀣：露水。充虚：充饥，谓吸风饮露。⑨朱鸟：朱雀，星宿名，南方七宿之总称。先驱：先导。⑩太一：太阳神，东皇太一。象舆：以象牙装饰的车。⑪蚴虬：又作“蚴蟉”，屈曲游动的样子。⑫騑：古代驾车的马，在中间的叫“服”，在两旁的叫“骖”或“騑”。这里所说的“右騑”，即指右边的白虎。⑬建：竖立。盖：车盖，指树立日月之光以为车盖。⑭玉女：星宿名，在北方七宿之中，所以在较后方。⑮驰骛：奔驰。杳冥：幽暗高远之处。可以看作是对宇宙的广袤无边的体认。⑯墟：大丘。⑰乐穷极：“乐无穷极”，意思是与神明游览逍遥自乐无穷尽。⑱神明：这里似指道家所倡导的与自然冥和为一的“道”。⑲丹水：赤水，神话中水名，出昆仑西南。⑳大夏：大夏国。㉑黄鹄：一作“鸿鹄”。㉒睹：见。天地之圜方：古人认为天圆地方。言外之意，则说高举远逝，居益高，所见益远。㉓临：俯视。中国：此指楚国。㉔回飙：回风，即旋风。尚羊：“倘佯”，游戏。㉕少原：神话中的地名。㉖赤松、王乔：赤松子和王子乔，都是仙人名。相传赤松子为神农时的雨师，王乔即古仙子王子乔。㉗二子：指赤松子与王子乔。调：调弦。㉘称：奏。清、商：歌曲名，五音各有清浊，清商最善。㉙众气：自然之气。

黄鹄后时而寄处兮[1]，鸱枭群而制之[2]。

神龙失水而陆居兮[3]，为蝼蚁之所裁[4]。

夫黄鹄神龙犹如此兮，况贤者之逢乱世哉！

寿冉冉而日衰兮[5]，固儃(chán)回而不息[6]。

俗流从而不止兮，众枉聚而矫直[7]。

或偷合而苟进兮[8]，或隐居而深藏。

苦称量之不审兮[9]，同权概而就衡[10]。

或推移而苟容兮[11]，或直言之谔（è）谔[12]。

伤诚是之不察兮[13]，并纫茅丝以为索[14]。

方世俗之幽昏兮，眩白黑之美恶。

放山渊之龟玉兮[15]，相与贵夫砾石[16]。

梅伯数谏而至醢（hǎi）兮[17]，来革顺志而用国[18]。

悲仁人之尽节兮，反为小人之所贼[19]。

比干忠谏而剖心兮，箕子被发而佯狂。

水背流而源竭兮[20]，木去根而不长。

非重躯以虑难兮，惜伤身之无功[21]。

［注释］

①黄鹄：天鹅。后时：来迟了。寄处：指留在山林。②鸱枭：猫头鹰，一种猛禽。制：控制，限制。③神龙：蛟龙。失水：假设的话，是说神龙本来潜在深水之中，一旦失水而居在陆地，不能发挥其特长而要受到限制。④蝼：蝼蛄，又名“土狗子”，害虫。蚁，蚍蜉，大蚂蚁。裁：制裁。此言神龙失水而居陆地，也会被这些微小的害虫慢慢啮啄而遭害。⑤寿：指年寿。冉冉：渐进。⑥儃回：运转。不息：不停止。⑦枉：邪，指邪佞的小人。矫：正。直：正直，指忠直的贤人。⑧或：有的人。偷合：指不正当的迎合世俗。苟：苟且。⑨苦：无奈。称、量：衡量轻重的意思。⑩权：秤锤。概：过去量米麦时刮平斗斛所用的工具，即平斛木。衡：平。⑪推移：随顺。苟容：苟合取容，亦即看君王的脸色行事。⑫谔谔：直言的样子。⑬伤：痛。诚是：是非之实。⑭纫：指两缕捻成单绳。茅：茅草。丝：丝线。此句是说，将茅草与丝线合在一起搓成单索。⑮放：放弃，抛弃。龟玉：宝物，即大泽之龟，昆山之玉。⑯相与：相互间，指世俗之见。贵：以何为贵。砾：小石。指世人弃昆山之玉，大泽之龟，互相以小石为珍，以见其贵谗佞贱忠直。⑰梅伯：商代贵族，曾多次谏殷纣王，后被杀害。⑱来、革：纣的佞臣。用国：持国政，即得到纣王的重用，成为重臣。⑲贼：害。⑳背流：倒流。㉑无功：指无成效。

已矣哉！

独不见夫鸾凤之高翔兮，乃集大皇之野[1]。

循四极而回周兮[2]，见盛德而后下[3]。

彼圣人之神德兮④，远浊世而自藏。

使麒麟可得羁而系兮⑤，又何以异乎犬羊？

[注释]

①大皇之野：大荒之薮，即广远没有人烟的地方。②回周：指回旋周游。③盛德：指盛德之象，大德之君。④彼：上文所说的鸾鸟凤凰。⑤麒麟：古代传说中的一种动物，其状如鹿，独角，全身生鳞甲，尾如牛尾。

[译文]

哀伤我的年华日见衰老啊，时光匆匆而过不能回返。我要登上高高苍天飞升啊，经历众山离家一天比一天远。看到长江黄河迂回弯曲啊，遭受四海风波心愁身苦。攀登北极之星暂且休息啊，吸风饮露以充空虚。朱雀神鸟飞腾在前引路啊，驾上太一神象牙饰的辇车。青龙屈曲舞动为我左骖啊，白虎纵横驰骋为我右骖啊。随行服侍的玉女于后车。遨游广袤无边的宇宙中啊，又休息在神山昆仑大丘。无穷尽的逍遥自乐啊，与神明共游我从容不迫。渡过昆仑西南的赤水开始奔驰啊，一睹天门之外大夏国的遗风。鸿鹄振羽千里冲入高空啊，看到屈曲重叠的高山大河。再次拍打羽翼升腾空中啊，即可见天圆地方宇宙四极。俯视九州的芸芸众生啊，我怎能不乘着旋风四方徜徉。于是就抵达那传说的少原啊，赤松子、王子乔仙子居住的地方。二仙子抱琴调好乐调啊，我也乘兴和拍唱起歌曲清商。淡泊自然怡然自处啊，呼吸自然之气在空中翱翔。虽想与仙人长逝远游啊，但我还要返回那眷念的故乡。

鸿鹄迟来想要滞留山林啊，恶鸟鸱枭群集企图陷害它。水中神龙误居陆地啊，也会被蝼蚁啮啄伤害。鸿鹄神龙尚且遭此祸患啊，何况那遭逢浊世的贤才。年岁流逝日渐衰老啊，年复一年运转不可停止。世俗人同流合污每况愈下啊，小人群集反要歪曲君子的端直。有人投机钻营爬上高位啊，有人却明辨是非而隐居山林。无奈君王不权衡比较啊，对谗佞小人和栋梁之材看成同样。有人专门看君王脸色行事啊，有人直言进谏忠心耿耿。伤痛的是如此忠佞不分啊，偏将茅草丝线合起搓绳。当今世俗是这样的混浊啊，迷惑人心是非黑白颠倒。抛弃大泽之龟和昆山的美玉啊，相互却说那些碎石何等珍贵。梅伯屡次直谏遭到酷刑啊，顺从纣王的人把持国政。悲叹志士恪守忠贞的节操啊，反而遭到小人纷纷的迫害。比干忠言直谏结果被剖心啊，箕子披发装疯以求自保。江水倒流水源就会枯竭啊，再茂盛的树木也无法生存。并非看重自身才担忧危难啊，痛惜的是危害身躯却无成效。

算了吧！你没见鸾鸟凤凰已高高远离啊，就要栖止没有人烟的荒野。周游四方回旋观望啊，细察有圣德之像才飞临下降。那颇具神智的鸾鸟凤凰啊，远离浊世自我珍重深藏。麒麟这样的神兽捆绑束缚啊，和犬羊又有什么不同？

招隐士

对于《招隐士》的作者，一般认为是西汉淮南王刘安的门客——淮南小山。“招隐士”即招纳隐居不仕的贤士，文中极力渲染、描绘山中的种种艰苦、险恶情景，进而劝那些隐居的贤士们归来。

桂树丛生兮山之幽，偃蹇连蜷兮枝相缭①。

山气巃嵸（lóng zǒng）兮石嵯峨②，溪谷崭岩兮水曾波③。

猨狖（yòu）④群啸兮虎豹嗥，攀援桂枝兮聊淹留⑤。

王孙⑥游兮不归，春草生兮萋（qī）萋⑦。

［注释］

①偃蹇：树干屈曲、美好的形态。连蜷：树弯曲、茂盛。缭：缭绕，纠结缠绕在一起。②山气：指山间浮动的流岚雾气。巃嵸：云雾弥漫的样子。嵯峨：山势陡峭、高峻的样子。③崭岩：山势险峻。曾波：水波汹涌。④猨狖：泛指猿猴。⑤淹留：逗留、停留。⑥王孙：王孙贵族，这里就是指题目中的隐士。⑦萋萋：草木茂盛的样子。

岁暮兮不自聊①，蟪蛄鸣兮啾啾②。

坱兮轧③，山曲岪（fú）④，心淹留兮恫慌忽⑤。

罔兮沕⑥，憭兮栗⑦，虎豹穴，丛薄深林兮人上慄⑧。

嵚岑碕礒（yǐ）兮碅磳磈硊⑨，树轮相纠兮林木茷骫⑩。

青莎杂树兮薠草靃靡⑪，白鹿麏麚（jūn jiā）⑫兮或腾或倚，

状皃崟（yín）崟兮峨峨⑬，凄凄兮漇（xǐ）漇⑭。

猕猴兮熊罴⑮，慕⑯类兮以悲。

攀援桂枝兮聊淹留，虎豹斗兮熊罴咆，禽兽骇兮亡其曹⑰。

王孙兮归来！山中兮不可以久留。

[注释]

①岁暮：年底。岁原指木星，后将木星的运行周期称为一岁，就是一年。不自聊：聊为信赖、依靠的意思。不自聊就是无依无靠，心情忧愁、烦闷。②蟪蛄：昆虫名，蝉的一种。啾啾：拟声词，蝉鸣声。③坱兮轧：坱轧，兮为语气助词，下面"罔兮沕""憭兮栗"同理。坱轧，指大山笼罩在浓重雾气下的样子。④曲岪：山势曲折蜿蜒的样子。⑤恫慌忽：迷茫、痛苦。⑥罔兮沕：指人失魂落魄、精神恍惚的样子。⑦憭兮栗：悲伤、战栗。⑧慄：战栗，发抖，害怕。⑨嵚岑：山势高耸、险峻。碕礒：山石丛生、高低不平的样子。硱磳、磈硊：皆为山石险峻、陡峭之意。⑩轮：指树枝。茷骫：树的枝条曲曲绕绕纠缠在一起的样子。⑪青莎、薠草：皆为草名。靃靡：草叶柔弱、随风飘摆的样子。⑫白鹿：神话传说中的神兽。麏麚：麏，同"麇"，即獐，一种类似鹿而小、有獠牙的动物。麚，公鹿。⑬皃：同"貌"。崯崯、峨峨：原意是形容山势的高耸陡峭，这里形容鹿角。⑭凄凄：水珠流下来的样子。漇漇：沾濡湿润的样子。⑮熊罴：猛兽。⑯慕：留恋。⑰亡其曹：消失不见。曹，群、组。

[译文]

在那山谷中啊丛生着桂树，树干弯曲、枝条纠结。山中大雾朦胧啊怪石横生，溪涧陡峭啊水流湍急汹涌。猿猴长啸啊虎豹嘶吼，攀援在桂枝上啊驻足远望。落魄的贵人啊远游不回来，春草已经萌发啊万物复苏。

到了年底啊我却孤苦伶仃，蝉儿啾啾鸣叫个不停。雾气笼罩啊山势蜿蜒，我心彷徨啊痛苦迷茫。精神恍惚啊惊恐害怕，丛林中遍布着虎豹的巢穴又让我魂不附体。山势陡峭险峻啊高低不平，树枝纠结缠绕啊纵横交错。青莎、薠草啊生长在树木中间，草叶在随风飘摆，白鹿、獐子有的在跳跃，有的在休息。鹿角高耸啊好似山峰峥嵘，上面的水珠流下来闪烁着阳光。猿猴啊熊罴，留恋自己的族群而发出悲鸣。攀援在桂枝上啊驻足远望，虎豹打斗啊熊罴怒吼，鸟兽们万分惊恐啊消失得无影无踪。落魄的贵人回来吧！山中啊不可久留！

七谏

《七谏》为西汉东方朔为屈原代言所作，由七篇短诗组成，表现了忠心为国的屈原却被诽谤、惨遭放逐、最终投水自尽的悲剧一生，同时，东方朔本人怀才而不得遇、愤世嫉俗的心境在此也显露无遗。

初放

《初放》为《七谏》组诗的第一篇，表达了初遭流放的屈原的悲愤心情，还有他“宁为玉碎，不为瓦全”的高尚节操，为《七谏》全篇定下了基调。

平生于国兮[1]，长于原壄(yě)[2]。
言语讷涩兮[3]，又无强辅[4]。
浅智褊能兮[5]，闻见又寡。
数言便事兮[6]，见怨门下[7]。
王不察其长利兮[8]，卒见弃乎原壄[9]。
伏念思过兮[10]，无可改者。
群众成朋兮[11]，上浸以惑[12]。
巧佞在前兮[13]，贤者灭息[14]。
尧舜圣已没兮[15]，孰为忠直？
高山崔巍兮[16]，水流汤(shāng)汤[17]。
死日将至兮，与麋鹿同坑[18]。
块兮鞠[19]，当道宿[20]。
举世皆然兮，余将谁告？
斥逐鸿鹄[21]兮，近习鸱枭[22]。
斩伐橘柚兮[23]，列树苦桃[24]。

便(pián)娟之修竹兮㉕，寄生乎江潭㉖。

上葳蕤(ruí)而防露兮㉗，下泠泠而来风㉘。

孰知其不合兮，若竹柏之异心㉙。

往者不可及兮㉚，来者不可待㉛。

悠悠苍天兮，莫我振理㉜。

窃怨君之不寤兮㉝，吾独死而后已。

[注释]

①平：屈原自称，屈原的名为平。国：指国都，即楚都郢。②原壄：原野，壄，通“野”。③讷涩：说话不流畅。④强辅：有势力的、帮助自己的人。⑤浅智：智力平平。褊能：能力一般。⑥数言：几次。便事：“便宜之事”，指有利的事，这里指对国家发展有好处的事情。⑦见怨：被怨恨。门下：指得君主宠信的人。⑧长利：长远的利益。⑨弃：抛弃，这里指屈原被放逐。⑩伏念：伏，自谦之辞。伏念指自省。⑪群众：众多的人，这里指那些奸佞小人。朋：朋党。⑫浸：渐渐地。⑬巧佞：这里指对君王阿谀奉承、进谗言陷害忠良的人。⑭灭息：这里指被疏远、放逐。⑮尧舜：上古传说中两位贤明的君主。⑯崔巍：山峰高大的样子。⑰汤汤：水势浩大的样子。⑱坑：同“坑”。⑲块：孤独。鞠：匍匐，趴在地上。⑳当道宿：在路上休息、住宿。㉑鸿鹄：鸟名，指天鹅，这里指代贤良的君子。㉒鸱枭：恶鸟名，这里指代奸佞的小人。㉓橘柚：柚，一种乔木，果实即柚子。橘柚指美好的树木。㉔苦桃：不好的树木。㉕便娟：秀美。㉖江潭：江边。㉗葳蕤：蕤，即“蕤”。葳蕤即草木繁茂的样子。防露：这里指的是竹子可以遮挡露水。㉘泠泠：凉风习习的样子。㉙竹柏之异心：竹子和柏树的观念意见不合。这是比喻的说法，作者自比竹子，以柏喻君主。㉚往者：这里指古代那些圣明的、能辨识忠奸的君主。㉛来者：这里指将来那些圣明的君主。㉜振理：拯救、甄别。㉝窃怨：自己私下里埋怨。寤：醒悟。

[译文]

屈原我生在国都，后来被放逐到原野去了。我言语木讷啊，又没有势力强大的后台提携我。我才智平庸，见识又很浅薄。我提出过几次富国安邦的建议，却因此而得罪了权贵。君主没有认识到国家的长远利益啊，听信了谗言将我放逐到原野。我反省自己的过错，但却没发现有错的地方。那些奸佞小人勾结起来朋比为奸，渐渐地君主都被他们迷惑住了。有奸佞的小人在前边啊，贤良的人都被疏远了。尧舜那样的圣主已经没有了啊，现在还有谁敢尽忠进谏？高山啊巍峨，流水湍急。我快要死了啊，却只能和野兽葬在一起。孤独的我倒在地上，晚上也在路上休息。全天下都是这样小人当道、忠良受害啊，我又能去和谁倾诉？这相当于撵走圣洁的鸿鹄，却接近丑恶的鸱枭。砍伐掉美好的橘柚，却种上恶木苦桃。修长的美竹生在江边。上边枝繁叶茂，可以遮挡露水，下面清凉可以让凉风拂面。谁料想啊君臣意见不一，就好比竹子和柏树有了异心。以前的那些圣明的君主啊我已经见不到了，未来的圣明君主啊我又等不及相见了。悠悠苍天啊，也不辨别这一切来拯救我。我只能私下里埋怨君主的昏愦啊，只有一死才算结束。

沉　江

《沉江》这一篇从上一篇《初放》的最后一句“窃怨君之不寤兮，吾独死而后已”延伸开来，先总结了以往历代兴亡的教训，又犀利地指出现在楚国的严重弊端，表达了自己将以死表忠心的决心，这些都是自沉汨罗之前的屈原内心的痛苦反思、挣扎，悲壮异常。

惟往古之得失兮，览私微之所伤①。
尧舜圣而慈仁兮，后世称而弗忘。
齐桓失于专任兮②，夷吾忠而名彰③。
晋献惑于骊姬兮④，申生孝而被殃⑤。
偃王行其仁义兮⑥，荆文寤而徐亡⑦。
纣暴虐以失位兮⑧，周得佐乎吕望⑨。
修往古以行恩兮，封比干之丘垄(lǒng)⑩。
贤俊慕而自附兮⑪，日浸淫而合同⑫。
明法令而修理兮⑬，兰芷幽而有芳⑭。

［注释］

①私微：偏信奸佞、谄媚的人。伤：伤害。②齐桓：指春秋时齐国的齐桓公，

春秋五霸之首。专任：让奸佞之人专权，这里指晚年的齐桓公宠信易牙、竖刁等小人。③夷吾：指的是齐桓公的名相管仲，夷吾是他的名，他辅佐齐桓公开创了齐国的霸业。④晋献：晋献公，春秋时晋国君主，骊姬是他宠信的妃子。⑤申生：晋献公世子，后被骊姬陷害自杀。⑥偃王：指徐偃王，西周穆王时徐国的君主。⑦荆文：指楚文王，他看到徐国日见强盛而醒悟，担心威胁自己，遂出兵攻打徐国，徐偃王“不忍斗其人，故致于败”。寤：醒悟。⑧纣：指商朝最后一个君主帝辛，以残暴著称。⑨佐：辅佐之臣。吕望：吕尚，又名姜尚、姜子牙，辅佐周王灭掉殷商的大功臣。⑩封：聚土为坟，为封。比干：帝辛的叔叔，因直言进谏而被帝辛杀害。丘垄：坟墓。武王灭商以后，“封比干之墓，召其子于长之石室，封爵博陵侯，赐姓林氏”。⑪贤俊：贤能、卓越的人才。慕：钦慕、佩服。附：归附，依附。⑫浸淫：越来越多。合同：同心齐力。⑬修理：修明法度，使国家有序运转。⑭兰芷：植物名，兰花和香芷，这里指代贤良的人。

苦众人之妒予兮，箕(jī)子寤而佯狂[1]。
不顾地以贪名兮[2]，心怫郁而内伤[3]。
联蕙芷以为佩兮[4]，过鲍(bào)肆而失香[5]。
正臣端其操行兮，反离谤而见攘[6]。
世俗更而变化兮，伯夷饿于首阳[7]。
独廉洁而不容兮，叔齐久而逾明[8]。
浮云陈而蔽晦兮[9]，使日月乎无光。
忠臣贞而欲谏兮，谗谀毁而在旁。
秋草荣其将实兮[10]，微霜下而夜降。
商风肃而害生兮[11]，百草育而不长[12]。
众并谐以妒贤兮，孤圣特而易伤[13]。
怀计谋而不见用兮，岩穴处而隐藏。
成功隳(huī)而不卒兮[14]，子胥死而不葬[15]。
世从俗而变化兮，随风靡而成行[16]。
信直退而毁败兮[17]，虚伪进而得当[18]。
追悔过之无及兮，岂尽忠而有功。

废制度而不用兮[19]，务行私而去公[20]。
终不变而死节兮[21]，惜年齿之未央[22]。
将方舟而下流兮[23]，冀幸君之发矇(méng)[24]。
痛忠言之逆耳兮，恨申子之沉江[25]。
愿悉心之所闻兮，遭值君之不聪。
不开寤而难道兮[26]，不别横之与纵[27]。
听奸臣之浮说兮，绝国家之久长。
灭规矩而不用兮[28]，背绳墨之正方[29]。
离忧患而乃寤兮，若纵火于秋蓬[30]。
业失之而不救兮[31]，尚何论乎祸凶？
彼离畔而朋党兮[32]，独行之士其何望？
日渐染而不自知兮，秋毫微哉而变容[33]。
众轻积而折轴兮[34]，原咎(jiù)杂而累重。
赴湘沅之流澌兮[35]，恐逐波而复东[36]。
怀沙砾而自沉兮，不忍见君之蔽壅[37]。

[注释]

①箕子：帝辛的叔父、比干的弟弟，为逃避帝辛的迫害而装疯。②地：这里指国家，楚国。③怫：心情不舒畅。内伤：内心伤痛。④联：连接。蕙芷：香草。佩：佩饰。⑤鲍肆：卖腌鱼的商铺，腥臭袭人，比喻小人扎堆之地。失香：(香草佩饰)失去了香味。⑥离谤：离，通“罹”。离谤指遭受诽谤、中伤。见攘：被排斥。⑦伯夷：商末人，商亡以后和叔齐立誓“不食周粟”，在首阳山上采薇为食，后饿死。⑧逾明：名声越来越显著。⑨陈：陈列。蔽晦：遮挡。⑩荣：草木繁盛。实：结果实。⑪商风：指西风、秋风。古代五行学说中用五音和四时相对应，五音中古代商属秋，配西方，所以西风、秋风又称商风。⑫不长：草木枯竭。⑬圣：指圣贤之人。特：孤独。⑭隳：毁坏。不卒：没有得到善终，伍子胥是被吴王夫差赐死的，所以是“不卒”。⑮死而不葬：指伍子胥死后，被夫差沉尸江中，不得安葬。⑯随风靡：随风披靡，指蔚然成风。⑰信直：忠信、正直的人。⑱当：担任，得当就是得到任用。⑲制度：指古代圣贤流传下来的法制。⑳务：专心从事。㉑死节：为坚持自己所秉承的某种信念或思想而死。㉒未央：未半、不远、未尽等意，这里指年龄

不大。㉓方舟：两条并在一起的船。㉔冀：希望。发矇：醒悟。㉕申子：伍子胥，伍子胥被吴王封于申地，所以他又被称为申胥、申子。㉖道：引导，开导。㉗横之与纵：指合纵和连横，是战国列强们采取的外交、军事联盟政策，合纵为弱国联合起来对抗强国，连横则是随从某个强国去进攻弱国。战国后期，秦国的实力远超其他国家，于是合纵便指其他六国联合对抗秦国，连横则是六国中的某些国家作为秦国的附庸去进攻别的国家。㉘规矩：前代传下的法制。㉙背：背离。绳墨：原是木工画线的工具，后用来比喻规矩或者法度。㉚秋蓬：秋天的蓬草，干燥易燃。㉛业：已经。㉜离畔：分心，人心散了，离心离德。㉝秋毫：指动物在秋冬季节长出的细毛，比喻细微的事物。㉞轻：重量轻的东西。折轴：使车轴折断。㉟流澌：流水。㊱复东：向东流入大海。㊲蔽壅：壅，蒙蔽、蒙骗。蔽壅指被蒙蔽。

［译文］

回顾古往今来的兴亡成败啊，看看君王宠信奸佞小人给国家造成的伤害。尧舜圣明又仁慈啊，后世的人们都在称赞，百世不忘。齐桓公的失误就是宠信了佞臣啊，管仲却因为忠诚而名传后世。晋献公迷上了骊姬，孝顺的申生却因此而遭殃。徐偃王施行仁政啊，楚文王醒悟后将徐国灭亡。商纣王残暴而丢掉了王位，周朝却有吕望相帮。仿效前代的做法施行仁义啊，武王便封比干之墓以示表彰。这样那些贤能的人便会钦慕而来归附，时间久了便会同心同德、齐心协力。修明法度啊申正事理，贤能之士就会像兰芷散发花香一样发挥出自己的才能。

苦于为众多小人所妒忌啊，箕子看明白这一切便假作癫狂。那些小人不顾国家的利益只顾着贪图自己的名利啊，我很郁闷很伤心。将香草做成的佩饰戴在身上啊，路过卖腌鱼的铺子就会失去其香味。正直的大臣们操行端正，却被小人们排挤、诽谤。现在的世俗风气已经变化了啊，伯夷饿死在首阳山上。廉洁的人却为社会所不容啊，只有叔齐百世流芳。密布的乌云遮蔽了天空，让日月都黯淡无光。忠贞的大臣想要进谏，但是那些乱进谗言、阿谀奉承的人就在一旁。秋天草木就要结出果实啊，晚上却降下一场薄霜。凛冽的西风危害万物啊，使草木凋敝了不再生长。那些小人都嫉妒贤能的人啊，所以贤能的人孤独而又易遭中伤。心怀富国利民的良策却不被任用啊，又被排挤到岩洞里隐居躲藏。伍子胥的功绩都被败坏了，他自己也没有获得善终，最后还不得安葬。世俗都是随波逐流啊，坏风气已经蔚然成风不讲立场。诚信正直的人被排斥，虚伪狡诈的人却担当大任。现在后悔已经晚了啊，即便竭尽忠诚也是无济于事的。那些小人将先王传下的法制抛弃不用啊，只盯着一己私利而将国家抛在一旁。我终究不能变节啊只有殉节而死，可惜我的年纪还不大！我乘着方舟顺流而下啊，希望君王能醒悟。忠言逆耳会触怒君王，这很悲哀！伍子胥被害沉于江中这很遗憾！我愿意贡献我的全部才学啊，可惜赶上昏庸的君王。他不醒悟而且又不听劝啊，合纵连横这么重要的事情都分不清。君王他听信奸臣们的浮夸之说啊，灭绝了国祚不再久长。放弃了先王的法制而不用啊，背离了正道朝纲。遭遇忧患才醒悟啊，就好比在秋天的蓬草上放火，已经无可挽救了。已经犯错了还不挽救啊，还谈什么祛灾乞祥？那些奸佞的小人们朋比为奸，忠贞却被孤立的人们还有什么希望？君王渐渐为小人们所蒙蔽而他自己却不知道啊，秋毫再小也可以改变动物的外貌。很多很轻的东西压在车上也会让车轴折断，小错误累积起来也会酿成祸殃。我投身到湘沅的流水中啊，恐怕要顺水向东流入海洋。我怀揣着沙石自沉于江中啊，不忍看到君王被蒙蔽的情况！

怨　世

《怨世》细致地描绘并沉重地抨击了当时的局势：世人贤愚不辨，贤德之士被打击排挤，奸佞小人却受宠重用，同时也刻画了诗人的矛盾心理：既想就此远走避世，又怕就此名誉受损；既想保存生命，又无法忍受君王为奸佞之徒所蒙蔽，描摹细致，感人至深。

世沉淖(nào)而难论兮①，俗岒峨而嵾嵯(cēn cī)②。
清泠泠而歼灭兮③，溷(hùn)湛湛④而日多。
枭(xiāo)鸮既以成群兮⑤，玄鹤弭翼而屏移⑥。
蓬艾亲入御于床第兮⑦，马兰踸(chěn)踔而日加⑧。
弃捐药芷与杜衡兮⑨，余奈世之不知芳何。
何周道之平易兮⑩，然芜秽而险戏⑪。
高阳无故而委尘兮⑫，唐虞点灼而毁议⑬。
谁使正其真是兮⑭，虽有八师而不可为⑮。

［注释］

①沉淖：形容当时的世风日下，腐朽衰败。②岒峨、嵾嵯：都是形容山势岩石高低不平的样子，这里指世人的思想参差不齐、有高有低，多数人贤愚莫辨、是非

不分。③清泠泠：清秀俊美的样子，这里指代高洁的贤士。歼灭：消失。④溷湛湛：溷，《说文·水部》：“乱也。一曰水浊貌。”湛湛，浓重、深厚。溷湛湛是指混浊、杂乱无章的样子，这里指代贪浊的小人。⑤枭鸮：恶鸟名，这里指代奸恶的小人。⑥玄鹤：神鸟名，这里指代贤良之士。弭翼：弭，低垂。翼，翅膀。弭翼指收起翅膀。屏移：离去，隐退。⑦蓬艾：杂草名，这里指代奸邪小人。床第：床，本为坐具的称呼，后来演变为卧具。第，床垫子、席子。床第指床垫子。⑧马兰：恶草名，指代小人。踸踔：草木杂乱、飞速滋生的样子。加：更。⑨弃捐：抛弃。药芷、杜衡：香草名，这里指代贤良高尚的人。⑩周道：平坦的大路。⑪芜秽：荒芜。险戏：危险。⑫高阳：指上古传说中的帝王颛顼，号高阳氏。委尘：为尘垢所玷污，就是蒙受冤屈的意思。⑬唐虞：指尧舜两位上古传说中的贤明君主。点灼：被人污蔑。毁议：遭受诽谤。⑭正：主持、评判。真是：是非对错。⑮八师：八位德高望重的人。王逸《楚辞章句》：“八师，谓禹、稷、卨、皋陶、伯夷、倕、益、夔也。言尧、舜有圣贤之臣八人，以为师傅。”八或许为概数，很多的意思。

皇天①保其高兮，后土②持其久。

服清白以逍遥兮③，偏与乎玄英异色④。

西施媞(tí)媞而不得见兮⑤，嫫(mó)母勃屑而日侍⑥。

桂蠹(dù)不知所淹留兮⑦，蓼虫不知徙乎葵菜⑧。

处溷(hūn)溷之浊世兮⑨，今安所达乎吾志⑩？

意有所载而远逝兮⑪，固非众人之所识⑫。

骥踌躇于弊輂兮⑬，遇孙阳而得代⑭。

吕望穷困而不聊生兮⑮，遭周文而舒志⑯。

宁戚饭牛而商歌兮⑰，桓公闻而弗置⑱。

路室女之方桑兮⑲，孔子过之以自侍⑳。

吾独乖剌(là)而无当兮[21]，心悼怵而耄(mào)思[22]。

思比干之怦(pēng)怦兮[23]，哀子胥之慎事[24]。

悲楚人之和氏兮[25]，献宝玉以为石。

遇厉武之不察兮[26]，羌两足以毕斮(zhuó)[27]。

［注释］

①皇天：天。②后土：土地。③服：穿衣服。清白：清净洁白。④玄英：和“清白”相对，黑色。异色：颜色不一样，这里比喻道德高洁之士不和奸佞小人们同流合污。⑤西施：春秋时越国美女，这里比喻贤良之人。媞媞：女子貌美。⑥嫫母：传说中黄帝的第四个妻子，貌丑德淑。勃屑：匍匐而行。⑦桂蠹：生长在桂树上的蠹虫，这里用来比喻那些尸位素餐的官员。王逸《楚辞章句》：“桂蠹以喻食禄之臣也。言桂蠹食芬香、居高显，不知留止，妄欲移徙，则失甘美之木，亡其处也，以言众臣食君之禄，不建忠信，妄行佞谄亦将失其位，丧其所也。”淹留：停留。⑧蓼虫：蓼草叶子上的虫子，这里比喻甘于困苦的贤臣。王逸《楚辞章句》：“言蓼虫处辛烈，食苦恶，不能知徙于葵菜，食甘美，终以困苦而癯瘦也。以喻己修洁白，不能变志易行以求禄位，亦将终身贫贱而困穷也。”蓼，草名，生于水边。葵菜：甘美的菜。⑨溷溷：混乱。⑩安：安能，怎能。⑪意：内心。⑫识：理解。⑬骥：良马。弊辇：破旧的车。⑭孙阳：伯乐，以善于相马著称。⑮吕望：姜子牙。⑯周文：周文王姬昌，是他在渭水边发现了姜子牙这个人才。⑰宁戚：春秋时期卫国人，早年身怀济世之才而无处施展，以放牛为业，后被齐桓公拜为大夫，任齐国大司田长达四十余年。饭牛：喂牛。商歌：悲凉的歌。⑱桓公：春秋时期的齐桓公。弗置：不再弃置，就是任用的意思。⑲路室：旅社。方桑：正在采桑叶。⑳孔子过之以自侍：据《楚辞补注》记载：“孔子出游，其女方采桑，一心不视。言其贞信，故以自侍。”侍：侍奉。㉑乖剌：不合，不相容。无当：当，值逢，赶上。无当指没有赶上（有道明主）。㉒悼怵：恐惧，担心。耄思：耄，昏乱、昏惑。耄思指胡思乱想。㉓怦怦：忠直。㉔慎事：尽心尽力地辅佐（君王）。㉕和氏：楚国人卞和，传说他曾经在荆山中发现一块璞玉，便献给楚厉王，但是却被当作一块石头，于是卞和被砍掉了左脚。后来楚厉王死了，楚武王继位，卞和又献玉，结果又被砍掉了右脚。后来楚文王继位，卞和抱着璞玉在楚山痛哭了三天三夜，惊动了楚文王。卞和说自己并不是在哭被砍去了双脚，而是哭宝玉被当作石头，忠贞之人被认定为欺君之徒，没有罪却受了刑辱。楚文王命人剖开这块璞玉，果真是稀世之玉，就将其命名为和氏璧。㉖厉武：指楚厉王、楚武王。㉗羌：发语词。斮：斩。

小人之居势兮[1]，视忠正之何若？

改前圣之法度兮，喜嗫嚅(niè rú)而妄作[2]。

亲谗谀而疏贤圣兮，讼谓闾娵(jū)为丑恶③。

愉近习而蔽远兮④，孰知察其黑白。

卒不得效其心容兮⑤，安眇眇而无所归薄⑥。

专精爽以自明兮⑦，晦冥冥而壅蔽⑧。

年既已过太半兮⑨，然埳(kǎn)轲而留滞⑩。

欲高飞而远集兮⑪，恐离罔而灭败⑫。

独冤抑而无极兮⑬，伤精神而寿夭⑭。

皇天既不纯命兮⑮，余生终无所依。

愿自沉于江流兮，绝横流而径逝⑯。

宁为江海之泥涂兮⑰，安能久见此浊世⑱？

［注释］

①居势：居，占据，掌握。势，权力。居势指身居高位。②嗫嚅：窃窃私语，《楚辞章句》："小语谋私貌。"③讼：争论。闾娵：古代的美女名。④愉：亲近。近习：君王近亲的奸邪小人。蔽：抛弃。远：和"近习"相对，指贤者。⑤卒：终。心容：心中怀有的忠贞之意。⑥安：于，在。眇眇：辽远。归薄：归附、归属。⑦专：专一。精爽：明亮，指心中光明磊落。⑧晦冥冥：昏暗，这里形容世道黑暗。⑨太半：多半，大半，这里指年过半百。⑩埳轲：坎坷。留滞：滞留，停滞不前。⑪集：停止、停留。远集即飞得离这里远远的再停下来。⑫离罔：触犯法律。⑬无极：无穷无尽，没有极限。⑭精神：思想感情。寿夭：折寿。⑮不纯命：反复无常。⑯绝：横渡。径逝：径直前往。⑰涂：泥。⑱安能：怎么能，怎么可以。

［译文］

现在的世俗风气败坏而又难以言说啊，世人不辨贤愚、是非不分。清正高洁的人被排挤而退隐啊，贪浊的人却越来越春风得意。恶鸟枭鸮成群结队啊，高洁的玄鹤只能收敛翅膀选择离开。用杂草蓬艾来铺床啊，马兰滋生异常繁茂。世人将药芷与杜衡都抛弃了啊，我真无奈他们竟然不知道什么是芳草！平坦宽广的大路啊，为什么满目荒芜又危险重重？高阳氏无故被冤屈啊，唐尧虞舜蒙受诽谤。当世有谁能站出来主持正义啊，即便是八师在世也无济于事。

苍天啊高高在上，大地啊深厚广博。我穿着清净洁白的衣服逍遥自在啊，就是不和穿着黑色衣服的人一个颜色！美丽的西施不能在君王身边服侍啊，蹒跚而又丑陋的嫫母却每天都在君王身旁。桂树上的蠹虫不知道适可而止啊，蓼草上的虫子却不知道去找甘美的菜吃。我生在这个混乱的世道当中啊，我的志向又如何

能舒展？心怀忠贞却要远行啊，我本来就不为大众所理解啊！骏马拉着破车艰难前行啊，遇到了孙阳才得以解脱。吕望穷困潦倒无法维持生计了，遇到了周文王才得以施展他的大志向啊！宁戚喂牛的时候大声唱着悲凉的歌啊，齐桓公听见了便任用了他。客舍旁的女子正在专心不二地采桑啊，路过的孔子欣赏她的贞信所以让她服侍自己。我却不为世所容又没遇上明主啊，心里既恐惧又烦乱。我又想起了忠心耿直的比干啊，尽心奉主的伍子胥，为他们感到悲哀。我又悲叹那楚人卞和，献上宝玉却被当成了石头。遇到了没有明察的楚厉王、楚武王啊，两只脚都被砍掉了。

奸邪的小人们把持着高位啊，将忠诚正直的人看成什么？篡改前代圣贤留下的法度啊，最喜欢的就是搞阴谋诡计、胡作非为。君主亲近那些阿谀奉承的小人、疏远了贤人君子们啊，连美女闾娵都被小人们污蔑为丑恶的人。君主宠信小人们、抛弃了正直之士啊，又怎么来辨别良莠？我终究不得为国效力啊，还被排斥到极远的地方无所归附。自我表白专一忠诚光明磊落啊，但是却因社会黑暗而被埋没。我现在已经年过半百了啊，还挫折连连、停滞不前。我想远走高飞离开这污浊的社会，又担心触犯了法律而身败名裂。偏偏我遭受的冤屈又没个尽头啊，摧残我的精神让我过早夭逝。苍天既然这样反复无常不循正道啊，我的一生终将孤苦无依。我愿自沉于江水中啊，随着水流向远方漂去。我宁可成为江海中的污泥，也不愿一直看着这污浊的尘世！

怨　思

《怨思》为《七谏》中最短的一篇，抒发了作者对君王的无比忠诚，还有对当道小人的万分痛恨，尤其要注意一点，文中举出的伍子胥、比干、介子推等人无不忠贞无比但下场凄惨，这也是屈原自身环境的真实写照，又引出了下篇《自悲》。

贤士穷而隐处兮[1]，廉方正而不容[2]。

子胥谏而靡躯兮[3]，比干忠而剖心[4]。

子推自割而飤(sì)君兮[5]，德日忘而怨深。

行明白而曰黑兮[6]，荆棘聚而成林。

江离弃于穷巷兮[7]，蒺(jí)藜(lí)蔓乎东厢[8]。

贤者蔽而不见兮，谗谀进而相朋[9]。

枭鸮并进而俱鸣兮，凤皇飞而高翔。

愿壹往而径逝兮，道壅绝而不通。

［注释］

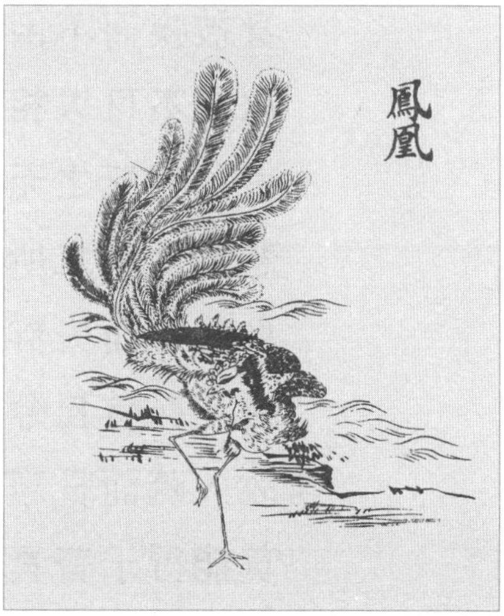

①穷：不得志。隐处：隐居。②不容：不为社会所容，在社会上行不通。③靡躯：靡，没有。躯，身体。靡躯犹言粉身碎骨，死后找不到尸体。④剖心：传说比干屡次向商纣王进谏，纣王怒曰："吾闻圣人心有七窍。"遂剖比干，观其心。比干剖心而死。⑤子推：指春秋时晋国名臣介子推，当年追随公子重耳流亡在外，曾割下大腿上的肉给重耳充饥。饤："食"。⑥明白：光明磊落、干干净净。⑦江离：亦作"江蘺"，香草名，又名"蘼芜"，这里指代贤德的人。⑧蒺藜：草名，多刺，这里比喻那些小人。东厢：东厢房，位于正宫东侧房屋。⑨相朋："朋"当作"明"，宣扬的意思。相明就是相互宣扬、相互吹捧的意思。

［译文］

贤能的人不得志而被迫离世隐居啊，廉洁正直却为社会所不容。伍子胥进谏却惨遭不幸啊，比干忠心耿耿却被纣王剖心。子推将大腿上的肉割下给重耳吃啊，后来重耳渐渐忘记了他的恩德，对他的猜忌却越来越深。行为高尚却被小人们污蔑为污浊啊，荆棘这样的恶木聚集在一起也成了树林。江离香草被抛弃在破败的巷子里啊，带刺的蒺藜却任其在东厢房蔓延。君王被蒙蔽以致贤能的人见不到君王啊，奸佞、谄媚的小人却得到重用而相互吹捧。恶鸟枭鸮成群结队一起鸣叫啊，凤凰只能高远地飞翔。我想见君王一面后就远走他乡啊，但是小人当道使我见不到。

自　悲

《自悲》可以视为屈原的自省，展露了他此时悲凉、无奈的心境，以及对故国家乡的无限怀念之情，由此可见坚强的屈原内心也有柔弱的一面。

居愁懃(qín)其谁告兮①，独永思而忧悲。

内自省而不惭兮②，操愈坚③而不衰。

隐三年而无决兮④，岁忽忽其若颓⑤。

怜余身不足以卒意兮⑥，冀一见而复归。

哀人事之不幸兮⑦，属天命而委之咸池⑧。

身被疾而不闲兮[9]，心沸热其若汤[10]。
冰炭不可以相并兮，吾固知乎命之不长。
哀独苦死之无乐兮，惜予年之未央[11]。
悲不反余之所居兮[12]，恨离予之故乡。
鸟兽惊而失群兮，犹高飞而哀鸣。
狐死必首丘兮[13]，夫人孰能不反其真情[14]？
故人疏而日忘兮[15]，新人近而俞好[16]。
莫能行于杳冥[17]兮，孰能施于无报[18]？

［注释］

①愁懃：懃，即“勤”，忧愁、担心。愁懃即忧愁。②不惭：不感到惭愧，即问心无愧之意。③操：操守。④决：决定、命令，这里指朝廷将屈原召回的命令。⑤岁：时间。忽忽：形容时间过得快。颓：这里指岁月流逝。⑥卒意：尽意，这里指实现愿望。⑦人事：世间的事情。⑧属：托付，指望。咸池：指天神。⑨被：遭受，这里指患病。闲：病愈。⑩汤：开水。⑪未央：这里指年轻。⑫反：通“返”，返回。居：以前居住的地方。⑬首丘：头朝向狐穴所在的土丘。⑭反：违反。真情：本心，真实的感情。⑮故人：这里指以前为君主所重用的贤良之士。⑯新人：这里指君王现在宠信的奸佞小人。俞好：俞，通“愈”，更加。俞好指更好。⑰杳冥：幽暗深远的地方。⑱无报：没有回报。

苦众人之皆然兮，乘回风而远游[1]。
凌恒山其若陋兮[2]，聊愉娱以忘忧。
悲虚言之无实兮，苦众口之铄金[3]。
过故乡而一顾兮，泣歔欷而沾衿[4]。
厌白玉以为面兮[5]，怀琬琰以为心[6]。
邪气入而感内兮[7]，施玉色而外淫[8]。
何青云之流澜兮[9]，微霜降之蒙蒙[10]。
徐风至而徘徊兮，疾风过之汤（shāng）汤[11]。
闻南藩乐而欲往兮[12]，至会（kuài）稽而且止[13]。

见韩众而宿之兮[14]，问天道之所在[15]。
借浮云以送予兮，载雌霓而为旌[16]。
驾青龙以驰骛兮[17]，班衍衍之冥冥[18]。
忽容容其安之兮[19]，超慌忽其焉如[20]？
苦众人之难信兮，愿离群而远举。
登峦山而远望兮，好桂树之冬荣[21]。
观天火之炎炀兮[22]，听大壑之波声[23]。
引八维以自道兮[24]，含沆瀣（hàng xiè）以长生[25]。
居不乐以时思兮，食草木之秋实。
饮菌若之朝露兮[26]，构桂木而为室。
杂橘柚以为囿兮[27]，列新夷与椒桢[28]。
鹍鹤孤而夜号兮[29]，哀居者之诚贞。

［注释］

①回风：旋风。②凌：登，临。恒山：山名，五岳中的北岳，在山西省北部。③铄金：令金属熔化。④歔欷：悲泣，抽噎。衿：衣襟。⑤厌：著，佩带。面：外表。⑥琬琰：美玉。⑦感内：内心感觉到。⑧施：加上。外淫：外表显露出光泽。⑨青云：乌云。流澜：乌云浓密的样子。⑩蒙蒙：霜雾浓重的样子。⑪汤汤：本意是形容水势浩大，这里形容风的强劲。⑫南藩：南方偏僻的地方。⑬会稽：山名，在浙江省中东部，为历代名山之一。且止：暂时停下，休息。⑭韩众：古代传说中的仙人名。宿：住下。⑮天道：长生不老之道。⑯雌霓：彩虹外侧颜色较淡的部分。旌：旗子。⑰驰骛：疾驰，奔走。⑱班：排列。衍衍：连绵无尽。冥冥：这里指高远的地方。⑲忽：恍惚。容容：飞扬飘动。⑳超：遥远、高远。慌忽：恍惚。焉如：去哪里。㉑好：喜好，喜欢。冬荣：草木在冬季还茂盛或开花。㉒天火：一种天文现象，或是火烧云。炎炀：火势正旺的样子。㉓大壑：大海。㉔八维：四方四隅合称八维，四方为东、南、西、北，四隅为东南、东北、西南、西北。自道：为自己引导方向。㉕沆瀣：夜间的水气。㉖菌若：两种香草的名字。㉗囿：园林。㉘列：整列地栽培草木。新夷：辛夷，植物名，即木兰。椒：植物名，花椒树。桢：植物名，女贞。㉙鹍：鹍鸡，鸟名，外形似鹤。

［译文］

我的处境忧愁又和谁去说啊，一个人深思而更加悲伤。我反省自己的行为但是

问心无愧啊，我的操守更加坚定不会改变。被放逐了三年还没有接到朝廷召回的命令啊，时光像流水一样飞逝。可怜我这一生是无法实现愿望了啊，现在只希望能见君王一面。我哀叹我在人世间的遭遇如此不幸啊，只能将希望寄托于上苍。患上疾病而又不痊愈啊，内心焦灼像滚开的水一样。冰和炭不能并存啊，我本就知道我的寿命不长。悲叹我孤独痛苦到死都悲伤啊，可惜我的年岁还不长。伤心啊我不能回到我原来的住所，遗憾啊远离我的家乡。鸟兽们受惊了四散奔逃啊，还会高飞、悲鸣。狐狸临死的时候头都会朝向狐穴的土丘啊，人又怎么能违背自己要叶落归根的真情？旧臣们渐渐被君王所遗忘啊，新贵们越来越受到君王的宠信。没有谁能在黑暗中执着前行啊，有谁能不要求回报地付出？

苦恼于世人都这样追逐名利啊，我只好乘着风离开这浊世去远游。登临恒山觉得它也很渺小啊，我聊且这样散心以忘掉那些忧愁。可悲啊那些谗言全是虚妄不实的，可恨啊那些小人的诽谤足以将金子销熔。路过家乡时我看了一眼啊，唏嘘不已眼泪打湿了衣襟。我的外表像白玉一样纯洁啊，我的内心也如美玉琬琰一样。我感受到有邪僻之气要入侵我的内心啊，但是我心不变啊外表还像玉石一样莹润。天上乌云密布多么厚啊，细微的霜粒纷纷下降，使得天地间一片迷蒙。微风吹来好似徘徊飘荡，劲风吹来则气势迅猛。我听说南方边地安乐就想去那里啊，到会稽山时停下歇息。看见了仙人韩众啊就在此留宿，向仙人请教长生的真谛。仙人借浮云送我一程啊，彩虹成了我的旌旗。驾着青龙纵横驰骋啊，奔向遥远之地。恍恍惚惚随风飘荡啊，远方迷茫不知通向何方。这些世俗之人都难以信任啊，我宁愿离开他们远走高飞。登上小山瞭望远方啊，真喜欢傲雪欺霜的桂树。抬起头观赏天上猛烈燃烧的天火啊，低下头倾听海中激荡震撼的波声。用八个天极为自己引导方向啊，吸饮半夜的水气以修炼长生。生活不愉快是因为总在忧思啊，吃秋天草木的果实以果腹。饮用菌若上的晨露啊，用桂木建造房屋。种植橘树、柚树使之成为一片园林啊，再在它的周围整齐地种上辛夷、花椒和女贞。孤单的鹍鹤在夜晚哀鸣啊，它在哀叹我的诚信、忠贞。

哀　命

《哀命》篇名从首句“哀时命之不合兮，伤楚国之多忧”而来，作者哀的不仅是个人怀才不遇、惨遭流放的悲剧命运，还有楚国多灾多难的现实，心情沉痛而又无奈。

哀时命之不合兮[1]，伤楚国之多忧。

内怀情之洁白兮[2]，遭乱世而离尤[3]。

恶耿介之直行兮[4]，世溷(hùn)浊而不知[5]。

何君臣之相失兮，上沅湘而分离[6]。
测汨罗之湘水兮[7]，知时固而不反[8]。
伤离散之交乱兮[9]，遂侧身而既远[10]。
处玄舍之幽门兮[11]，穴岩石而窟伏[12]。
从水蛟而为徒兮[13]，与神龙乎休息。
何山石之崭岩兮[14]，灵魂屈而偃蹇[15]。
含素水而蒙深兮[16]，日眇眇而既远[17]。
哀形体之离解兮[18]，神罔两而无舍[19]。
惟椒兰之不反兮[20]，魂迷惑而不知路。
愿无过之设行兮[21]，虽灭没之自乐[22]。
痛楚国之流亡兮[23]，哀灵修之过到[24]。
固时俗之溷浊兮，志瞀(mào)迷而不知路[25]。
念私门之正匠兮[26]，遥涉江而远去。
念女媭之婵媛兮[27]，涕泣流乎於悒(wū yè)[28]。
我决死而不生兮，虽重追吾何及[29]。
戏疾濑之素水兮[30]，望高山之蹇产[31]。
哀高丘之赤岸兮[32]，遂没(mò)身而不反[33]。

[注释]

①时命：命运。不合：与世道不合，为社会所不容。②怀情：心中的情感，情操。③离尤：尤，通“忧”。离尤遭遇忧患。④恶：厌恶，不欢迎。耿介：耿直，光明磊落。直行：行为正直。⑤溷浊：混浊。⑥上：溯流而上。沅湘：楚国两条水名，均为长江支流。⑦测：测量，用身体测量江水的深浅，意即投江而死。汨罗：水名，传说屈原投汨罗而死。⑧固：丑恶、愚陋。不反：不再回头。⑨交乱：混乱。⑩侧身：蛰伏，潜藏，有避世隐居之意。⑪玄舍、幽门：都是黑暗的居室之意，这里比喻屈原遭放逐的困境。⑫穴：穴居。窟伏：“伏窟”，潜伏在洞窟之中，和“穴居”同义。⑬从：跟随、跟从。水蛟：水中的蛟龙。徒：同类或同一派别的人。⑭崭岩：山石险峻。⑮偃蹇：困顿，窘迫，不得施展。⑯素水：白水，清水。蒙深：

流水雾气迷蒙、幽深的样子。⑰眇眇：辽远。⑱形体：身体。离解：精神和肉体分离，指筋疲力尽的意思。⑲罔两：精神恍惚。无舍：无所依附。⑳椒兰：当指子椒、子兰，当时楚国两个奸臣。㉑设行：施行，按照自己的意志做。㉒灭没：身败名裂。㉓流亡：危险。㉔灵修：指君主。过到：应为"过倒"，即行事颠倒、不循正道。㉕瞀迷：心中迷茫烦乱。㉖私门：权门，指得宠的小人。匠：政教。㉗女媭：传说为屈原的姐姐，也可以理解为屈原虚构的一个女性形象。婵媛：牵持不舍的样子。㉘於悒：同"呜咽"，忧烦郁闷。㉙重：再次，多次。追：劝说。㉚戏：嬉戏。疾濑：湍急的流水。㉛蹇产：山势高低不平的样子。㉜赤岸：土石呈赤色的崖岸。王逸《楚辞章句》："楚有高丘之山，其岸峻崄，赤而有光明。"㉝没身：自沉江流。

[译文]

悲哀啊我真是生不逢时，伤心啊楚国多灾多难。内心情操无比高洁啊，却赶上乱世受苦受难。这个社会排斥耿直忠正的人啊，混乱黑暗不分美丑善恶。君臣为什么不能相得益彰啊，却让我被迫溯沅湘而上和君王分开。我要投身于汨罗江水中啊，已知社会如此丑恶我便不会再回来。为远离君王而悲伤啊心中烦乱，便避世远居远离祸端。住在黑暗的屋子中啊，潜伏在岩石的洞穴中。与蛟龙为友啊，和神龙同休同息。山石为何如此险峻啊，压抑着我的灵魂不得舒展。口中含着雾气迷蒙的清水啊，太阳西去越来越远。哀叹我的身体疲惫不堪啊，精神恍惚魂魄无所依从。想到子椒、子兰阻拦我回去啊，我的魂魄迷茫不知该向何处去。愿我行事没有过错啊，即便身败名裂我也心安自乐。痛心啊楚国危亡在即，悲哀啊君王还在倒行逆施。世道就是这样混乱黑暗，我还在迷茫不知道该去往何方。想到政教出自权臣之门啊，我便要涉江而远去。想到了女媭的万般牵挂啊，我又忍不住涕泪横流。我已决心一死啊，任凭女媭再三劝我回转也不改变。嬉戏于湍急的清水中啊，抬头看曲折险峻的高山。哀痛楚国高丘的红色岸崖啊，我将投身入水一去不返。

谬谏

"谬谏"就是委婉地进谏的意思。这首诗抒发了作者怀才不遇的悲愤心情，劝谏君主要辨别贤愚，并"亲贤臣，远小人"，同时也可以看到东方朔自己希望得到汉武帝的重用从而一展身手的强烈愿望。

怨灵修之浩荡兮[1]，夫何执操之不固[2]。
悲太山之为隍兮[3]，孰江河之可涸。
愿承闲而效志兮[4]，恐犯忌而干讳[5]。
卒抚情以寂寞兮[6]，然惝(chāo)怅而自悲[7]。
玉与石其同匮兮[8]，贯鱼眼与珠玑[9]。
驽骏杂而不分兮[10]，服罢牛而骖骥[11]。
年滔滔而自远兮[12]，寿冉冉而愈衰[13]。
心悇憛(tán)而烦冤兮[14]，蹇超摇而无冀[15]。

[注释]

①灵修：指君主。浩荡：指放肆纵恣、鲁莽短虑的样子。②执操：坚持操守。③太山：泰山。隍：没有水的护城河。④承闲：等待机会。效志：实现自己的志向。⑤犯忌、干讳：皆为触犯忌讳之意。⑥卒：终。抚情：胸怀忠贞之情。寂寞：这里指沉默无言，放弃向君主进言。⑦惝怅：同"惆怅"，指失意。⑧匮：匣子。⑨贯：用一根绳子穿起来。玑：小而不圆的珠子。⑩驽：劣马。⑪服：古代一辆四匹马驾的车，中间的两匹马称为服，两侧的称为骖。这里指用牛在中间驾车。罢：同"疲"，疲劳。骥：良马。⑫年：这里指时间。滔滔：原是用来形容流水，这里形容时间飞逝。⑬冉冉：渐进的样子。⑭悇憛：忧愁。⑮蹇：放在句首的语气助词。超摇：心神不安。

固时俗之工巧兮[1]，灭规矩而改错[2]。
却骐骥而不乘兮[3]，策驽骀而取路[4]。
当世岂无骐骥兮，诚无王良之善驭[5]。
见执辔者非其人兮，故驹跳而远去[6]。
不量凿而正枘兮[7]，恐矩矱之不同[8]。
不论世而高举兮，恐操行之不调[9]。
弧(hú)弓弛而不张兮[10]，孰云知其所至？
无倾危之患难兮[11]，焉知贤士之所死？

俗推佞而进富兮⑫，节行张而不著⑬。
贤良蔽而不群兮⑭，朋曹比而党誉⑮。
邪说饰而多曲兮⑯，正法弧而不公⑰。
直士隐而避匿兮，谗谀登乎明堂。
弃彭咸之娱乐兮⑱，灭巧倕之绳墨⑲。
菎蕗杂于黀(zōu)蒸兮⑳，机蓬矢以射革㉑。
驾蹇(jiǎn)驴而无策兮㉒，又何路之能极?
以直针而为钓兮，又何鱼之能得?
伯牙之绝弦兮㉓，无钟子期而听之。
和抱璞而泣血兮，安得良工而剖之?

[注释]

①工：善于、擅长。巧：技巧，这里指投机取巧之类的行为。②灭：违背。错：通“措”，措施。③却：放弃。④策：鞭打。骀：劣马。⑤王良：传说春秋时的善于驭马的人。⑥驹跳：躬身跳跃。以上八句全袭《九辩》。⑦凿：榫眼。枘：榫头，插入榫眼的木栓。⑧矩矱：规矩，法度。⑨不调：不合，与社会不合。⑩弧：弓。⑪倾危：指国家的危难。⑫推：推举，推荐。⑬张：光明磊落。著：著名，显著，这里指得到重用。⑭群：结群，队伍壮大。⑮朋曹：勾结在一起的小人。比：勾结。党誉：互相吹捧。⑯饰：装饰，修饰。曲：歪曲，非正道。⑰弧：原意是弯曲，这里指正法被违反。⑱彭咸：传说为商朝贤臣，谏君不成，投水而死。娱乐：这里指彭咸所乐的事情，洪兴祖《楚辞补注》：“彭咸以伏义死节为乐。”⑲巧倕：传说中尧时的巧匠，名倕。⑳菎蕗：竹名。黀：麻秆。蒸：用麻秆、木材等做出的照明物，这里作为动词。㉑机：弓弩上的发射构件，类似于枪支的扳机，这里做动词，发射。蓬矢：用蓬草做的箭。革：皮革。㉒蹇驴：跛脚的驴。㉓伯牙：传为春秋战国时人，善于鼓琴，据《吕氏春秋·本味篇》中记载：“伯牙鼓琴，钟子期听之，方鼓琴而志在泰山，钟子期曰：‘善哉乎鼓琴！巍巍乎若泰山’。少时而志在流水。钟子期曰：‘善哉鼓琴，汤汤乎若流水。’钟子期死，伯牙破琴绝弦，终身不复鼓琴，以为世无足复为鼓琴者。”

同音者相和兮，同类者相似①。
飞鸟号其群兮，鹿鸣求其友。

故叩宫而宫应兮②，弹角而角动③。

虎啸而谷风至兮④，龙举而景云往⑤。

音声之相和兮⑥，言物类之相感也⑦。

夫方圆之异形兮⑧，势不可以相错⑨。

列子隐身而穷处兮⑩，世莫可以寄托。

众鸟皆有行列兮，凤独翔翔而无所薄⑪。

经浊世而不得志兮，愿侧身岩穴而自托。

欲阖(hé)口而无言兮⑫，尝被君之厚德⑬。

独便悁(yuān)而怀毒兮⑭，愁郁郁之焉极！

念三年之积思兮，愿壹见而陈词。

不及君而骋说兮⑮，世孰可为明之。

身寝疾而日愁兮⑯，情沉抑而不扬⑰。

众人莫可与论道兮，悲精神之不通。

［注释］

①似：当为“仇”，相配，相近。②叩：击打。宫：古代五音之一。③角：古代五音之一。④谷风：山谷中的风。古人认为虎啸生风，龙起生云，同类的事物相互有感应。《易·乾·文言》：“云从龙，风从虎，圣人作而万物睹。”⑤景云：一种祥云，浓厚而又有光亮。⑥音：将声组合起来成为节奏。声：简单的发音。⑦类：同类。感：感应。⑧异形：形状不同。⑨错：疑为错字，应为“安”字。⑩列子：相传为东周时隐士，名御寇，道家学说的代表人物之一。⑪薄：依附。⑫阖口：阖，合上。阖口即闭嘴。⑬尝：曾经。被：蒙受，得到。⑭便悁：忧愤。怀毒：心中怨愤。⑮骋说：自由随意、毫无顾忌地说。⑯寝疾：卧病。⑰扬：这里指发泄。

乱①曰：鸾皇孔凤日以远兮②，畜凫驾(jiā)鹅③。

鸡鹜满堂坛兮④，鼃(wā)黾(měng)游乎华池⑤。

要褭(niǎo)奔亡兮⑥，腾驾橐(luó)驼⑦。

铅刀进御兮⑧，遥弃太阿⑨。

拔搴玄芝兮⑩，列树芋荷⑪。

橘柚萎枯兮，苦李旖旎(yǐ nǐ)⑫。

甂瓯(biān ōu)登於明堂兮⑬，周鼎潜乎深渊⑭。

自古而固然兮⑮，吾又何怨乎今之人！

［注释］

①乱：这段文字为《七谏》全篇的总结，“乱”为结束语的标志。②鸾：传说中的神鸟名。皇：凤皇为传说中的神鸟，雄者为凤，雌者为皇，又作凰。孔：孔雀。③畜：畜养。凫：野鸭。驾鹅：野鹅。④鹜：鸭子。堂坛：殿堂祭台，比喻小人窃取朝廷高位。⑤鼃黾：一种蛙类动物。鼃，同“蛙”。华池：景色优美的池沼。⑥要袅：古代良马名。⑦腾驾：用牲口驾车。橐驼：橐，通“骆”。橐驼即骆驼。⑧进御：御，指帝王所用，或者是与之有关的事物。进御指献给帝王使用。⑨太阿：古宝剑名。相传为春秋时欧冶子、干将所铸。⑩搴：拔取。玄芝：黑灵芝。⑪列树：整齐地种植。芋荷：芋头。⑫旖旎：草木繁盛的样子。⑬甂瓯：小瓦盆。⑭周鼎：周朝的从夏禹时代传下来的鼎。⑮固：本来。

［译文］

君王的荒唐糊涂真让人怨恨啊，为什么他的操守如此不牢固？可悲啊泰山要变成天水城壕了，江河都将要干涸！我愿意等待着机会报效君王实现我的志向啊，又担心我的言语触犯了君王的忌讳。最终还是藏在心里而闭口无言啊，我心里却是惆怅不已、独自悲伤。美玉和顽石放在同一个匣子里啊，将鱼眼睛和珍珠穿在一起。劣马和骏马都分不清啊，竟然用疲惫的牛在中间驾车，却将良马放在一旁。时间如流水般飞逝啊，我已老去日见衰颓。心中忧愁又烦乱啊，心神不安迷茫无望。

现在的风气本来就是投机取巧啊，规矩也不遵守，好的措施也已改变。放弃了千里马不骑啊，驾着劣马上了路。现在的社会不是没有良马啊，其实是没有王良这样的善于驾驭的人！良马见驾车的不是好手啊，便跳脱而离去。没有量榫眼的大小就做榫头啊，恐怕尺寸大小会不一样。不了解世道如何就推崇美德啊，恐怕在操

行上要被非议。弓弦松弛着还没有张开啊，谁知道箭能射多远？不处在国家危亡的时刻啊，又怎么会知道贤士会为国效忠不避生死？世俗之人都在以佞为贤以富为良啊，作风正派公正廉明的人却得不到重用。贤良之人被排挤而人单势孤啊，奸佞的小人相互勾结又相互吹捧。他们的歪理邪说再怎么装饰也是歪曲的啊，法度都被篡改了而不再公正。正直的人被迫隐居啊，谄媚的小人却混入朝廷。抛弃了彭咸秉承的节气啊，废除了工匠倕订立的尺度。将竹子和麻秆混在一起燃烧了照明啊，用蓬草做的箭射向皮革。骑着瘸驴没有鞭子，又能去哪里？用直直的针做鱼钩去钓鱼啊，又能钓到什么鱼？伯牙之所以摔琴绝弦啊，是因为没有知音钟子期再欣赏他的音乐了。卞和抱着璞玉痛哭泣血啊，到哪里去找巧匠雕琢这块璞玉？

音调相同就可以相唱和啊，族类相同的也可以相匹配。鸟啼是在召唤它的群体啊，鹿鸣是在寻找伴侣。打击宫器就会有宫调相应啊，弹奏角器则会有角调齐鸣。猛虎长啸一声就会有谷风到啊，神龙升天则会有祥云相从。声音之间相互应和啊，说明万物同类之间会有感应。那方形和圆形就完全不一样啊，绝对不会相容。列子隐居避世而穷困潦倒啊，社会不可以让人安身立命。普通的鸟儿都是成群结队啊，只有凤凰孤单地飞翔而无所依附。身处乱世壮志难酬啊，我宁愿在岩洞里隐居以躲避乱世。我想就此闭口不再对国事发表意见啊，又感念君主曾经对我有所恩德。独自心怀忧愤啊，我的愁苦没有尽头。想到我被放逐这三年中郁积的感情啊，就想见君王一面以尽情倾诉。无法见到君王让我说个痛快啊，当世有谁能替我讲清楚？卧病在床天天忧愁啊，心情压抑得不到释放。世人没有可以和我论道的啊，悲叹我的精神交流不得畅通。

结束语：鸾凤孔雀日渐远去啊，人们都饲养野鸭野鹅。庭院中鸡鸭在乱跑啊，池塘里鼋黾在畅游。骏马都奔走得不见踪影啊，人们却用骆驼拉车。将钝拙的铅刀进献给君王啊，却将太阿宝剑远远扔掉。拔掉珍贵的黑灵芝啊，又整齐地种上芋头。橘树、柚树都枯萎了啊，苦李树却枝繁叶茂。将破旧的瓦盆摆到高堂之上啊，却将周朝的宝鼎丢到河水深处。古往今来都是这个样子嘛，我又何必埋怨现在的人！

哀时命

《哀时命》的作者是西汉时期的辞赋家严忌。《哀时命》虽为追思屈原而作，但其所抒发的情感，大都是作者的亲身体验。

哀时命之不及古人兮[1]，夫何予生之不遘(gòu)时[2]！
往者不可扳(pān)援兮[3]，徕者不可与期[4]。
志憾恨而不逞兮[5]，杼中情而属诗[6]。
夜炯炯而不寐兮[7]，怀隐忧而历兹[8]。
心郁郁而无告兮[9]，众孰可与深谋[10]？
欿(kǎn)愁悴而委惰兮[11]，老冉冉而逮之[12]。
居处愁以隐约兮[13]，志沉抑而不扬[14]。
道壅塞而不通兮[15]，江河广而无梁[16]。
愿至昆仑之悬圃兮[17]，采钟山之玉英[18]。
擥(lǎn)瑶木之橝枝兮[19]，望阆风之板桐[20]。
弱水汩其为难兮[21]，路中断而不通[22]。
势不能凌波以径度兮[23]，又无羽翼而高翔。
然隐悯而不达兮[24]，独徙倚而彷徉[25]。
怅惝(chǎng)罔以永思兮[26]，心纡轸(zhěn)而增伤[27]。
倚踌躇以淹留兮，日饥馑而绝粮[28]。
廓抱景而独倚兮[29]，超永思乎故乡[30]。
廓落寂而无友兮[31]，谁可与玩此遗芳[32]？
白日晼(wǎn)晚其将入兮[33]，哀余寿之弗将[34]。
车既弊而马罢兮[35]，蹇邅(zhān)徊而不能行[36]。

身既不容于浊世兮，不知进退之宜当[37]。
冠崔嵬而切云兮，剑淋离而从横[38]。
衣摄叶以储与兮[39]，左袪挂于榑(fú)桑[40]。
右衽拂于不周兮[41]，六合不足以肆行[42]。
上同凿枘于伏戏兮[43]，下合矩矱于虞、唐[44]。
愿尊节而式高兮[45]，志犹卑夫禹、汤[46]。
虽知困其不改操兮，终不以邪枉害方[47]。
世并举而好朋兮，壹斗斛而相量[48]。
众比周以肩迫兮[49]，贤者远而隐藏。
为凤皇作鹑(chún)笼兮[50]，虽翕(xī)翅其不容[51]。
灵皇其不寤知兮[52]，焉陈词而效忠[53]？
俗嫉妒而蔽贤兮，孰知余之从容[54]？
愿舒志而抽冯兮[55]，庸讵知其吉凶[56]？
璋珪杂于甑窐(zèng wā)兮[57]，陇廉与孟娵(jū)同宫[58]。
举世以为恒俗兮[59]，固将愁苦而终穷[60]。
幽独转而不寐兮，惟烦懑而盈匈。
魂眇眇而驰骋兮[61]，心烦冤之忡(chōng)忡[62]。

［注释］

①时命：指命运。古人：指古代圣贤。②遘时：遇到好的时代。③往者：指过去的日月。扳：与“攀”同，攀援，在此为抓住的意思。④徕者：徕，一作“来”。徕者指后世。期：期待。前代圣王不可攀援，后世明君不可期待，写自己生不逢时。⑤志憾恨：指心中志向不得伸展而心存怨恨。逞：实现志愿。⑥属诗：属，连，续。属诗意谓连缀文字而成诗，指作诗。⑦炯炯：明亮的样子，这里是形容有心事，不得入睡。⑧隐忧：痛楚的忧愁。⑨郁郁：忧愁的样子。无告：无人告语。⑩孰：谁。深谋：指深远周密地谋划。⑪欿：愁苦的样子。愁悴：忧愁痛苦。委惰：懈倦。⑫冉冉：慢慢。逮：及，到来。⑬居处愁：指放逐山林的愁苦。隐约：指隐居山林。⑭沉抑：指心志被压抑。⑮壅塞：阻碍不通。通：一作“达”。

⑯广：这里指河水宽阔。⑰悬圃：神话中的山名，在昆仑顶上。⑱钟山：神山，在昆仑山西北，出美玉。玉英：玉树的花瓣。⑲擥：同“揽”，摘取。瑶木：瑶树。橝：通“覃”，橝枝，长枝。⑳阆风：神话中山名，在昆仑山上。板桐：山名，在昆仑山上。㉑弱水：水名。汩：水迅疾的样子。㉒路：指通往神山的路。中断：一本作“中绝”，意同。㉓凌波：凌，乘。凌波指冒着波浪。㉔隐悯：指内心的忧伤。㉕徙倚：徘徊。彷徉：意同“徙倚”，徘徊。㉖惝罔：失意的样子。永思：长思。㉗纡轸：纡，屈曲。轸，悲痛。纡轸指隐痛郁结解不开。㉘饥馑：就年景而言。绝粮：就人而言，都说明自己家困之景况。㉙廓：空廓。抱景独倚是说“独抱形影而立”，言其孤独无援的境况。㉚超：怅惘。永思：长思。㉛廓落：孤独。寂：孤寂。㉜玩：把玩，玩赏。遗芳：留下的芳草，喻指自己的志向。㉝晼晚：太阳将落下的情景，此处喻年老。㉞弗将：不会长久。㉟罢：疲惫。㊱蹇：发语词。邅徊：徘徊，周旋不进的样子。㊲宜当：合适。㊳淋离：同“陆离”，长而美好的样子。㊴摄叶、储与：不舒展。㊵袪：衣袖口。榑桑：扶桑，神木名，传说日出其下。㊶衽：衣襟。不周：神话中山名，不周山。㊷六合：谓天地四方。肆行：任意前行，意谓不得施展。㊸凿：榫眼。枘：榫头。榫眼、榫头方圆大小相当方可。㊹矩矱：规矩，法度。虞、唐：指舜与尧。㊺节：指节操。式高：式，榜样。式高是指以崇高为榜样。此句意思是自己虽不见用，但也不会与世俗同流合污，仍会以古代圣王为榜样。㊻犹：尚且。卑：低下。㊼邪枉：弯曲不正，指人的品行。方：方正，指人的品行端正。意思是不用邪枉危害方正的品行。㊽斛：容量单位，古代以十斗为一斛。相量：相衡量。㊾众：世俗之人。比周：比，亲。周，合。比周，指结党营私。㊿鹑笼：鹌鹑的笼子。51翕：收敛。意思是做鹌鹑笼子给凤凰栖息，凤凰虽收敛羽翼，却仍难容。52灵皇：指君王。寤知：醒悟明察。53焉：安能。陈词：指向君王表白。54从容：举止行动悠闲舒缓。55抽：抒发，发泄。冯：一作“懑”，愤懑。56庸讵：反诘之词，何以，怎么。57璋珪：古玉器名。一作“珪璋”。甂室：指低劣的瓦器。58陇廉：古代丑妇名。孟娵：古代美女名。同宫：同室。59恒：常。60固：必定。终穷：终生。61眇眇：辽远的样子。62烦冤：烦懑。忡忡：忧虑不安。

志欿（kǎn）憾而不憺兮[1]，路幽昧而甚难。

块独守此曲隅兮[2]，然欿(kǎn)切而永叹[3]。
愁修夜而宛转兮[4]，气涫(guān)沸其若波[5]。
握剞(jī)劂(jué)而不用兮[6]，操规矩而无所施。
骋骐骥于中庭兮[7]，焉能极夫远道？
置猿狖于棂槛兮[8]，夫何以责其捷巧[9]？
驷跛鳖而上山兮，吾固知其不能升。
释管、晏而任臧获兮[10]，何权衡之能称[11]？
箟(kūn)簬(lù)杂于黀(zōu)蒸兮[12]，机蓬矢以射革[13]。
负担荷以丈尺兮[14]，欲伸要而不可得。
外迫胁于机臂兮[15]，上牵联于矰(zēng)隿(yì)[16]。
肩倾侧而不容兮[17]，固陿(xiá)腹而不得息[18]。
务光自投于深渊兮[19]，不获世之尘垢。
孰魁摧之可久兮[20]，愿退身而穷处。
凿山楹而为室兮[21]，下被衣于水渚[22]。
雾露濛濛其晨降兮[23]，云依斐而承宇[24]。
虹霓纷其朝霞兮，夕淫淫而淋雨。
怊茫茫而无归兮[25]，怅远望此旷野[26]。
下垂钓于溪谷兮[27]，上要求于仙者[28]。
与赤松而结友兮[29]，比王侨而为耦[30]。
使枭杨先导兮[31]，白虎为之前后。
浮云雾而入冥兮[32]，骑白鹿而容与[33]。
魂眐(zhēng)眐以寄独兮[34]，汩(yù)徂往而不归[35]。
处卓卓而日远兮[36]，志浩荡而伤怀[37]。
鸾凤翔于苍云兮，故矰缴而不能加[38]。

蛟龙潜于旋渊兮[39]，身不挂于罔罗[40]。
知贪饵而近死兮[41]，不如下游乎清波[42]。
宁幽隐以远祸兮[43]，孰侵辱之可为[44]？
子胥死而成义兮[45]，屈原沉于汨罗[46]。
虽体解其不变兮[47]，岂忠信之可化？
志怦怦而内直兮[48]，履绳墨而不颇[49]。
执权衡而无私兮[50]，称轻重而不差。
摡(gài)尘垢之枉攘兮[51]，除秽累而反真[52]。
形体白而质素兮，中皎洁而淑清[53]。
时厌饫而不用兮[54]，且隐伏而远身。
聊窜端而匿迹兮[55]，嗼(mò)寂默而无声[56]。
独便悁而烦毒兮[57]，焉发愤而纾情[58]。
时暧暧其将罢兮[59]，遂闷叹而无名[60]。
伯夷死于首阳兮，卒夭隐而不荣。
太公不遇文王兮，身至死而不得逞。
怀瑶象而佩琼兮[61]，愿陈列而无正[62]。
生天墬之若过兮[63]，忽烂漫而无成[64]。
邪气袭余之形体兮[65]，疾憯怛(cǎn dá)而萌生[66]。
愿壹见阳春之白日兮[67]，恐不终乎永年[68]。

[注释]

①欿憾：未得到满足，引以为恨。②块：孤独。曲隅：幽陷的角落，此指山曲。③欿切：忧愁痛苦。永叹：长叹。④修夜：长夜。宛转：忧心宛转。⑤气：指心情。涫沸：沸滚，形容水沸腾的样子。⑥剞劂：刻镂用的刀与凿子。⑦中庭：庭院。⑧猿狖：狖，一种黑色的长尾猿。猿狖即猿猴。棂槛：棂，窗棂上刻有雕花的格子。棂槛指关野兽的笼子。⑨责：责备。捷巧：敏捷灵巧。谓把猨狖放在棂栏中，怎能要求它灵巧？⑩管、晏：管仲和晏婴，春秋时齐国的名相。⑪权衡：权，指秤锤。衡，指秤杆。权衡本指秤。在此引申为衡量、比较。称：比较轻重。⑫筐簵：

竹名，此指用良竹为箭。靡：麻秆，比喻脆弱无用之才。⑬机：古代弓弩上的发动机关。蓬：蓬蒿。矢：箭。革：指皮革之盾，箭靶。⑭负担：背曰负，肩曰担。丈尺：形容行进迟缓。此写生于乱世，有如荷担，难于丈尺之行。⑮迫胁：逼迫、接近。机臂：弩身。⑯矰谁：谁，同“弋”，指用绳系而箭射。矰谁是一种用丝绳系住射鸟的短箭。⑰倾侧：形容端肩侧行，小心畏惧的样子。不容：指不被接纳。⑱陿腹：指自己倾肩侧背尚不被容，因山险弯曲腰背而难喘息。息：指呼吸。⑲务光：古代一位清白之士，传说汤曾让位给务光，他认为不义，便投水而死。⑳魁摧：似为摧残之意。㉑凿山楹：凿岩壁为室的意思。㉒渚：水边。㉓濛濛：盛。㉔依斐：斐，一作“霏”。依斐形容云层浓密。此句意谓浮云霏霏承接屋宇。㉕怊：悲伤失意。茫茫：亦作“芒芒”，模糊不清，此指心情忧伤难以说清。无归：无所依归。㉖怅：失意的样子。㉗溪谷：山间河谷。㉘要求：邀请之意。仙者：可以飞升的仙人。㉙赤松：赤松子，传说中的仙人。㉚比：靠近，亲近。王侨：王子乔，古代传说中的仙人。㉛枭杨：狒狒，大的猴类，古代传说中为山神。㉜浮云雾：乘云雾。冥：高远。“入冥”，指与仙人俱去飞升高远。㉝白鹿：古人称白鹿为瑞兽，白鹿常常与仙人为伍。容与：安逸自得的样子。㉞眐眐：独行的样子。寄独：寄居独处。㉟汩：迅疾的样子。徂往：离去。㊱卓卓：高远的样子。㊲浩荡：本指水广大无边。志浩荡：纵恣放肆，心无所主的样子。㊳矰缴：系有丝绳用以射鸟的短箭。加：指加害于身。㊴旋渊：至深之渊。㊵罔罗：网罗。谓蛟龙藏于深渊之中，罗网也无可加害。㊶饵：钓饵，引鱼上钩的食物。㊷清波：清洁之流。谓贪吃香饵有必死之危险，不如游荡于清波之中。㊸幽隐：隐身幽藏。㊹侵辱：遭受耻辱。可为：反诘语。㊺子胥：伍子胥。春秋时吴国大夫，名员，字子胥。被吴王夫差赐剑自杀。㊻汨罗：水名，在今湖南汨罗境内。㊼体解：肢解的酷刑。不变：不改变初衷。㊽怦怦：象声词，形容心跳动得厉害。㊾履：履行。绳墨：比喻法度。㊿权衡：此指掌握权力。51概：通“溉”，即洗涤。枉攘：乱。谓洗涤尘垢和混乱。52真：纯真。53中：指内心，思想。皎洁：洁净，指具有善性。淑清：明朗纯净。54厌饫：本义为饱食。比喻君王厌倦而拒绝他的忠言直谏。55窜端：藏头匿足。56嘆：通“莫”，形容寂静无声。57悁悁：忧愁。烦毒：烦闷愤恨。58焉：乃。发愤：振作努力。纾情：纾，同“抒”。纾情指泄己心中之愤。59时：时光，岁月。暧暧：昏暗的样子。60无名：意谓无美名流传于后世。61瑶象：美玉和象牙，喻指自身才志。62陈列：诉说。无正：正，犹平。63天墬：意谓天地之间。墬，通“地”。若过：形容时光之快。64烂漫：散乱，消散。㊺邪气：邪恶之气。袭：及。㊻憯怛：惨痛忧伤。㊼阳春：温暖的春天。白日：阳光。㊽永年：长寿。

［译文］

哀痛时运不如古代圣贤啊，我为什么生不逢时。逝去的时光我无法追啊，也遇不到后世贤君名主。志向不得伸展心存遗恨啊，我只有用诗歌来抒发情思。长夜漫漫难以入眠，我心怀隐忧一直到今。心中的愁苦无人了解啊，又怎能和谗佞深深谈论！忧痛折磨得我有些懈倦啊，衰老慢慢来临病魔缠身。放逐的愁苦使我隐处山泽啊，心志被压抑又不得飞举。谗佞阻蔽不能上通于君啊，如临大江没有桥梁通过去。我想去那神山上的悬圃啊，摘采钟山上玉树的花瓣。揽取那琼树修长的枝条啊，望着阆风之上的板桐神山。弱水奔腾汹涌无法渡过啊，道路断绝无法通行。势不能冒着波浪直接过去啊，身无羽翼无法翱翔。心中忧痛又不能让君知晓啊，我只好孤独地徘徊迷茫。惊恐迷惘久久思索啊，郁结的隐痛使我更加忧伤。犹豫徘徊还不得不久留啊，陷入饥荒缺粮的困境。空廓山林只有我孤独伫立啊，无法忘却的是那故乡。空廓寂寞而无亲友啊，谁与我共赏这遗留下的芬芳？太阳缓缓西沉就要落下啊，哀叹我的生命不能久长。车驾破损辕马也会疲倦啊，徘徊回旋难以向前迈进。自身既不能与污浊世道同流啊，愁不知如何做才是进退合宜。头戴着高高的切云冠啊，腰佩修长的宝剑纵横前行。身披的衣裳难以舒展啊，左面的衣袖挂在扶桑上；右面的衣襟掠过不周山啊，不得自由施展于天地四方。在上奉行太昊伏羲同一法则啊，在下又以唐尧虞舜为榜样。愿尊奉节操效法古圣贤啊，我的志向尚且不如夏禹商汤。虽知窘步难行不变更操守啊，终不能用邪曲损害正方。世道是互相吹捧结党营私啊，他们有同一的标准相衡量。朋党之间并肩勾结很亲密啊，贤者远远离去而隐藏。让凤鸟住鹌鹑的笼子啊，即便收敛翅膀也容身不下。聪明的君王不幡然醒悟啊，我如何来陈述表白我的忠诚？惯于嫉妒又阻碍贤才啊，谁又能了解我的举止行动？我愿抒发这愤懑啊，哪里知道这是吉是凶？玉器珪璋和瓦盆混杂在一起啊，丑妇和美女同室同宫。世上把它作为不变的恶习啊，我必将心怀愁苦了结终生。独自辗转反侧无法入睡啊，忧愁烦闷填满了心胸。在梦中灵魂辽远而驰骋啊，心中哀痛忧心忡忡。

我心志遗恨神思不宁啊，路程幽暗渺茫难以前行。孤独地隐居在这幽暗的山林啊，忧愁的痛苦让我长叹息。漫漫黑夜辗转反侧啊，心情不平如同涌起的波涛。手握曲凿刻刀没有刻镂啊，拿着方圆规矩我无法下手。

在庭院中让骏马奔跑啊，如何测定它有飞奔千里之能？把猿猴关在牢笼里啊，怎能责备它无敏捷的技巧？让跛了腿的甲鱼来驾车登山啊，本来就知道它不可能高升。放弃管仲、晏子而任用庸才啊，又如何来衡量比较轻与重？簏簬混杂在麻秆之中做成火炬啊，蓬蒿之箭还奢求穿透盾革。背负肩担丈尺难行啊，不敢伸腰仰头以免招来罪过。恐惧自身距离弩身太近啊，又担心牵连射击被命中。倾肩侧背尚不能被容啊，只好收腹屏息小心翼翼。为了清白，务光投水而死啊，不愿让浊世的污浊玷污。怎能遭受惨重摧残啊，宁肯身处窘困而隐藏自身。开凿岩壁筑起居室啊，披衣水边清洁洗浴。山雾蒙蒙清晨到来啊，浮云霏霏承接我的屋宇。霓虹纷纷伴着朝霞啊，黄昏暗淡愁雨绵绵。说不清的惆怅无所归依啊，失意远望旷野中草木茂密。在下垂钓在山间的河谷啊，在上我邀请那飞升的仙人。和赤松子结为朋友啊，与王子乔相伴而亲近。让山神枭杨前面引路啊，让白虎跟随前后。乘云雾飞升高举啊，骑上白鹿与仙人从容共游。灵魂孤独漫游无处安身啊，迅疾离去而不得返回。飞升上游一天天高远啊，中心浩荡而愁思伤悲。鸾鸟高翔于白云之中啊，矰缴也不能把它伤害。蛟龙已潜藏在深渊啊，罗网不能将其牵挂。明知贪食诱饵会遭受灾殃啊，不如下游在清洁之流。即便隐身躲藏远离祸患啊，长久被侵辱怎能不难过？子胥归身大海成全正义啊，屈子含愤沉江在汨罗。虽遭酷刑而不改变初衷啊，哪有忠信之情可以迁讹？心神跳动内心耿直啊，遵循法度公平正直。执掌权柄不能营私舞弊啊，衡量贤愚轻重别出差错。洗涤纷纷杂乱的污垢啊，清除累累污秽返于淳真。形体洁净表里如一啊，心中洁白而品德清明。当今世道斥退贤才而不用啊，只好隐伏山林远祸藏身。姑且不被发现隐藏形迹啊，缄守寂寞不作声。独自忧愁而愤懑强烈啊，我要振作抒发心中的悲情。时光逐渐暗淡就要结束啊，于是伤叹无法后世留名。为了忠义伯夷饿死在首阳啊，早夭而死不能显贵荣耀。太公如得不到文王的重用啊，一生也不得施展才能。怀抱瑶象身佩琼玉啊，多想陈述志向却无人愿听。生于天地间犹若风云飘逝啊，匆匆消散终究一事无成。邪恶之气袭扰我的身体啊，疾病惨痛萌发生成。盼望再见一次春天的阳光啊，我那即将完结的生命。

九　怀

《九怀》为西汉时人王褒所作，也是代屈原立言、抒发内心情感。《九怀》共有九个短篇，结构非常类似，均分为三个层次：首先抨击社会现实黑暗，然后主人公借远游以排解愁绪，最后主人公还是不能忘怀对君主、对国家的怀念之心，还要面对心中的愁苦。九篇作品结构虽然类似，但也各有特点，尤其是对主人公上天入地的神游描写，场面宏大，光怪陆离，颇具想象力。

匡　机

匡为匡正、补救之意，机指危险、危机，匡机就是要拯救国家于危难当中。但是主人公却空有报国之志而无报国之门，所以想象自己神游天境，但是他的心中还是无法忘却君王，依旧承受着悲伤的折磨。

极运兮不中①，来将屈兮困穷。
余深愍(mǐn)兮惨怛(dá)②，愿一列兮无从③。

［注释］

①极：天极，古代天象名词，又称北辰，即北极星，因为其处在天空的正北，所以应为正道、准则的象征。运：运转，运行。中：正中，不偏不倚，不中即不正常。②愍：忧虑，担心。惨怛：忧伤，哀痛。③列：列出。无从：没有办法或者找不到头绪，这里指找不到想向君王进谏的机会。

乘日月兮上征①，顾游心兮鄗酆(hào fēng)②。
弥览兮九隅③，彷徨兮兰宫④。
芷闾兮药房⑤，奋摇兮众芳⑥。
菌阁兮蕙楼⑦，观道兮从横⑧。
宝金兮委积，美玉兮盈堂。
桂水兮潺湲(chányuán)⑨，扬流兮洋洋⑩。
蓍(shī)蔡兮踊跃⑪，孔鹤兮回翔⑫。

［注释］

①上征：上升。②游心：心神遨游，遐想。鄗：又做“镐”，镐京，西周初年的国都。酆：亦作“丰”，周文王时周都，周武王灭商后将都城迁到镐京。③弥览：遍观。九隅：九州。④兰宫：是王宫，“兰”为修饰语。⑤芷：香草名，白芷。閭：原意是里巷的门，这里是泛指门。药：白芷。⑥奋摇：香气浓郁地发散。⑦菌：熏草。蕙：香草名，蕙兰。⑧观：原指宫廷或庙宇中门前两侧高大的建筑，这里泛指宫中华丽壮美的建筑物。从横：纵横交错。⑨桂水：指散发着香气的流水。潺湲：水缓慢流动的样子。⑩扬：水花四溅的样子。洋洋：水势浩荡的样子。⑪蓍：当为“耆”，老。蔡：占卜用的大龟。踊跃：跳跃。⑫孔鹤：孔雀、仙鹤。

抚槛兮远望，念君兮不忘。

怫(fú)郁兮莫陈①，永怀兮内伤。

［注释］

①怫郁：心情不舒畅。莫陈：莫，无法，不能。莫陈指无法申诉。

［译文］

天道不正常地运转啊，让我承受委屈又生活潦倒。我深深地担忧又伤心不已啊，想向君王一诉衷肠但是却见之不得。

乘着日月飞升啊，回首还眷念着镐丰二京。遍观九州之地啊，徜徉于华美的宫殿中。香芷的大门啊白芷的房子，香气袭人。熏草的亭阁啊蕙兰的楼，楼阁间的道路交错纵横。宝石金银啊俯拾皆是，华美玉石啊聚满厅堂。芳郁的流水在缓缓地流淌啊，水花四溅水势浩荡。硕大的老龟在尽情跳跃啊，孔雀、仙鹤在回旋地飞翔。

凭栏远望啊，心中怀念君王。郁闷而又无处倾诉啊，又在久久思念啊不禁悲伤。

通　路

所谓“通路”，即贤者为国效力的通天大道，但是在当时的环境下，贤者却无路可走，只能在自己的精神世界中徜徉，着实可悲。

天门兮墬户①，孰由兮贤者②？

无正兮溷厕③，怀德兮何睹④？

假寐兮愍斯⑤，谁可与兮寤语⑥？

痛凤兮远逝，畜鴳(yàn)兮近处⑦。

鲸鱏(xún)兮幽潜⑧，从虾兮游陼⑨。

［注释］

①墬：通“地”。②孰由兮贤者：应为“贤者孰由”，贤能之士应该走哪条路的意思。③无正：不正，这里指那些奸佞小人。溷厕：溷，乱。厕，间杂。溷厕指混杂其间。④怀德：内心怀有高尚品德的人。何睹：哪里可以看见，即看不见。⑤假寐：不脱衣服而睡。⑥寤语：寤，通“晤”，面对面。寤语指相对而语。⑦畜：饲养。鶂：小鸟名。⑧鱏：同“鲟”，大鱼名。⑨从虾：从，跟从，跟随。从虾指跟着鱼的虾。陼：通“渚”，水中的小块陆地。

乘虬(qiú)兮登阳①，载象兮上行②。
朝发兮葱岭③，夕至兮明光④。
北饮兮飞泉⑤，南采兮芝英⑥。
宣游兮列宿⑦，顺极兮彷徉⑧。
红采兮骍衣⑨，翠缥(piǎo)兮为裳⑩。
舒佩兮綝纚(cēn xǐ)⑪，竦余剑兮干将⑫。
腾蛇兮后从⑬，飞駏(jù)兮步旁⑭。
微观兮玄圃⑮，览察兮瑶光⑯。

［注释］

①虬：传说中无角的龙。阳：天。②载：乘坐。象：传说中的神象，王逸《楚辞章句》：“神象，白身赤头，有翼能飞也。”③葱岭：山名，在今新疆西南，昆仑山、天山等均从这里发脉。④明光：传说中东方昼夜长明的深山，又名丹峦、丹丘。⑤飞泉：传说中的山谷名，在昆仑山西南。⑥芝英：芝即灵芝，古人将其视为瑞草，有长生不老之功效，英即是花。⑦宣游：周游，遍游。列宿：天上群星。⑧顺极：围绕着北极星。⑨红采：当作“虹采”，即彩虹。骍：赤色的马，这里指红色。⑩翠缥：翠，青色。缥，淡青色的丝织物。翠缥指青白色的云朵。裳：古人上身为衣，下身为裳。⑪綝纚：服饰、毛羽等下垂的样子。⑫竦：举，执。干将：宝剑名，传为春秋时吴国干将所铸，后成为宝剑的代称。⑬腾蛇：螣蛇，传说中会飞的蛇。⑭駏：駏驉，传说中的动物，善跑，“日走五百里”。⑮微观：暗暗地看。玄圃：“悬圃”，神话传说中昆仑山顶的神仙住的地方，中有奇花异石。⑯览察：观看。瑶光：“摇光”，北斗七星之一，斗柄最末一颗。

启匮兮探筴(cè)①，悲命兮相当②。

纫蕙兮永辞③，将离兮所思。

浮云兮容与④，道余兮何之⑤？

远望兮仟（qiān）眠⑥，闻雷兮阗阗（tián）⑦。

阴忧兮感余⑧，惆怅兮自怜。

［注释］

①匮：匣子。探：探取，拿出。筴：占卜用的蓍草。②相当：当作“所当”，所值、遭逢的意思。③纫：连结，连缀。蕙：香草名。④容与：停滞不前的样子。⑤道：通“导”，引导。之：往，到某处去。⑥仟眠：昏暗不明的样子。⑦阗阗：形容声音巨大。⑧阴忧：内心忧愁。

［译文］

天门啊地户，贤能的人该向何处去？奸邪的小人啊混杂于世上，有德之士啊凤毛麟角。和衣而睡啊心里还在忧伤，有谁能和我倾心交谈？哀痛啊凤凰已经远去，人们畜养的鹦雀却日渐亲附。巨鲸鲟鱼啊深潜水底，跟着鱼的小虾却嬉戏在江渚。

骑着虬龙上天啊，驾着神象啊飞升。早晨从葱岭出发啊，傍晚就到了明光山。向北到飞泉谷去饮水啊，向南去啊采撷灵芝。在星辰间纵情畅游啊，在北极星周围游荡。用七色彩虹做我的红上衣啊，用淡青云朵做我的下裳。舒缓衣带啊玉佩叮当作响，手持着宝剑堪比干将。螣蛇啊跟在我的身后，飞驱啊伴在我的身旁。低头窥视神仙住的玄圃啊，抬头观察北斗星中的摇光。

打开匣子啊拿出里面的蓍草，悲叹我的命运啊连遭祸患。将蕙草连结在一起啊我要就此永别，将要离开我思念的君王。飘飘的浮云啊徘徊不前，你要将我引到哪里去？远望故国啊昏暗不明，又听见雷声啊震耳欲聋。心里忧愁啊感怀心事，失落惆怅啊独自哀怜。

危　俊

“危”是孤危、危险之意，“俊”指的就是贤德之士，“危俊”即贤德之士的处境孤危。这篇文章的主人公为世所不容，只好去国远游，登泰山、游星空，但还是无法让心情舒畅起来，又寻知己而不获，更添忧愁。

林不容兮鸣蜩（tiáo）①，余何留兮中州②？

陶嘉月兮总驾③，搴（qiān）玉英兮自修④。

结荣茝（zhǐ）兮逶逝⑤，将去烝兮远游⑥。

［注释］

①蜩：蝉。②中州：“中国”。在古代，华夏民族认为自己居于天下之中，其他的少数民族都在自己的四周，所以就将自己的国家称为“中国”。③陶：喜乐。嘉：美好。嘉月：美好的月份。总：汇集，聚集。驾：车辆。④搴：拔。英：花朵。⑤结：打结。荣：草木繁盛的样子。茝：香草名。古代的书信是将信的内文卷起来，外面用带子束住，再在打结的地方加上封泥。这里结荣茝就是用香草做带子将给君王的信束起来。逶逝：远去。⑥去：离开。烝：这里指君王。

径岱土兮魏阙①，历九曲兮牵牛②。

聊假日兮相佯③，遗光燿兮周流④。

望太一兮淹息⑤，纡余辔兮自休⑥。

晞（xī）白日兮皎皎⑦，弥远路兮悠悠。

顾列孛（bèi）兮缥（piāo）缥⑧，观幽云兮陈浮⑨。

［注释］

①径：路过，走过。岱土：指北方荒远之地。魏阙：魏，通“巍”。魏阙原意是宫门上巍然高出的观楼，通常在下面悬挂法铃，这里指代巍峨高耸的大山。②九曲：九天。牵牛：指牵牛星。③聊：姑且，暂且。假日：假以时日。相佯：徜徉，徘徊。④遗光燿：遗，这里指显扬、散发。燿，通“耀”，光芒。遗光燿指发散光芒。周流：这里指光芒四射，将周围都照亮。⑤太一：天神名。淹息：休息，暂时停留。⑥纡：原意是曲折，这里指放松、放缓。⑦晞：天刚放明。皎皎：明亮。⑧孛：彗星。缥缥：轻举的样子。⑨幽云：山中的云气。

钜宝迁兮砏（pīn）磤（yǐn）①，雉咸雊（gòu）兮相求②。

泱（yāng）莽莽兮究志③，惧吾心兮帱（chóu）帱④。

步余马兮飞柱⑤，览可与兮匹俦⑥。

卒莫有兮纤介⑦，永余思兮怞（yóu）怞⑧。

［注释］

①钜宝：太岁星，又称岁星，即木星。砏磤：石头的撞击声，形容声音很大。②雉：鸟名，即野鸡。咸：都。雊：野鸡鸣叫。③泱莽莽：广大的样子。究：穷极。④情情：忧愁、心情沉重的样子。⑤步余马：让马慢步走的意思。飞柱：神山名。⑥匹俦：配偶，这里为引申义，指君臣、朋友之间亲密无间。⑦卒：终于。纤介：细微细小，这里指穷尽细微也没有找到"匹俦"。⑧怞怞：忧愁的样子。

［译文］

林中不容鸣叫的蝉儿生存啊，我又何必留在这中国。选择一个良辰吉日啊集合我的车马，用美玉、花朵将自己打扮。用香草将给君王的信封好啊我要就此远去，离开了君王啊去远方遨游。

路过北方荒远之地啊看到了巍峨耸立的高山，游历九天又见到了牵牛星。姑且趁着现在的时光纵情徘徊游荡啊，天上光芒灿烂啊照耀四方。仰望天神太一啊放慢了脚步，放缓了我的缰绳啊且做休息。天亮了啊日出东方火红明亮，我的前路无比漫长。回头看见轻盈飞动的彗星啊，又看到山中的云气沉浮迷茫。

太岁星运转啊隆隆作响，野鸡鸣叫个不停啊雌雄相求。天地广大无边啊我又陷入了沉思，担心自己啊又生忧愁。在飞柱山下放马缓行啊，看有谁可以做我的伴侣。终究是没有找到啊，我又陷入了无尽的忧愁。

昭　世

"昭世"是使世界清明的意思。作者指出时世混浊不堪，所以自己远离尘嚣，到广阔的天地中纵情遨游，但是他最终发现，自己还是难以割舍对祖国对君王的忠心、对家乡的怀念之情，不禁愁云又起。

世溷（hùn）兮冥昏①，违君兮归真②。

乘龙兮偃蹇③，高回翔兮上臻（zhēn）④。

［注释］

①溷：混浊，混乱。冥昏：昏暗。②违：离开。归真：回归本来的状态，回归本性。③偃蹇：形容委曲婉转的样子，这里指龙的身体曲折夭矫。④臻：达到。

袭英衣兮缇（tí）緆（xí）①，披华裳兮芳芬②。

登羊角兮扶舆③，浮云漠兮自娱④。

握神精兮雍容⑤，与神人兮相胥⑥。

流星坠兮成雨，进瞵盼兮上丘墟[7]。

览旧邦兮滃(wěng)郁[8]，余安能兮久居！

志怀逝兮心懰(liú)慄(lì)[9]，纡余辔兮踌躇。

闻素女兮微歌[10]，听王后兮吹竽[11]。

魂凄怆兮感哀[12]，肠回回兮盘纡[13]。

抚余佩兮缤纷[14]，高太息兮自怜[15]。

使祝融兮先行[16]，令昭明兮开门[17]。

驰六蛟兮上征[18]，竦余驾兮入冥[19]。

［注释］

①袭：穿衣服。英衣：鲜艳的衣服。缇：原意是橘红色的丝织品，这里形容衣服的色彩鲜艳。䌈：衣物名。②华裳：华，通“花”。华裳是华丽的衣裳。③羊角：指弯曲向上的旋风，好似绵羊角。扶舆：或即是“扶摇”，形容旋风盘旋上升的样子。④云漢：当作“云汉”，即银河。⑤神精：汉代道家术语，指人的精神、神气。⑥神人：神仙。胥：等待。⑦瞵盼：视貌。丘墟：墟，土山。丘墟指山丘。⑧旧邦：故国。滃郁：云雾浓密弥漫的样子。⑨慄：忧伤，愁苦。⑩素女：天上神女名。⑪王后：天上神女名。竽：一种竹制乐器。⑫凄怆：悲伤。⑬回回：盘曲回转，这里比喻心绪纠结烦乱。盘纡：屈曲。⑭缤纷：繁多而杂乱的样子。⑮太息：长叹。⑯祝融：神话传说中的南方火神。⑰昭明：也是司火之神，王逸《楚辞章句》：“炎神前驱。”⑱蛟：神话传说中能发洪水的龙。⑲竦：高举，高耸。入冥：进入幽深高远的地方，即升天。

历九州兮索合[1]，谁可与兮终生？

忽反顾兮西囿[2]，睹轸(zhěn)丘兮崎倾[3]。

横垂涕兮泫(xuàn)流[4]，悲余后兮失灵[5]。

［注释］

①索：求索，寻找。合：这里指志同道合的人。②西囿：字面意义为西方的园囿，具体含义不详。③轸丘：巍峨高大的山。崎倾：倾侧，倾危，指山势险峻异常。④泫：流泪的样子。⑤后：君王。失灵：昏庸，头脑不清。

［译文］

世间如此混浊黑暗啊，我将离开君王啊回归本真。乘着神龙扶摇直上啊，高高地回旋翱翔到了天庭。

穿上我鲜艳无比的上衣啊绚丽夺目，披上我华美的下裳啊芬芳袭人。乘着旋风扶摇直上啊，在银河中畅游啊自娱自乐。振作精神啊神态雍容，等待着和仙人见面。天上的流星陨落啊好像急雨，我边走边看登上了山丘。看见故国啊云气弥漫，我又怎能在这里长久逗留！想要远走高飞啊又忧愁不已，放缓了脚步颇为踌躇。听见了素女婉转低沉的歌声，耳边响起了王后悠扬清越的竽声。我的灵魂忧伤啊颇为悲哀，心中烦乱愁郁啊纠结异常。抚摸着我的佩饰叮当作响，长叹一声自怜自伤。让祝融啊在前面开路先行，又让昭明去开启天门。乘着六条蛟龙拉的车向上奔驰啊，高飞啊我的车驾升上了天。

游历九州啊寻找同道的人，谁可以和我为友终生？忽然回头看啊西方的园囿，看见了巍峨的高山险峻峥嵘。我不禁潸然泪下，悲叹我那昏庸糊涂的君王。

尊 嘉

“尊嘉”是尊崇品德高尚的人的意思。本篇中作者先是描摹了一幅春和景明的场景，随后又讲述了一段堪称奇异的水路历程，作者最终到达了河伯的府邸，此时他的心情却急转直下：他的心中念念不忘的还是家乡，又不禁为自己的漂泊身世黯然神伤，作者心情之愁苦跃然纸上。

季春兮阳阳①，列草兮成行。
余悲兮兰生②，委积兮从横③。
江离兮遗捐④，辛夷兮挤臧⑤。
伊思兮往古⑥，亦多兮遭殃。
伍胥兮浮江⑦，屈子兮沉湘⑧。

［注释］

①季春：指晚春，农历三月。阳阳：风和日暖、阳光明媚的样子。②生：王逸《楚辞章句》中认为当作“悴”，花草凋零的意思。③委积：聚积，堆积。从横：“纵横”。④江离：香草名。遗捐：丢弃，遗弃。⑤辛夷：植物名，即木兰。挤臧：被排挤而隐匿不显。⑥伊：放在句首的语气助词，无意义。⑦伍胥：指伍子胥。⑧屈子：指屈原。

运余兮念兹①，心内兮怀伤。
望淮兮沛沛②，滨流兮则逝③。

榜舫(fǎng)兮下流[4]，东注兮礚礚[5]。

蛟龙兮导引，文鱼兮上濑[6]。

抽蒲兮陈坐[7]，援芙蕖兮为盖[8]。

水跃兮余旌[9]，继以兮微蔡[10]。

云旗兮电骛[11]，倏忽兮容裔[12]。

河伯兮开门[13]，迎余兮欢欣。

［注释］

①运余兮念兹："余运兮念兹"。②沛沛：水势浩大。③滨流：滨，临，靠近。滨流指临水。逝：这里指随流水而去。④榜：摇桨。舫：原指并在一起的两条船，后来成为船的泛称。下流：顺流而下。⑤注：流注，流入。礚礚：形容波涛声。⑥文鱼：身上有斑彩的鱼。濑：从沙石上流过的急水。⑦抽蒲：蒲，多年生草本植物，生于水中，高近两米，可以用来编席。抽蒲指拔取蒲草做坐席。⑧援：攀折，摘取。芙蕖：荷花。⑨旌：旌旗。⑩蔡：野草，这里指水藻之类。⑪骛：飞速前进。⑫倏忽：迅疾的样子。容裔：水波荡漾的样子。⑬河伯：传说中的水神。

顾念兮旧都[1]，怀恨兮艰难。

窃哀兮浮萍[2]，汎(fàn)淫兮无根[3]。

［注释］

①旧都：故国。②浮萍：水生植物，叶子浮于水面，下面有须根。现在多用于比喻人的生活漂泊游荡。③汎浮：汎，即"泛"，浮。汎淫在这里指漂浮不定。

［译文］

晚春时节啊阳光明媚，百草繁盛啊排列成行。我悲叹啊兰花凋零枯萎，枝叶堆积交错在一起凌乱不堪。芳香的江离啊被扔在一旁，美丽的辛夷啊也遭遇了冷落。我追忆前世的贤人啊，大多也是这样的命运。忠贞的伍子胥被弃尸江中，耿正的屈原自沉于湘水。

我转念又想到了自己的遭遇啊，心中不禁万分悲伤。望着淮水浩荡流去啊，站在水边很想随水而去。驾着船顺流而下啊，东流而下啊听见阵阵涛声。蛟龙啊在前方为我引路，文鱼啊助我穿越急流。拔取蒲草啊做成坐席，摘下荷花啊盖在船上。水波翻卷啊水珠溅到了我的旌旗上，水中的小水草都卷进了我的船中。云彩作我的旗啊像闪电一样前进，小船风驰电掣般向前啊水波荡漾。河伯啊打开它的大门，高兴异常啊将我迎接进去。

我又想起了我的故国，心生悲愤啊感叹前路艰难。暗地里悲叹啊我好像那水中的浮萍，四处漂泊啊居无定所。

蓄英

“蓄英”的“蓄”是蓄积、积累的意思，“英”在这里比喻高尚的品德，蓄英即是修炼资深品德，自强不息的意思。全篇先是描绘了秋风萧瑟的情景，渲染出悲凉的气氛，随后主人公选择远走避世，乘云驾霓遨游天庭，想以此修身养性，不过最终还是无法摆脱心中的忧愁情绪，着实可悲。

秋风兮萧萧①，舒芳兮振条②。
微霜兮眇眇③，病殀兮鸣蜩④。
玄鸟兮辞归⑤，飞翔兮灵丘⑥。
望溪兮滃(wěng)郁，熊罴兮呴嗥(hǒu háo)⑦。

[注释]

①萧萧：象声词，形容风声。②舒、振：皆为晃动之意。条：枝条。③眇眇：微小。④病殀：殀，同“夭”，死亡。病殀即病死。蜩：蝉。⑤玄鸟：燕子。⑥灵丘：神山名。⑦呴嗥：呴，同“吼”。呴嗥即野兽嚎叫，吼叫。

唐虞兮不存①，何故兮久留？
临渊兮汪洋②，顾林兮忽荒③。
修余兮袿(guī)衣④，骑霓兮南上⑤。
椉(chéng)云兮回回⑥，亹亹(wěi)兮自强⑦。

[注释]

①唐虞：指唐尧、虞舜，传说中上古两位贤明的君主。②汪洋：形容水势浩大，广阔无边的样子。③忽荒：亦作“忽恍”，形容似有似无、模糊不清的样子。④袿衣：妇女的长袍。⑤霓：彩虹的一种。⑥椉：同“乘”。回回：指盘旋，回转。⑦亹亹：勤勉不倦的样子。

将息兮兰皋①，失志兮悠悠②。
蒶(fén)蕴兮黴黧(méi lí)③，思君兮无聊。
身去兮意存，怆恨兮怀愁④。

[注释]

①兰皋：皋，岸边，水边的高地，也有湖泊、沼泽的意思。兰皋指兰草丛生的水边。②悠悠：形容忧伤的样子。③莳蕴：蓄积，这里形容愁绪郁积的样子。黴黧：黴，同“霉”，面色暗黑。黧，黑色，黑中带黄。黴黧即脸色黑暗。④怆：悲伤。

[译文]

秋风阵阵啊萧萧瑟瑟，芳草晃动啊枝条摆摇。寒霜降临啊还很细微，鸣叫的蝉儿啊已经死掉。燕子啊辞别回了南方，飞翔在那灵丘神山之上。远望溪谷中云气弥漫啊，熊罴野兽发出阵阵咆哮。

现在的世上已经没有唐尧、虞舜啊，我又何必继续在这里久留？走近深渊啊感受水势的浩荡无边，回头又望见树林啊若隐若现。整理我身上的长袍啊，驾着彩虹啊飞向南方。乘着云彩啊飞翔回转，我要勤勉不倦啊以求自强。

准备在兰草盛开的水边休息啊，失去志向啊忧思绵长。心情郁积啊面色暗黑无光，怀念君王啊愁闷难当。身虽离君王远啊但心意还在，悲伤愤恨啊愁绪满腔。

思　忠

《思忠》一篇表达了主人公想要遨游九天舒缓精神的愿望，体现出他内心对颠倒黑白的世间的厌恶，同时又难以割舍对君主、对故乡的眷恋之情，内心异常矛盾。

登九灵兮游神①，静女歌兮微晨②。
悲皇丘兮积葛③，众体错兮交纷④。
贞枝抑兮枯槁⑤，枉车登兮庆云⑥。
感余志兮惨慄⑦，心怆怆兮自怜⑧。

[注释]

①九灵：九天。游神：放松精神，使精神愉悦。②静女：神女。微晨：清晨，黎明时分。③皇丘：大山。葛：植物名，这里指代奸佞的小人。④体：原意是身体的一部分，这里指葛的枝叶。错、交、纷：皆为交错、纷杂的意思。⑤贞枝：正直的枝条，这里指代贤人。

枯槁：枯萎。⑥枉车：枉为不正、弯曲之意，这里形容车驾的邪恶，也是映射奸佞的小人。庆云：五色祥云，这里用来比喻地位显赫尊贵。⑦憯恻：悲痛至极。⑧怆怆：悲痛忧伤的样子。

驾玄螭兮北征①，向吾路兮葱岭。

连五宿兮建旄(máo)②，扬氛气兮为旌③。

历广漠兮驰骛④，览中国兮冥冥。

玄武步兮水母⑤，与吾期兮南荣⑥。

登华盖兮乘阳⑦，聊逍遥兮播光⑧。

抽库娄兮酌醴(lǐ)⑨，援瓟(páo)瓜兮接粮⑩。

毕休息兮远逝，发玉轫兮西行⑪。

[注释]

①玄螭：螭，传说中一种没有角的龙。玄螭在这里指山神，兽形。②五宿：天上的五个星宿。旄：古时用牦牛尾装饰的旗子。③氛气：云雾之气。④广漠：漠，空旷，广大。广漠指广阔的空间。⑤玄武：神话传说中的北方之神，形象为龟，或者是龟蛇合体，为“四灵”之一。水母：水神。⑥期：约好时间。南荣：南方。⑦华盖：古星官名，共十六颗星，属紫微垣。乘阳：上天。⑧聊：姑且。播光：疑为“瑶光”，北斗七星的第七颗星。⑨抽：持，取。库娄：古星官名，共十颗星，形似酌酒的器皿。醴：甜酒。⑩瓟瓜：这里指星官名，即“匏瓜”。⑪发玉轫：轫，车的部件之一，为阻止车轮转动的木头，车开动时要将其抽走。发玉轫是启程上路的意思。

惟时俗兮疾正①，弗可久兮此方。

寤辟(pì)摽(biào)兮永思②，心怫(fú)郁兮内伤。

[注释]

①惟：思考，想到。疾正：憎恶正直的人。②寤：睡醒。辟摽：辟，又作“擗”，捶胸。摽，拊心，捶胸。辟摽指用手拍打胸部。

[译文]

登上九天啊放松精神，听到神女在清晨浅吟低唱。悲叹啊巍峨的大山上满是葛草，枝叶蔓生纠结繁乱。正直的枝条啊因被压制而枯萎，邪恶的车驾啊却显赫尊贵盛气凌人。一想到这些我就悲痛不已啊，忧伤难当啊独自哀怜。

驾着玄螭向北奔去啊，我的前路啊指向那高大的葱岭。将五个星宿连起来作为我的大旗啊，弥漫的云雾啊就是我的旗帜。在广阔的天地间纵横驰骋啊，俯瞰中国大地啊昏暗不明。玄武之神和水神啊都来送我，与我约好啊南方再会。登上华盖群星啊到了天上，暂且逍遥游荡啊在摇光星当中。提起库娄星斟酒啊，拿过匏瓜星盛粮果腹。休息好了啊我要就此远去，开动车子啊向西前行。

想到现在的社会是正直的人受到排挤啊，我就决定不可在这里久留。醒来便捶胸顿足啊愁绪依旧，心中郁郁啊黯然神伤。

陶　壅

“陶壅”的“陶”即为“郁陶”，忧思重重；“壅”为壅堵、滞塞之意。当时社会风气黑暗混乱，主人公怀才不遇又遭到排挤，自然心中郁结，他只好通过纵情神游来排解愁绪，最后又将现实和尧舜时代对比，指出现实黑暗的关键所在——君主不能任用贤臣，他只好赋诗以寄托情怀。

览杳杳兮世惟①，余惆怅兮何归？
伤时俗兮溷(hùn)乱，将奋翼兮高飞②。

［注释］

①杳杳：原意是昏暗，这里指代混浊的世间。世惟：当作“世维”，世间的纲纪、法纪。②奋翼：用力挥动翅膀。

驾八龙兮连蜷(quán)①，建虹旌兮威夷②。
观中宇兮浩浩③，纷翼翼兮上跻(jī)④。
浮溺水兮舒光⑤，淹低佪兮京沶(chí)⑥。
屯余车兮索友⑦，睹皇公兮问师⑧。
道莫贵兮归真，羡余术兮可夷⑨。
吾乃逝兮南娭(xī)⑩，道幽路兮九疑⑪。
越炎火兮万里，过万首兮嶷嶷⑫。
济江海兮蝉蜕⑬，绝北梁兮永辞⑭。
浮云郁兮昼昏⑮，霾(mái)土忽兮塺塺(méi)⑯。

［注释］

①连蜷：卷曲，弯曲。②威夷：又作“逶迤”“委蛇”等，弯曲绵延的样子，这里形容旌旗的随风飘荡、时舒时卷的样子。③中宇：“宇中”，天下。浩浩：广阔宏大的样子。④翼翼：迅起高翔的样子。跻：登，上升。⑤溺水：“弱水”，水名。舒光：散发光芒。⑥淹：停滞，久留。低佪：徘徊不前。京沶：水中的小块陆地。⑦屯：聚集，积聚。索友：索，寻找，探求。索友即寻找志同道合的朋友。⑧皇公：天帝。问师：请教，询问。⑨夷，喜悦，愉快。可夷：可喜。⑩娭：游戏。⑪道：取道。幽路：幽深的小路。⑫万首：指大海里众多的岛屿。嶷嶷：指山势巍峨险峻。⑬济：渡，过河。蝉蜕：蝉蜕皮，这里指得到解脱。⑭绝：横渡。梁：桥梁。⑮郁：云层浓厚的样子。昼昏：白天昏暗。⑯霾土：尘土。忽：尘土大起、视线混浊的样子。塺塺：塺，尘土。塺塺即尘土弥漫的样子。

息阳城兮广夏①，衰色罔兮中怠②。

意晓阳兮燎(liǎo)瘵③，乃自诊兮在兹④。

思尧舜兮袭兴⑤，幸咎繇兮获谋⑥。

悲九州兮靡君⑦，抚轼叹兮作诗⑧。

［注释］

①阳城：楚地名。广夏：夏，通“厦”，高大的房屋。广夏即宽大的屋子。②衰色罔：身心俱疲的样子。中：指精神。怠：疲惫。③晓阳：或为“晓畅”，通晓、明白的意思。燎瘵：“了悟”，理解。④诊：查看。兹：这里。⑤袭：因袭，继承。兴：兴起。⑥咎繇：咎，通“皋”。咎繇亦作“咎陶”，即皋陶，舜时的贤臣。⑦靡：无。⑧轼：古代车厢前当作扶手的横木。

［译文］

看现在的世道啊黑暗污秽，我心惆怅啊哪里是我的归宿？感伤这世俗啊混乱污浊，我要展翅翱翔啊远走高飞。

乘着八条神龙啊盘旋而上，树起彩虹做我的旌旗啊随风飘扬。俯瞰天下啊如此广大，振翅疾飞啊向上高翔。浮渡弱水啊光彩焕发，暂在沙洲啊停留游荡。聚集我的车马啊寻找挚友，看到了天帝啊向他请教。天帝说道之最高便是归真反朴，称赞我的道术啊着实可喜。我要远去南方嬉戏啊，取道小路啊在那神山九嶷。跨越冲天火焰啊绵延万里，路过万座海岛啊巍峨高峻。渡过江海啊我得到了解脱，越过北面的桥梁啊我永远辞别。浮云弥漫啊白昼便天昏地暗，尘土混浊啊四处飞扬。

我歇息在阳城的大屋子里啊，精神松懈啊身体疲惫。但是我的思绪仍然很清晰啊，于是就在这里自我反省。想到尧舜二位贤主相继而兴啊，有幸有皋陶这样的贤臣为他们出谋划策。悲哀啊遍观九州都没有明君，我只有靠着车轼长吁短叹啊赋诗以表我的真心。

株昭

“株昭”中的“株”为清除，“昭”为显达，这里指那些受宠的小人，“株昭”即是清除那些只会献媚而无真才实学的小人，让贤者施展才华。本篇为《九怀》最后一篇，结构和前篇大体类似，主人公为混浊黑暗的现实所忧虑，随后便腾云驾雾，神游于天地之间，又回望人世间，决定自己就此远逝，但是又“涕流滂沲”，其内心之悲痛、之矛盾可见一斑。

悲哉于嗟(xū)兮①，心内切磋②。
款冬而生兮③，凋彼叶柯④。
瓦砾进宝兮⑤，捐弃随和⑥。
铅刀厉御兮⑦，顿弃太阿⑧。
骥垂两耳兮，中坂(bǎn)蹉跎⑨。
蹇(jiǎn)驴服驾兮⑩，无用日多⑪。
修洁处幽兮⑫，贵宠沙劘(mó)⑬。
凤皇不翔兮，鹑鴳飞扬⑭。

［注释］

①于嗟：“吁嗟”。②切磋：切的本意是打磨骨器，磋是打磨象牙，这里指心中好似被切磋一般，即非常悲痛的意思。③款冬：植物名，冬季时先有花茎后有叶，这里比喻奸佞的小人。④柯：草木的枝茎。⑤进宝：当作宝贝进献。⑥随和：随侯珠、和氏璧的简称，都是价值连城的宝物。⑦厉御：得到重用。⑧顿：废弃，丢弃。⑨中坂：坂，山坡，斜坡。中坂指半山坡。蹉跎，失足。⑩服：古时一辆车由四匹马拉，中间的称为服。⑪无用：没才能却受宠的人。日多：越来越多。⑫修洁：修养高洁的人。处幽：这里指被疏远、冷落。⑬沙劘：摩挲，抚摩。引申为亲近的意思。⑭鹑鴳：两种小鸟名，这里指代小人。鴳，同“鷃”。

乘虹骖蜺(ní)兮①，载云变化②。

鷦(jiāo)鵬(míng)开路兮③，后属青蛇④。

步骤桂林兮⑤，超骧卷阿⑥。

丘陵翔舞兮⑦，溪谷悲歌。

神章灵篇兮⑧，赴曲相和⑨。

余私娱兹兮⑩，孰哉复加⑪。

［注释］

①蜺："霓"。②载：乘坐。变化：指云彩的变幻。③鷦鵬：神话传说中凤凰类的神鸟。④属：这里指在后跟随。⑤步骤：步，有缓慢前进的意思。骤，急行。步骤在这里是前往的意思。⑥超骧：骧，奔跑，腾跃。超骧指腾跃向前的样子。卷阿：蜿蜒起伏的大山。⑦陵：大土山。翔舞：飞舞。⑧神章灵篇：这里指美妙的歌曲。⑨赴：顺应，相应和。⑩私：私下里。⑪孰：何，什么。复加：再加于其上，使其更好。

还顾世俗兮，坏败罔罗①。

卷佩将逝兮②，涕流滂(pāng)沲(tuó)③。

［注释］

①罔罗：罔，同"网"。罔罗原意是捕捉鸟兽的网，这里比喻法度纲纪。②卷佩：佩，衣服上的装饰品，这里指代衣服。卷佩指收拾行装。③滂沲：同"滂沱"，形容流泪之多。

乱曰：皇门开兮照下土①，

株秽除兮兰芷睹②。四佞(nìng)放兮后得禹③，

圣舜摄兮昭尧绪④，孰能若兮愿为辅⑤。

［注释］

①皇门：君王之门。下土：四方，天下。②株秽：株，原指露出地面的树根、树干，后泛指草木。株秽是指污秽、肮脏的草木。兰芷：香草。③四佞：驩兜、共工、三苗、鲧，又称四凶，传说中尧时的四个佞臣。④摄：摄政。昭：发扬光大。绪：前人未完成的事业、功业。⑤若：这样，如此。

［译文］

我心悲伤啊长吁短叹，心中好似刀割。款冬在冬天生长开花啊，其他的草木都

已经凋敝。将瓦块石头当作宝贝啊，却将随侯珠、和氏璧丢在一旁。钝重的铅刀得到重用啊，锋利的太阿却被丢弃。拉车的良马疲惫地垂下双耳啊，在半山坡不慎失足跌倒。瘸腿的笨驴担起拉车的重任啊，没本事却得宠的人真是越来越多。品德高尚的人被疏远排挤啊，奸佞的小人却受到重用。凤凰无法自由翱翔啊，鹑鹦却在四处乱飞。

驾起霓虹啊凌空飞翔，乘坐的云彩啊变幻无穷。神鸟鶬鹏在前面为我开路啊，灵异青蛇在身后紧紧跟随。朝着桂树林前进啊，翻越曲折蜿蜒的大山。丘陵土山欢心起舞啊，山谷溪流慷慨悲歌。歌声婉转无比美妙啊，不禁顺着曲调随声相和。我心里感到很愉快啊，没有什么能和这相比了。

回头看那世道啊，纲纪败坏法度全无。收拾行装准备上路远去啊，又不禁泪雨滂沱。

结束语：君王之门大开啊光照四方，铲除污秽的恶草啊香草兰芷满堂。放逐了四大佞臣啊得到了大禹，虞舜掌政啊让唐尧的事业更加兴旺，谁能做到尧舜这样啊我愿意辅佐相帮。

九 叹

《九叹》是楚辞篇名，为西汉刘向所作。

刘向（约前77年—前6年），原名更生，字子政，沛县（今属江苏）人，西汉经学家、目录学家、文学家。他曾奉命领校秘书，撰成《别录》，是我国目录学的开山始祖。他在前人的基础上，将屈原、宋玉、贾谊、淮南小山、庄忌、东方朔、王褒等人以及自己的辞赋作品，辑录成书，定名为《楚辞》。他的散文叙事简约、理论畅达、舒缓平易。《汉书·艺文志》中记载，刘向有辞赋三十三篇，但至今大多已佚失，仅存《九叹》。

刘向的《九叹》共有九个短篇，每篇都以“叹曰”作为结尾，所以名为“九叹”。这种行文方法可以将感情表达得更加充沛、浓烈。“九叹”的意思，王逸《楚辞章句》认为：“叹者，伤也，息也。言屈原放在山泽，忧伤念君，叹息无已，所谓赞贤以辅志，骋词以曜德者也。”可见这是追思屈原的作品。

《九叹》主要以屈原的口吻写成，叙述了他在政治上的遭遇，抒发了“不见容于君，不受知于世”的感慨和悲愤，并表现了为了追求理想而不屈不挠的执著和强烈的爱国热情。

逢 纷

“逢纷”意为遭逢纷乱浊世。本篇开头模拟《离骚》的笔调，探寻屈原的出身，赞扬其高尚的德行。屈原胸怀大志，却因生于浊世，而不见容于昏君、佞臣、庸众，才会遭到贬黜。他惆怅失意，到江畔行吟，或驾车远行，但却逃不开这一切，因为对故乡的思念之情一直萦绕在他心中，让他变得形容枯槁，内心惆怅不已。

伊伯庸之末胄(zhòu)兮①，谅皇直之屈原②。
云余肇(zhào)祖于高阳兮③，惟楚怀之婵连④。
原生受命于贞节兮⑤，鸿永路有嘉名⑥。
齐名字于天地兮，并光明于列星。
吸精粹而吐氛浊兮⑦，横邪世而不取容。
行叩诚而不阿兮⑧，遂见排而逢谗⑨。

后听虚而黜实兮⑩，不吾理而顺情。

肠愤悁(yuān)而含怒兮⑪，志迁蹇而左倾⑫。

心惝(tǎng)慌其不我与兮⑬，躬速速其不吾亲⑭。

辞灵修而陨志兮⑮，吟泽畔之江滨。

椒桂罗以颠覆兮⑯，有竭信而归诚。

谗夫蔼蔼而漫著兮⑰，曷其不舒予情⑱。

［注释］

①伊：语气助词。末胄：后裔、子孙。②谅：信、确实。皇：美好。③云：语气助词。肇祖：始祖。高阳：五帝中的颛顼帝。屈原在《离骚》中说，楚国王族是“帝高阳之苗裔”。④婵连：族亲相连。意为屈原与楚怀王同姓，都是颛顼帝的后裔。⑤原：屈原。贞节：贞，正。节，节操。贞节即坚贞的节操。⑥鸿永路：前途远大。⑦精粹：精华，指事物最精美的部分。氛浊：恶浊污秽之气。⑧叩诚：真诚、忠诚。阿：曲从、迎合、讨好。⑨见：被。谗：诽谤。⑩后：君王。听虚：听信谎话、空话。黜实：贬黜说实话的人。⑪愤悁：愤恨。⑫迁蹇：形容委曲婉转的样子，这里指心思辗转不定。左：卑下。倾：倒塌、破灭。⑬惝慌：恍惚、忧伤。与：亲近、信任。⑭速速：不亲近的样子。⑮辞：辞别、告别。灵修：指楚怀王。《离骚》中有“指九天以为正兮，夫唯灵修之故也”之句。陨志：失意。⑯椒桂：椒与桂，皆为香木。用以比喻贤人。罗：“罹”的假借字，遭遇。颠覆：颠倒，倒翻，这里指厄运。⑰蔼蔼：众多的样子。漫著：漫，玷污。著，夸耀。漫著即打击别人，抬高自己。⑱舒：展开、伸展，引申为抒发。

始结言于庙堂兮①，信中途而叛之②。

怀兰蕙与衡芷兮③，行中壄而散之④。

声哀哀而怀高丘兮⑤，心愁愁而思旧邦⑥。

愿承闲而自恃兮⑦，径淫曀(yì)而道壅⑧。

颜黴(méi)黧(lí)以沮败兮[9]，精越裂而衰耄[10]。

裳襜襜而含风兮[11]，衣纳纳而掩露[12]。

赴江湘之湍流兮，顺波凑而下降[13]。

徐徘徊于山阿兮，飘风来之汹汹[14]。

驰余车兮玄石[15]，步余马兮洞庭。

平明发兮苍梧[16]，夕投宿兮石城[17]。

芙蓉盖而蔆(líng)华车兮[18]，紫贝阙而玉堂[19]。

薜荔饰而陆离荐兮[20]，鱼鳞衣而白蜺裳。

登逢龙而下陨兮[21]，违故都之漫漫。

思南郢之旧俗兮[22]，肠一夕而九运。

扬流波之潢(huáng)潢兮[23]，体溶溶而东回[24]。

心怊怅以永思兮，意晻(yǎn)晻而日颓[25]。

白露纷以涂涂兮[26]，秋风浏以萧萧[27]。

身永流而不还兮，魂长逝而常愁。

［注释］

①结言：用言辞订约。②之：指上一句中所结之言。③兰蕙：兰和蕙，皆为香草，常连用，比喻贤者。衡芷：杜衡和白芷，常用于比喻美德或高尚的志向。④壄：同“野”，荒野。⑤高丘：高山，这里比喻楚国朝廷。⑥旧邦：指楚国的都城郢都。⑦承闲：趁空闲的时候。自恃：自信有尽忠的机会。⑧淫曀：昏暗。⑨黴黧：形容面容垢黑。沮败：败坏、挫败。⑩精越裂：精神上灰心丧意。耄：年老。⑪襜襜：衣裳随风飘动的样子。⑫纳纳：衣服被沾湿。掩：遍、尽。露：露水。⑬波凑：滚滚波涛。⑭飘风：旋风。汹汹：同“汹汹”，形容声势盛大的样子。⑮玄石：王逸《楚辞章句》中记载：“玄石，山名。”⑯平明：天刚亮的时候。苍梧：山名，即九嶷山，在今湖南省宁远境内。⑰石城：山名。⑱蔆：同“菱”，一种在水面开花的植物。⑲阙：皇宫门前两边供瞭望的楼。⑳薜荔：一种植物，又名木莲。陆离：美玉。荐：卧席。㉑逢龙：山名。下陨：指从上往下看。㉒南郢：郢都。㉓潢潢：水深而广。㉔溶溶：波涛翻滚。㉕晻晻：日光渐暗，阴沉的样子。㉖涂涂：浓厚。㉗浏：形容风很快吹过。萧萧：风声。

叹曰：

譬彼流水，纷扬磕（kē）兮[1]。波逢汹涌，濆（pēn）滂沛兮[2]。

揄扬涤荡[3]，漂流陨往，触崟（yín）石兮[4]。

龙邛（qióng）脟（liè）圈[5]，缭戾宛转，阻相薄兮。

遭纷逢凶，蹇离尤兮[6]。垂文扬采[7]，遗将来兮[8]。

[注释]

①磕：象声词，水石相撞时发出的声音。②濆：水波涌起。滂沛：形容水势浩大、波澜壮阔。③揄扬：挥扬、扬起。涤荡：动荡。④崟：高耸。⑤龙邛：水波互相撞击的样子。脟圈：与下文"缭戾"意同，回旋曲折、纠结缠绕的样子，这里指流水回旋撞击。⑥离尤：遭罪、遇祸。⑦垂文：流传文章。扬采：张扬文采，与"垂文"互文见义。⑧遗：赠与。

[译文]

伯庸的子孙啊，就是我非常正直的屈原。我的先祖是高阳帝啊，我与楚怀王是亲族相连。屈原我秉承着坚贞的节操降生啊，希望有远大的前途并被赐予美好的姓名。我的名字与天地齐高啊，像天上的星星一样明亮。我吸取天地之间的精华吐出污浊之气啊，就算身处邪恶的世界也能够不混同俗流。我待人真诚不阿谀奉承啊，于是遭到排挤和诽谤。君王听信谗言而贬黜忠臣啊，不理睬我却顺应奸臣的虚情假意。我的满腔怨愤怒火中烧啊，意志颓丧精神不振。我难过君王的不信任啊，苦恼君王不亲近我。我告别君王怅然若失啊，到湖畔江滨吟唱。贤人就算遭受厄运，还是竭尽忠信诚挚。众多小人纷纷污蔑别人赞扬自己，为何不让我表明心志。

当初我和君王在庙堂前约好了啊，现在他却在中途就背弃了前言。我怀抱香木啊，被抛在荒野中。我叹息悲鸣怀念朝廷啊，心中忧愁想念郢都。我想要等待时机为国尽忠啊，怎知前途昏暗道路阻塞。我的面色很黑心中沮丧，精神失意并日渐衰老。风吹动着我的衣裳啊，露水沾湿了我的上衣。船在湘江中航行啊，波涛滚滚顺流而下。船在山谷前徘徊着啊，旋风来势汹汹。我驾着马车来到玄石山，在洞庭湖边休息。天刚亮时从苍梧山出发，傍晚时到达了石城山。荷花装饰的车盖，菱花装饰车身啊，紫贝砌楼阙白玉铺厅堂。薜荔做装饰美玉压卧席啊，上衣像鱼鳞一样美丽而下裳非常洁白。我登上逢龙山向下眺望啊，已经离开祖国那么远了。我怀念郢都的风物习俗啊，愁肠一夕九转。湘江水又深又广啊，波涛汹涌将我送到东方。我的心里惆怅长久思虑啊，精神抑郁越来越颓废。白露纷纷落了厚厚一层啊，秋风呼呼刮过。我的身体随江水长流不还啊，我的灵魂远去常常忧愁。

多么可叹啊：就像流水一样，浪花撞击岩石四处飞溅。狂风卷起巨浪，波涛汹涌声势浩大啊。飞花四溅水流激荡，往下游奔腾而去，撞击在高耸的山石上啊。水流回旋搏击，盘旋缠绕，终被拦阻啊。遭遇到祸患，遭受了诽谤。挥笔写成这篇文采飞扬的作品，留给后人体会我的思虑啊。

离　世

《离世》倾诉了屈原忠不见用的苦闷，抒发了放逐多年后心中对祖国和国事的眷念、忧患之情。作者以五个“灵怀”起笔，营造了一种飞流直下的效果和气势，将心中对“亲小人”“远贤臣”的楚怀王的愤懑之情抒发得淋漓尽致。

灵怀其不吾知兮[1]，灵怀其不吾闻。
就灵怀之皇祖兮[2]，愬(sù)灵怀之鬼神[3]。
灵怀曾不吾与兮[4]，即听夫人之谀辞[5]。
余辞上参于天隧(dì)兮[6]，旁引之于四时。
指日月使延照兮[7]，抚招摇以质正[8]。
立师旷俾端词兮[9]，命咎繇使并听[10]。
兆出名曰正则兮[11]，卦发字曰灵均[12]。
余幼既有此鸿节兮[13]，长愈固而弥纯。
不从俗而诐(bì)行兮[14]，直躬指而信志[15]。
不枉绳以追曲兮[16]，屈情素以从事[17]。
端余行其如玉兮，述皇舆之踵迹[18]。
群阿容以晦光兮[19]，皇舆覆以幽辟[20]。
舆中途以回畔兮[21]，驷马惊而横犇[22]。
执组者不能制兮[23]，必折轭(è)而摧辕[24]。

断镳(biāo)衔以驰骛兮㉕，暮去次而敢止㉖。

路荡荡其无人兮㉗，遂不御乎千里㉘。

［注释］

①灵怀：指楚怀王。屈原《离骚》中称楚怀王为“灵修”。②就：趋向。皇祖：君王的先祖。③愬：同“诉”，告诉。④与：任用。⑤即：就、靠近。⑥墬：同“地”。⑦延：长期、永远。⑧招摇：北斗星中的摇光星，这里借指北斗星。质正：质询、就正。⑨立：树立，使具有某种地位。师旷：人名，春秋时期晋国的乐师，善于辩音。俾：使。端：正、不歪斜，这里作动词用。⑩咎繇：咎，通“皋”。咎繇也作“咎陶”，即皋陶，舜之贤臣。⑪兆：古代占验吉凶时灼龟甲所成的裂纹。⑫卦：古代用来占卜的符号。⑬鸿节：美好的节操。⑭诐：偏颇、邪僻。⑮躬：身体。指：心志。信：表明。⑯枉：弯曲、弯屈，引申为行为不合正道或违法曲断。⑰素：也作“愫”，真实的心情，诚意。这里指志向。从事：行事、办事。⑱述：循、顺行。皇舆：君王所乘坐的高大车子。多借指王朝或国君。踵迹：足迹。⑲阿容：阿谀奉承。晦光：蒙蔽光明，比喻蒙惑君王。⑳幽辟：幽僻、昏暗。㉑回畔：走回头路。㉒横犇：狂奔乱跑。㉓执组：驾车。㉔轭：驾车时搁在牛马颈上的曲木。辕：车前驾牲畜的两根直木。㉕镳：马嚼子两端露出嘴外的部分。骛：乱跑，奔驰。㉖次：旅行所居止的处所。㉗荡荡：广大，空旷。㉘御：驾驶车马。

身衡陷而下沉兮①，不可获而复登②。

不顾身之卑贱兮，惜皇舆之不兴。

出国门而端指兮③，冀壹寤而锡还④。

哀仆夫之坎毒兮⑤，屡离忧而逢患。

九年之中不吾反兮，思彭咸之水游⑥。

惜师延之浮渚兮⑦，赴汨罗之长流。

遵江曲之逶移兮⑧，触石碕而衡游⑨。

波沣沣而扬浇兮⑩，顺长濑之浊流⑪。

凌黄沱(tuó)而下低兮⑫，思还流而复反。

玄舆驰而并集兮⑬，身容与而日远。

棹舟杭以横沥(lì)兮⑭，澨(jì)湘流而南极⑮。

立江界而长吟兮⑯，愁哀哀而累息⑰。

情慌忽以忘归兮[18]，神浮游以高厉[19]。

心蛩(qióng)蛩而怀顾兮[20]，魂眷眷而独逝[21]。

[注释]

①衡陷：衡，同“横”，意外。衡陷即横陷。陷：陷害。②登：上、升，引申为加封、升任之意。③端指：笔直向前。④壹：一旦。寤：同“悟”，醒悟。锡：赐予。⑤仆夫：驾驭车马之人。坎毒：愤恨。⑥彭咸：按王逸《楚辞章句》中记载：“彭咸，殷贤大夫，谏其君不听，自投水而死。”⑦师延：人名，商纣王时期的乐师。武王起兵，纣王于鹿台自焚，师延惧祸东逃，后在濮水投水自杀。浮渚：渚，水中小块陆地。浮渚即浮在水边，这里指投水自尽。⑧江曲：江水曲折处。逶移：同“逶迤”，曲折绵延。⑨碕：同“埼”，弯曲的石岸。⑩沣沣：波浪声。扬浇：水流回旋。⑪濑：从沙石上流过的急水。浊流：浑浊的水流。⑫黄沱：古代长江的别称。⑬玄：原指古代祭祀时当酒使用的清水，这里指水。⑭棹：船桨。沥：渡水。⑮湭：同“济”，渡水。⑯界：边。⑰累息：长叹。⑱慌忽：也作“慌惚”，不明白、不真切、不清楚。⑲高厉：上升，高高腾起。⑳蛩蛩：忧虑。㉑眷眷：依恋不舍、频频回头的样子。

叹曰：

余思旧邦，心依违兮[1]。

日暮黄昏，羌幽悲兮。

去郢东迁，余谁慕兮？

谗夫党旅[2]，其以兹故兮。

河水淫淫[3]，情所愿兮。

顾瞻郢路，终不返兮。

[注释]

①依违：迟疑。②旅：众人，这里指党人。③淫淫：形容水流不止。

[译文]

怀王不知道我啊，怀王不了解我。我要向怀王的先祖啊，向那些神灵诉说。怀王他不信任我啊，却听信小人的谗言。我的言论可以上合于天地，也可以在四时得到验证。可以让日月知道我啊，可以让北斗星为我评判是非。可以让师旷来辨别我的话啊，可以让皋陶一起来倾听。灼龟甲求得我的名是“正则”啊，卜卦算出我的字是“灵均”。小时候我就有好的操行，长大后更加坚定纯正。我不随波逐流而行为不端啊，立身正直且心志鲜明。不背离正道不追随邪佞啊，不改变志向去行事。端正我的行为纯洁如玉啊，遵循先王治国的足迹。众小人阿谀奉承蒙蔽君王啊，朝廷更加昏暗衰败。车前进了一半突然走回头路啊，四只马会因受到惊吓而狂奔。驾车的人如果无法控制啊，必定会导致轭辕毁坏。嚼头断裂马儿乱跑啊，傍晚时经过旅店也不能停止。空荡荡的大路上一个人都没有啊，车马不需驾驶就可以奔跑千里。

我因横遭诬陷而陷入困境啊，不能够重新获得信任和加封。我不顾自身的卑微啊，只是叹惜国家的衰败。我离开郢都车一直向前行进啊，我却希望有朝一日君王醒悟了将我召回。车夫因我的遭遇而愤恨啊，可怜我屡受迫害而遭逢祸患。我被放逐了九年不让我回国啊，想起了投水自尽的彭咸。痛惜师延投濮水自杀，我将投身汨罗江。沿着曲折的江水蜿蜒前行啊，触到曲折的岸边转而横走。波涛汹涌水流回旋啊，顺着湍急的江水向前漂流。乘着长江顺流而下啊，多想逆流而上返回去。舟车快速地齐肩并进啊，从容而去越走越远了。划船驶过长江，横渡湘水向南方驶去。我站在江岸朗声吟诵啊，内心充满了忧愁悲伤。我的神情迷茫好似忘记了归路啊，我的灵魂浮游高高飞扬。我的心里忧虑思念君王，灵魂不舍却只能独自远去。

多么可叹啊：我怀念故国，心中却又迟疑啊。太阳落山天渐渐黑了，我的心里非常忧伤啊。我离开郢都被放逐东方，谁值得我念念不忘啊？那些小人党羽众多，所以我才会遭受祸患啊。河水不停地流淌，我也愿像它这样啊。回头看看通向郢都的长路，我最终也不能返回故国了啊。

怨　思

《怨思》是为屈原抒发心中怨忿和惆怅之情的作品。

惟郁郁之忧毒兮[1]，志坎壈(lǎn)而不违[2]。
身憔悴而考旦兮[3]，日黄昏而长悲。
闵空宇之孤子兮[4]，哀枯杨之冤雏(chú)[5]。
孤雌吟于高墉兮[6]，鸣鸠栖于桑榆[7]。
玄蝯(yuán)失于潜林兮[8]，独偏弃而远放[9]。
征夫劳于周行兮[10]，处妇愤而长望[11]。
申诚信而罔违兮，情素洁于纽帛[12]。
光明齐于日月兮，文采耀于玉石[13]。
伤压次而不发兮[14]，思沉抑而不扬。

芳懿懿而终败兮⑮，名靡散而不彰⑯。

［注释］

①郁郁：形容忧伤苦闷。毒：病苦。②坎壈：不平，比喻不顺利。违：违背、背弃。③憔悴：忧愁。考旦：直到天亮。④空宇：幽寂的居室。孤子：孤儿。⑤鸲：同“雏”，幼鸟。⑥墉：墙。⑦鸠：一种鸟。⑧蝯：同“猿”。⑨偏弃：被放逐于偏远之地。⑩周行：行于周道，走路、行路。⑪处妇：待在家中的妇女。指征夫之妻。⑫纽：缠结、束、系。⑬燿：同“耀”。⑭压次：因受压抑而心境失常。⑮懿懿：芳香。⑯靡散：消失，消灭。

背玉门以犇(bēn)骛兮①，蹇离尤而干诟②。
若龙逄(páng)之沉首兮③，王子比干之逢醢(hǎi)④。
念社稷之几危兮⑤，反为雠而见怨⑥。
思国家之离沮兮⑦，躬获愆而结难。
若青蝇之伪质兮⑧，晋骊姬之反情⑨。
恐登阶之逢殆兮⑩，故退伏于末庭⑪。
孽臣之号咷兮⑫，本朝芜而不治⑬。
犯颜色而触谏兮⑭，反蒙辜而被疑⑮。
菀(yùn)蘼芜与菌若兮⑯，渐藁(gǎo)本于洿渎⑰。
淹芳芷于腐井兮⑱，弃鸡骇于筐簏⑲。
执棠谿以刜蓬兮⑳，秉干将以割肉㉑。
筐泽泻以豹鞹(kuò)兮㉒，破荆和以继筑㉓。
时溷浊犹未清兮㉔，世殽乱犹未察㉕。
欲容与以俟时兮㉖，惧年岁之既晏㉗。
顾屈节以从流兮，心鞏(gǒng)鞏而不夷㉘。
宁浮沅而驰骋兮，下江湘以邅迴㉙。

［注释］

①背玉门：背，离开。玉门：宫门。背玉门是指离开宫门。犇骛：奔驰。②蹇：

句首助词。干诟：自取其辱。③龙逢：也作“龙逄”，即关龙逄，夏末的贤臣。桀为酒池、糟丘，作长夜之饮。关龙逄进谏，被桀囚拘而杀之。后世将他作为忠臣的代称。沉首：被杀害。④醢：古代的一种酷刑，把人杀死后剁成肉酱。⑤几：也是“危”的意思。⑥雠：也作“仇”，仇视、仇恨之意。⑦离沮：遭到破坏。⑧青蝇：《诗·小雅·青蝇》：“营营青蝇，止于樊，岂弟君子，无信谗言。”后用于比喻谗人。伪：改变。⑨骊姬：原是骊戎首领的女儿，后被虏为晋献公的妃子，她用计离间了献公与申生、重耳、夷吾父子兄弟之间的感情，并使计杀死了申生，制造了“骊姬乱晋”。反情：违反人情，颠倒是非。这里指的是骊姬乱晋之事。⑩殆：危险。⑪末：远。⑫号咷：也作“号啕”，喧哗、呼喊。这里指谗人在朝庭上大声喧哗。⑬本朝：朝廷。古代以朝廷为国之本，故称。芜而不治：《楚辞章句》中有云：“国将倾危，朝用芜秽而不治也。”⑭颜色：眉眼之间的容色。这里代指君王。⑮辜：罪过、罪责。⑯菀：同“蕴”，郁结、积滞。蘼芜、菌若：植物。⑰藁本：香草。洿渎：小水沟。⑱腐井：臭水井。⑲鸡骇：犀角名。筐簏：盛物的竹器，方为筐，高为簏。⑳棠谿：也作“棠溪”，古代一种产于河南棠溪的宝剑。刜：击、砍。㉑干将：古代名剑。㉒泽泻：一种多年生草本植物。豹鞹：豹皮制成的革。鞹，即“鞟”。㉓荆和：指楚国的和氏璧。筑：捣物的棒槌。㉔溷浊：同“混浊”。㉕殽乱：混乱。㉖俟：等待。㉗晏：迟、晚。㉘蛩蛩：也作“巩巩”，郁结。㉙邅迴：邅，难行不进。邅迴也作“邅回”，辗转、徘徊。

叹曰：

山中槛（jiàn）槛①，余伤怀兮。

征夫皇皇②，其孰依兮。

经营原野③，杳冥冥兮。

乘骐骋骥，舒吾情兮。

归骸旧邦，莫谁语兮。

长辞远逝，乘湘去兮。

［注释］

①槛槛：车行声。②皇皇：同“惶惶”，恐惧不安。③经营：往来。

［译文］

我的心中忧伤愁苦啊，遭遇坎坷却没有改变志向。我的身心不安而夜不能寐直到天亮啊，再从早到晚一直悲伤难过。可怜啊空屋中的孤儿，哀伤啊枯杨树上的雏鸟。离群的雌鸟在高墙上悲鸣啊，啼叫的斑鸠在桑榆树上栖息。黑猿离开了又密又深的丛林啊，被放逐到很远的地方。征夫在路上行役不归啊，家中的妻子在翘首远

望。我一再重申不会违背诚信啊，感情就像束帛般洁净。我的美德可以与日月争光啊，我的文采比玉石还要闪耀。我受到压抑难以伸展抱负啊，情思遭到抑制不能高扬。芬芳的鲜花最终也要凋败啊，声名最终也会消逝无法彰显。

离开宫廷我要远去啊，是不愿意遭受罪过而自取其辱。就像关龙逢劝谏夏桀反被斩首啊，比干劝谏商纣却惨遭酷刑。我担心国家的命运危在旦夕啊，却被众人仇恨埋怨。我忧虑国家将要遭受祸患，我自己却获罪受难。谗人可以像青蝇一样反复无常啊，也可以像骊姬一样颠倒黑白。我担心走到君王身边会遭到祸患啊，所以只好在远处躲藏起来。孽臣贼子在朝廷上大声喧哗啊，国家混乱命运危殆。我触犯君王直言规劝啊，反而因受到猜疑而遭受罪过。蘼芜、菌若等混杂在一起啊，藁本被浸泡在小水沟里。芳香的白芷被沤在臭水井里啊，珍贵的犀角被扔在筐里。用棠溪利剑去砍蓬蒿啊，用干将宝剑去切肉。豹皮制成的口袋里装满了恶草啊，大棒槌打烂了玉璧。时代混浊是非不分啊，世道混乱好坏不明。想要安逸自得以等待时机啊，又担心上了年纪变得衰老。想要改变节操随波逐流啊，心中又郁闷忧惧很不愿意。宁可到沅水之上浮游驰骋啊，也不想下到湘水上徘徊嬉游。

多么可叹啊：山里车声阵阵啊，让我伤心。征夫惶惶不安，他们去哪里寻找依靠啊。在原野上来来往往，大地一片苍茫啊。骑上骏马尽情驰骋，让我的心情舒畅啊。死后我想让尸骨葬在故乡，这种感情不知该向谁讲述啊。永别楚国从此远去，顺着湘水漂向远方啊。

远　逝

与《怨思》一样，《远逝》也是以愁怀起笔，表现了屈原空怀理想和德才，却落得去国离家、放逐江南的悲惨遭遇。

志隐隐而郁怫兮[1]，愁独哀而冤结[2]。

肠纷纭以缭转兮[3]，涕渐渐其若屑[4]。

情慨慨而长怀兮[5]，信上皇而质正[6]。

合五岳与八灵兮[7]，讯九鬿(qí)与六神[8]。

指列宿以白情兮[9]，诉五帝以置词[10]。

北斗为我折中兮[11]，太一为余听之[12]。

云服阴阳之正道兮[13]，御后土之中和[14]。

佩苍龙之蚴虬兮[15]，带隐虹之逶蛇[16]。

曳彗星之皓旰(hào hàn)兮[17]，抚朱爵与鵔鸃(jùn yí)[18]。

游清灵之飒戾兮[19]，服云衣之披披[20]。

杖玉华与朱旗兮[21]，垂明月之玄珠[22]。

举霓(dì)旌之蠕翳(yì)兮[23]，建黄纁(xūn)之总旄[24]。

躬纯粹而罔愆兮[25]，承皇考之妙仪[26]。

［注释］

①隐隐：忧愁。郁怫：郁悒，愁闷，不舒畅。②冤结：冤气郁结。③纷纭：众多而杂乱。缭转：环绕。④渐渐：眼泪流淌的样子。屑：碎末。这里形容眼泪不止。⑤慨慨：感叹不已的样子。长怀：遐想，悠思。⑥信：通“申”，申明。上皇：东皇太一，古代传说中的天神。《九歌·东皇太一》：“吉日兮辰良，穆将愉兮上皇。”王逸注为：“上皇，谓东皇太一也。”⑦合：聚合。五岳：中国的五大名山，一般指东岳泰山、西岳华山、南岳衡山、北岳恒山和中岳嵩山。八灵：八方之神。⑧九魁：北斗九星。六神：六宗之神。⑨白：表明、诉说。⑩五帝：传说中的五个古代帝王，通常指黄帝、颛顼、帝喾、唐尧、虞舜。置词：措辞、申辩。⑪折中：取正，调节，使之适中。⑫太一：也作“太乙”，即帝星，又名北极二。离北极星最近，故隋唐以前的文献多把它当作北极星。⑬服：实行。⑭御：使用。中和：中庸之道的主要内涵。⑮蚴虬：也作“蚴蟉”，蛟龙屈折行动的样子。⑯隐虹：长虹。逶蛇：逶迤，蜿蜒曲折、拐来拐去。⑰皓旰：明亮。皓，同“皓”。⑱爵：通“雀”。朱爵即朱雀，古代传说中的一种祥瑞动物，为“四灵”之一。鵔鸃：神俊之鸟。⑲清灵：清冥，即天。飒戾：凉爽。⑳云衣：指云气。披披：飘动的样子。㉑玉华：应为“玉策”，即玉制的鞭子或以玉装饰的鞭子。朱旗：红旗，多指战旗。㉒明月之玄珠：明月珠，又名夜明珠，可以在夜间发光，光如明月，故名。㉓霓旌：相传仙人以云霞为旗帜。蠕翳：隐蔽。㉔黄纁：赤黄色。旄：古代用牦牛尾装饰的旗子。㉕愆：罪过、过失。㉖皇考：这里指先祖。妙仪：高妙的法度。

惜往事之不合兮，横汨罗而下沥(lì)。

乘隆波而南渡兮[1]，逐江湘之顺流。

赴阳侯之潢洋兮②，下石濑而登洲③。

陵魁堆以蔽视兮④，云冥冥而暗前⑤。

山峻高以无垠兮，遂曾闳（hóng）而迫身⑥。

雪雰（fēn）雰而薄木兮⑦，云霏霏而陨集⑧。

阜隘狭而幽险兮⑨，石嵾嵯以翳日⑩。

悲故乡而发忿兮⑪，去余邦之弥久。

背龙门而入河兮⑫，登大坟而望夏首⑬。

横舟航而济湘兮，耳聊啾而慌慌⑭。

波淫淫而周流兮⑮，鸿溶溢而滔荡⑯。

路曼曼其无端兮⑰，周容容而无识⑱。

引日月以指极兮⑲，少须臾而释思。

水波远以冥冥兮，眇不睹其东西⑳。

顺风波以南北兮㉑，雾宵晦以纷纷㉒。

日杳杳以西颓兮㉓，路长远而窘迫㉔。

欲酌醴以娱忧兮㉕，蹇骚骚而不释㉖。

［注释］

①乘：同“乘”。隆：大。②阳侯：古代传说中的波涛之神。潢洋：宽阔、广大。③石濑：水为石所激形成的急流。④陵：大土山。魁堆：高。⑤冥冥：不明亮。暗：遮蔽。⑥曾闳：高大。⑦雰雰：雪花飘落的样子。⑧霏霏：云雾浓厚的样子。陨集：下落聚集。⑨阜：土山。隘狭：险要狭窄。⑩嵾嵯：同“参差”，长短、高低不齐。⑪忿：生气，恨。⑫龙门：楚国都城郢城的东门。河：水道的通称。⑬坟：水中高地。夏首：夏水的起点。⑭聊啾：耳鸣。⑮淫淫：远远离去。⑯溶溢：水势盛大的样子。滔荡：广大的样子。⑰曼曼：形容距离远或时间长。⑱容容：纷乱动荡。无识：识，通“志”。无识指没有标记。⑲极：北极星。⑳眇：同“渺”，远、高。㉑风波：江上的风浪。㉒宵晦：宵，晚上。晦，昏暗。宵晦指天色昏暗，就像晚上一样。㉓杳杳：昏暗。颓：坠落。㉔窘迫：处境困苦。㉕醴：甜酒。㉖骚骚：愁绪满怀。释：放开、放下。

叹曰：

飘风蓬龙①，埃坲（fú）坲兮②。

屮木摇落③，时槁悴兮④。

遭倾遇祸⑤，不可救兮。

长吟永欷⑥，涕究究兮⑦。

舒情敶（chén）诗⑧，冀以自免兮。

颓流下陨⑨，身日远兮。

［注释］

①蓬龙：风旋转。②坲坲：尘埃扬起的样子。③屮：“草”的古字。④槁悴：枯萎、憔悴。⑤倾：危，倾覆，倾侧危险。⑥欷：抽泣、叹息。⑦究究：形容泪流不止的样子。⑧敶：同“陈”，写作。⑨颓流：水势下流。

［译文］

我的心中满怀忧愁难以舒畅啊，独自哀伤且冤气郁结。我心乱如麻愁肠百转啊，眼泪一直流个不停。我感慨叹息长久遐想啊，想要向上皇申诉评判是非。聚合五岳八方之神啊，询问九星六宗之灵。向二十八星宿表明心迹啊，向五帝倾诉申辩。北斗星为我调节啊，太一星听我讼辩。群神劝我要实行正义之道啊，施行像大地一般的中和真谛。行为要像苍龙一样能屈能伸啊，意志要像长虹一样连绵云际。牵引着天上明亮的星光啊，抚摸着天上的神鸟。在高远清凉的天际遨游啊，身穿长长的五彩云衣。我手拿玉鞭和红色战旗啊，佩戴着光彩熠熠的夜明珠。举起遮天蔽日的云霓旗帜啊，竖起赤黄色的大旗。我的行为端正没有过失啊，继承了先祖的美好容止。

我痛惜以前与君王政见不合啊，现在只能横渡汨罗随江水漂流。随着滔滔江水向南航行啊，追逐着湘水漂流徜徉。奔向深远广阔的波涛之乡啊，穿过急流登上岛屿。群山高峻遮挡了视线啊，乌云层层天也变得昏暗。山势高大连绵不断啊，峥嵘巍峨地压迫着我。大雪纷纷扬扬地飘落在树上啊，云雾浓厚会聚着下落。山中悬崖狭窄险峻啊，山石参差遮住了阳光。我思念故国心中充满忧怨啊，离开故乡的日子太长了。我走出郢都大门进入大河啊，登上高地眺望夏水的源头。调转船头横渡湘水啊，耳边轰鸣心中怅然若失。波浪滚滚回旋奔腾啊，水势汹涌浩浩荡荡。道路遥远漫长而没有尽头啊，四周纷乱动荡而难以辨识。根据日月星辰的指引找到了北方啊，暂时放下了心中的忧思。流水深广没有边际啊，浩淼辽阔得无法辨别方向。我乘风破浪走南闯北啊，大雾弥漫天色也昏暗了。太阳已经渐渐向西坠落啊，道路漫长而处境艰苦。我想要自斟自饮借酒消愁啊，但是心中的忧愁还是无法纾解。

多么可叹啊：大风呼啸在空中盘旋，带起漫天飞扬的尘土啊。草木枝叶随风飘落，这时都已经枯萎了啊。我遭受危险祸患，已经无法挽救了啊。我悲叹唏嘘，眼泪流个不停啊。舒展心中的感情写作诗歌，希望可以免除祸患啊。我随流水而下遭到放逐，离故国越来越远了啊。

惜　贤

与前几篇不同，《惜贤》不是为屈原代言的文体，而是由作者直接出面，表达读《离骚》之后的感想。作者对屈原空怀一片忠心而惨遭打击、谗毁的遭遇深感愤慨和惋惜。

览屈氏之《离骚》兮，心哀哀而怫郁①。
声嗷(ào)嗷以寂寥兮②，顾仆夫之憔悴。
拨谄谀而匡邪兮③，切淟涊(tiǎn niǎn)之流俗④。
荡渨涹(wō)之奸咎兮⑤，夷蠢蠢之溷浊⑥。
怀芬香而挟蕙兮，佩江蓠之斐斐⑦。
握申椒与杜若兮，冠浮云之峨峨⑧。
登长陵而四望兮，览芷圃之蠡蠡⑨。
游兰皋与蕙林兮⑩，睨玉石之嵾嵯⑪。
扬精华以眩燿兮，芳郁渥而纯美⑫。
结桂树之旖旎(yǐ nǐ)兮⑬，纫荃蕙与辛夷⑭。
芳若兹而不御兮，捐林薄而菀死⑮。

［注释］

①怫郁：忧郁，心情不舒畅。②嗷嗷：叫喊声。③拨：治理、整顿。④淟涊：污浊、卑劣。⑤渨涹：污浊。奸咎：奸恶。⑥夷：消灭。蠢蠢：扰动不安。⑦江蓠：也作“江离”，一种香草，又名“蘼芜”。斐斐：香气浓郁。⑧浮云：一种高冠，也比喻冠高。峨峨：高大。⑨蠡蠡：行列分明。⑩兰皋：长兰草的涯岸。⑪睨：斜着眼睛看。⑫郁渥：形容香气浓烈。⑬旖旎：柔美的样子。⑭荃蕙：一种香草。⑮林薄：交错丛生的草木。

驱子侨之犇走兮①，申徒狄之赴渊②。
若由夷之纯美兮③，介子推之隐山④。

晋申生之离殃兮[5]，荆和氏之泣血[6]。

吴申胥之抉(jué)眼兮[7]，王子比干之横废[8]。

欲卑身而下体兮[9]，心隐恻而不置[10]。

方圜殊而不合兮[11]，钩绳用而异态。

欲俟时于须臾兮，日阴曀(yì)其将暮[12]。

时迟迟其日进兮[13]，年忽忽而日度[14]。

妄周容而入世兮[15]，内距闭而不开[16]。

俟时风之清激兮，愈氛雾其如塺(méi)[17]。

进雄鸠之耿耿兮[18]，谗介介而蔽之[19]。

默顺风以偃仰兮[20]，尚由由而进之[21]。

心悢(liàng)恨以冤结兮[22]，情舛错以曼忧[23]。

搴薜荔于山野兮[24]，采撚(niǎn)支于中洲[25]。

望高丘而叹涕兮，悲吸吸而长怀[26]。

孰契契而委栋兮[27]，日晻(yǎn)晻而下颓[28]。

［注释］

①子侨：也作“子乔”，即王子侨，神话人物。②申徒狄：商朝贤人，因不满残虐的纣王而投水自尽。③由夷：许由和伯夷的并称。许由是尧舜时代的贤人。尧帝要把君位让给他，他逃到箕山下，农耕而食；尧帝又让他做九州长官，他就在颍水边洗耳，表示不愿听到世俗上的浊言。伯夷为商末孤竹君的长子，武王灭商后，他隐居首阳山，不食周粟，只吃野菜，后饿死。这两人被看作是古代义士的表率。④介子推：春秋晋人，曾跟随重耳流亡国外，后逃到绵山隐居。重耳为逼出他，下令放火烧山，介子推和他的母亲抱树而死。⑤申生：春秋时晋献公太子，被其继母骊姬设计害死。⑥和氏：春秋

时楚国的琢玉能手卞和。他在荆山里发现一块璞玉献给楚王，厉王认为是一块石头，命人砍下其左脚；武王也认为是一块石头，命人砍下其右脚。文王即位，卞和抱着璞玉痛哭了三天三夜，眼泪哭干后继续哭出了血。文王命人剖开璞玉，果然得到稀世之玉，遂将其命名为和氏璧。⑦申胥：伍子胥，其封地在申地。他在自杀前说：“请抉出我的眼睛挂在吴国都城的东门上，这样总有一天我会看到越兵来灭掉吴国。”⑧横废：突然遭到意外祸殃。这里指比干被挖心之事。⑨卑身：低身、屈身、伏身。下体：卑躬屈身。⑩隐恻：内心深处感到痛苦。⑪方圜：也作“方圆”，方和圆。殊：不同。⑫阴曀：云气掩映日光，天气阴晦。⑬迟迟：缓慢。⑭忽忽：时间快速飞逝的样子。⑮周容：迎合讨好。⑯距闭：距，通“拒”。距闭指拒而不纳。⑰塺：尘土。⑱耿耿：诚信守节。⑲介介：分隔、阻隔。⑳偃仰：比喻随世俗沉浮或进退。㉑由由：迟疑、犹豫。㉒怅恨：失意怅惘。㉓舛错：差错。曼：长。㉔搴：采摘。㉕撚支：一种香草。撚，即“捻”。㉖吸吸：呼吸急促。㉗契契：忧愁、愁苦。㉘晻晻：日光渐暗的样子。

叹曰：

江湘油油①，长流汩（gǔ）兮②。

挑揄（yú）扬汰③，荡迅疾兮。

忧心展转，愁怫郁兮。

冤结未舒，长隐忿兮④。

丁时逢殃⑤，可柰何兮⑥。

劳心悁（yuān）悁⑦，涕滂沱兮⑧。

[注释]

①油油：水流动的样子。②汩：水流很快的样子。③挑揄：搅动。汰：水波。④隐：伤痛。⑤丁：当。⑥柰何：同“奈何”，如何、怎样。⑦悁悁：忧闷的样子。⑧滂沱：比喻眼泪流得很多，哭得厉害。

[译文]

读完屈原的《离骚》啊，我满腔忧愤无限悲伤。我对着空旷的原野大声呼叫啊，看见仆人和我一样憔悴。我要整治谗人纠正邪恶啊，要消灭这世上污浊的流俗。要扫除卑劣的奸佞之徒啊，要消灭扰动不安的混乱行为。我怀抱的蕙草芳香馥郁啊，佩戴的江离香气浓厚。我手握申椒和杜若啊，头戴浮云高冠。我登上高山向四面眺望啊，看见花圃排列成行的香草。我游览兰芷涯岸蕙草芳林啊，回头看到玉石形态各异。枝枝精粹如玉光彩夺目啊，芳香浓郁纯洁美好。我将柔嫩的桂树枝条系结起来啊，将荃蕙、辛夷连缀在一起。如此芳香的花环却没人使用啊，被抛弃在丛林里堆积腐烂。

我想跟随王子乔远游啊，又仰慕申徒狄避世投江。要像许由、伯夷那样纯洁高尚啊，又效仿介子推隐居深山。可怜晋国申生遭受的灾难啊，痛惜楚国卞和眼睛哭出了血。伍子胥被挖去了双眼啊，比干被纣王剖心。想卑躬屈节同流合污啊，但心中痛苦不愿这样做。方和圆本来就是不同的形状啊，钩和绳的用途也不一样。想暂时等待美好的时光啊，但是天色昏暗黄昏快到了。时间慢慢地一天一天过去了啊，岁月消逝得非常迅速。想逢迎阿谀讨好世人啊，内心却拒绝接受这样做。等待世风变得清廉激发人心啊，雾气却像尘土越来越浓。想要像雄鸠献上诚信啊，却被谗人离间排挤。想保持沉默随世俗沉浮啊，却迟疑着不肯去做。心里失意怅惘郁结苦闷啊，思绪错乱忧愁更加深长。在荒山野岭采摘薜荔啊，在水中的小洲上采摘撚支。遥望着楚国叹息流泪啊，我长久思念悲泣不止。谁能忧国忧民奉献自己啊，日光渐暗太阳慢慢西坠。

多么可叹啊：长江湘水滚滚而来，不停地向东流啊。水流激荡水花四溅，快速向前奔流而去啊。忧心如焚辗转反侧，心中苦闷悲痛啊。怨情郁结无法纾解，心中常怀愤恨啊。生不逢时遭遇祸患，也是无可奈何的啊。劳心忧闷，眼泪一直流出来啊。

忧　苦

《忧苦》和《怨思》《远逝》都是抒写屈原被放逐的凄苦之情，表达了对忠奸不辨、善恶不分的社会现实的不满之情，同时还表达了对故国的思念。

悲余心之悁悁兮，哀故邦之逢殃。
辞九年而不复兮，独茕茕而南行[1]**。**
思余俗之流风兮，心纷错而不受。
遵壄莽以呼风兮[2]**，步从容于山廋(sōu)**[3]**。**
巡陆夷之曲衍兮[4]**，幽空虚以寂寞。**
倚石岩以流涕兮，忧憔悴而无乐。
登巑(wán)岏以长企兮[5]**，望南郢而窥之**[6]**。**
山修远其辽辽兮，涂漫漫其无时[7]**。**
听玄鹤之晨鸣兮[8]**，于高冈之峨峨。**
独愤积而哀娱兮[9]**，翔江洲而安歌。**
三鸟飞以自南兮[10]**，览其志而欲北**[11]**。**

愿寄言于三鸟兮，去飘疾而不可得⑫。

［注释］

①茕茕：形容孤独无依靠。②遵：沿着。壄：同“野”。③庱：即“廋”，弯曲之处。④巡：行走。陆夷：高山和平地。曲衍：曲折的湖泊。⑤巑岏：高峻的山峰。企：踮着脚看，今用为盼望的意思。⑥窥：泛指观看。⑦涂：同“途”。⑧玄鹤：一种传说中的神鸟。⑨哀娱：悲伤与欢乐，这里指苦中作乐。⑩三鸟：古代神话中西王母身边的三只青鸟，后泛指使者。⑪览：观察。⑫飘疾：飞得很快。

欲迁志而改操兮，心纷结其未离。
外彷徨而游览兮，内恻隐而含哀。
聊须臾以时忘兮，心渐渐其烦错。
愿假簧以舒忧兮①，志纡郁其难释。
叹《离骚》以扬意兮，犹未殚于《九章》②。
长嘘吸以於(wū)悒兮③，涕横集而成行。
伤明珠之赴泥兮，鱼眼玑之坚藏④。
同驽骡与乘驵兮⑤，杂斑驳与阘(tà)茸⑥。
葛藟(lěi)虆于桂树兮⑦，鸱(chī)鸮(xiāo)集于木兰⑧。
偓(wò)促谈于廊庙兮⑨，律魁放乎山间⑩。
恶虞氏之《箫韶》兮⑪，好遗风之《激楚》⑫。
潜周鼎于江淮兮⑬，爨(cuàn)土鬵(qín)于中宇⑭。
且人心之持旧兮，而不可保长。
邅彼南道兮，征夫宵行⑮。
思念郢路兮，还顾睠(juàn)睠。
涕流交集兮，泣下涟涟⑯。

［注释］

①假：借助。簧：用金属或其他材料制成的乐器里的发声薄片，这里代指乐器。②殚：尽。③於悒：同“呜咽”。④玑：不圆的珠子。⑤驽骡：驽劣的骡子。

椉驵：骏马。椉：同“乘”。⑥斑驳：色彩相杂。阘茸：庸碌低劣，指地位卑微或品格卑鄙的人。⑦葛藟：一种植物，又名“千岁藟”。藟：一种像葛的蔓生植物。这里指像藟一样缠绕。⑧鸱鸮：一类包括猫头鹰在内的恶鸟，以有害昆虫、老鼠等为食。⑨偓促：形容气量狭隘，拘于小节。⑩律魁：高大。这里代指贤士。⑪《箫韶》：舜时代的乐曲。共分为九段，即所谓“箫韶九成”。周代在祭祀四方时演奏。⑫《激楚》：曲名，这里指民间俗乐，与《箫韶》等雅乐相对。⑬周鼎：指周代的传国九鼎。⑭爨：烧火煮饭。鬵：釜类烹器。中宇：堂屋。⑮宵行：夜行。⑯涟涟：泪流不止的样子。

叹曰：

登山长望，中心悲兮。

菀（wǎn）彼青青①，泣如颓兮。

留思北顾，涕渐渐兮。

折锐摧矜（jīn）②，凝泛滥兮③。

念我茕茕，魂谁求兮？

仆夫慌悴④，散若流兮。

［注释］

①菀：茂盛。②摧：挫伤。矜：庄重严肃。③凝：凝固、停止。泛滥：沉浮。④悴：憔悴。

［译文］

可怜我心中愁苦悲伤啊，哀叹国家遭逢祸患。离开九年却不能回去啊，只能一个人独自向南走。想到楚国的混浊风气啊，我的心中烦乱无法接受。在旷野里漫步迎风呼喊啊，在山崖弯曲的地方悠闲徐行。在高山平地曲泽间巡行啊，四周幽静空虚一点声音都没有。我倚靠在岩石上痛哭流涕啊，身心憔悴没有欢乐。登上高山长久地踮着脚站立啊，眺望着故乡郢都。山路漫长非常遥远啊，道路漫漫没有尽头。听见玄鹤在清晨鸣叫啊，看见它站在那巍峨的山岗上。我孤独愤恨只能苦中作乐啊，来到江中的小洲上尽情歌唱。三只青鸟从南方飞来啊，我发现它们将要飞往北方。我想请它们为我送信啊，它们飞得太快我追赶不上。

想要放弃志向改变节操啊，心中纷乱郁结不愿这样做。外表安逸自在徘徊游荡啊，内心却感觉悲痛哀怨。姑且追求片刻的欢乐来忘记痛苦啊，但是心绪却烦乱不堪。想要吹奏乐器排解忧愁啊，愁思郁结难以释怀。吟诵《离骚》来抒发情怀啊，却难以读完《九章》。我长长地声声呜咽啊，涕泗横流热泪成行。伤心明珠被丢进污泥里啊，却把鱼眼当作宝珠来珍藏。骡子和骏马被同等看待啊，劣骡和骏马却混

杂不分。像葛藟草绕着桂树生长啊，鸱鸮都聚集在木兰旁。卑鄙小人在朝廷高谈阔论啊，高士贤良被放逐到山野。世人厌恶虞舜的《箫韶》之乐啊，喜欢像《激楚》那样的民间俗乐。传国宝鼎被沉进江淮之中啊，做饭的锅却被摆在殿堂上。人心虽怀有纯朴之风啊，可是世风却难保长久。我把马车转向南方前进啊，像征夫一样日夜兼程。我思念郢都的道路啊，频频回头眺望。禁不住涕泪纵横啊，眼泪顺着脸颊不停流淌。

多么可叹啊：我登上高山眺望，心中非常悲伤啊。看到草木茂盛一片绿色，我的眼泪流个不停啊。我怀念故国向北顾盼，泪如雨下啊。我的锐气意志受到摧残，不愿与世沉浮啊。想到自己孤孤单单的，灵魂向谁寻求啊？我的仆人愁苦憔悴，像流水一样离散了。

愍命

《愍命》以屈原的口吻，叙述了生不逢时、命运多舛、不容于世的不幸遭遇，表达了作者对屈原的同情、对黑白颠倒的社会现实的不满，以及对清明政治的向往。

昔皇考之嘉志兮，喜登能而亮贤①。
情纯洁而罔薉(huì)兮②，姿盛质而无愆③。
放佞人与谄谀兮，斥谗夫与便嬖(bì)④。
亲忠正之悃诚兮⑤，招贞良与明智。
心溶溶其不可量兮⑥，情澹澹其若渊⑦。
回邪辟而不能入兮⑧，诚愿藏而不可迁。
逐下袟(zhì)于后堂兮⑨，迎宓妃于伊雒(luò)⑩。
刜谗贼于中廇(liù)兮⑪，选吕管于榛薄⑫。
丛林之下无怨士兮，江河之畔无隐夫。
三苗之徒以放逐兮⑬，伊皋之伦以充庐⑭。

［注释］

①登能：进用有才能的人。亮贤：选择贤人。②薉：同“秽”，肮脏。③姿盛质：姿，通“资”。姿盛质即“资质盛”，天生的才能丰富。④便嬖：能说会道、善于迎合的宠臣、亲信。⑤悃诚：诚恳之心。⑥溶溶：宽广的样子。⑦澹澹：恬静、安静。⑧回邪：不正，邪僻。⑨下袟：指妃嫔。⑩宓妃：传说中的洛水女神。

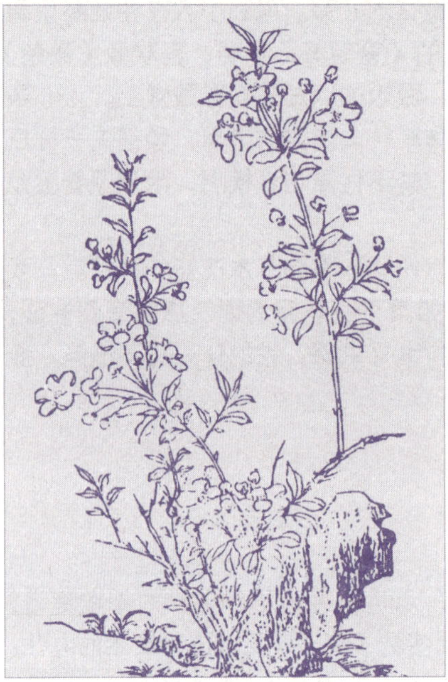

伊雒：也作“伊洛”，即伊水和洛水。两水在洛阳附近汇流，注入黄河。⑪剿：击、砍。中庮：也作“中霤”“中溜”，室的中央。⑫吕管：吕尚和管仲。吕尚即姜子牙，辅佐文王和武王建立周朝。管仲是春秋时期齐国人，自幼生活贫苦，后来在鲍叔牙的力荐下，成为齐国上卿，辅佐齐桓公成为春秋第一霸主。他们两人都是得于民间的能臣。榛薄：丛杂的草木，引申指山野僻乡。⑬三苗：传说中黄帝至尧舜禹时期的古族名，主要分布在洞庭湖和鄱阳湖之间，又叫“苗民”“有苗”，与驩兜、共工、鲧合称为“四罪”。尧舜时，三苗曾多次作乱，舜的功绩之一就是平四罪。这里指奸佞之臣。⑭伊皋：伊尹和皋陶。伊尹是商初大臣，为商朝理政安民五十余载，治国有方，世称贤相。皋陶是虞舜时的司法官，以正直闻名天下。庐：房舍。

今反表以为里兮，颠裳以为衣。

戚宋万于两楹(yíng)兮①，废周邵于遐夷②。

却骐骥以转运兮③，腾驴骡以驰逐。

蔡女黜(chù)而出帷兮④，戎妇入而綵(cǎi)绣服⑤。

庆忌囚于阱室兮⑥，陈不占战而赴围⑦。

破伯牙之号钟兮⑧，挟人筝而弹纬⑨。

藏瑉(mín)石于金匮兮⑩，捐赤瑾于中庭⑪。

韩信蒙于介胄兮⑫，行夫将而攻城⑬。

莞芎弃于泽洲兮⑭，瓟(páo)蠡(lí)蠹(dù)于筐簏⑮。

麒麟奔于九皋兮⑯，熊罴(pí)群而逸囿⑰。

折芳枝与琼华兮⑱，树枳棘与薪柴⑲。

掘荃蕙与射干兮⑳，耘藜藿与蘘(ráng)荷㉑。

惜今世其何殊兮，远近思而不同。

或沉沦其无所达兮，或清激其无所通。

哀余生之不当兮，独蒙毒而逢尤[22]。

虽謇謇以申志兮[23]，君乖差而屏之[24]。

诚惜芳之菲菲兮，反以兹为腐也。

shè lí

怀椒聊之䓕䓕兮[25]，乃逢纷以罹诟也[26]。

［注释］

①宋万：春秋时宋国的南宫万，因遭到宋愍公的耻笑，而以棋盘击杀愍公。后来他谋反失败出逃，被擒押回宋国，惨遭醢刑。两楹：楹，堂屋前部的柱子。两楹即房屋正厅当中的两根柱子。两楹之间是房屋的正中，通常在这里举行重大仪式和活动。②周邵：周召，周成王时共同辅政的周公旦和召公奭的并称，两人皆以美政闻名。遐夷：指边远的少数民族地区。③骐骥：千里马。转运：把运来的东西再运到别处去。④蔡女：蔡国的女子，是贤德的代名词。⑤戎：古代对西部民族的称呼。綵：彩色的丝织品。⑥庆忌：春秋时吴王僚的儿子，勇猛过人，世人都很敬佩他的勇敢。阱室：地牢。⑦陈不占：春秋时齐国人，有义无勇。他听说崔杼要刺杀齐庄公，打算营救，却非常紧张，结果被战斗的声音吓死。战：战栗、畏惧。⑧伯牙：春秋时精于琴艺的人。号钟：伯牙弹奏的琴。⑨人筝：小筝。弹纬：弹奏。⑩瑉石：瑉，一作"珉"。瑉石指似玉的美石。金匮：也作"金柜"，古代一种铜制的柜，用于收藏文献或文物。⑪赤瑾：一种赤色的美玉。⑫韩信：西汉军事家。他早年参加项羽的部队，却不受重用，后来投奔刘邦，在楚汉战争中立下汗马功劳。蒙：覆盖。介：铠甲。胄：头盔。⑬行夫：士兵。⑭莞：水葱一类的植物，也指用其编的席。芎：又名"川芎"，多年生草本植物。⑮瓟蠡：匏勺、瓢，舀水的器具。蠹："囊"的误用，意为盛装。⑯麒麟：古代传说中的一种动物，头上有角，身有鳞甲，尾像牛尾，形状像鹿。古人把它当作仁兽、瑞兽，象征祥瑞。九皋：曲折深远的沼泽。⑰熊罴：熊和罴，都是猛兽，这里用来比喻贪婪残忍的人。逸囿：禽兽在苑囿奔跑。⑱琼华：神话中琼树的花蕊，似玉屑。⑲枳棘：枳木与棘木。因其多刺而称恶木。常用以比喻恶人或小人。⑳射干：一种香草，夏季开花，根可入药。㉑藜：一年生草本植物，茎直立，嫩叶可吃。藿：豆类植物的叶子。蘘荷：又名蘘草，一种多年生草本植物。㉒蒙毒：蒙受苦难。㉓謇謇：忠贞，正直。㉔乖差：违异。屏：摒弃、除去。㉕椒聊：聊，语气助词。椒聊即椒。䓕䓕：形容香气弥散。㉖罹：遭受。

叹曰：

嘉皇既殁，终不返兮。

山中幽险，郢路远兮。

谗人𫍲𫍲(jiàn)①，孰可愬兮。

征夫罔极，谁可语兮。

行吟累欷，声喟(kuì)喟兮②。

怀忧含戚，何侘(chà)傺(chì)兮③。

［注释］

①𫍲𫍲：巧言善辩。②喟喟：叹息声。③侘傺：形容失意的样子。

［译文］

从前我的先祖志向美好啊，喜欢选贤任能。他的性情纯洁没有污秽啊，天生才能出众没有过失。放逐奸佞和逢迎的小人啊，斥责谗人和邀宠的近臣。亲近拥有诚恳之心的贤士啊，招纳洞察事理的忠良之臣。心胸宽广不可度量啊，性情恬淡超逸犹如深渊。不正之风难以侵蚀他啊，永远保持着真心不改变。将乱政的妃嫔赶回后堂啊，从洛水迎来了宓妃。把奸谗小人赶出朝廷啊，从民间起用吕尚、管仲这样的贤臣。山野间没有怀怨的高士啊，江河边没有隐居的贤人。奸佞的小人被放逐了啊，伊尹、皋陶这样的贤臣治理国家。

当今之世把外表看作内心啊，把下裳当作上衣。逆臣南宫万受到尊崇啊，周公、召公却被放逐到边远之地。让千里马去运送东西啊，却想让笨劣的驴和骡快速奔跑。蔡国的贤女被赶出帷帐啊，反而让戎族的妇女身穿绣服。勇士庆忌被关押在地牢里啊，懦夫陈不占颤抖着去解围。打破伯牙珍贵的号钟琴啊，却弹奏小筝。把劣质的玉石藏在金柜之中啊，把上等的美玉扔弃在庭院中。韩信身穿甲胄被当作小卒啊，行伍懦夫却率兵攻城。香草莞芎被丢弃在水泽之中啊，葫芦瓜瓢却被收藏在筐篓里。麒麟在曲折的水泽淤地奔窜啊，成群的熊罴住在君王的苑囿里。折下芳枝和琼花啊，栽种恶木和柴火。挖掉荃蕙、射干这样的香草啊，种植藜藿和蘘荷。痛惜今世与往昔不同啊，想到古今的人如此迥异。有的人沉沦世俗无法显达啊，有的人清廉自励不能亨通。可怜我生不逢时啊，独自蒙受苦难遭受祸患。虽然竭尽忠贞表达心志啊，却与君王心意相违遭到摒弃。本应珍惜这四溢的芳香啊，君王

却认为这是恶臭腐败的东西。怀中揣着椒木香气弥散啊，却因生逢乱世而遭人妒忌。

多么可叹啊：明君已经逝去，再也不会回来啊。深山之中幽暗危险，返回郢都的道路非常遥远啊。谗人巧言善辩，我能对谁诉说啊。放逐远行没有尽头，我又能向谁倾诉啊。我边走边吟慨叹不已，发出一声声的叹息啊。我满怀忧愁悲伤，多么失意啊。

思　古

《思古》抒写的是屈原被放逐后的孤苦情景，作者把自然环境设定在一个幽暗凄楚的森林里：屈原独自一人在山野中徘徊抒情，表达了内心苦闷、无人理解、无所适从、进退两难的情感。

冥冥深林兮，树木郁郁。
山参差以崭岩兮①，阜杳杳以蔽日②。
悲余心之悁(yuān)悁兮，目眇眇而遗泣③。
风骚屑以摇木兮④，云吸吸以湫(qiū)戾⑤。
悲余生之无欢兮，愁倥偬(zǒng)于山陆⑥。
旦徘徊于长阪兮⑦，夕仿偟而独宿⑧。
发披披以鬤(ráng)鬤兮⑨，躬劬劳而瘏(tú)悴⑩。
魂俇(guàng)俇而南行兮⑪，泣沾襟而濡袂。
心婵媛而无告兮⑫，口噤闭而不言。
违郢都之旧闾兮⑬，回湘、沅而远迁。
念余邦之横陷兮，宗鬼神之无次⑭。
闵先嗣之中绝兮⑮，心惶惑而自悲。
聊浮游于山陿(xiá)兮⑯，步周流于江畔。
临深水而长啸兮，且倘佯而泛观⑰。

［注释］

①崭：同“巉”，险峻。②杳杳：幽暗。③眇眇：纵目远望。遗泣：落泪。④骚屑：风声。⑤吸吸：浮动或移动的样子。湫戾：卷曲的样子。⑥倥偬：困苦窘迫。

⑦长阪：高坡。⑧仿偟：同“彷徨”。⑨鬤鬤：头发散乱。⑩劬劳：劳累、劳苦。瘏悴：疲惫憔悴。⑪佂伀：心神不安。⑫婵媛：牵连、相连。⑬闾：乡里。⑭宗鬼神：宗族祖先的鬼神。无次：失去位次，这里指没有人祭祀。⑮先嗣：对先人功业的继承。⑯陿：同“峡”，峡谷。⑰倘佯：又作“徜徉”，徘徊游荡。泛观：纵观，广泛地浏览。

兴《离骚》之微文兮①，冀灵修之壹悟。
还余车于南郢兮，复往轨于初古②。
道修远其难迁兮，伤余心之不能已。
背三五之典刑兮③，绝《洪范》之辟纪④。
播规矩以背度兮⑤，错权衡而任意⑥。
操绳墨而放弃兮，倾容幸而侍侧⑦。
甘棠枯于丰草兮⑧，藜棘树于中庭。
西施斥于北宫兮⑨，仳倠(pǐ suī)倚于弥楹⑩。
乌获戚而骖乘兮⑪，燕公操于马圉(yǔ)⑫。
蒯聩(kuì)登于清府兮⑬，咎繇弃而在壄⑭。
盖见兹以永叹兮，欲登阶而狐疑。
椉白水而高骛兮⑮，因徙弛而长词⑯。

［注释］

①微文：隐寓讽喻的文辞。②轨：本指车辙，这里用来比喻政治主张、法则。初古：前代。③三五：三皇和五帝。典刑：常刑、旧法。④《洪范》：《尚书》中的一篇，旧传是箕子向周武王陈述的“天地之大法”。辟纪：法纪。⑤播：舍弃、背弃。⑥权衡：权，秤锤。衡，秤杆。权衡指称量物体轻重的器具，这里喻指法度、标准。⑦容幸：通过逢迎来讨好人。⑧甘棠：棠梨，树名。⑨北宫：后宫。⑩仳倠：古代丑女名。⑪乌获：战国时秦国的力士，后被用于力士的泛称。骖乘：又作“参乘”，陪乘或陪乘的人。古人乘车，尊者在左，御者在中，右侧的就是骖乘，一般由武士充任，负责警卫。⑫燕公：周代燕国的始祖召公。圉：养马，这里指养马的地方。⑬蒯聩：卫灵公的太子，他想刺杀灵公的夫人南子，失败后逃往晋国，回到卫国后被立为卫君。晋军攻破卫国后，将其杀死。清府：清庙，古代帝王的宗庙。⑭咎繇：皋陶。⑮白水：神话传说中源出昆仑山的一条河流，相传饮之可以不死。

⑯徙弛：退却。长词：词，通“辞”。长词指长久告别，即永别。

叹曰：

倘佯垆阪①，沼水深兮②。

容与汉渚，涕淫淫兮。

钟牙已死③，谁为声兮？

纤阿不御④，焉舒情兮？

曾哀凄欷，心离离兮⑤。

还顾高丘，泣如洒兮。

［注释］

①垆：黑色坚硬的土。②沼：水池。③钟牙：钟子期和俞伯牙。④纤阿：古代神话中御月运行的女神。⑤离离：悲痛、忧伤的样子。

［译文］

阴暗幽深的山林里啊，树木生长得郁郁葱葱。峰峦起伏山势险峻啊，山岭遮蔽了太阳天色昏暗。可怜我的心里愁苦忧闷啊，纵目向远处望去泪流不止。秋风萧萧摇动着树木啊，浓云在天上浮动。可怜我的一生没有欢乐啊，愁苦窘迫久居在山中。白天时在高坡上徘徊啊，夜晚里走来走去无法入睡。头发披散凌乱啊，身体劳累疲惫憔悴。神魂不定匆匆向南行进啊，泪如雨下沾湿了衣襟和衣袖。心中牵挂故乡却无处诉说啊，只能闭着嘴不说话。我离开故乡郢都啊，经过湘江沅水继续远行。想到我的祖国横遭灾难啊，宗族祖先的鬼神无人祭祀。可惜先人的事业就此中断啊，心中惶恐不安暗自悲伤。只能在峡谷里漫步闲逛啊，再来到江边上四处游荡。面对万丈深渊长声呼啸啊，姑且走到溪畔到处览望。

创作《离骚》这样隐寓讽喻的文辞啊，是希望能够让君王一朝觉醒。能让我的马车返回郢都啊，遵循前代君王的主张。距离郢都道路遥远回不去啊，我非常伤心难以停止。违反三皇五帝的旧法啊，背弃《洪范》中的法纪。舍弃圆规直尺违背法度啊，丢掉秤锤和秤杆随意估量。执行法纪的人被放逐啊，卑身逢迎讨好的人却可以亲近君王。棠梨枯死而野草茂盛啊，庭院中种满了蒺藜荆棘。西施被赶回了后宫啊，丑女仳倠却可以在君王身边服侍。力士乌获与君王亲近成为了骖乘啊，贤臣召公被派去养马。蒯聩能够进入宗庙啊，皋陶却被放逐山野。见到这种情况我只能叹息啊，想要进宫劝谏又迟疑犹豫。还是顺着白水远走高飞啊，趁机离开与浊世永别了。

多么可叹啊：在黑土坡上徜徉，看到池水非常幽深啊。在汉水之滨游荡，眼泪流个不停啊。钟子期和俞伯牙都死去了，谁来弹奏乐曲啊。纤阿女神不驾马车，骏

马怎么会发挥力量啊。我无限哀伤感觉凄惨，心情非常苦闷啊。回头远望楚国的高山，泪如雨下啊。

远　游

屈原也作有一篇《远游》，两篇在思想内容和语汇词句上颇具共同点。作者模仿《涉江》的笔调，以浪漫主义的手法，通过抒写屈原上天下地的神游，向读者展示了一个美妙神奇的神话世界的图景，表现了屈原为寻求真理不屈不挠、上下求索的精神。

悲余性之不可改兮，屡惩艾而不迻[1]。
服觉皓以殊俗兮[2]，貌揭揭以巍巍[3]。
譬若王侨之乘云兮，载赤霄而凌太清[4]。
欲与天地参寿兮[5]，与日月而比荣。
登昆仑而北首兮[6]，悉灵圉(yǔ)而来谒[7]。
选鬼神于太阴兮[8]，登阊阖于玄阙[9]。
回朕车俾(bǐ)西引兮[10]，褰(qiān)虹旗于玉门[11]。
驰六龙于三危兮[12]，朝西灵于九滨[13]。
结余轸于西山兮[14]，横飞谷以南征[15]。
绝都广以直指兮[16]，历祝融于朱冥[17]。
枉玉衡于炎火兮[18]，委两馆于咸唐[19]。
贯澒濛以东朅(qiè)兮[20]，维六龙于扶桑[21]。

[注释]

①惩艾：也作“惩乂”“惩刈”，惩治。迻：同“移”，移易、变易。②觉皓：觉，通“较”。觉皓指显明。皓，同“皓”。③揭揭：长、高。巍巍：高大壮观的样子。④赤霄：红云。太清：天空。⑤参寿：同寿。⑥昆仑：昆仑山。首：向着、朝着。⑦灵圉：神仙的总称。谒：拜见。⑧太阴：极盛的阴气。⑨阊阖：传说中的天门。玄阙：天门，引申为天帝或神仙的住所。⑩俾：使。⑪褰：揭起。玉门：山名。⑫三危：古代西部边疆的一座山。⑬朝：通“召”，召集。西灵：西方的神灵。九滨：弯曲的涯岸。⑭轸：古代车箱底部四周的横木，这里借指车。⑮飞

谷：飞泉谷，古代神话中位于昆仑山西南。⑯绝：穿越、渡过。都广：古代传说中的地名。⑰祝融：传说中的南方之神，南海之神。朱冥：指南方。⑱玉衡：车辕头横木的美称。炎火：传说中的火焰山。⑲咸唐：咸池，神话传说中的日浴处。⑳澒濛：也作“鸿蒙”，意为混沌之气。揭：离去。㉑扶桑：神话中生长在东方日出之处的大树。

周流览于四海兮，志升降以高驰。
征九神于回极兮[1]，建虹采以招指[2]。
驾鸾凤以上游兮，从玄鹤与鷦明[3]。
孔鸟飞而送迎兮[4]，腾群鹤于瑶光[5]。
排帝宫与罗囿兮[6]，升县圃以眩灭[7]。
结琼枝以杂佩兮[8]，立长庚以继日[9]。
凌惊雷以轶骇电兮[10]，缀鬼谷于北辰[11]。
鞭风伯使先驱兮[12]，囚灵玄于虞渊[13]。
溯高风以低佪兮，览周流于朔方[14]。
就颛顼而敶(chén)词兮[15]，考玄冥于空桑[16]。
旋车逝于崇山兮[17]，奏虞舜于苍梧[18]。
济杨舟于会稽兮[19]，就申胥于五湖[20]。
见南郢之流风兮，殒余躬于沅湘。
望旧邦之黯黮(àn dǎn)兮[21]，时溷浊其犹未央[22]。
怀兰茝之芬芳兮[23]，妒被离而折之。
张绛帷以襜襜(chān)兮，风邑邑而蔽之[24]。
日暾暾(tūn)其西舍兮[25]，阳焱焱而复顾[26]。
聊假日以须臾兮，何骚骚而自故[27]？

［注释］

①九神：古指九天的神明。回极：天极回旋的枢轴，也就是古人所认为的天体的轴心。②虹采：彩旗。③鷦明：传说中的神鸟，凤凰之类。④孔鸟：孔雀。⑤瑶

光：北斗七星的第七星。⑥帝宫：天宫。罗囿：神话中的园林。⑦县圃：传说中神仙的居处，在昆仑山顶。后来泛指仙境。眩灭：眼睛昏花看不清楚。⑧杂佩：总称连缀在一起的各种佩玉。⑨长庚：也称“太白”，即黄昏时出现在西方天空的金星。⑩轶：超过。骇电：惊人的电光。常用于形容快速无比。⑪鬼谷：传说众鬼聚集的地方。北辰：北极星。⑫风伯：神话传说中主司刮风的天神。⑬灵玄：玄帝，古代神话中的北方之神。虞渊：也称“虞泉”，传说中日没的地方。⑭朔方：北方。⑮颛顼：传说中的上古帝王，在位七十八年。暾：同“陈”。⑯玄冥：北方水神，主刑杀。空桑：古代传说中的山，盛产琴瑟之材。⑰崇山：山名，相传是舜放逐驩兜的地方。⑱虞舜：上古传说中的圣君，五帝之一。姓姚，名重华，因其先国于虞，故称虞舜。⑲杨舟：杨木制成的船。⑳五湖：今太湖。㉑黯黮：比喻政治腐败黑暗。㉒未央：未已、未尽。㉓茝：古书上说的一种香草。㉔邑邑：微弱。㉕暾暾：明亮。㉖炎炎：光采闪耀。㉗骚骚：忧愁痛苦。

叹曰：

譬彼蛟龙①，乘云浮兮。

泛淫澒(hòng)溶②，纷若雾兮。

潺湲轇轕(jiāo gé)③，雷动电发，馺高举兮④。

升虚凌冥⑤，沛浊浮清⑥，入帝宫兮。

摇翘奋羽⑦，驰风骋雨，游无穷兮。

［注释］

①蛟龙：传说中能使洪水泛滥的一种龙。②泛淫：浮游不定。澒溶：深广。这里用来形容云层的广阔深厚。③轇轕：交错、杂乱。④馺：马快跑，引申为迅疾。⑤虚：太虚、太空。冥：高远的天空。⑥沛：排除。⑦翘：本意指鸟尾上的长羽，这里指龙尾。

［译文］

悲叹我的本性是无法改变的啊，就算受到很多次惩罚也不会改变。服饰显眼与世不同啊，形象高大顶天立地。像仙人王子乔那样腾云驾雾啊，乘着红云飞上天际。想要与天地同寿啊，与日月同辉。登上昆仑山面朝北方啊，所有的神仙都来朝见。从极盛的阴气中挑选鬼神啊，和我一起从天门进入天宫。掉转我的马车向西方奔去啊，举起虹旗直奔玉门山。驾着六龙在三危山顶奔驰啊，将西方的神灵召集到弯曲的涯岸。旋转我的车子向着西山啊，横渡飞泉谷又向南行。穿越都广一直前行啊，来到南方之神祝融的领地。回转马车穿过火焰山啊，两次经过咸池都没有留宿。穿过混沌之气离开东方啊，将六条飞龙拴在扶桑树边。

我要周游天下观察四海啊，想上上下下奔驰翱翔。召集九天的神明在天中聚集啊，竖起彩旗来指挥。乘驾鸾鸟凤凰向上飞翔啊，玄鹤、鹪明等神鸟紧随其后。孔雀在空中飞舞迎来送往啊，成群的仙鹤飞越过北斗星。推开天宫进入天苑啊，登上悬圃却眼睛昏花看不清楚。系结美玉枝条配上连缀的佩玉啊，长庚星升起接替太阳。乘滚滚惊雷追逐闪电啊，把众鬼捆绑在北极星上。我又鞭打风伯让他在前面开路啊，将北方之神玄帝囚禁在虞渊。迎着高天大风徘徊游荡啊，观察各地游遍北方。向颛顼帝倾诉苦闷啊，在空桑山询问玄冥之神。掉转车头前往崇山啊，到九嶷山向虞舜进言。乘坐杨木舟行驶到会稽啊，到太湖去请教伍子胥。看见郢都流行的风俗啊，只能投身沅水湘江自沉。遥望故国家乡昏暗不明啊，世风混乱污浊没有尽头。怀抱芳香的兰花茝草啊，小人心生嫉妒纷纷来折断。张开红色的帷帐鲜艳明亮啊，微风轻轻将它遮挡。太阳明亮炎热将要落下西方啊，但是余光炙热反射到天上。暂且在这时休闲片刻吧，为什么心中还是忧愁苦闷呢？

多么可叹啊：我就像蛟龙一样，乘云在空中飘游啊。我随着广阔深厚的云层飘浮不定，变化纷纷就像大雾啊。像水一样流动汇集在一起，像惊雷震动闪电破空，迅速地升到空中。登上高远的天际，吐出浊气浮游在清气中，进入了天帝的宫殿啊。蛟龙摇动龙尾振动羽翼，驾驭狂风驰骋暴雨，在无尽的太空中尽情遨游。

九 思

在贾谊之后，出现了一系列骚体赋，都以吊念屈原为主题，包括庄忌的《哀时命》、东方朔的《七谏》、王褒的《九怀》、刘向的《九叹》，以及王逸的《九思》。而《九怀》《九叹》《九思》更是一脉相承，都以九章成篇，体制固定，主题相类。

《九思》的作者是汉代王逸。王逸（生卒年不详），字叔师，南郡宜城（今湖北宜城）人，东汉著名文学家，历任校书郎、侍中、豫州刺史、豫章太守等职。他擅长文学，尤其是赋、诔、书、论及杂文等。他的作品多已散佚，只有《楚辞章句》一书完整地流传了下来。《楚辞章句》是迄今所知最早的《楚辞》完整注本，历来受到后世学者的重视。

《九思》大约创作于汉顺帝时期。关于创作《九思》的目的，王逸是这样说的："逸与屈原，同土共国，悼伤之情，与凡有异。窃慕向、褒之风，作颂一篇，号曰《九思》，以裨其辞。"可见，《九思》是作者代屈原抒发忧愤之情的作品。在艺术上，《九思》善于运用比喻和象征的表现手法，具有较强的艺术感染力。

逢 尤

王逸对《九叹》借鉴很多，这篇《逢尤》与《九叹》首篇《逢纷》相类似，不仅可以看出对刘向的模仿，同时也可以看出东汉知识分子对屈原的崇敬心态是比较普遍的。《逢尤》细腻地刻画了屈原遭到陷害后的心理活动，表达了对黑暗现实的不满。

悲兮愁，哀兮忧。

天生我兮当暗时，被诼谮(zhuó zèn)兮虚获尤①。

心烦愦(kuì)兮意无聊②，严载驾兮出戏游③。

［注释］

①诼谮：造谣诬陷。虚：平白无故地。尤：罪过。②烦愦：心烦意乱。无聊：不快乐。③严：整肃。戏游：游玩。

周八极兮历九州①，求轩辕兮索重华②。

世既卓兮远眇眇③，握佩玖(jiǔ)兮中路躇④。

羡咎繇兮建典谟⑤，懿(yì)风后兮受瑞图⑥。
愍余命兮遭六极⑦，委玉质兮于泥涂⑧。
遽傽(zhāng)遑兮驱林泽⑨，步屏营兮行丘阿⑩。
车軏(yuè)折兮马虺颓⑪，惷怅立兮涕滂沲⑫。

［注释］

①八极：八方极远之地。九州：古中国有九个州，后用来代指中国。②轩辕：黄帝。重华：虞舜的美称。③卓：远。④佩玖：作佩饰用的浅黑色美石。⑤典谟：《尚书》中《尧典》《舜典》和《大禹谟》《皋陶谟》等篇的并称，后用来指大经大法。⑥懿：赞美。风后：相传为黄帝之臣。瑞图：旧指上天赐予的、表示受命的图籍。⑦六极：六种极凶恶之事，即命、丑、福、赏、祸、罚。⑧泥涂：也作“泥途”，污泥、淤泥。⑨遽：一作“遂”，于是。傽遑：惊慌失措。⑩屏营：彷徨。丘阿：山丘的曲深僻静处。⑪軏：古代车辕与横木相连接的关键。虺颓：疲病。⑫惷：失意的样子。沲：通“沱”。

思丁文兮圣明哲①，哀平差兮迷谬愚②。
吕傅举兮殷周兴③，忌嚭(pǐ)专兮郢吴虚④。
仰长叹兮气䬴(yē)结⑤，悒殟(wēn)绝兮咶复苏⑥。
虎兕(sì)争兮于廷中⑦，豺狼斗兮我之隅。
云雾会兮日冥晦，飘风起兮扬尘埃。
走鬯(chàng)罔兮乍东西⑧，欲窜伏兮其焉如⑨。
念灵闺兮隩重深⑩，愿竭节兮隔无由⑪。
望旧邦兮路逶随⑫，忧心悄兮志勤劬(qú)⑬。
魂茕茕兮不遑寐⑭，目眽(mò)眽兮寤终朝⑮。

［注释］

①丁：武丁，商代国君，在位五十九年。他励精图治，选贤任能，商王朝得到大治。文：周文王，商朝末年周部落的首领。他在位期间勤于理政，发展农业，选贤任能，使国力日盛。②平：楚平王。差：吴王夫差。③吕：吕尚，即姜子牙。傅：傅说，武丁的宰相。他辅佐武丁安邦治国，开创了“武丁中兴”，实现了“嘉靖殷邦”的宏愿，后人尊称他为“圣人”。④忌：费无忌，春秋末年楚国的佞臣，又作费无极。

他得到楚平王的宠信，不断离间平王和太子建。嚭：太宰嚭，本名伯嚭，他好大喜功，贪财好色，会为一己私利通敌叛国。虚：被灭亡、被占领，使成为废墟。⑤餢结：餢，同“噎”。餢结指气梗塞郁结。⑥悒殪：昏厥。绝：气绝。咶：喘息。⑦兕：古书上所说的雌犀牛。⑧惪罔：惪，通“怅”。惪罔指怅惘失意。乍：忽然。⑨窜伏：逃匿、隐藏。焉如：到哪里去。⑩灵闺：君王的宫殿。隩：室内西南角，引申为房屋深处。⑪隔无由：遭到阻隔而没有途径接近君王。⑫逶随：迂远，曲折遥远。⑬悄：忧伤。⑭遑：闲暇。⑮睊睊：眼睁睁地。寤终朝：整夜无法入睡。

［译文］

可悲啊可愁，哀伤啊忧闷。我出生啊在这个昏暗的世道，被坏人诬陷啊遭受罪过。我心烦意乱啊内心不快乐，整装驾车啊出去游玩。

周游八方之地啊游历天下，寻找黄帝啊寻找虞舜。盛世已经远逝啊路途非常遥远，手握玉佩啊在半路徘徊。羡慕皋陶啊建立制度，赞美风后啊得到瑞图。可怜我命不好啊遭受种种苦难，就像把美玉扔在了污泥里。我惊慌失措啊进入林中沼泽，步履彷徨啊在僻静的山中行走。车辕断折啊马儿疲病，我惆怅失意啊泪如雨下。

思慕武丁和文王啊这样圣明的君王，可怜楚平王、夫差啊这样糊涂荒谬的君王。吕尚、傅说受到重用啊殷周得以兴盛起来，费无忌、太宰嚭得宠啊国家会被灭亡。仰天长叹啊忧愤之气在胸中郁结，以致昏厥过去啊很久才苏醒过来。猛虎犀牛争权啊在朝廷上，豺狼争斗啊就在我的身边。乌云聚集啊太阳昏暗不明，大风猛烈地刮起啊尘土漫天飞扬。我怅惘失意啊忽东忽西到处奔走，想要躲藏起来啊又能到哪里去呢。想念君王啊但是宫殿深远难入，愿意竭尽心力啊却被阻隔在外。回望故国啊路途遥远曲折，心中忧愁啊心志依然勤勉。灵魂孤孤单单啊睡不着觉，只能睁着眼睛啊一直到天亮。

怨　上

这篇《怨上》中的“上”既可理解为上天，也可理解为楚怀王。“怨上”既可理解为怨愤上天的不公，也可理解为责备楚怀王不辨忠奸。作者批判不公的命运、昏庸的楚怀王和黑暗的楚国政事，对后世的政治讽喻诗具有启发意义。

令尹兮謷(áo)謷[1]，群司兮譨(nóng)譨[2]。
哀哉兮淈(gǔ)淈[3]，上下兮同流。
菽藟兮蔓衍[4]，芳虈(xiāo)兮挫枯[5]。
朱紫兮杂乱[6]，曾莫兮别诸[7]。
倚此兮岩穴，永思兮窈悠[8]。

嗟怀兮眩惑[9]，用志兮不昭[10]。

将丧兮玉斗[11]，遗失兮钮枢[12]。

我心兮煎熬，惟是兮用忧。

［注释］

①令尹：春秋战国时楚国执政官名，相当于宰相。謷謷：謷，通“傲”。謷謷指傲慢而妄言。②群司：百官。诶诶：多嘴多舌的样子。③湎湎：混乱的样子。④菽藟：小草，比喻小人。⑤虈：白芷，一种香草。挫枯：摧折，枯萎。⑥朱紫：红色与紫色。朱为正色，紫为杂色，比喻正邪、是非、优劣等。⑦曾：乃、竟。莫：无人。别诸：辨别、区别。⑧窈悠：深远悠长。⑨怀：怀王。眩惑：迷恋、沉溺。⑩用志：行忠尽义。昭：显明、明白。⑪玉斗：北极星。⑫钮枢：天枢星，北斗星的第一星。玉斗、钮枢均指政权社稷。

进恶兮九旬[1]，复顾兮彭务[2]。

拟斯兮二踪[3]，未知兮所投。

谣吟兮中壄(yě)，上察兮璇玑[4]。

大火兮西睨(nì)[5]，摄提兮运低[6]。

雷霆兮硠礚(kē)[7]，雹霰兮霏霏[8]。

奔电兮光晃[9]，凉风兮怆凄[10]。

鸟兽兮惊骇，相从兮宿栖。

鸳鸯兮噰噰(yōng)[11]，狐狸兮徾徾(méi)[12]。

哀吾兮介特[13]，独处兮罔依[14]。

蝼蛄兮鸣东[15]，蟊(máo)蠽(jié)兮号西[16]。

蛓(cì)缘兮我裳[17]，蠋(zhú)入兮我怀[18]。

虫豸(zhì)兮夹余[19]，惆怅兮自悲。

伫立兮忉怛[20]，心结缗兮折摧[21]。

［注释］

①进恶：一本作“进思”。九旬：一本作“仇荀”。仇，仇牧。宋南宫万弑宋闵公，仇牧持剑斥之，被南宫万所杀。后用于借指忠良。荀，荀息，春秋时代晋国大夫。里克

弑公子卓，荀息自觉辜负晋献公所托，不惜以死殉之。②彭务：彭咸和务光。务光，古代隐士。相传汤有意让位给他，但他不肯接受，最终负石沉水而死。③拟：模拟、效仿。二踪：前文两位古代贤人的踪迹。④璇玑：北斗星的第二星和第三星，即天璇和天玑。这里泛指北斗。⑤大火：心宿中央的红色大星荧惑星。大火星在每年秋季开始自西而下，又叫流火。⑥摄提：星官名。分布于大角星的两侧，左三星为左摄提，右三星为右摄提。⑦硠磕：雷声。⑧霰：高空中的水蒸气遇到冷空气时凝结成的小冰粒，多在下雪前或下雪时出现。霏霏：形容雨雪很大。⑨光晃：照耀。⑩怆悽：悲伤。⑪嗈嗈：鸟和鸣声。⑫徽徽：互相跟随。⑬介特：孤独。⑭罔依：无依。⑮蝼蛄：一种昆虫，对农作物有害。⑯蝨蠹：一种青色的小蝉。⑰蛓：一种毛虫。⑱蠋：鳞翅目昆虫的幼虫。⑲虫豸：昆虫。⑳忉怛：忧伤、悲痛。㉑结缗：思绪混乱。

[译文]

令尹啊傲慢妄言，百官啊多嘴多舌。可悲啊朝廷混乱，从上而下啊同流合污。杂草啊遍地生长，香草啊枯萎腐烂。朱色和紫色啊混杂在一起，竟然没有人啊可以区别。身体倚靠着啊岩石洞穴，思绪悠长啊绵绵不断。可叹怀王啊迷惑不明，想要尽忠啊却没有办法。眼看国家啊将要不保，政权将要失去啊。我的心啊忍受着煎熬，只有这件事啊会让我忧愁不已。

想起啊为主而死的仇牧、荀息，又想起啊投水舍生的彭咸、务光。我想要追随啊贤人的脚步，却不知道啊该去哪里。我大声地歌咏啊在荒野之中，仰天察看啊天上的北斗星。我看到荧惑星啊向西斜，摄提星啊向下运行。惊雷啊隆隆作响，冰雹雪花啊纷纷落下。闪电呼啸啊光芒耀眼，冷风刺骨啊让人悲伤。飞禽走兽啊恐慌惊惧，相互依偎着啊栖息在一起。鸳鸯啊相互双双和鸣，狐狸啊相互依随。可怜我啊孤孤单单，一个人啊没有依靠。蝼蛄啊在东边鸣叫，蝨蠹啊在西边号叫。毛虫沿着啊我的衣裳蠕动，无数的幼虫啊钻入我的怀中。各种昆虫啊夹攻我，令我惆怅啊自哀自怜。我长时间地站立啊心中悲痛，思绪混乱啊沮丧不已。

疾世

《疾世》是对屈原《离骚》中“三次求女”经历的继承和改写。“疾世”就是痛恨人世的含义。全篇分为三个层次，层层递进，表现了作者对黑暗现实的痛恨和对理想境界的向往。

周徘徊兮汉渚①，求水神兮灵女②。

嗟此国兮无良③，媒女诎（qū）兮𬤇（lián）𫍲④。

鴳雀列兮谇（huān）讙⑤，鸲鹆鸣兮聒余⑥。

抱昭华兮宝璋⑦，欲衒鬻（yù）兮莫取⑧。

言旋迈兮北徂⑨，叫我友兮配耦⑩。

日阴曀兮未光⑪，阒（qù）睄窕兮靡睹⑫。

［注释］

①汉渚：汉水之涯。②灵女：神女。③良：贤人。④媒女：媒人。诎：嘴笨。𬤇𫍲：形容委曲繁杂，絮语不清。⑤鴳雀：也作“鷃雀”，是一种小鸟，鹑的一种，弱小不能远飞，也叫斥鷃、尺鴳。后用来比喻小人。谇讙：喧哗。讙：同“欢”。⑥鸲鹆：八哥。聒：声音吵闹，使人厌烦。⑦昭华：一种美玉。宝璋：宝玉。⑧衒鬻：叫卖、出卖。衒：同“炫”。⑨言：语气助词。旋迈：远去。⑩配耦：配偶，这里指朋友、知己。⑪未光：见不到光亮。⑫阒：同“阒”，寂静。睄窕：昏暗，幽深。

纷载驱兮高驰①，将谘询兮皇羲②。

遵河皋兮周流，路变易兮时乖③。

沥沧海兮东游，沐盥浴兮天池④。

访太昊兮道要⑤，云靡贵兮仁义⑥。

志欣乐兮反征，就周文兮邠（bīn）岐⑦。

秉玉英兮结誓⑧，日欲暮兮心悲。

惟天禄兮不再⑨，背我信兮自违⑩。

踰（yú）陇堆兮渡漠⑪，过桂车兮合黎⑫。

赴昆山兮馽（zhí）騄⑬，从邛遨兮栖迟⑭。

吮玉液兮止渴⑮，啮（niè）芝华兮疗饥⑯。

居嵺廓兮尠（xiǎn）畴⑰，远梁昌兮几迷⑱。

望江汉兮濩（huò）渃（rè）⑲，心紧䙴（juàn）兮伤怀⑳。

时咄（pò）咄兮旦旦㉑，尘莫莫兮未晞㉒。

忧不暇兮寝食，吒(zhà)增叹兮如雷㉓。

［注释］

①纷：缤纷美盛。②谘询：询问、拜访。皇羲：指伏羲氏，被称为中华民族的人文始祖。③乖：不顺、不和谐。④沐：洗发。盥：洗手。天池：咸池。⑤太昊：伏羲氏。道要：指治国的要务。⑥靡：没有什么。⑦周文：周文王。郊岐：周民族最早活动和建国的地方。⑧玉英：花的美称。⑨惟：思。天禄：天赐的福禄，这里指寿命。⑩违：违背。⑪窬：从墙上爬过去。陇堆：今陇山，位于甘肃、陕西交界处。⑫桂车：山名。合黎：山名。⑬𫐐：也作“絷”，拴缚马的足。騄：骏马。⑭邛：通“蛩”，即蛩蛩、駏虚，传说中的异兽。蛩蛩与駏虚是相类似而形影不离的二兽。遨：遨游。栖迟：歇息停留。⑮玉液：美酒。⑯芝华：灵芝的花朵。疗：治疗，使消退。这里意为止住。⑰寥廓：辽阔空旷。尠：同“鲜”，少。畴：类，同类的。⑱梁昌：处境狼狈，进退失据。⑲濩渃：水大。⑳紧絭：纠缠。㉑曶曶：日月初出，光线不明的样子。旦旦：天色将亮。㉒莫莫：同“漠漠”，尘土飞扬的样子。晞：消散。㉓吒：愤怒声。

［译文］

我徘徊游荡啊在汉水之滨，寻找水神啊就是汉水女神。可叹这个国家啊没有贤人，媒人嘴笨啊说得不明白。鹖雀群聚啊叫个不停，八哥齐鸣啊让人心烦。我的怀中啊抱着宝玉，想要售卖啊却无人问津。转身离开啊向北走去，一边呼唤我的朋友啊我的知己。太阳被遮住啊见不到光亮，寂静幽暗啊让人无法看清。

驾驶缤纷美盛的马车啊纵马飞驰，去拜访啊上皇伏羲。沿着黄河边啊周行游荡，道路曲折啊时世不顺。渡过沧海啊向东游行，沐浴盥洗啊在天池之中。向伏羲请教啊治国的要务，没有什么东西的珍贵性啊要超过仁义之行。我满怀欣喜啊踏上归途，投奔周文王啊到达了郊和岐，手拿美丽的花啊与文王立誓，天色将暗啊心愈加悲伤。想到天赐的福禄啊不再有了，背弃忠诚啊就是违背自己。我越过陇堆山啊穿过大漠，经过桂车山啊还有合黎山。奔赴昆仑山啊拴好骏马，跟从着邛兽遨游啊停留歇息。喝美酒啊止渴，吃灵芝啊充饥。身处空旷的地方啊形单影只，处境狼狈啊目眩神迷。眺望长江汉水啊浩大广阔，心绪纠结啊悲伤满怀。太阳初升啊天色尚暗，尘土飞扬啊还没有消散。忧愁让我没有心思啊吃饭睡觉，我大声怒吼啊声震如雷。

悯　上

汤炳正《楚辞今注》中认为，“上”即是“己”，《悯上》是作者因怜悯屈原所遭受的不公待遇而作。在《悯上》中运用了对比、比喻等手法，揭露批判了黑暗的社会现实。

哀世兮睩(lù)睩①，𫍲𫍲兮嗌喔②。
众多兮阿媚③，骫(wěi)靡兮成俗④。
贪枉兮党比，贞良兮茕独。
鹄窜兮枳棘⑤，鹈集兮帷幄(wò)⑥。
蘮(jì)蒘(rú)兮青葱⑦，槁本兮萎落⑧。
睹斯兮伪惑⑨，心为兮隔错⑩。

［注释］

①睩睩：小心谨慎的样子。②嗌喔：形容奉承取媚的声音。③阿媚：阿谀奉承。④骫靡：委曲取容。⑤鹄：鸿鹄，即天鹅。后用来比喻志向远大的人。枳棘：枳木与棘木，常用于比喻恶人或小人。⑥鹈：一种水鸟。帷幄：帷帐。⑦蘮蒘：一种植物。青葱：形容植物浓绿。⑧槁本：一种香草。⑨伪惑：诈伪蛊惑。⑩隔错：糊涂。

逡(qūn)巡兮圃薮①，率彼兮畛陌②。
川谷兮渊渊③，山阜(fù)兮峉(è)峉④。
丛林兮崯(yín)崯⑤，株榛兮岳岳⑥。
霜雪兮漼溰⑦，冰冻兮洛泽⑧。
东西兮南北，罔所兮归薄⑨。
庇荫兮枯树，匍匐兮岩石⑩。
蜷(quán)跼兮寒局数⑪，独处兮志不申，
年齿尽兮命迫促⑫。
魁垒挤摧兮常困辱⑬，含忧强老兮愁不乐⑭。
须发苎颓兮顠(piǎo)鬓白⑮，思灵泽兮一膏沐⑯。

怀兰英兮把琼若[17]，待天明兮立踯躅[18]。

云蒙蒙兮电倏烁[19]，孤雌惊兮鸣呴呴[20]。

思怫郁兮肝切剥[21]，忿悁(yuān)悒(yì)兮孰诉告？

［注释］

①逡巡：因为有所顾虑而徘徊不前。圃：园圃。薮：湖泊，也指水少而水草茂盛的沼泽。②畛陌：泛指田间的道路。③渊渊：深广、深邃。④皋：同“阜”，土山。峉峉：形容山势高大。⑤崯崯：同“崟崟”，繁茂的样子。⑥岳岳：遍布四周的样子。⑦漼溰：霜雪积聚的样子。⑧洛泽：冰冻的样子。⑨归薄：归附、依傍。⑩匍匐：以腹贴地前进，这里引申为隐藏。⑪踡跼：蜷缩。踡：同“蜷”。局数：局促。⑫年齿：年纪、年龄。⑬魁壘：心情郁闷，盘结不解。壘：同“垒”。挤摧：排斥摧挫。⑭强老：由壮年转入衰老。⑮苧：散乱。颣：同“悴”，困病、劳累。颢：头发斑白。⑯灵泽：滋润万物的雨水，也喻君王的恩德。膏沐：古代妇女润发的油脂，这里作动词用。⑰琼若：如玉般的杜若，形容珍贵。⑱踯躅：徘徊不前。⑲倏：极快地，忽然。⑳呴呴：鸟鸣声，也指鸟叫。㉑切剥：形容心情极端痛苦。

［译文］

可悲世人啊小心谨慎，巧言善辩啊奉承权贵。众人大多啊阿谀逢迎，委曲取容啊蔚然成风。贪婪邪恶的人啊结党营私，忠贞贤良的人啊总是形单影只。天鹅窜伏啊被困在荆棘中，水鸟聚集啊却在帷帐之中。杂草啊生长得郁郁葱葱，香草啊却枯萎凋落。看到这些啊诈伪蛊惑的现象，心中啊变得糊涂。

我徘徊不前啊在园圃湖泽，沿着它们啊走过田间的道路。河流山谷啊深广幽邃，山岭峰峦啊高大巍峨。丛林啊非常茂盛，榛丛啊密布四周。霜雪啊积聚，水流啊冰冻。东西啊南北，没有地方啊去归附。寻求庇护啊在枯树下，隐藏啊在岩洞中。蜷缩啊寒风让人局促，独自居住啊壮志难伸，年龄渐大啊生命将尽。心情郁闷命运坎坷啊常常遭受困苦屈辱，心怀忧苦过早衰老啊愁闷不快乐。头发散乱啊双鬓斑白，希望天降甘露啊让我沐浴。怀抱兰花啊手拿如玉杜若，等待天亮啊在这里徘徊。乌云密布啊闪电划过天空，孤单的雌鸟受到惊吓啊不停地鸣叫。思绪不平啊心情痛苦，内心的愤懑啊向谁倾诉？

遭厄

《遭厄》是为了悼念屈原而作，描写了屈原遭排挤迫害后远走高飞、寻求光明而不得的经历，寄托了作者对屈原的经历和心情的深刻理解。

悼屈子兮遭厄[1]，沉玉躬兮湘汨[2]。

何楚国兮难化[3]，迄于今兮不易。

士莫志兮羔裘[4]，竞佞谀兮谗阋(xì)[5]。

指正义兮为曲，訿玉璧兮为石[6]。

殦(chī)鹏(diāo)游兮华屋[7]，鵔(jùn)鸡栖兮柴蔟。

起奋迅兮奔走[8]，违群小兮謑诟[9]。

［注释］

①屈子：子，对人的尊称。屈子即屈原。②玉躬：玉体。③化：感化。④羔裘：用紫羔制的皮衣，古时是诸侯、卿、大夫的朝服。《羔裘》是《诗经》中郑人赞美其大夫的诗，这里借此典故抨击当时士人志行低俗鄙恶。⑤阋：争吵。⑥訿：同“訾”，诋毁。⑦殦：“鸱”的错体。鹏：雕，猛禽。⑧奋迅：形容鸟飞或兽跑迅疾而有气势。⑨謑诟：辱骂。

载青云兮上升，适昭明兮所处[1]。

蹑天衢(qú)兮长驱[2]，踵(zhǒng)九阳兮戏荡[3]。

越云汉兮南济[4]，秣(mò)余马兮河鼓[5]。

云霓纷兮晻翳[6]，参辰回兮颠倒[7]。

逢流星兮问路，顾我指兮从左。

径娵(jū)觜(zī)兮直驰[8]，御者迷兮失轨。

遂踢达兮邪造[9]，与日月兮殊道。

志阏(è)绝兮安如[10]，哀所求兮不耦[11]。

攀天阶兮下视[12]，见鄢郢兮旧宇[13]。

意逍遥兮欲归，众秽盛兮杳杳[14]。

思哽饐兮诘诎[15]，涕流澜兮如雨。

［注释］

①昭明：光明，这里指太阳。②蹑：踩、踏。衢：大路，四通八达的道路。③九阳：古代传说中的日出处。④云汉：银河。⑤秣：喂牲口。河鼓：也作“河鼓”，星名，属牛宿，在牵牛星的北面。一说即牵牛。⑥晻翳：遮蔽。⑦参辰：参星和辰星，辰星又名商星。两星分别位于西方和东方，出没各不相见，故用来比喻彼此隔

绝。⑧径：经过。娵訾：星次名，在二十八宿为室宿和壁宿，其位置相当于现代天文学上黄道十二宫中的双鱼宫。⑨踢达：错过。邪造：斜向行进，这里指不走正道。⑩阏绝：阻断、杜绝。⑪耦：符合。⑫天阶：星名。⑬鄢郢：指楚都。春秋时楚文王定都于郢，惠王之初曾迁都于鄢（今湖北宜城），仍号郢，故名。⑭杳杳：昏暗的样子，这里指世风恶浊。⑮哽饐：因悲伤而气息滞塞。诘诎：弯曲，引申为冤枉。

［译文］

哀悼屈原啊遭逢了厄运，自投高洁之躯啊沉入湘江汨罗。楚国为什么啊那么难以教化，到现在啊依然没什么变化。大臣们没有远志啊品行低俗，相互阿谀奉承啊陷害争权。公理正义啊遭到扭曲，玉璧啊被诋毁为石头。恶鸟嬉闹啊在华堂之上，神鸟栖息啊只能在柴火上。想要快速飞起啊离开这里，以此来躲避这群小人啊辱骂我。

乘着青云啊向上飞升，奔向太阳啊所在的地方。踏上大路啊长驱而入，来到了太阳的住所啊游玩。跨过银河啊向南涉渡，喂马吃草啊在河鼓星旁。云团浓厚啊遮住了阳光，参辰二星回旋啊颠倒了位置。遇到了流星啊向它问路，回头为我指路啊向左前进。越过娵訾星啊直接向前奔驰，侍从迷失了方向啊不知该往哪里走。这才知道自己一失足啊走上了歪路，与日月啊道路不同。志向被阻断啊该何去何从，哀叹所追求的理想啊得不到别人的认同。爬上天阶星啊向下看，望见了郢都啊我的故乡。心意自由自在啊想要回去，奸臣贼子众多啊世风恶浊。悲伤哽噎啊深感冤枉，涕泪横流啊像下雨一样。

悼乱

《悼乱》即哀悼混乱的世事，表达了诗人想要奔遁远方、避世归隐的想法。

嗟嗟兮悲夫，殽（xiáo）乱兮纷挐（ná）①。
茅丝兮同综②，冠屦兮共絇（qú）③。
督万兮侍宴④，周邵兮负刍⑤。
白龙兮见䠶（shè）⑥，灵龟兮执拘⑦。
仲尼兮困厄⑧，邹衍兮幽囚⑨。
伊余兮念兹⑩，奔遁兮隐居。
将升兮高山，上有兮猴猿。
欲入兮深谷，下有兮虺蛇⑪。

左见兮鸣鵙(jú)⑫，右睹兮呼枭⑬。
惶悸兮失气⑭，踊跃兮距跳⑮。
便旋兮中原⑯，仰天兮增叹。
菅(kuǎi)蒯兮壄莽⑰，雚(huán)苇兮仟眠⑱。
鹿蹊兮躖(duàn)躖⑲，貒(tuān)貉兮蟫蟫⑳。
鹯(zhān)鹞(yào)兮轩轩㉑，鹑鴳(ān)兮甄甄㉒。

［注释］

①殽乱：混乱。纷挐：混乱、错杂的样子。②茅丝：茅草和丝线，这里比喻善恶、忠奸。同综：综，织布机上带着经线上下分开形成梭口的装置。同综即交织。③冠：帽子。屦：鞋。共绚：绚，古时鞋上的装饰物。共绚指装饰相同。④督：华督，宋国太宰。他擅杀宋殇公，改立宋庄公。万：南宫万。⑤负刍：背柴草，指从事樵柴之事。⑥白龙：河神。鉃：同“射”。⑦灵龟：有灵应的龟兆。执：捉拿。拘：拘禁。⑧仲尼：孔子的字。孔子名丘，春秋鲁国人，儒家学派创始人，著名的思想家、教育家。困厄：困苦危难。⑨邹衍：

战国时期齐国哲学家，受冤入狱后，六月天降飞霜。⑩伊余：我，指自己。⑪虺蛇：毒蛇，比喻恶人。⑫鵙：伯劳鸟。⑬枭：一种与猫头鹰相似的鸟。相传枭是食母的恶鸟，故用于比喻恶人。⑭惶悸：惊恐。失气：停止呼吸。⑮踊跃、距跳：跳跃。⑯便旋：徘徊。中原：平原、原野。⑰菅蒯：茅草之类，可用于编绳索。壄：同“野”。⑱雚：同“萑”，荻类植物，形状像芦苇，茎可编织苇席。仟眠：草木丛生的样子。⑲蹊：路径。躖躖：野兽行进的样子。⑳貒：猪獾。貉：一种哺乳动物，外形似狐，在河谷、山边和田野间穴居，以鱼、鼠、蛙、虾、蟹和野果、杂草等为食，其皮很珍贵。蟫蟫：相随。㉑鹯：又名晨风，是一种鹞类猛禽。鹞：一种凶猛的鸟，通常称“鹞鹰”“鹞子”，样子像鹰，但比鹰小，捕食小鸟。轩轩：飞动、飞舞的样子。㉒鴳：同“鹌”。甄甄：小鸟飞翔的样子。

哀我兮寡独，靡有兮齐伦①。

意欲兮沉吟，迫日兮黄昏。

玄鹤兮高飞，曾逝兮青冥②。

鸧鹒(cānggēng)兮喈喈③，山鹊兮嘤嘤④。

鸿鸬(lú)兮振翅⑤，归雁兮于征⑥。

吾志兮觉悟，怀我兮圣京⑦。

垂屣兮将起⑧，跓俟(sì)兮硕明⑨。

[注释]

①齐伦：同伴。②青冥：天空。③鸧鹒：黄鹂，又作“仓庚”。喈喈：禽鸟和鸣声。④嘤嘤：象声词，形容鸟叫声或低而细微的声音。⑤鸬：鸬鹚，又名“鱼鹰”“乌鬼”“水老鸦”，一种水鸟，羽毛黑色，嘴扁而长，尖端有钩。善捕鱼，渔人常用它来捕鱼。⑥于征：远行。⑦圣京：郢都。⑧垂屣：穿鞋。⑨跓俟：停下脚步等待。硕明：天大亮。

[译文]

可叹啊可悲，混乱啊错杂。茅草和丝线啊交织在一起，帽子和鞋子啊装饰相同。华督、宋万这样的坏人啊在君王身边侍宴，周公和召公这样的贤人啊被派去砍柴。河神啊被箭射中，灵龟啊被拘禁起来。孔圣人啊处境困苦危难，忠君的邹衍啊被关在监狱里。我啊一想到这些史事，就想奔遁远方啊避世归隐。将要登上啊高山，上面却有啊猿猴。想要进入啊深谷，下面却有啊毒蛇。向左看见啊鸣叫的伯劳，向右看见啊呼应的猫头鹰。惊惧惶恐啊忘记了呼吸，挣扎跳跃啊想要逃离这里。徘徊不前啊在原野之上，抬头仰望苍天啊长叹不已。茅草啊长得漫山遍野，荻草啊却簇拥丛生。野鹿在小路上啊奔跑，猪獾、貉子啊在后面跟随，晨风鹞鹰啊在空中飞翔，小鸟鹌鹑啊飞个不停。

可怜我啊一个人孤孤单单，没有啊志同道合的伙伴。想要啊深思吟咏，可是日落西山啊已到黄昏。玄鹤啊振翅高飞，消逝啊在天空中。黄鹂啊喳喳地叫，山鹊啊叽叽地鸣。水鸟鸬鹚啊振动翅膀，南归的大雁啊将要远行。我的内心啊早已觉醒，想念我的啊故国。我穿好鞋子啊站起身来，停下脚步等待啊天色大亮。

伤　时

“伤时”是因季节转换和时事变化而伤。本篇与《遭厄》《悼乱》相同，着重抒发了诗人离开祖国却心存留恋的矛盾之情。

惟昊天兮昭灵①，阳气发兮清明②。
风习习兮龢爕(hé nuǎn)③，百草萌兮华荣④。
堇荼茂兮扶疏⑤，蘅芷凋兮莹嫇⑥。
愍贞良兮遇害，将夭折兮碎糜⑦。
时混混兮浇馔(zàn)⑧，哀当世兮莫知。
览往昔兮俊彦⑨，亦诎辱兮系累⑩。
管束缚兮桎梏⑪，百贸(mào)易兮傅卖⑫。
遭桓缪(mù)兮识举⑬，才德用兮列施⑭。

［注释］

①惟：发语词，无实义。昊天：夏天。昭灵：光明神奇。②阳气：暖气，生长之气。清明：清澈明朗。③龢爕：同“和暖”，温暖。④华荣：繁荣。⑤堇：堇菜，一种蔬类植物。荼：苦菜。扶疏：枝叶繁茂的样子。⑥蘅：杜衡。芷：白芷。莹嫇：萧瑟的样子。⑦碎糜：粉碎。⑧混混：指水、空气等含有杂质，浑浊不清洁，也比喻社会环境的阴暗、肮脏。浇馔：以羹泡饭，比喻浊乱。⑨俊彦：才智出众的人。⑩诎辱：委屈和耻辱。系累：捆绑、拘囚。⑪管：管仲。桎梏：脚镣和手铐。⑫百：百里奚，秦穆公时贤臣，著名的政治家。贸易：变易、变换。贸：同“贸”。傅卖：转而自卖。⑬桓缪：缪，通“穆”。桓缪是春秋五霸中齐桓公和秦穆公的并称。⑭德：一作“得”。列施：充分施展。

且从容兮自慰①，玩琴书兮游戏。
迫中国兮迮陿(xiá)②，吾欲之兮九夷③。
超五岭兮嵯峨④，观浮石兮崔嵬⑤。
陟丹山兮炎野⑥，屯余车兮黄支⑦。
就祝融兮稽疑⑧，嘉己行兮无为⑨。

乃回朅兮北逝⑩，遇神孈(xié)兮宴娭(xī)⑪。

欲静居兮自娱，心愁慼兮不能⑫。

放余辔兮策驷⑬，忽飚腾兮浮云。

蹠(zhí)飞杭兮越海⑭，从安期兮蓬莱⑮。

缘天梯兮北上，登太一兮玉台⑯。

使素女兮鼓簧⑰，乘戈龢(hè)兮讴谣⑱。

声嗷誂(jiào diào)兮清和⑲，音晏衍兮要婬⑳。

咸欣欣兮酣乐㉑，余眷眷兮独悲。

顾章华兮太息㉒，志恋恋兮依依。

［注释］

①从容：舒缓自得。②迮陿：狭小、狭窄。陿：同“狭”。③九夷：古代对东方的九个民族的总称，也指他们居住的地方。④五岭：越城岭、都庞岭、萌渚岭、骑田岭和大庾岭，位于湖南、江西南部和广西、广东北部交界处，是长江与珠江的分水岭。嵯峨：形容山势高峻。⑤浮石：山名，位于东海。崔嵬：高大、高耸。⑥丹山：南方的一座山。炎野：泛指南方炎热之地。⑦黄支：也作“黄枝”，位于今印度马德拉斯西南的甘吉布勒姆的一个古国。⑧稽疑：考察疑事。⑨无为：顺应自然。⑩回朅：转身离去。⑪孈：古代北方的神。宴娭：宴饮嬉戏。⑫愁慼：忧愁感伤。慼：同“戚”。⑬驷：古代把同驾一辆车的四匹马或是套着四匹马的车称作“驷”。⑭蹠：跳上、乘上。⑮安期：安期生。传说他曾经跟随河上丈人学习黄帝、老子的学说，在东海边卖药。秦始皇东游时，曾与他长谈了三天三夜。后来方士、道家认为他是海上的神仙。蓬莱：又称“蓬壶”，是神山。神话中，渤海里仙人居住在三座神山之上，即蓬莱、方丈、瀛洲。⑯太一：天神。玉台：太一神居住的地方。⑰素女：古代传说中的神女，与黄帝同时，善于弦歌。⑱乘戈：传说中的仙人。龢：同“和”，唱和。讴谣：歌唱。⑲嗷誂：歌声清畅。清和：清越和谐。⑳晏衍：旋律悠长。要婬：婬，通“淫”。要婬指舞姿柔美妖冶的样子。㉑咸：全、都。欣欣：高兴自得的样子。酣乐：沉湎于饮酒娱乐。㉒章华：章华台，又名乾溪台、汝阳台，是春秋时楚灵王建造之台，在当时被誉为“天下第一台”。太息：叹气。

［译文］

夏天啊光明神奇，天气渐渐变暖啊空气清澈明朗。微风习习啊温暖舒适，百草发芽啊生机勃勃。堇菜苦菜啊枝叶繁茂，杜衡白芷啊却凋落萧瑟。可怜忠贞贤良的人啊遭受祸患，将要死去啊身体变得粉碎。时世混浊啊犹如用汤泡饭，可悲芸芸众

生啊没有一个知己。回想历史上啊那些才智出众的人，也都遭受委屈和耻辱啊遭到囚禁。管仲被捆绑啊戴上手铐脚镣，百里奚迫于无奈啊被转卖。得到了齐桓公、秦穆公啊赏识，才智得到任用啊可以一展所长。

姑且安于现状啊自我安慰，抚琴读书啊到处嬉游。迫于国家内啊狭隘险恶，我想要奔向啊九夷之地。越过五岭啊山势高峻，看见浮石山啊高耸在海上。走过丹山啊来到了南方，聚集马车啊在黄枝古国。向火神祝融啊询问疑事，表扬自己的行为啊顺应自然。于是转身离开啊向北而行，遇到了神嫣啊与他宴饮嬉戏。想要住在安静的地方啊自娱自乐，心里忧愁感伤啊无法做到。我丢开缰绳啊纵马奔跑，忽然暴风飞腾啊将我吹上了云霄。乘坐飞快的航船啊飞越大海，跟随安期生啊到达了蓬莱。沿着天梯啊向北而上，登上了太一啊居住的地方。让素女啊为我吹奏笙竽，乘戈相和啊大声歌唱。他的声音清畅啊音调和谐，旋律奇特啊舞姿柔美。每个人都很高兴啊沉湎于饮酒娱乐之中，只有我眷恋着故国啊独自悲伤。俯视章华台啊禁不住叹气，心中不舍啊依恋祖国。

哀　岁

《哀岁》一篇从描写秋景入手，秋风萧瑟，百草凋零，这也是主人公内心的写照，眼见奸佞小人当政，国家社会乌烟瘴气，自己虽身怀报国之志却报国无门，悲哀而又无奈。

旻天兮清凉[1]，玄气兮高朗[2]。
北风兮潦洌[3]，草木兮苍唐[4]。
蛜(yī)蚗(jué)兮噍噍[5]，蝍蛆兮穰穰[6]。
岁忽忽兮惟暮，余感时兮凄怆。
伤俗兮泥浊，矇蔽兮不章[7]。
宝彼兮沙砾，捐此兮夜光[8]。

椒瑛兮涅污⑨，葈(xǐ)耳兮充房⑩。
摄衣兮缓带⑪，操我兮墨阳⑫。
升车兮命仆，将驰兮四荒⑬。
下堂兮见虿⑭，出门兮触蜂。
巷有兮蚰蜒(yóu yán)⑮，邑多兮螳螂。
睹斯兮嫉贼⑯，心为兮切伤。

［注释］

①旻天：指秋天。②玄气：阳气或阴气。王逸《楚辞章句》注：“秋冬阳气升，故高朗也。”③潦冽：寒风凛冽。④苍唐：草木刚开始凋谢时，黄绿相间的样子。⑤蛁蟟：一种蝉。噍噍：蝉鸣声。⑥蝍蛆：蜈蚣。穰穰：众多纷乱的样子。⑦曚：看不清。章：明亮。⑧夜光：夜明珠。⑨椒瑛：椒，香木名。瑛，美玉。椒瑛在这里指代品德良好的人。涅污：污染，玷污。⑩葈耳：苍耳，这里比喻奸佞小人。⑪摄：整理。带：衣带。⑫操：拿起。墨阳：古代宝剑名。⑬四荒：四方荒凉边远的地方。⑭虿：指蝎子一类的毒虫。⑮蚰蜒：生活在阴暗潮湿的地方的一种节肢动物，似蜈蚣而略小。⑯嫉贼：痛恨奸邪的小人。

俛(fǔ)念兮子胥①，仰怜兮比干。
投剑兮脱冕②，龙屈兮蜿蟤(zhuān)③。
潜藏兮山泽，匍匐兮丛攒④。
窥见兮溪涧，流水兮沄沄(yún)⑤。
鼋鼍(yuán tuó)兮欣欣⑥，鳣鲇兮延延⑦。
群行兮上下，骈罗兮列陈⑧。
自恨兮无友，特处兮茕茕⑨。
冬夜兮陶陶⑩，雨雪兮冥冥。
神光兮颎颎(jiǒng)⑪，鬼火兮荧荧(yíng)⑫。
修德兮困控⑬，愁不聊兮遑生⑭。
忧纡兮郁郁⑮，恶所兮写情⑯。

［注释］

①俛：同“俯”，指低头。②冕：礼帽。③龙屈：像龙的身体一样屈曲蜿蜒。蜿蟤：屈曲而不伸展的样子。④丛攒：原意是罗列分布，这里指草木丛生的地方。⑤沄沄：水流汹涌的样子。⑥鼋鼍：鼋鼍是两种爬行动物。鼋，大鳖。鼍，即扬子鳄。⑦鳣：鲟一类的大鱼。延延：众多的样子。⑧骈罗：骈比罗列。⑨特：只，但。茕茕：孤独，无依无靠的样子。⑩陶陶：漫长。⑪神光：神异的灵光。王逸《楚辞章句》：“神光，山川之精能为光者也。”颎颎：同“炯炯”，明亮的样子。⑫荧荧：光芒闪烁的样子。⑬困控：控，引。困控是无人引进的意思。⑭聊：快乐。遑：如何，怎能，通常是反问语气，不能的意思。⑮忧纡：愁闷抑郁。⑯恶所：恶，疑问代词，如何，怎能。所，处所，地方。恶所指哪里，什么地方，反问。写情：抒发、宣泄感情。

［译文］

秋天啊天气清凉，万里晴空啊秋高气爽。阵阵的北风啊飒飒凛冽，凋敝的草木啊大半枯黄。蚰蜒在噍噍鸣叫啊，蜈蚣在成群结行。时光如水啊我已年老，感怀伤时啊不禁悲伤。痛惜啊世道混乱，世人皆被蒙蔽啊不分贤愚。将那沙子石头当作宝贝啊，却将这夜明珠丢弃在一旁。肮脏的污泥啊玷污了香木美玉，刺人的苍耳却充满了厅堂。整理衣服啊宽松衣带，拿起我的宝剑墨阳。登上车啊命令我的老仆，驰向那荒凉的远方。走下堂来啊看见了毒虫，出了大门又遇到了恶蜂。巷子里蚰蜒在爬啊，城镇里好多的螳螂。看到这些恶虫啊我便对那些小人万分痛恨，心里不禁莫名悲伤。

低头啊想起了伍子胥，仰头啊又怜惜比干。将剑扔在地上啊脱掉了冠冕，像龙一样屈盘着不再伸展。到深山大泽中潜身遁形啊，在草木丛中啊匍匐安身。却看见啊那山涧溪水，流水汹涌啊奔流不息。大鳖鳄鱼啊怡然自得，鳣鱼鲇鱼啊聚集成群。它们成群结队啊上下游动，横向成排啊纵向成列。恨我自己啊没有知己，只得独处啊孤单寂寞。寒冷的冬日啊长夜漫漫，窗外雨雪交加啊昏暗不明。灵光啊炯炯，鬼火啊闪烁。我勤于修身养性啊却苦于无人引荐，忧愁难解啊又何以为生。心中郁结啊愁肠百转，想要宣泄啊又宣泄无门。

守　志

“守志”为坚守自己的理想的意思。《守志》这一篇描写遭受权贵奸佞排挤打压的屈原，仍然坚守自己的志向，不向小人屈从。结尾处主人公描绘了一幅他理想中的君明臣贤、百姓安居的画面，用心良苦。

yáo

陟玉峦兮逍遥①，览高冈兮峣峣②。

桂树列兮纷敷③，吐紫华兮布条④。
实孔鸾兮所居⑤，今其集兮惟鸮(xiāo)⑥。
乌鹊惊兮哑哑⑦，余顾瞻兮怊(chāo)怊⑧。
彼日月兮暗昧⑨，障覆天兮祲(jìn)氛⑩。
伊我后兮不聪⑪，焉陈诚兮效忠⑫。
摅羽翮(hé)兮超俗⑬，游陶遨兮养神⑭。
乘六蛟兮蜿蝉⑮，遂驰骋兮升云。

［注释］

①陟：登上，升高。玉峦：指昆仑山，也泛指仙山。②峣峣：山势高巍的样子。③纷敷：纷纭茂盛的样子。④紫华：华，同“花”。紫华是指紫色的花朵。布条：舒展枝条。⑤实：通“是”，这里。孔鸾：孔雀和鸾鸟，皆神鸟。⑥鸮：猫头鹰。⑦乌鹊：乌鸦和喜鹊。哑哑：象声词，模拟乌鸦的叫声。⑧怊怊：怅惘的样子。⑨暗昧：暗淡无光。⑩障覆：遮挡，覆盖。祲氛：祲，妖气，古人认为阴阳相侵所形成的不祥云气。祲氛指邪恶之气。⑪后：君主。聪：原意为听觉灵敏，引申为明察之意，“不聪”则是被蒙蔽。⑫焉：怎么。陈：陈述，表达。⑬摅：舒展。羽翮：翮，翎管，引申为翅膀。羽翮即翅膀。⑭陶遨：心无牵挂的样子。⑮蜿蝉：蛟龙盘曲的样子。

扬彗光兮为旗①，秉电策兮为鞭②。
朝晨发兮鄢郢③，食时至兮增泉④。
绕曲阿兮北次⑤，造我车兮南端⑥。
谒玄黄兮纳贽(zhì)⑦，崇忠贞兮弥坚。
历九宫兮遍观⑧，睹秘藏兮宝珍⑨。
就傅说兮骑龙⑩，与织女兮合婚⑪。

举天罼（bì）兮掩邪⑫，彀（gòu）天弧兮䠶奸⑬。
随真人兮翱翔⑭，食元气兮长存⑮。
望太微兮穆穆⑯，睨三阶兮炳分⑰。
相辅政兮成化⑱，建烈业兮垂勋⑲。
目瞥（piē）瞥兮西没⑳，道遐迥兮阻叹㉑。
志稸（xù）积兮未通㉒，怅敞罔兮自怜㉓。

［注释］

①彗光：彗星。②电策：策，鞭子。电策即闪电，这里是形容闪电的形状像鞭子。③鄢郢：楚国都城。④增泉：银河。⑤曲阿：地名，即战国云阳邑，在今江苏丹阳。次：临时停留、住宿。⑥造：至，到。⑦玄黄：天地，天地之神。纳贽：向初次拜见的长者馈赠礼物。⑧九宫：指天宫。⑨秘藏：指珍藏的宝物。⑩傅说：商朝武丁时的贤臣。⑪织女：神话传说中天帝的孙女。⑫天罼："天毕"，星官名，形状好似罗网。掩：乘人不备攻击，袭击。⑬彀：张弓，拉满弓。天弧：星官名，又名"弧矢"，形状像弓箭。䠶："射"。⑭真人："成仙之人"的泛称。⑮元气：指阴阳混一之气，神仙家、方士所用术语。⑯太微：星官名，三垣之一。穆穆：庄严肃穆的样子。⑰睨：斜视。三阶：又称"三台"，星官名，共有六颗星，两两相邻。古人用天象象征人事，"三阶"便对应官职中的"三公"，所以才说"相辅政"。炳分："缤纷"，这里指星光四射。⑱成化：完成教化。⑲烈业：显赫的业绩。垂勋：为后世留下功勋。⑳目：一说当作"日"。瞥瞥：光或声迅速消失的样子。㉑遐迥：辽远，遥远。㉒稸积：积聚，积蓄，这里指愁绪压抑。稸：同"蓄"。㉓敞罔：失意的样子。

乱曰：
天庭明兮云霓藏，三光朗兮镜万方①。
斥蜥蜴兮进龟龙②，策谋从兮翼机衡③。
配稷契兮恢唐功④，嗟英俊兮未为双⑤。

［注释］

①三光：指日、月、星。镜：照耀。②蜥蜴：这里指代奸佞的小人。龟龙：皆为灵物，这里指代圣贤。③翼：作为羽翼，辅助、辅佐的意思。机衡：指北斗七星中的璇玑、玉衡两颗星，也指北斗星。④配：相匹配，比得上。稷契：唐尧时代的两位贤臣，稷为后稷，周朝的先祖，契为商朝的先祖。恢：扩大，发扬。唐：唐尧。

⑤嗟：感叹。

［译文］

登上仙山啊自在逍遥，观赏山冈啊巍峨雄壮。桂树成行啊繁乱茂盛，开着紫色的花朵啊舒展着婀娜的枝条。这本是孔雀鸾鸟居住的地方啊，现在却为恶鸟猫头鹰所霸占。乌鸦喜鹊受惊啊哑哑而叫，我回头看啊心里不禁怅惘。看那太阳月亮啊昏暗无光，不祥的邪气啊遮蔽了整个天空。我的君王啊被小人蒙蔽，我到哪里去贡献我的忠诚？振翅高飞啊超越这混浊的世俗，纵情遨游啊修养我的精神。驾着六条蛟龙蜿蜒舞动啊，纵横驰骋啊直达云端。

扬起彗星作为我的旗帜啊，提着闪电啊作为我的马鞭。早晨从都城鄢郢啊出发，用餐的时候啊便到了银河。绕过曲阿啊在北边留宿，接着又驾车啊赶往南方。拜见天地之神啊献上我的礼物，崇尚忠诚贞节的意念啊更加坚定。遍游天宫啊四处游历，奇珍异宝啊尽收眼底。靠近傅说啊骑上神龙，结交织女啊定下姻缘。举起天毕做网啊将邪恶一网打尽，张开天弓啊把奸佞射落当空。跟随仙人啊在太空遨游，服食天地的元气啊以求长生。看那太微星啊庄严肃穆，望三台星啊熠熠生辉。它们似辅佐天帝啊教化万民，建立不朽基业啊造福后人。太阳迅速地落向西方啊，前方的道路没有尽头啊阻隔重深。满怀壮志啊却报国无门，心情惆怅啊只能自叹自怜。

尾声：天庭光明灿烂啊云霓消隐无踪，日月星辰光芒四射啊照耀万方。疏远邪恶的蜥蜴啊亲近忠贤的龟龙，由他们贡献才智啊辅佐君主。才智堪比稷契啊可以发扬唐尧的功绩，可叹英雄俊杰啊生而不逢时。

图书在版编目(CIP)数据

图解楚辞 / 刘向编,崇贤书院释译. —合肥:黄山书社,2015.11

(经典传家系列丛书)

ISBN 978-7-5461-5364-3

Ⅰ.①图… Ⅱ.①刘… ②崇… Ⅲ.①古典诗歌-诗集-中国-战国时代 Ⅳ.①I222.3

中国版本图书馆 CIP 数据核字(2015)第 286519 号

总 策 划　李　克
选题策划　汤吟菲　白剑峰
编辑统筹　刘　春
责任编辑　程　景
装帧设计　未　氓
责任印制　戚　帅
出版发行　时代出版传媒股份有限公司(http://www.press-mart.com)
　　　　　黄山书社(http://www.hspress.cn)
地址邮编　合肥市政务文化新区翡翠路 1118 号出版传媒广场 7 层　230071
印　　刷　安徽新华印刷股份有限公司
版　　次　2016 年 3 月第 1 版
印　　次　2018 年 1 月第 3 次印刷
开　　本　700mm×1000mm　1/16
字　　数　300 千
印　　张　18
书　　号　ISBN 978-7-5461-5364-3
定　　价　22.80 元

服务热线　0551-63533706

销售热线　0551-63533761

官方直营书店(http://hsssbook.taobao.com)